小学館文庫

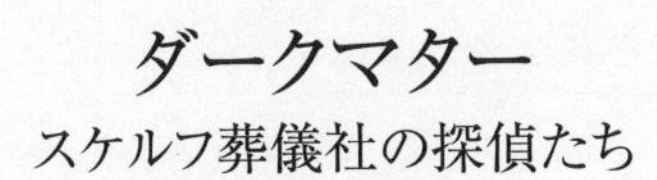

ダークマター

スケルフ葬儀社の探偵たち

ダグ・ジョンストン
菅原美保 訳

小学館

A DARK MATTER by Doug Johnstone
Copyright © Doug Johnstone, 2020
Japanese translation published by arrangement with
Doug Johnstone c/o Marjacq Scripts Ltd through
The English Agency (Japan) Ltd.

ダークマター
スケルフ葬儀社の探偵たち

エディンバラ
『ダークマター』関連地図
0
1000
2000m
フォース湾
アバディーン
スコットランド
ダンディー
エディンバラ
グラスゴー
ポートベロ
A199
●ポートベロ墓地
A199
A199
A1
A6106
ブランステイン駅
ニュークレイグホール駅
マッセルバラ駅
A6106
ショーフェア駅

地図制作　ジェイ・マップ

A901
リース
ホテル〈マルメゾン〉
リアムのスタジオ
リース川
A199
インヴァリース
B901
クレイゲンティニー
B900
ロングホーンの家
リアムの家
B901
A1
新市街
A1
ピアーズヒル墓地
エディンバラ・ウェイヴァリー駅
旧市街
エディンバラ城
A1
ホリルード・パーク
A7
B700
エディンバラ大学
アーサーズ・シート
A70
セント・レナーズ署
メドウズ
ブランツフィールド・リンクス
A700
ハナとインディのフラット
A701
スケルフ家
ブラックフォード
クレイグミラー城公園墓地
モーニングサイド墓地
理工学キャンパス
ジェイコブの家
クレイグミラー公園ゴルフコース

＊主な登場人物＊

ジム・スケルフ……………………… 葬儀業兼探偵業のスケルフ社の元経営者。
ドロシー…………………………… ジムの妻。
ジェニー…………………………… ジムの娘。
ハナ………………………………… ジェニーの娘、エディンバラ大学の三年生。
インディ…………………………… ハナの恋人、スケルフ社の従業員。
アーチー…………………………… スケルフ社の従業員。
クレイグ・マクナマラ……………… ジェニーの元夫、ハナの父親。
メラニー（メル）・チェン ………… ハナとインディのフラットメイト。
ヴィック…………………………… メラニーの兄、ギャラリー勤務。
ザンダー…………………………… メラニーの恋人、大学三年生。
ブラッドリー・バーカー…………… 院生講師、クォンタム・クラブを運営。
ピーター・ロングホーン…………… 物理学講師。
エミリア…………………………… ピーターの妻。
リアム・フック……………………… 政府職員。
オーラ……………………………… リアムの妻、スケルフ社の顧客。
ジェイコブ・グラスマン…………… 裕福な老人、スケルフ社の依頼人。
スーザン・レイモンド……………… ジェイコブの介護人。
モニカ・ベレンコ…………………… ジェイコブ宅の掃除人。
サイモン・ローレンス……………… 失踪人。
レベッカ…………………………… サイモンの妻。
カール・ズカス……………………… 造園師。
エイミー…………………………… 元郵便配達員。
トマス・オルソン…………………… セント・レナーズ署の警察官。

この本は、わたしよりも深くわたしを信頼してくれるクリス・ブルックマイアに捧げる

1　ジェニー

父を焼くには思ったより時間がかかった。

炎がジムの体を舐め回し、胸や股でうねり、耳元で囁くのを、ジェニーはじっと見守っていた。まばらな髪がちりちり音を立てて煙を上げ、灰色の筋がまっすぐ曇天へ昇っていく。手の中のセイヨウネズの小枝に火がつき、青い火花が散ったとたん、ジンを思わせる香りが漂ってきた。彼のまわりにぎっしりと積まれた薪は、今や赤々と燃えさかっている。服はすでに焼け失せ、体の水分も蒸発しきって、縮んだ皮膚が骨にへばりついていた。

それでも、すっかり焼けるまでには、まだ長くかかりそうだった。

二列に並べたブロックに金網を渡しただけの火葬台。どう見ても、即席の特大バーベキューコンロだ。金網の下には、エンバーミング室から持ち出した、銀色の長いトレイが置いてある。砕けた遺骨が網目から落ちるのを、それで受けとめるらしい。母が父の遺志をみんなに告げて以来、アーチーはずっと、庭でこの焼き場を組み立てていた。

なんてへそ曲がりな父さん、とジェニーは思わないではいられなかった。ジムはこの四十五年間に何千もの葬儀を手がけてきた。花や音楽の準備、式次第の作成、霊柩車の用意、牧師の手配。細部まで遺族の満足のゆくように心がけ、親族間の対立をおさめてそれぞれの要望を実現し、死者を荘厳な形で送り出せるよう努めてきた。なのに自分の葬儀はどうだ。裏庭に仮設した焼き場で、友人の参列も、花もスピーチも、儀式も説教も、すべてなし。ジェニーたち五人だけが、違法な焚火の刺すような熱を浴びながら立っていた。

ジェニーは火葬台を囲むみんなへ目を移した。手前の端には母、ドロシーがいた。その黄色い花柄のワンピースに一片の灰が舞い落ちた。ドロシーは明るい色に塗った爪の先でそれをはじくと、額にかかった白髪まじりの巻き毛を払いのけ、炎を仰いだ。目を閉じて、日光浴でもしているみたいだ。

ドロシーの横では、娘のハナが恋人のインディと腕を組み、彼女の肩に頭をもたせかけている。色の白いハナは黒のロングヘア、インディは褐色の肌に青いボブヘア。ふたりがいっしょにいると、はっと目を引かれる。祖父の体が煙と化していくのを前にして、ハナの頭にはどんな思いがよぎっているのだろう。それにしても、娘が成人して、しかも誰かと同棲しているなんて、いまだに現実とは思えなかった。

火はますます燃えあがり、黒い煙があたり一面に広がっていた。薪のマツやトウヒの香りがクリスマスを連想させる。火葬前にドロシーが遺体にのせた薬草の束から、ローリエやセージのにおいが流れてきた。それと肉の焼けるにおいとが入り混じり、ジェニーはつい、ローストビーフが定番だった日曜のディナーを思い起こしてしまった。

火葬台の向こうを見やり、ジムの溶けゆく足のそばにいる、アーチーと目を交わす。彼はせっせと焼き場の世話をしていた。下を覗き込んで、金網が重みや熱に耐えているか確かめたり、落ちた薪を長いトングで拾い、ジムのむこうずねの横に戻したり。アーチーの後ろの芝生には、鉄製の火かき棒や熊手があった。火が鎮まったら、あれで灰の中をかき回すのだろう。

アーチーはずんぐりした体格で、頭はぼうず、顎には茶色のひげがびっしりと生え、どことなくトールキンの物語の人物を思わせた。ジェニーと同い歳なのに、うんと上に見える。ジムやドロシーの右腕を務めて十年だが、もっと昔からいるような気がした。彼はドロシーが連れてきた〝はぐれ者〟のひとりだ。ドロシーには、迷える魂を拾ってきては、その生きる支えになろうとする習性があった。アーチーはある日、母親の葬儀を依頼しにここに来た。それから翌月にかけて、彼はあちこちの墓地や火葬場に頻繁に現れた。死者とのつながりを感じたくて、他人の葬儀にまぎれ込んでいたのだ。ドロシーはクレイグミラー城公園墓地で彼に近づき、話をもちかけた。二週間後、彼は礼服を着て霊柩車を運転していた。やがてそれを作業服に着替えて棺も作るようになり、しまいにはジムのもとでエンバーミングの修業をはじめた。アーチーの病気の詳細がわかったときも、ドロシーは見捨てなかった。適切な診断の下せる医者を探し、薬物治療やセラピーをしっかりと受けさせ、信頼して雇いつづけた。そのかいあって、アーチーの命は救われた。

　インディの場合も似たり寄ったりだ。この〝はぐれ者〟は三年前に、交通事故死した歯科医の両親を葬るために、ここを訪れた。身寄りのない境遇に陥ったインディだったが、ドロシーに見込まれ、一か月後には電話の応対や、依頼客からの情報収集、スケジュールの調整を行うようになっていた。今は葬儀ディレクターの資格を得ようと、自力で勉強している。いっぽうで、インディはいつのまにかハナの心に忍び込み、自分のフラットに移るよう彼女を説得してしまった。フラットはインディの両親が遺したもので、アーガイル・プレイスという通りにある。ここからは歩いて十分の距離だ。

　ジェニーは黒焦げになって縮んでいくジムをじっと見つめた。彼の存在が、炎や煙にまぎれて天空の彼方へ消えていく。あの下手なジョークも、たまに死について話すときの、おどろおどろしい声音も、もう二度と聞けないなんて信じられない。ジェニーが幼い頃に葬儀場にもぐり込むと、ジムはいつも、あろうことか式の真っ最中に、ウインクをよこした。おかげでジェニーは、吹き出しそうになる口を押さえながら、あわてて出ていくはめになるのだった。あの頃は死に好奇心をそそられたものだ。

　でもしだいに好奇心は薄れ、葬儀に囲まれて育った悪影響が出はじめた。十代の頃には家業と距離を置き、できるだけ早く家を出た。ジャーナリズムを学び、仕事に就き、クレイグと恋に落ち、ハナを産み、クレイグと別れた。そのあいだも、死とはできるだけかかわらないようにしていた。

それが今また、ジェニーの生活に死が戻ってきた。

ジェニーはまわりを見回した。庭の奥には背の高いオークやマツが塀にそって立ち並び、隣からの視線を遮っている。左手のガレージは扉が開きっぱなしで、中にシルバーの霊柩車が停まっているのが見えた。ガレージの隣は作業室とエンバーミング室。これらはジェニーの背後にそびえる三階建ての本館とつながっている。スケルフ家は、ヴィクトリア様式のその大仰な建物に百年間住みつづけ、ずっと葬儀業を、最近の十年間は加えて探偵業も営んできた。一階が葬儀ホールで、二階と三階は家族の住居になっている。

右手の茂みがガサガサと音を立て、葉のあいだからシュレディンガーがそろりと出てきた。この赤毛のオスのトラ猫は、ドロシーが拾った最新の〝はぐれ者〟だ。街猫だったらしく、体が引きしまり、態度も堂々としている。名前はハナがそう呼びはじめ、以来定着した。猫がこっちに近づいてきた。口に何かくわえている。鳥だ。顔は赤と白と黒で、翼の下が黄色い。ゴシキヒワか。

シュレディンガーはいつもなら、ここではよそ者のジェニーには、まず近寄ってこない。その猫が、みんなを通り越し、わざわざジェニーのそばまでやって来て、足元にゴシキヒワを置いた。猫は一瞬、ジムの体を覆ってエネルギーを吸う炎を見やると、ぶらぶらと茂みに戻っていった。

ゴシキヒワの胸と喉には咬み傷があり、血がべっとりついていた。

また一つ、始末する死体ができてしまった。

ジェニーはゴシキヒワを片手ですくって薪へ放り、翼が燃えあがるのを眺めた。それから鳥の血をジーンズでぬぐい、大きく息をついた。

2　ジェニー

ドロシーがグラスを高く掲げた。「ジムに」

女性三人はグラスを軽く触れ合わせ、ハイランドパークをすすった。それが喉を下っていくにつれ、焼けるような熱さが広がるのをジェニーは感じた。ふだんはもっぱら安物のジンを飲んでいるが、この乾杯では、ウィスキー党だった父に敬意を表した。グラスをキッチンテーブルに置き、オーク材の木目を指でたどる。子どもの頃に何千回となく食事をしたテーブルだ。

ドロシーがぐいとグラスをあおり、テーブルの真ん中にある陶器の皿をいじりはじめた。おばあちゃんに、とハナが小学校で作ったもので、陰陽のシンボルが描かれている。ハナはその頃すでに、ドロシーの世界観に興味を持っていたわけだ。万物の調和とつながり。皿にはティーキャンドルの燃えさしがあった。ここでこうするあいだも、父さんは庭でくすぶりつづけている。

アーチーは下に残って焼き場の面倒を見ていた。彼が火かき棒で遺体をつつきはじめたのを機に、三人は二階のキッチンへ引きあげたのだ。インディはさりげなく受付へ回った。葬儀社も探偵社も受付のデスクは共通で、番号は別でも、同じ電話機にかかってくる。

ジェニーは間仕切りのない広いキッチンを見回した。三人が座る古いテーブルの両脇には、レンジ、冷蔵庫、食器棚といったキッチン製品が壁にそって並んでいる。そのあいだの壁には大きな出窓が二つあった。出窓はブランツフィールド・リンクスと呼ばれる公園に面していて、正面にはエディンバラ城の銃眼付きの胸壁、右手にはアーサーズ・シートという岩山のドーム型の頂上、その中間には公園に立ち並ぶ木々や、ブランツフィールドとマーチモントを行き来する学生の流れが見えた。

残る壁には、お腹(なか)から頭までの高さの大きなホワイトボードが二枚取りつけられ、いちばん上に、片方は〝葬儀〟、もう片方は〝探偵〟とでかでかと書かれていた。つまりキッチンは、葬儀社と探偵社の会議室も兼ねているのだった。今から十年前のこと、ジムは死の稼業から探偵稼業へ手を広げると宣言し、家族みんなを驚かせた。いや、みんなではなかったかもしれない。ドロシーは目をしばたたかせもしなかった。でもジェニーは理解に苦しみ、いろいろと疑問をぶつけてみたものの、どれもこれもはぐらかされて終わった。

今は葬儀のボードのほうがにぎわっていた。〝葬儀〟という文字の下に、ドロシーの几帳面な字で、四人の名前が記されている。ジーナ・オドンネル、ジョン・ダガン、アーサー・フォード、アースラ・ボネッティ。名前の下は各故人に関するメモだ。まずは遺体の回収場所と回収ずみかどうか。〝RIE〟はリトル・フランスのエディンバラ王立診療所のことで、〝マリー・キュリー〟はフログストンにあるホスピスだ。回収場所が〝市の遺体安置所〟となっているのは、警察が関与していて、検死解剖が行われたことを意味した。葬儀社にはまったくかかわってこなかったし、この二十五年間はここに住んでもいなかったのに、そうしたことをぜんぶ覚えている自分にジェニーは驚いた。

つづいて葬儀の日時と場所。場所は教会あり墓地あり火葬場ありで、エディンバラ市の広い範囲にわたる。一つはワリンストン火葬場、別の一つはモーニングサイド墓地で行われるようだ。ほかには、必要な車の台数や喪主の名前、式の形式などが、略語をまじえて書き込まれていた。ボードの横にはエディンバラの大型地図が貼られ、さまざまな色のピンがさしてあった。この街の死者のための地図。ピンの位置をすべて線でつなぐと、いったいどんな図柄が浮かびあがるのだろう。

葬儀に比べて、探偵のほうは書き込みが少なかった。書き方が少し乱雑で、刑事ドラマに出てくるホワイトボードを思わせる。ただし、女性のバラバラ死体の写真が貼られて、連続殺人犯やテロ容疑者と赤線で結んであったりするわけではなく、いちばん上にジェイコブ・グラスマン、そのすぐ下にスーザン・レイモンドという名前があるだけだ。あとはジムが何か走り書きしていたが、うまく読めなかった。ジェニーはその走り書きをじっと見つめた。ジムと彼なしで回りつづける世界とをつなぐ、ひと筋の糸。窓の外の公園では、小学生がボールを蹴り合い、老婦人がダックスフントを散歩させ、ライクラのウェアを着たサイクリストふたりがメドウズへ向かって小道を疾走している。そのうちの誰も、下の庭で灰になりつつある男には気づかない。ジェニーの生涯でたったひとりの父親だというのに。

「おじいちゃんが死んだなんて信じられない」

ハナがグラスを自分の胸に押しあてる。ハナはあまりたくさん飲むほうではない。いいことだ。今のスコットランドでは、アルコールに対する考え方が昔とまるで違う。ジェニーが十代の頃には、家からハーフボトルをくすねては、そばの公園で友だちといっしょに飲んだものだが、ジムもドロシーもまったく気にとめていなかった。おかげで根っからの酒飲みになった。依存症ではない、と自分では思っている。ただ、酒がいつもごく自然に身のまわりにあり、あらゆる場面に絡んでいた。

ジェニーはハイランドパークを飲み干し、ドロシーと自分のグラスにもう一杯ついだ。

「ほんとにね」

ドロシーは鼻から息を吸って口から出した。何十年もつづけているヨガの呼吸法だ。

「ジムは人生をまっとうしたのよ」スコットランドに来てからもう長いのに、ドロシーにはカリフォルニア訛(なま)りがまだうっすら残っている。

「まだ心の準備ができてないのに、逝っちゃうなんて」ジェニーは言った。

ドロシーは背もたれに寄りかかった。椅子がぎしっと鳴る。「どうしようもないでしょ」

ジェニーは首を振ってウィスキーをすすった。

「なんにせよ、あれはなかったんじゃない？」と、グラスでドアのほうを示す。

「あれって？」ドロシーが訊(き)く。

「庭の人間バーベキュー」

ドロシーは肩をすくめた。「ジムが望んだんだもの。形式的なことに飽き飽きしてたのね。式とか礼拝とかに」

ハナが顔をしかめる。「でも、おじいちゃんはいつも言ってたのに。人を見送るときには、きちんとしたやり方が必要だって」

「わたしたちには必要ないと思ったのかも」ドロシーが言う。

ジェニーは椅子を後ろにはねのけて立ちあがり、窓から外へ向かって叫びたかった。グラスを振りあげて葬儀のボードに投げつけ、ほかの死者にウィスキーをぶっかけてやりたかった。でもじっと座っていた。

「けど、不法行為だよね」葬儀の知識が多少なりともあるジェニーには、家の裏庭で死体を焼いてはまずいことぐらいわかった。

「誰も気づかないわよ。気づいても、気にしないって」

「そお？」ジェニーは自分の言い方が気にくわなかった。まるで十代のガキのような口調。そういえば昔、見ず知らず同然の三十男ふたりと、イズリントンのオールナイトレイブへ行こうとしたことがあった。それをジムとドロシーに止められ、このテーブルでぶうぶう文句をたれたっけ。今はもう四十五歳で、離婚もし、成人した娘までいるというのに、いまだにガキのままのような気がする。たぶんジムの葬儀で、昔のことをあれこれと思い出したせいだ。それとも単に、この死の家に戻ってきたからか。

「わかってる」ドロシーが言った。「つらいよね、ふたりとも」

　ジェニーは急に恥ずかしくなった。ドロシーが別れを告げようとしているのは、五十年も連れ添った夫だった。三人が三人とも、人生の大きな部分を占めていたものを失ったのだ。誰がいちばんつらいということはなかった。

「母さんも」ジェニーはテーブル越しにドロシーの手に触れた。

　ドロシーは頰の内側を嚙(か)みしめ、ジェニーの手を握った。七十歳にしては柔らかい肌をしている。年齢よりずっと若く見えるし、いつも表情が乱れない。今のこんなときでさえだ。きっと心が安定しているのだろう。

　ジェニーとドロシーの手の上に、さらにハナが手を重ねた。まるでこれから銀行強盗に出かける悪党一味だ、と思ったとき、階下でドアベルが鳴り、三人はあわてて手を引っ込めた。ため息をついて椅子を後ろへ押しやったドロシーを、ハナが手で制す。

「インディがちゃんと応対するから。ね」

ドロシーはためらいながらもうなずいた。

目下熱い恋愛中のハナを見て、ジェニーは何かが胸に込みあげてくるのを感じた。そんなふうに恋のとりこになったことが、かつて一度だけあった。相手はクレイグ。そしてその結果たるや。

一階からかすかに会話が聞こえてきた。つづいて、しっかりした足取りで階段をのぼる音がし、あいたままのキッチンのドアを誰かが叩いた。

「パパ、来てくれたんだ」ハナが椅子の脚をきしらせて立ちあがり、ドア口に立つクレイグに駆けよった。クレイグは赤いユリの花束を持ち、神妙な顔つきをしている。ハナが両腕を回してクレイグを抱き寄せ、クレイグもハナを抱き返した。

「やあ、ぼくの天使」

ハナが身をほどくと、クレイグはテーブルのほうを向いてうなずいた。「ジェン」

「クレイグ」

それからキッチンに足を踏み入れ、ユリの花を差し出した。「ドロシー、これを。ジムのことは本当に残念だ。ハナが知らせてくれたので、ひと言、お悔やみが言いたいと思ってね。

いい人だったのに」

クレイグがちらりと視線をよこしたので、ジェニーは目をむいてみせた。悔しいことに、クレイグは昔と変わらずステキに見えた。同じ年頃の男と違ってお腹も出ていないし、髪に白いものが混じり、かえって魅力が増している。ソフィアが生まれ、再び幼い娘の父となったことが、若さをつなぎとめているのだろうか。それとも、代わってミセス・マクナマラの座についた精力満々のブロンド女、フィオナとのセックスが秘訣(ひけつ)か。いちばん頭に来たのは、クレイグの浮気相手がジェニーと同い歳で、小柄でぽっちゃりなうえ、仕事もバリバリこなす野心家タイプだったことだ。

もうやめ。ジェニーは何か皮肉を言ってやりたい衝動を抑えた。あれから十年もたったのだし、彼はハナにはいつもいい父親だった。だからといって、問題がやわらぐわけではなかったけれど。

「あら、きれい」ドロシーは花束を受け取り、頰でキスを受けると、戸棚から花瓶を取ってきた。「一杯、飲んでいきなさいな」

クレイグはジェニーの顔色をうかがった。「そんなあつかましいことは」

ドロシーが花瓶に水を入れてユリを挿す。花の香りがジェニーのほうまで流れてきた。ジャコウのような強烈なにおい。ユリはいつも、何か男性的なものを感じさせる。

「ゆっくりしていってよ、パパ」

クレイグが問うような目つきでジェニーを見ている。お許しが出るのを待っているのだ。

ジェニーはいかにも鷹揚な手つきでテーブルの椅子を示した。「座って」

浮気を告白され、別れ話を持ち出された当初は、ハナには見苦しい姿を見せまいと、虚勢を張っていた。おかげで身も心もずたずたになった。それでも、憎しみや悔しさに飲み込まれたらおしまいだと思っていたし、毒々しい感情を娘に移したくもなかった。ところが年月がたつにつれ、驚いたことに、虚勢を張るのもだんだん楽になってきた。何事にも慣れというのはあるらしい。とはいえ、今でも本音が洩れないよう、口は固く閉じておく必要があった。寝取られ女がガミガミ言うようなまねはしたくない。でもそのために、当然ながら、クレイグは見逃された格好になっていた。

ドロシーはユリをテーブルに飾ると、戸棚からグラスを出し、クレイグのためにウィスキーをついだ。

「で、葬儀の予定は？」クレイグがウィスキーをすする。

ハナが苦い顔をした。「もう終わったよ」

「いつ？」

「ついさっき。裏庭で」

クレイグはとまどっていた。「ちょっと待って、家にかかってた煙、あれがそう？」

ハナがうなずく。「わたしたちだけで、牧師も呼ばないでやったんだ」

「ここは火葬を許可されてるの？」

ハナは首を振った。ドロシーは腰をおろし、自分のグラスを再び満たした。

ジェニーのポケットの中で携帯電話が振動した。取り出してみると、ザ・スタンダード紙のケニーからだった。彼が電話してくるなんて。いつもはメールだ。コラムの打ち合わせもメールのやり取りでささっとすませるし、原稿だって締切にメール添付で送る。

ジェニーは立ちあがってドアへ向かった。「大事な電話みたい」

廊下に出て通話ボタンを押す。「ケニー」

「よう、ジェニーか」声が暗い。

「締切はまだ二日先だよ」

子どもの頃に使っていた寝室に入る。今は模様替えされて、簡素な客室になっている。パイン材のベッドがあり、床はフローリングのまま。細い棚には、ドロシーの本棚からあふれた本が置かれていた。

電話の向こうからため息が聞こえた。「言いにくいんだが、きみのコラムは打ち切りになる」

「え？」

「うちがどんな状況かは知ってるだろ。大型客船と張り合う弱小帆船。数字が上向きにならない」

　驚きはしなかったものの、覚悟ができていたわけでもなかった。同じ時期にジャーナリストになった知り合いは、みんなすでにこの業界を脱出し、クレイグのように広告業界へ移ったり、教師やコンサルタントに転身したりしていた。政治家になったのまでいる。ジェニーのジャーナリストとしてのキャリアはじわじわと死に向かいつつあったが、今ここで、最後のナイフが振りおろされたのだった。

「いつから？」

「即刻」

「ケニー、あたしにはあのコラムが必要なんだよ。定期的な仕事はもうあれしか残ってない。それは知ってるよね」

　棚の一冊に指をかけて引き出した。『禅とオートバイ修理技術』。この家で育つあいだに、ちょくちょく見かけた本だ。表紙に、葉っぱから顔を出すスパナの花の絵がある。中身を読んだことはない。

「申しわけない」

「今でも家賃が払えないのに」

「慰めにはならないだろうが、わたしももうすぐクビになる」

「ほんと、まるで慰めになってない」

　窓辺へ行き、裏庭を見おろした。アーチーが火葬台の始末をしている。薪はほとんど燃えつき、残りがくすぶるだけとなっていた。黒いのやら白いのやら灰色のやら。骨やら灰やら。彼が端を熊手で掃くと、金網の目から、灰が下のトレイに落ちていった。かたまりが焦げついているのは靴のあった場所だ。父さんの足はどんなだっただろう。サイズは二十九センチでほっそり型。人さし指が親指より長いのは、ジェニーにもハナにも遺伝した。

「うちの新聞社全体で人員がカットされる」

「フリーランサーが真っ先に、てわけね」

「ご承知のとおり」

雇用契約を結んでいないので、コストなしで簡単にクビが切れる。ページを埋める作業を社内でやるようにすればいいだけだ。コラムも評論も何もかも、残った編集部員に書かせる。彼らが嫌がったなら、ジャーナリズム学部の有望なひよこたちがいる。新聞に名前が載るとなれば、報酬なしで引き受けるだろう。

シュレディンガーが生け垣にそって忍び足で歩くのが見えた。その目は茂みにいるモリバトを狙っている。飛びかかった、と思いきや、モリバトはぱたぱたと生け垣の上へ飛び、シュレディンガーを見おろした。シュレディンガーは呆然（ぼうぜん）としている。生きることはすべてゲームなのだ。

「わたしにできることがあれば知らせてくれ」

「うん」

「もう切らなきゃ。連絡は取り合おう、な？」

ジェニーは電話を切った。手にはまだ本があった。スパナの花。花がスパナに、スパナが花に。人生を変えるのはかくもたやすいと言いたいようだ。この本を読めば、別の生き方が見つかるのだろうか。世の中の見方が変わるのだろうか。

本を棚に返し、キッチンに戻った。テーブルを囲む三人がため息をついている。愉快だけど辛辣な発言が飛び出したときの雰囲気。どうもあたしは常にジョークを聞き逃すようだ。三人が同時にグラスを持ちあげた。ジェニーにはわからない、テレパシーのようなもので合図し合ったみたいに。

クレイグがドロシーのほうを向く。

「でも、家業はどうするわけ？」たぶん会話のつづきだろう。

ドロシーが微笑む。「アーチーやインディがいる」

「インディは葬儀ディレクターの修業をしてるんだ」ハナが誇らしげに言った。

「すごいね」クレイグは二枚のホワイトボードをグラスでさした。「でも、やることがこんなにあるんだよ。ジムは……」みんなに思い出させてはまずいと思ったのだろう。

ドロシーはクレイグの気配りにうなずいてみせると、グラスを覗き込み、軽く回した。ハイランドパークがグラスの内面をつたい落ちるのを、じっと眺めている。

ジェニーにはこの先に来るものがわかった。ジムの死を知らされたときから、それは予想していた。もっと早くに言われなかったのがむしろ驚きだ。でもそのときが来た。ジェニーは覚悟を決めた。

ドロシーはひと口飲み、グラスを見つめた。「思ったんだけど、ジェニーが手伝ってくれるんじゃないかな。しばらくのあいだ、家で、わたしといてくれるんじゃないかな」そこで目を上げた。「ほんのしばらくだけ」

ジェニーはさっきの電話を思い出した。未払いの家賃を。表紙に花の絵のある、あのくだらない本を。ユリの花粉とウィスキーのにおいが鼻をかすめた。ああ、父さんにはもう二度と会えないんだ。

「いいよ」

3　ハナ

ハナはインディと手をつないで前庭を歩いていた。ふと、ドロシーが見ている気がした。振り返って二階を見あげ、笑って手を振り、前に向き直る。ドロシーをひとり残していくのは気がとがめたけれど、身のまわりの物を取りにポートベロへ行ったジェニーが、すぐに戻ってくるはずだった。ママとおばあちゃんがいっしょにすごすのはいいことだ。今はふたりともお互いを必要としている。みんなが誰かを必要としている。ハナは身を乗り出して、インディの頬にキスした。

「なんのつもり？」

「恋人のうるわしい顔にキスしちゃいけない？」

インディは喉に手をあてて吐くまねをした。

「ひっどい」ハナは声を立てて笑った。

門を出るとき、石に刻まれた住所に笑いかけた。グリーンヒル・ガーデンズ〇番地。番地がゼロというのは、ここを特別な場所にしていることの一つだ。小さい頃、どうしてゼロなのかと、ドロシーやジェニーに訊いたことがある。でもドロシーは、悪い冗談でも耳にしたかのように、ただ首を振るだけだった。ジェニーは、ゼロでおかしいなんて考えたこともない、といった顔で肩をすくめた。そこでハナは自分で調べてみた。この家はどうやら、ほかの家よりあとに、通りの端に加わったらしい。建てたのは変わり者のビール醸造所主、ミスター・バーソロミュー。十九世紀後半のことだ。当時は、自分の好きなように住所を作ることができた。でも彼は、家の前の通りに新しい名前をつける代わりに、もとからある名前、つまりグリーンヒル・ガーデンズを使って、その一番地の隣ということで、〇番地にした。以来、郵便配達員がいつもまごついている。

　この話はハナの興味を引いた。ゼロは数学上の定義が難しく、それを追究すると哲学の領域に入り込む。ハナはそうした分野が大好きだった。選択科目では〝形而上学〟を取っているし、数学の中の数学と言われる〝圏論〟の講義をたまに覗いては、ハイな気分を味わっている。マトリクスと理論と方程式が結びつき、現実世界と重なる論議領界が規定される。そんな抽象の世界に、ハナははまっていた。

「何をにやにやしてんの？」インディが言う。

　ふたりは曲がり角からブランツフィールド・リンクスに入った。公園内を網の目のように走る小道はどれも、学校や会社を終えて家へ向かう人でいっぱいだ。みんなが肩も触れんばかりに暮らしているのがハナは好きだった。自分が何かの一部であるように感じられる。

「ただ、生きてて幸せだなって」

「おお、神よ」

「どの神？」

　お決まりのジョーク。インディはヒンドゥー教の信仰を捨てていた。

　生きてて幸せ、と言ったのは本心だった。さっき祖父の火葬を見たばかりであってもだ。そのあとだからこそなのかもしれない。葬儀の席で欲情する人がたまにいる、とドロシーがいつか話していた。死と直面するなかで、どこまでも生の営みをつづけようという意識がわくらしい。ハナにはその心情がわかった。

ホワイトハウス・ローンを渡り、ブランツフィールド・リンクスの北側部分に入る。ピッチ・アンド・パットのコースがあるのはこっちだ。ここの地面の起伏を見ると、その下にひそむ昔の埋葬地のことをいつも考えてしまう。コースでゴルフボールを打つ親子たちは知っているのだろうか。地下で十七世紀の疫病の死者が何百人も眠っていることを。現実世界の下に重なる、別世界の存在。

公園内をマーチモントへ向かって弧を描くように歩き、メルヴィル・ドライヴに抜けた。秋に入ったばかりなので陽(ひ)がまだ高い。クリの木々を通して届く光が細かく揺れている。インディの顔を見ると、光と影がまだらもようを作っていた。小学校四年の頃、てんかんを抱えた男の子と一時期つきあったことがある。沈みかけた陽が柵に射し込んでチカチカ光るようなとき、彼は道路の反対側に渡らなくてはならなかった。自分で自分をコントロールできないなんて。脳内の反応が人を決めてしまうなんて。憂うつも、不安も、愛も、憎しみも、怒りも。ニューロンがインパルスを発し、分子の状態が変化し、クォークの分布が変わるさまをハナは想像した。

道路の向こうから、炭とバーガーのにおいが漂ってきた。メドウズでバーベキューをやっている。その公園には、この国が冬に閉ざされる前に、残る暖かな日をめいっぱい楽しもうという学生が大勢集まっていた。みんなフリスビーをしたり、サッカーをしたり、遠くでクィディッチをやる女の子たちもいる。ハリポタよりあとの世代のハナは、ハンガー・ゲームのほうが好きだった。さらに力強い女性が登場する物語から入ったわけだ。といっても、あれは最後のひとりになるまで殺し合うゲームだから、公園でやるわけにはいかない。

フラットに着くと、ふたりは階段を最上階まで跳ねるように駆けあがった。インディがドアをあけ、ふたりして中に転がり込む。ジムのことで落ち込むのが普通なのだろうけれど、ハナはむしろ、自分には未来がたっぷり残されているのを感じていた。亡くなったのは寂しい。でもジムだって、ハナにふさぎこんでほしくはないはずだ。それに、ドロシーの言ったのは当たっていた。死は人を欲情させるのかもしれない。

ハナはインディの腰をつかんで自分のほうを振り向かせ、キスをし、その茶色い目を見つめた。「好きだよ」

インディがハナをけげんそうに見た。「いったいどうしちゃったの?」

ハナは再び、今度はたっぷり時間をかけて熱いキスをし、インディを優しく壁のほうへ押していった。

「待って」インディは身を引いて大声で呼んだ。「メル?」

ふたりで耳をすます。

「まだキャンパスにいるんじゃない」と言ったものの、どの授業ももう終わっているのを、ハナは知っていた。メルはほかのクラスメイトと違って、帰りにパブに寄ったりはしない。

午後の〝特殊相対性理論〟と〝場の量子論〟の講義を休むことになったハナに、聞き逃した部分を教えてあげるとも言っていた。

ハナはキスを再開し、インディもそれに応じた。すると電話が鳴りはじめた。音はメルの部屋から聞こえていた。

「ほっときなさい」インディがハナの腰に手をやる。

ハナは眉を寄せた。大学は終わってるし、あの超しっかり者できちんとしているメルが、携帯を持たずに出かけることはまずない。

インディから身をほどき、メルの部屋に行って、ドアを二回叩いた。しばらく待つ。電話は鳴りつづけていた。ドアをあける。特に異状はない。ベッドは整っているし、デスクの上のノートやテキスト類も、きれいにそろえられている。壁の、メルのフォトモンタージュや家族や友だちとの写真もそのままだ。

電話はデスクの上で鳴っていた。

画面で〝ママ〟という文字が光っている。

インディがドアロに来たのを背中で感じながら、電話を取りあげて応答した。

「こんにちは、ミセス・C。ハナです」

「前にも言ったけど、わたしのことはユと呼んで。うちの娘に何してくれたわけ？」強いカントン訛りで陽気にしゃべっているが、声に少しとげとげしさがあった。

「いえ、わたしとインディは一日じゅう出かけていて、今帰ってきたとこなんです。そしたら、メルの携帯が部屋に置きっぱなしになってて」

「メルのやつ、殺してやる」物騒な言葉とは裏腹の声音で、ユは言った。「今日はパパやわたしと、ランチをすることになってたの。わたしの誕生日だから」

「おめでとうございます」

「ありがと。でも、それを娘から聞きたかった」

メラニーが約束を破ったことは一度もない。それも母親の誕生日にすっぽかすなんて、ぜったいにあり得なかった。

「残念でしたね」ハナは口調が重くならないようにした。「メルに会ったら、なんかまずいことになってるよって、言っておきます」

「どこにいるか、見当つかない？」

ハナは窓から外を見た。メルの部屋は通りに面しているものの、メドウズの大半が見わたせて、遠くにはソールズベリー・クラッグスと呼ばれる断崖が少し顔を覗かせていた。「今日の午後は授業が入ってました。わたしは出席しなかったんですけどね、祖父の葬儀があって」

「まあ、ご愁傷さま」

「ありがとうございます。ただ、メルが授業に出かけようとしてたのは確かです。たぶん、大学で何かにつかまってるんじゃないのかな」

それはなんの弁護にもなっていなかった。授業は午後にあったのだから、ランチとは関係ない。でもほかに言うことが思いつかなかった。

「ふうん、そう」あちらはまださっぱりしない様子だった。「メルが帰ってきたら、すぐにわたしに電話させて。いい？」

「わかりました。じゃあまた」

インディが入ってきた。「聞いてたよ」

ハナのそばに来て、メルの携帯の待ち受け画面を覗く。そこではメルが、同学年のザンダーと写っていた。バレンタインディナーで撮った写真で、ふたりともドレスアップしている。そういえば、その夜に着る服を決めるのを、ハナは手伝ったのだった。

「どうもおかしい」ハナは言った。

4　ドロシー

ドロシーはエンバーミング室で、ジムの焼け残りを見つめていた。野外の焚火では火葬炉ほど高温にならない。数百度も低い温度で焼いたため、火葬場から戻ってくる遺灰と違って、かたまりがごろごろ混じっていた。また火葬場では、残った骨片（こっぺん）をふるい、機械にかけてパウダー状にする。だから遺族は、さらさらしたグレーの砂をまいたりできるわけだ。

　それに比べて、目の前にある骨片や燃えかすは現実味にあふれていた。しかもまさに燃えかす。これを灰と呼ぶのは言葉の誤りだ。ありがたいことに、大きすぎて困るような骨は残っていなくて、長くても十数センチ、多くは土状に砕けていた。ハムレットのように、丸のままの頭蓋骨に話しかけられたらよかったのに。あるいはジムの大腿骨（だいたいこつ）を、穴居人（けっきょじん）のように振り回せたら。

　天井を仰ぐ。こんなシチュエーションにしては照明が明るすぎる。といっても、ここは遺体にいろいろな処置を施す部屋だ。アーチーには充分な光が必要だった。台の上のジムは別として、エンバーミング室には汚れ一つなかった。アーチーがその点にはいつも気を配っている。壁ぎわでは六つの遺体用冷蔵庫が低くうなっていた。それぞれの扉に貼られたマグネットカードには、中の故人の名前や詳細が記してある。アーサー・フォード、身長一八〇・三センチ、最後の対面あり、エンバーミング要、宝石類なし、ウェスタン・ジェネラルから回収。これらは二階のホワイトボードのメモと一致していた。ドロシーは一瞬、この家業が一個の巨大な生命体であるかのような錯覚にとらわれた。

　ジムの遺骨に目を戻した。十センチ余りの白い骨片をつまみあげる。有機成分や水分はすべて蒸発し、バルサ材のように軽いのに、けっこう硬かった。照明にかざし、右へ左へと、向きを変えてみる。片方のへりはまっすぐで、もう片方はゆるくカーブしている。先端は、一方が他方より広く、広いほうにはボールジョイントの受け口を思わせる丸いへこみがあった。狭いほうは尖(とが)っていて、親指で押すと痛みを感じた。そのまま押しつづけるうちに、とうとう皮膚が破れた。血がぷくっと出てきて骨に広がり、先端が赤黒く染まった。ドロシーは親指を吸い、その骨をカーディガンのポケットに入れた。

今頃エディンバラの空には、ジムの体の原子が漂っているに違いない。やがては大気圏の外へ出ていくのだろう。スケルフ家や近所の庭にふりそそいだのもあったはずだ。アーチーがあと始末に使ったほうきにくっついたのも。ドロシーの髪にも、服にも、靴にも、鼻の中にも、耳の中にも、喉にも、ジムの原子がへばりついている。ドロシーは小指を舐めてトレイの上の燃えかすに突っ込み、それをしゃぶった。

焚火と土の味がした。五十年間連れ添ったあとに残ったものが、これか。ドロシーは深く息を吸うと、そばのエンバーミング台を、その奥に並ぶ薬品の瓶やポンプを、かみそりやはさみやクリームやスプレーを、遺体を運ぶのに使う折りたたみ式の寝台を、順々に眺めていった。遺体の回収はふたりがかりの仕事だ。長年ジムとアーチーが組んでやっていたけれど、これからは別の誰かが手を貸さなければならない。たぶんドロシーが。ドロシーはジムといっしょに葬儀の準備をやっていただけで、遺体を扱う作業にはあまり加わってこなかった。ドロシーが得意とするのは、段取りをつけることや人とかかわることだし、ジェニーを育てていたせいもあって、手のあいた時間に仕事をしていた。インディがもっと多くをこなせるようになるかもしれない。ともかくも、葬儀ディレクターになる勉強をしているのだから。彼女は小柄だけど強靭（きょうじん）で、スケルフ家の人間にはない形の不屈さを持っている。ドロシーはインディに会った瞬間にそれを見抜いた。アーチーもそうだった。今ではふたりとも家族同様だ。ひとまわり大きくなった一家。その一家が今、中心を失っていた。

夫を照らす明かりを消し、ドロシーはエンバーミング室を出た。舌先に灰っぽいジムの味が残っていた。そしてポケットの奥深くには、ドロシーの血のついたジムの尖った骨が。

狭い事務室のデスクで、ドロシーは散乱した書類を前に顔をしかめた。ウィスキーをひと口すすり、舌打ちする。この一週間、飲みすぎている。バスルームでジムを見つけて以来、ずっとだ。彼は両目があいたままで、パジャマのズボンが足首までおりていた。

銀行の取引明細書を再び取りあげ、眼鏡の位置を直し、別の書類と照合する。ここにはもっと明るい照明がいる。あるいは、もっとよく見える眼鏡が。ジムの眼球が無と化していくさまが脳裏をよぎった。開いた帳簿を横目で見ながら、ページの下まで指を走らせる。どうも計算が合わない。

会計事務はいつもジムがやっていた。ドロシーは救いがたいほど数字に弱い。ハナの数学好きはジムゆずりだ。なので勘違いかもしれないが、なんとなく、お金が行方不明になっている気がした。大金がまとまって消えたわけではないものの、何か月にもわたって、一定額が会社の口座から出ていっている。いや、何年もだ。振込先の銀行コードや口座番号には見覚えがないし、照会先の名称も記されていない。書類をあっちへやり、こっちへやり、もう一度眺め、ハイランドパークをまたひと口すすった。ウィスキーはなんの役にも立たなかった。

ため息が出た。たぶん、何か単純なことを見落としているのだろう。毎月五百ポンドが何年間も会社の口座から引き落とされている理由を説明する、何かを。わたしはそれを知っているはずだ。ジムが話してくれたはずだ。だって、もしジムが話していないなら、それは秘密だったということで、わたしにはどうしようもなくなる。誰かに相談しなくては。といっても、何かがおかしいときに相談する相手は、いつもジムだった。

デスクの書類のあいだをまさぐって、古いノキア携帯を見つけ出すと、ごくわずかな連絡先をざっと眺めた。トマスのところで目がとまる。その名前を数秒見つめたあと、眼鏡を頭の上へ押しやり、彼の番号にかけた。ウィスキーを飲み、椅子の背にもたれかかり、コール音を聞きながら目頭をつまむ。

「はい？」

「こんばんは、トマス。ドロシーよ」

「ちょっと時間が遅いね」声が眠そうだ。「どうかした？」

壁の時計を見ると、午前一時だった。「起こしたかしら？」

「何があったんだ？」

トマスは五年前に、ドロシーの通うヨガクラスに新しく入ってきた。彼はみんなの関心を引いた。ヨガクラスに来る男性は誰でも注目されるが、それが背の高い黒人で、スコットランド訛りにスウェーデン訛りが混じるとあってはなおさらだった。そのうえ警察官だとわかったときには、女性たちが狂喜した。ドロシーは彼がすぐに気に入った。警察官なのに、ドロシーの知るスコットランド人男性より柔和な感じがしたからだ。クラスで最初に会ってから二か月がすぎた頃、チェンバーズ・ストリートでばったり出くわし、ふたりでコーヒーを飲んだ。夫以外の男性としゃべるのは楽しかった。ただそれだけのことだった。

ところが二年前、トマスの妻のモラグが急に亡くなった。サウス・サイドを自転車で走っている最中に、心臓発作を起こして縁石にぶつかり、その反動で駐車中のバンに激突した。スケルフ社が葬儀を行った。遺体の修復はあまり必要ではなかった。対向車と衝突していたら、もっとひどい損傷を受けていただろう。トマスとモラグのあいだに子どもはなく、彼の家族はみなスウェーデンにいた。そのためドロシーが何かと手を貸すうちに、ふたりは親しくなった。ふたりが会ってコーヒーを飲んでいるのを、ジムは知っていた。もしかしたら、何か勘ぐっていたのかもしれないけれど、口に出したことはなかった。

トマスの悲しみは徐々におさまっていった。ドロシーが何百回となく目にした筋書きだ。自分の悲しみはどんな筋書きをたどるのだろう。人それぞれで違うことは、職業柄よく知っている。ジムが死んでいるのを見つけてショックを受けたあと、数日間は、何もする気が起きなかった。焼き場の準備に取りかかると、意識はそれに集中したものの、どこかで感覚がマヒしていた。これも顧客のあいだでよく見られる現象だった。いつどんな激しい波に襲われるのだろう。自分はどこまで沈んでいくのだろう。でもきっと乗り越えられる、みんな乗り越えているのだから。時がたてばつらさは薄らいでいく。ただ、それもまた忍びがたいことではあった。悲しみもジムの思い出も、やがては消えていくのだと、はなからわかっているのは。

「ジムが死んだの」

「おお、ドロシー」

ドロシーは額をこすった。「心臓発作」

その一語がふたりのあいだを漂い、ふたりを結びつけた。どちらも同じ形で配偶者を失った。

「それはお気の毒に」

「一週間前」グラスの中のウィスキーをぐるぐる回す。「夜中に、トイレを使ってるあいだに。わたしは翌朝になって見つけたの。尊厳も何もあったもんじゃなかった」

ジムを発見したときのことは、誰にも詳しく話していなかった。尿で濡れたパジャマのズボンを脱がせて洗濯かごに投げ入れ、別のズボンをチェストから取ってきてはかせた。それから彼を寝室まで引きずっていき、ベッドに放りあげた。死後何時間もたっていたので肌が冷たかったが、そんなのは仕事で慣れていた。それから三十分、そばに横たわって彼を抱き、なんとか頭をはっきりさせようとした。医者に電話するのはさらに一時間待った。いったん電話したら、ジムがもう自分のものではなくなるから。ジムの死がみんなのものになるから。ドロシーはできるだけ長く、それを自分だけのものにとどめておきたかった。

「一週間前？」

トマスの口調には少しなじるような響きがあった。どうしてもっと早く知らせなかったんだ、力になれたのに。

でも彼に何ができただろう？

「今日、火葬にした」

「知らせてくれれば行ったのに」

「誰にも知らせなかった」

トマスがベッドの上で体重を移し替えるのが聞こえた。彼は今も、モラグが生きていたときと同じ側で寝ているのだろうか？　この一週間、ドロシーがベッドにのびのびと横たわったことはなかった。ジムの寝ていた側を使うのは、彼に対する侮辱のように思えた。

「わたしにできることが何かあるなら」

ドロシーは眼鏡を頭から鼻におろし、デスクの書類をにらんだ。

「あるわ、手を貸してもらえそうなことが」銀行の取引明細書を取りあげる。「ちょっと、調べてほしいの」

5 ハナ

ハナはどうも心配でならず、不法侵入のように感じながらも、再びメルの部屋に入った。窓の外はすでに暗く、街灯の橙色の光のせいで部屋が陰うつに見える。本棚に指を走らせ、デスクの引き出しをあけた。文房具以外はほとんど入っていない。

メルのSNSはぜんぶチェックした。夕方に一回、二十分前にまた一回。何も書き込みはなかった。共通の友だち全員に電話をかけた。誰も今日一日、メルを見かけていなかった。わかったかぎりでは、メルと最後に話したのはどうやらハナらしい。朝食のときだ。今日は一日じゅう授業のある日で、午前には流体力学の実験、午後には講義が二つと個人指導が入っていた。けれどもメルは、そのいずれにも出席していなかった。ハナのためにノートを取っておくと、あれほどはっきり言っていたのに。

ザンダーには真っ先に電話したけれど、昨日のランチタイム以来、会っていないということだった。ザンダーは天体物理学を専攻している。ハナやメルが学んでいるのより、はるかに複雑な学問だ。ザンダーについて知っていることを、ハナは思い出してみた。クォンタム・クラブのメンバー。このクラブはハナとメルも入っていて、あとも何人かメンバーがいた。両親は軍の関係者で、海外に在住。

ほかにも、メルの携帯にあった名前に電話をかけてみた。でも誰ひとり、メルの消息は知らなかった。メルの兄、ヴィックもだ。彼はフルーツマーケット・ギャラリーで働いていて、妹とは仲がいい。両親とのランチのことで、昨日、メルと少し話をしたらしい。メルがランチに現れなかったと聞いて、ひどく驚いていた。

物理学科三年のウェブ掲示板には、誰かメルを見かけなかったかと、努めてさりげない調子で書き込んでおいた。メルのメッセージアプリやテキストメッセージも覗いた。特に不審なものはなかった。

今日の朝食のときの様子を振り返ってみた。ハナはジムの火葬のことで頭がいっぱいで、ほかに意識が回っていなかった。メルはなんとなく顔色が悪かったのでは？　少し神経質、あるいは不安そうに見えたのでは？　とはいえ、今の自分の気持ちを記憶に重ね合わせているだけのような気もした。

メルの携帯で時刻を見ると、もう午前二時になろうとしていた。

いつのまにかインディが部屋に入ってきて、ハナの後ろに立っていた。「何を迷ってるわけ？」

ハナは首を振り、自分の携帯を出して一〇一番にかけた。インディと視線を交わしながら応答を待つ。

「もしもし。友だちが行方不明なんですけど」

6　ジェニー

ジェニーは体の下にあるマットレスの縁を両手で探った。シングルサイズだ。一瞬とまどったが、やがて思い出して目をあけた。寝室が模様替えされていて助かった。それで少しは距離が置ける。昔のままのベッドに中年の身を横たえるのは、きっと耐えがたかっただろう。十代の頃にカート・コバーンを思い浮かべながら手を動かした、あのベッドに。

といっても、昔を呼び起こすものの一つや二つはまだあった。ベッド脇の床板が修理されないままで、そこに立つなり、ぎしぎしという音のあまりの懐かしさに、心が何十年もの年月を飛び越えて、一気に子ども時代に戻っていた。そしてドアの横のしっくいの壁のへこみ。スーザンがアンディとデートしたのを知って、腹を立てたジェニーが何度かパンチした跡だ。スーザンのやつ、あたしがアンディを好きなのを知ってたくせに。窓ガラスの隅に彫ったジェニーのイニシャルも、自分の胸にタトゥーを入れたかのように、まだくっきりと見えた。

それにしても、またこの家に戻ってくるとは。ドロシーに頼まれたからとはいえ、ほんのしばらくだなんて、自分に嘘をつく気はなかった。四十五歳にして、住む場所も資産も仕事も配偶者もなし。ここにいたほうがよっぽどましだ。人生の終わりを迎えるのに、葬儀屋の家ほどふさわしい場所はない。

床で口をあけたままのスーツケースから、ぐちゃぐちゃと服があふれ出している。残りの持ち物を詰めた段ボール箱五つは、階下の物置に入れてあった。昨夜アーチーの助けを借りて、ポートベロのフラットから夜逃げしてきたのだ。ありったけの物を詰める作業は、悲しいほど短時間で終わった。上等でもない家具は、未払いの家賃の一部として置いてきた。

どうしてこんなことになったのだろう。二十年前にあのフラットをクレイグと借りたときには、結婚して、お腹に子どもがいて、愛に包まれていた。ジェニーもクレイグもお金はなかった。ふたりともフリーのジャーナリストで、ジェニーは文化評論、クレイグは政治関係の記事を書いていた。収入が安定しないため、いい家に住み替えられる望みはなかったものの、生活はそのうち上向くだろうと思っていた。ところがジャーナリズム業界が破綻。クレイグはジェニーのもとを去り、同時にフィオナと立ちあげた会社で広告業をはじめた。

ドロシーとジムは、ハナを連れて実家に帰ってこいと言った。特にジムは、ジェニーを捨てたクレイグに激怒していた。男が家族を裏切るなんてもってのほかだと。ジムはドロシーより熱心に、ジェニーとハナを丸め込もうとした。孫娘と長々と遊んだり、アイスを買ってやったり、夜遅くに電話して戻ってくるよう懇願したり。でもジェニーは、自分で自分の娘を養えないのは悔しい気がした。今思うと愚かなプライドだ。それにハナには、自分のように死体に囲まれて育ってほしくなかった。なのでフリーランスの仕事を二倍に増やし、身をけずりながら家賃を稼いだ。おそらくハナとの関係を犠牲にして。選択を誤ったのかもしれない。人生を決めるうえで犯してきた、数かぎりない誤りの一つ。それがたたって、結局はここに戻るはめになったわけだ。

この家を通りすぎていった何千もの死者が、街じゅうの墓地でむっくりと起きあがるところが浮かんできた。ゾンビの群れがグリーンヒル・ガーデンズを目指して行進してくる。生者とのつながりを返せと要求しながら。ジェニーも同じことをしているのかもしれない。これは父を取り戻し、母とのつながりを回復させる試みなのか。

開いたスーツケースからガウンを引っぱり出し、ぶらぶらとキッチンへ行った。窓辺でシュレディンガーが、使い古された革張りの椅子にちょこんと座り、木々の隙間から射し込むまぶしい陽を顔いっぱいに浴びている。ジェニーのことなどまるで知らんぷりだ。ジェニーはマグカップを取り出し、ドロシーの大型パーコレーターにコーヒー豆と水を入れた。フラットではインスタントをいれる余裕しかなかったから、このコロンビア豆はさぞかし、頭に強烈な刺激を与えてくれるだろう。

窓辺に近寄ってみた。

「よっ、猫」

まるで無視だ。首の後ろをぱんと叩いてやった。「あのさあ、お互い、仲良くやらなきゃなんないの。あたしは当分、ここにいるんだからね」

シュレディンガーは椅子の奥に身を引き、革に爪を立てた。

「こんちくしょうめ」

「誰に悪態をついてるの?」ドロシーがドアから入ってきた。驚くほどさっぱりした顔をしている。

「母さんの猫に。あいつはあたしが嫌いなんだよ」

「ののしられるとしっかり反応するからね。人間と同じ」

ジェニーは苦笑いしてパーコレーターのところに戻った。「母さんも飲む?」

ドロシーは首を振った。「これから出かけるの。友だちと会いに」

「誰と?」

ふとドロシーが立ち止まる。ゆったりしたコットンズボンに、襟元をあけた栗色のシルクブラウス。どちらもよく似合っている。着こなしがうまいのだ。ジェニーはうらやましかった。エレガントな母はすべるように人生を渡っている。物腰がおだやかで、何があっても動じないように見える。ジムが死んだというのに、なぜもっと取り乱したふうにならないのか、ジェニーには理解できなかった。

ドロシーは両手を腰に当てた。「トマス・オルソン」

その名前は何度か耳にしていたけれど、当人に会ったことはなかった。ドロシーの知り合いのスウェーデン人警察官。彼の妻の葬儀はスケルフ社が行った。インディが言うには、グレーヘアのちょっと魅力的な年配男だったとか。

「夫を火葬した翌日に、もうハンサムな男やもめと出かけるわけ？」

ジェニーのその物言いに、ドロシーが眉をつりあげた。「やりたいことをやってかまわないでしょ」

「まさに八七年にそうしたように」

ドロシーは凍りついたようになった。八七年とは、家族内では〝ドロシーのあの事件〟として知られる、ある出来事を指す符丁だった。その年ドロシーは、カリフォルニアのピズモ・ビーチに、ひとりで母親を訪ねにいった。二週間の予定だったが、もうすぐ二か月になろうというのに、まだ帰ってこない。スコットランドに残るジムと、思春期に突入したばかりのジェニーは、いったい何が起きたのかといぶかっていた。やがてわかったことには、どうやら高校時代の彼氏が離婚ほやほやで、青春よ再びとばかりに、彼といいことをしていたらしい。結局ジムがカリフォルニアへ飛んで、帰ってくるよう説得しなければならなかった。ジムとドロシーはその一件をすぎたことにした。どうケリをつけたのか、ジェニーはいまだによく知らない。ジムはドロシーを赦し、ドロシーも明らかに、深く悔いているようだった。でもジェニーにはふっきれないものが残った。人はいつ裏切られたり欺かれたりするかわからない、という意識が芽生えた。そしてハナが当時のジェニーとほぼ同じ年齢に達した頃、クレイグが出ていき、同じことをした。ただしもっと悪質な形で。それでまた傷口が開き、別居や離婚の際には、ドロシーがどう慰め、どう支えようとしても、ジェニーは素直に受け入れることができなかった。そして今度はこれだ。ジムの焼けた遺骨がまだ階下の台にのっているというのに、ドロシーは美しく装って、恋人候補に会いに行こうとしている。

「やめて。あなたにあれを持ち出す権利はない」

「はい、はい」

「生涯かけて愛したのは、あなたの父さんだけよ。あのときのことは間違いだった。始終、後悔してる。なのにそれを今持ち出すなんて。ああ情けない」

ジェニーは両手を前に突き出した。「もういいよ」

「日々の生活を送るのに許可は必要ない」

「ええ、ええ」

ガスレンジにかけたパーコレーターがごぼごぼ音を立てはじめた。シュレディンガーがドロシーのそばに来て、しっぽで彼女の脚をなでた。ドロシーはシュレディンガーを軽く叩き、ドアのほうを指さした。

「そうだ、しばらく受付をやっててほしいの。今日はインディが休みだから」

不安がふつふつとわいてくるのを感じながら、ジェニーはコーヒーをついだ。「何をすればいいか、わかんないよ」

「電話が鳴ったら出て、話を書きとめておくだけ。わたしがやるのをよく見てたでしょ」

「最近は見てない」

「平気だってば」ドロシーは椅子の背からカーディガンを取ってはおった。昨日の煙のにおいがする。ウールの中にジムの魂がひそんでいるのか。

「さっきはごめん。母さんは大丈夫なの？」

「いいえ」冷たい口調ではなかった。「誰も大丈夫じゃない。大丈夫になるまでには、きっと長い時間がかかる。でも前に進まなきゃ。そうでしょ？」

「そうなの？」

ドロシーはジェニーの手を取った。「ほかに何ができる？」

電話が鳴った。

エンバーミング室で、かつて自分の父だった燃えかすの山を眺めていたジェニーは、受付から音が聞こえてくるのに気づいた。どれだけここに立っていたのだろう？ それは数秒間だったようにも、数週間だったようにも思えた。

レセプション室に入る。この部屋はエンバーミング室とは対照的だ。フラシ天のカーペット、彫りのあるオーク材の家具、隅で次の葬儀を待つ花束、卵型とV字の装飾のある天井蛇腹（じゃばら）、電話とパソコンの置かれたしゃれたデザインのデスク。ここからは、一階の葬儀ホール全体が見わたせた。左手に小さなチャペル、右手に控え室があり、奥にはお別れの間（ま）が三つ並ぶ。

椅子に座ってしばし電話をにらみつけ、受話器を取った。

「はい、スケルフ社ですが？」葬儀社とも探偵社とも、はっきり言わないことを思い出した。どっちにかかってきたのか、わからないからだ。

電話の向こうで鼻をすする音がした。

「いいんですよ、落ち着かれてからで」ドロシーはこのせりふを、長年のあいだに何千回となく繰り返してきたのだろう。

「わたしのウィリアムが」

頭の中でドロシーの声が響いた。〝ただそこにいればいいの。何も言わなくていい。お客さまは誰かと、何かと、つながっているのを感じたいのよ〟

また鼻をすする音。「彼の葬儀を準備しなくちゃならないんです」

「お悔やみ申しあげます」

電話の女性は激しく泣きだした。これじゃあどうしようもない。同じ部屋にいるのなら、ティッシュを差し出したり手をさすったりできる。ぎゅっと抱きしめることもできる。あたしだって、そうしてもらいたい。いっしょに涙を流し、シングルモルトのウィスキーで悲しみをまぎらわせるのもありかもしれない。ああやだやだ。自分の父親を見送った翌日に、こんなところで、他人の人生最悪の瞬間に耳を傾けているなんて。

「お客さまのお名前は？」

少し間があいてから、答えが返ってきた。「メアリーです。ウィリアムとメアリーの、バクスター夫妻です」

まだ夫婦であるかのように言っている。魂が半分ちぎられたばかりなのに、そんなことはなかったかのように。メアリーが気を静めようと大きく息を吸うのが聞こえた。

「大丈夫ですよ」大丈夫なもんか。なんて間の抜けた慰めを言うんだ。もう二度と、何も大丈夫にはならないのに。「ウィリアムさんのことを聞かせてください」

そう促されて、メアリーは死んだ夫について語りはじめた。ウィリアムとは、一九五〇年代にロジアン・ロードの路上ダンスパーティで知りあった。彼は海軍兵士で、制服姿がさっそうとしていた。太平洋のクリスマス島で行われた水爆実験の場にいたにもかかわらず、長い人生を生き抜いた。戦闘機のコックピット用の機器パネルを作るフェランティ社で働き、四人の子を育てあげた。そのうちのひとりはすでに亡くなった。そこでメアリーの声がいったん途切れた。ジェニーは耐えきれなくなった。こんなの、あたしには向いてない。あたしには父さんや母さんにあるものがない、もしくはインディにあるものが。奥のエンバーミング室で金属トレイに盛られた父の姿が、ジェニーは頭から消せなかった。

メアリーは話をつづけた。孫のこと。ペースメーカーや人工股関節のこと。趣味はガーデニングとメドウズの散歩だったこと。買い物に行くときには今でもメアリーと手をつないでいたこと。ずっとロマンチックだったこと。ジェニーはすべて書きとめた。大半は、葬儀には直接関係がなかったけれど。やがて肺炎の話が出た。肺の何かがどうでこうで。メアリーの声が急にしぼんでいった。最期についてはロにする気になれないらしい。

「それでウィリアムさんは、今どちらに？」

メアリーが落ち着くまで、長い間があいた。「セント・コロンバズです。夜のうちに亡くなりました。安らかに逝ったそうです。もう痛みは感じてなかったのでしょう」

どうしてそうだとわかる？　痛みで一時間も苦しんでいたかもしれないじゃない。息ができなくて、まだ生きていたいとパニックに陥ったかもしれないじゃない。迫りくるブラックホールへの恐怖で、シーツを引っつかんでいたかもしれないじゃない。

ほんっとに、あたしってこんなことには向いてない。

「わかりました。ウィリアムさんのことはうちがお世話しますのでご心配なく。こちらに来て、葬儀ディレクターと話し合ってもらえます？　準備についてあれこれ」

答えがない。

「うちはグリーンヒル・ガーデンズにあります。ご存じで？」

「ええ」

「いつがご都合いいですか？」

どうせ家でひとり、じっと座っているのだろうに。何もすることがなくて。

「今日の午後とか？」メアリーが答えた。

「では二時にしましょう」

「ありがとう、とても親身になってくださって」

それって皮肉？「どういたしまして」

電話が切れても、ジェニーは握りしめたままの受話器をじっと見ていた。手のひらが汗ばんでいる。ぐっと唾を飲み込み、受話器で額をトントン叩いた。最初は軽く、しだいに強く、しまいには痛みを感じるほど。

7　ドロシー

ミドル・メドウ・ウォーク。この遊歩道をドロシーはこよなく愛していた。そこを行きかう学生の流れも、猛スピードで通りすぎるサイクリストも、へんてこな格好をした大道芸人さえも。少し先で誰かがファンキーなシャッフルを叩いている。なんとおんぼろの古びたドラムセットだ。わが家の三階にある輝くばかりのセットを思い浮かべ、ドロシーはにんまりとした。フェスティバルが終わり、街なかを歩いていても、子どもに囲まれてイベントのビラを押しつけられることはなくなった。ほっとした反面、あの活気が懐かしい気もする。代わって急に増えたのが、この大きな街での冒険に胸をふくらませる新入生たちだ。遊歩道は幅の広い並木道になっていて、マーチモントから旧市街の中心まで延々とつづいている。学生はマーチモントに住み、旧市街で学ぶので、この道はいわば動脈とも言える。ドロシーは自分が一個の血球で、エディンバラという体のどこかへ、必要な栄養素を運んでいるような気がしてきた。

〈ソダーバーグ〉に着くと、トマスが屋外の席に腰かけているのが見えた。白いTシャツとジーンズに濃い緑のジャケットをはおり、黒縁の眼鏡をかけている。陽射しは明るく澄み、空気がややぴりっとするあたりに、冬の訪れの兆しがうっすら感じられた。トマスは本を読んでいた。近づきながら覗くと、著者は日本人女性だった。

ドロシーはそっとトマスの肩に触れた。「面白いことが書いてある？」

トマスは振り返って眼鏡をはずし、微笑みながら本を閉じた。「まあね」立ちあがってドロシーを抱きしめる。「会えてうれしいよ」

「わたしも」

「どう、元気？」その言葉には、単なるあいさつ以上の含みが感じられた。

元気、とそのまま返すのではなく、少し考えてから答えた。「そのうち元気になる、と思う」

「きっとなるよ」トマスはドロシーのために椅子を引き出した。

ふたりがいるのは、カフェの外の小さなテーブル席だった。カフェはモダンな再開発地区、クォーターマイルの一画にあり、周囲には古い病院や大学の尖塔(せんとう)がひしめく。店の建物は大きく、正面がガラス張りになっていた。奥にはスウェーデンパンを売るコーナーがあり、それもあって、ドロシーはこのカフェが好きだった。店内の照明やシックな北欧家具が、まだ見ぬミニマリズムの地への憧れをかき立てる。

ふたりはペストリーとコーヒーを注文した。トマスは注文を取りに来たアルバイト学生と、スウェーデン語で二言三言、言葉を交わした。

「彼は哲学を学んでいるそうだ」アルバイト学生が去ったあと、トマスが言った。

「幸運を祈る、だわね」

自分たちのしゃべり方がそれぞれの経歴を物語っているのを、ドロシーは愉快に思った。ドロシーにはカリフォルニア訛りがかすかに残るし、トマスの英語は北欧語風に鋭く響く。そんな老年と中年のふたりが、スコットランドの弱々しい太陽の下で座っている。ふたりとも愛ゆえにここへやって来て、今は愛する人を亡くしていた。故郷以外の土地に長く住んでいると、どこが故郷なのかよくわからなくなってくる。ドロシーはエディンバラが大好きだし、スコットランド人の自嘲的なユーモアも愛している。それでも心の奥では、アメリカ西海岸のあけっぴろげさと覇気を懐かしんでいた。トマスはイェーテボリの何を懐かしく思うのだろう。

「さてと」トマスは上着のポケットに手を入れた。「謎の口座引き落としの件だが」

余計なことは抜きという堅物(かたぶつ)さがジムと似ている。いやいや、そんなふうに考えてはだめ。トマスは一枚の紙を開き、テーブルの上で平らに伸ばすと、読書用の眼鏡をかけて目をしばたたいた。

「引き落としは十年前にはじまっている」

「額はずっと同じ？」

　トマスがうなずく。

　なんと、それなら送金額はもう五万ポンドを超えている。

　彼は体重を移し替えた。「レベッカ・ローレンスという名前に心当たりは？」

　ドロシーは思い起こしてみた。これまでの人生では数知れない人々とすれ違った。数知れない名前と。「ないと思う」

「レベッカは四十五歳で、ナタリーという十歳の娘とクレイゲンティニーに住んでいる」

　ジェニーと同じ年齢という点に少し引っかかった。そして娘がいる。「やっぱり何も思い当たらない」

　トマスが紙に指を走らせていると、注文したものが運ばれてきた。彼は店員が去るまで待った。

「仕事は診療所の受付。けっこう長くつづけている」

　ドロシーは首を振った。

「興味深い点が一つある」トマスが目を上げる。「レベッカは寡婦だ、ある種の」

　砂糖がけのペストリーやコーヒーが放つにおいに、ドロシーは一瞬めまいを覚えた。若い女性の三人組が、大声で夜の外出の話をしながらそばを通っていく。信頼できる気安い仲なのだろう、けらけら笑って軽く小突き合っている。

「ある種のって？」

「夫が失踪したんだ。十年前に。レベッカが届け出ている」

「で？」

トマスは肩をすくめ、エスプレッソをひと口すすった。「夫はそのまま姿を現さなかった。レベッカが三年前に裁判所に申し立て、失踪宣告が下った。つまり法的には、夫は死亡したとみなされているわけだ。失踪して七年たつと、この認定が受けられる。すると死亡証明書が手に入り、公的年金がもらえるようになる」

ドロシーは頭の奥がざわつくのを感じた。テーブルの近くでぶらぶらしていたツイード服の中年夫婦を、スポーツウェアの十代の男の子たちが追い越していった。

「その夫は、口座引き落としがはじまったころに失踪しているわけね」

「その数か月前にだ」

「偶然よね」

「偶然だよ」

ドロシーはこめかみに手をやった。

トマスはため息をつき、両手を左右に広げた。「これにはきっと、何かもっともな理由があるんだよ」

「それは警察官の言葉じゃないわね。どうもにおう、そう思ってるでしょ」

「ジムにかぎって……」その先をつづけないだけの礼儀をトマスは持ち合わせていた。

「失踪した夫の名前はなんていうの？」

彼はドロシーの顔をうかがった。「サイモン・ローレンス」

そんなまさか。ドロシーはその男を知っていた。

8 ハナ

受付には最初、誰もいないように見えた。するといきなり、デスクの端からジェニーが頭をもたげた。そこで眠っていたのか、まぶたを重そうにぱちぱちさせている。ゆるんだポニーテールから赤毛がひと筋ほつれ、唇にへばりついていた。ジェニーはそれをはぎ取り、咳払いをした。

「なんだハナか」

昨夜の通報はほんの数分で終わった。見込みなし。考えてはいた。二十四時間たっていないと、何もしてくれないのかもしれない、そういう規則なのかもしれない、と。ところが電話に出た警察官は、あきあきしたようにため息まじりで説いた。それはテレビドラマの決まり文句にすぎない。実際には、失踪者の捜査は経過時間にかかわりなく行われる。ただし、失踪者が高齢者や幼い子どものような弱者でないかぎり、捜査はしない。しっかりした大人の失踪を禁じる法律はないようだよ、どうやら。あとで調べてみると、しゃくなことに、警察官の言ったことは正しかった。彼はハナの訴えを聞き、ことに行方不明なのが大学生だとわかると、大笑いしそうになった。二十歳の学生がまだ帰宅しないからって、捜索隊を出せってか。ハナはかっとなり、彼の名前と通報の照会番号を教えろと迫った。それでどうなるものでもなかったけれど。

そのあと今朝の七時にメルの母に電話しようとしたら、向こうからかかってきた。メルからは何も連絡がないと告げると、ユ・チェンはいよいよ不安そうな声を出した。ハナはそれまで不安に蓋をしていたが、ユと話したあとは、胃のあたりがこわばるのを感じた。SNSをもう一度チェックし、メルの携帯の履歴にある番号に片っ端からテキストメッセージを送ってみた。収穫はなかった。

ハナがインディの顔を見つめていると、彼女が言った。やっぱり行方不明だよ、これは事件だよ、警察が捜してくれないなら、ほかの誰かがやらなきゃ。というわけで、ハナはスケルフ邸にやって来たのだった。ただ問題は、ジムがもう死んでいるということだ。

ジェニーが身を起こした。

「探偵が必要になった」ハナは言った。

ジェニーはデスクの向こうからハナのほうへ回ってきた。「何があったの？」

「メルが行方不明なんだ」

ジェニーの目のまわりには、以前にはなかった皺ができていた。しかも額に赤い跡がつき、ひどく疲れたように見える。ジムの死はみんなに衝撃を与えたが、ジムがジェニーの父親だったことを、ハナはときとして忘れていた。自身の父親が焚火で焼かれるところを想像してみる。いったいどんな気持ちになるだろう。

「恋人の家に行ってるだけかもよ」

ハナは首を振った。一から説明するのには、もううんざりしていた。でもこの件で動くとなれば、また嫌というほど繰り返すはめになりそうだ。

「ザンダーもメルと会ってない、誰も会ってない」

「家族は？」

「ユは死ぬほど心配してる」

「じゃあ、警察に通報しなさいよ」

「関心がないってさ」

「え？」

「警察はメルのことを知らないからだよ。こんなの、ぜんぜんメルらしくないっていうのに」ハナは胸にわきあがってきたものを飲み込んだ。「ねえママ、手を貸して。わたしがメルを捜すしかないよ。ほかには誰もやってくれないもの」

ジェニーはハナをしげしげと見つめてから、ぽつりと言った。

「そっかあ」

ハナがシュレディンガーを首からしっぽまでなでてやると、猫は喉をごろごろ鳴らし、陽当たりのいい場所を探しに窓辺へ去っていった。

ハナとジェニーはキッチンのテーブルに座っていた。テーブルについた粘っこいウィスキーの輪染みを、ハナは指でこすった。天気がよくて、キッチンには陽があふれんばかりに射し込んでいる。光の中に漂う埃(ほこり)を見ていると、亜原子粒子のことが浮かんできた。原子よりも小さな粒子。といっても、実は粒子ではない。それは波、あるいは場、あるいは力。ただ、何にたとえてみても、これまで用いてきた定数や方程式がうまく当てはまらないらしい。

「あたしは探偵じゃないよ」ジェニーがコーヒーをする。マグにインド風のブッダの絵がある。コーヒーはきつい香りがした。

「わたしだって違う」

「つまり、あたしたちにはできない」

ハナは両眉をつりあげた。「ママはいつも言ってたじゃない。やる気になれば、なんだってできるって」

ジェニーは天井を仰いだ「あのねえ。親ってのは、娘がヤク中のストリッパーに身を落とさないように、そう言うの」

ハナはグリーンティをすすった。「そりゃどうもありがと」

遠くの壁にある探偵のホワイトボードに向かって、ジェニーが手を振る。「きっとおばあちゃんのほうがよく知ってるよ。おじいちゃんがやるのを何年も見てたんだから」

ハナは身を乗り出した。「ママはわたしの母親でしょう、わたしはママに頼んでるんだよ」

ジェニーは首を振った。

ハナは腹が立ってきた。ママはなんでも適当に受け流そうとする。しらけ世代だもんね。あの世代は自分たちのことをなんて呼んでた？　ものぐさ？　世の中とかかわらないための言い訳、本当の感情と向き合わないための口実。

「ねえどうかしてない？　娘が助けを求めてるのに」

ジェニーがふと背を立てた。「あたしは父さんが死んだばかりなの。忘れてた？」

ハナははっとした。あやまりたいと思ったが、同時になんとか説得したくもあった。

しばらくしてジェニーが言った。「ともかく、何から手をつければいいのか、あたしにはさっぱりよ」

ある意味、承諾したわけだ。今はそれでよしとしよう。

「そんなに大変なことかなあ。ただ調べるだけだよ。人と話して、メルの動きをたどって、物事を明らかにしていく」

「たぶん、今頃はもう、おたくのフラットに無事戻ってるよ」

「だったらインディが連絡してきてる」

「大騒ぎする話じゃないと思うけどな」

メルの携帯を取り出し、テーブルにごとんと置いた。「メルがこれを持たずに出かけたことは一度もない。そしてもう二十四時間以上、誰もメルを見かけていない」

「何よそれ。好きに行動するのは禁じられてるみたい。みんながみんな朝から晩まで、連絡可能にしておく必要はないんじゃない」

「昔はああだったこうだったと、わめくのは勘弁してね。テレビのチャンネルは四つだけで、リモコンはなくて、インターネットもなくて、輪っかを棒で転がして遊んでた」

「もしかしたら、誰にも邪魔されない場所に行ったのかもよ。そこで勉強してるとか、ドラッグをやってるとか、思いもよらない相手とめくるめくセックスを楽しんでいるとか」

「メルは服も携帯も歯ブラシも持っていってない。たとえ暴走族とセックスにふけるつもりでも、歯はきれいにしておきたいと思っただろうな」

「きっとひょっこり帰ってくるよ」

ハナは椅子を尻で後ろへやって立った。「そう願ってる。でもそうなるまでは、ふたりで捜そうよ」

ジェニーは、これ以上何も言えないとばかりに、両手を左右に開いた。「ふたりで、どうやって？」

ハナはホワイトボードにつかつかと歩み寄り、そこに記されたいくつかの名前を眺めると、マーカーのキャップをはずした。においが個人指導の時間を思い起こさせる。そのマーカーで、ボードのあいた場所に〝メラニー・チェン〟と書いた。そしてそこから線を四本引き、それぞれの先に〝恋人ザンダー〟〝家族〟〝クラスメイト〟〝大学職員〟と書き入れた。

「探偵ならどうすると思う？」ハナはジェニーを振り返った。

ジェニーが肩をすくめる。

ハナは手のひらをマーカーでトントン叩いた。「恋人からはじめるな」

「ほかに項目はないの？」

ボードを見つめ、首を振る。「思いつかない」

「家庭に何かあるとか。自立した若いチャイニーズ系スコットランド人女性が抱える、文化上の問題？」

ハナはきっと唇を結んだ。「それって人種差別的発言。ユもボリンも、リベラルな学究人だよ。考え方もとってもオープンだし」

「メルにはお兄さんがいるんだよね、違った？」

「すっごくかっこいい人」

「へーえ？」

ヴィックがメルに危害を加えるところなど、ハナは想像できなかった。

「課外活動は？　なんかの会や、変な集まりに入ってたりしない？」

メルの名前からもう一本線を引き、その先に〝クォンタム・クラブ〟と書く。

「ロールプレイングゲームでもやるクラブ？」

ハナはジェニーをじろりとにらんだ。「討論をするクラブ。一種の哲学クラブだよ。メルもわたしもメンバーなんだ」

「そんなの一度も言わなかったじゃない」

「一度も訊かなかったじゃない」

「何を討論するわけ？」

「なんでも。現代物理学が生命、宇宙、そして万物にどう関係しているか」そんなふうに言っても、ママが『銀河ヒッチハイク・ガイド』を思い浮かべることはないだろうけど。「大学院生の講師が運営してる。ブラッドリー・バーカー」

その名前をハナはボードに書き加えた。ハナの文字の下に、以前ジムが書いた文字がうっすら見えた。ボードの分子とマーカーのインクの分子が混じり合うのを想像する。今回の事件が過去のあらゆる事件と入り混じる。解決したものとも、しなかったものとも。

「じゃあ、あたしたちの片方がザンダーと、もう片方がこのブラッドリーと、話してみればいいってことね」

「ねえ、一階に誰もいなかったけど」と声がして、ハナは振り返った。ドロシーが折りたたんだ紙を握りしめてドアロに立っている。彼女はホワイトボードを見やり、それからハナとジェニーを見た。「何してるの？」

ハナはジェニーのほうを向き、それからドロシーに向き直った。

「事件の捜査」

9　ドロシー

アーチーが看護師のような手つきで頸動脈を軽く叩いた。ポンプの働きで死体にエンバーミング液が注入され、血液が押し出されていく。そのさまをドロシーはじっと眺めていた。ポンプの音や薬品のにおいがジムを思い出させる。それを言うなら、何もかもジムを思い出させるものばかりだ。この家を売り払って、五十年ぶりにピズモ・ビーチに帰ろうか。そうすれば、もう悩まされないですむかもしれない。

「アーチー」ドロシーはドアロから声をかけた。

彼が目を上げる。「おや」

ドロシーは死体に近づいていった。青白くてゴムのようだ。テレビに出てくる死体はこんなではない。法医学ドラマはそこが間違っている。横たわるのが俳優だと、ひと目でわかる。あれはまだ息をし、酸素を含んだ血が血管を流れ、頭の中で希望と失望が交錯している肉体。目の前の死体にはもはや失望はない。希望もない。

「ジーナ・オドンネルです」アーチーが言う。

ドロシーは身を乗り出し、ジーナの首のすりむけた箇所を、触れないまま指でなぞった。三十五歳の自死者。寝室の照明器具にベルトをかけて首を吊った。皮膚にはバックルの食い込んだ跡がまだ残っている。

アーチーはドロシーの視線の先に目をやった。「簡単に隠せると思います」

ドロシーはうなずいた。彼は、ジムほど死体修復がうまくないけれど、それなりに技術はあるし、細かいところまで目が行く。「喪主はこの女性のお姉さんだったかしら?」

「そうです」

「着せる服はもう持ってきた?」

アーチーがポンプをチェックする。ピーチ色の液体がどんどん減っていく。「昨日、あのあとで……」

　ジムを焼いたあと、という意味だ。

　つづいて頸動脈に刺した針や、ポンプにつながるチューブを確かめるアーチーを、ドロシーはじっと見守った。アーチーの病気の性質がわかったとき、ほかの人なら追い出していたかもしれない。でもドロシーはずっと彼を支えつづけた。それが報われたわけだ。アーチーは母親を亡くしたあと、コタール症候群にかかった。自分は本当は死んでいる、と思い込んでしまう精神の病で、心的外傷後のストレスによって引き起こされることがあるという。アーチーの場合、母親の死が引き金になったのは間違いなかった。彼は墓地や火葬場をさまよい、赤の他人の葬儀にまぎれ込むようになった。そうしていると、同類といっしょにいる気分になれるらしい。妙なもので、この病の患者が自殺を図ることはない。自分はすでに死んだと思っているからだ。ただ症状が重いと、食事を取らずに餓死する。

　アーチーはそこまで深刻ではなかったものの、ここで働きはじめた最初の一年は、黙ってひとりで耐えていた。彼がどんどん無気力になっていくのに気づいたドロシーは、さりげなく様子を観察してみた。彼は仕事はこなしていたが、最低限のことをやるだけで、仕事以外では誰ともつきあっていなかった。ドロシーは医者に助けを求めるよう説得した。それから数か月かけて病院を何軒も回ったすえに、最新の医療研究に詳しい精神科医により、コタール症候群であると診断された。さまざまな抗精神病薬や抗うつ剤の試行錯誤が繰り返され、ようやく二年後に、アーチーを安定させる薬が見つかった。とはいえ、病気の影は今も背後にひそんでいる。自分は死んでいるという考えは、アーチーの頭から完全には消えていないのだった。

魂はすでに肉体を離れた、自分は歩く死体だ。そんな思いを抱えて生きるというのは、いったいどんなものだろう。実際に死ぬより悲惨なのではないか。しだいに衰えていく肉体に閉じ込められたまま、この世とあの世のあいだで立ち往生しているなんて。

「ちょっと訊きたいことがあるんだけど」

「どうぞ」

ドロシーはエンバーミング台のジーナに目をやり、首の傷を見た。

「サイモン・ローレンスについて、何か覚えてる?」

アーチーはトレイの薬品を整えていた手をはたと止めた。「なぜ訊くんです?」

「この前ふと思い出してね、ただそれだけ」

彼が目を上げる。「あんまり覚えていません。わたしが働きだしたあと、数か月はここにいました。運転が主で、たまに大工仕事も」

「どんな人だった?」

「さあ。本当のところ、あまり懇意にはならなかったので。いったいどうしたんです?」

ドロシーは急に照明がまぶしすぎるように思えてきた。これではまるで尋問室みたいだ。

部屋の温度は低いはずなのに、体がかーっと熱くなった。

「サイモンがどうして辞めたか覚えてる？」

アーチーは首を振った。「よそで事務の仕事か何かを見つけたんだと、ジムが言ってたような気がします。この仕事があまり好きではなかったんでしょう。万人向けではありませんからね」

ドロシーはポンプをちらりと見た。半分になったエンバーミング液が、スラッシュマシンの中身のようにゆるく波立っている。ジーナの手に指先をのせてみた。ゴムのように冷たく、人間味が感じられなかった。

「そうね。万人向けではないわね」

10　ハナ

〈サウスポア〉は最近はやりのパブによくあるスタイルの店だった。レンガがむき出しの壁、サビ仕上げのランプシェード、その下で薄暗い旧式の電球がぷるぷる震えている。メニューはサワードウブレッドにクラフトビールにジンカクテル。カクテルは種類が豊富で、二十一世紀の割り材を用い、特注の果物や野菜が添えてあるという。どんなものやら。

ハナが初めてアルコールを口にしたのは五年前だ。当時は残っていたおやじパブも、もう大半がサウスサイドから姿を消した。いいのか悪いのか、ハナにはどっちとも言えない。少なくとも若い女性は、ボディタッチに悩まされることなく、おいしい飲み物を楽しめるようになった。もちろん、けんかはなくなっていないけれど。いっぽうで、今やドリンク一杯とこだわりの高級ポテトチップス一袋で、十ポンド札が軽く一枚飛ぶ。

カウンターに入っていたザンダーは、端で頬づえをつき、目の前のブロンド娘に見入っていた。彼女が世にも面白い話でもしているかのように。

ハナに気づくなり、彼はさっと目つきや態度を変え、ブロンド娘から離れてハナのほうへやって来た。

「あいつに会った?」ザンダーがたずねる。

「同じことを訊こうとしたとこ」

「昨日の夜はフラットに帰らなかったわけ?」

ハナは首を振った。カウンターの向こうに並ぶスピリッツのボトルに目をやる。木の梁(はり)からフェアリーライトが垂れさがっている。ランチタイムなので、カウンターにはほとんど客がいなかった。ふと、カウンター越しにシャツをつかんでザンダーを引っぱり出し、床にねじふせたい気に駆られた。

「知ってることをぜんぶ話して」

ハナの口調に驚いたブロンド娘は、ミントの葉がこんもりのったチェリー色のドリンクを手に、カウンターからそそくさと逃げていった。それをザンダーが見送っている。

ハナは娘のお尻のほうへ顎をしゃくった。「もう次に手を伸ばしてるんだ」

「ただの客だよ」

「ふうん」

「メルの家族とは連絡を取った？」

ザンダーをじっと観察してみた。身長は一八〇センチ以上でやせ型。骨と皮ばかりというより、ぐにゃぐにゃの麺で作られた感じ。害はない、とずっと思っていたけれど、メルの失踪でピリピリしているせいか、今はなんでも疑わしく見えた。

ハナはうなずいた。「メルは昨日、両親とのランチをすっぽかしたみたい。両親はわざわざダンディーから出てきてたのに」

ザンダーが顔を曇らせた。「あいつらしくないな」

ハナはポケットに手を突っ込み、メルの携帯電話を取り出した。「それに、これもフラットに置きっぱなしだった」

「まさか」

画面に親指で触れると、メルとザンダーの写真がすっと現れた。ロックもかけていないなんて、どれだけ無邪気なんだ。「で、メルと最後に会ったのはいつ？」

ザンダーは汚れてもいないカウンターをタオルでふきはじめた。「おまえ、いつのまに興信所で働きだしたんだ？」

一瞬、ハナはとまどった。「わたしはただ、友だちを見つけたいだけ。それに、うちは興信所じゃなくて探偵社」

「へええ？」

ハナは肩をすくめた。「メルが行方不明だってのに、それほど心配してないみたいだね」

「してるさ。心配するのはおまえだけの特権じゃないだろ、ええ？」

ザンダーとはこれまであまり話したことがなかった。メルが彼とつきあうようになったのは、理工学キャンパスの学生会館で、物理学科の交流会があってからだ。その種の集まりの例にもれず、会は退屈で照明も明るすぎた。ところがふと見ると、メルとザンダーが、隅に座って話しているではないか。ふたりは視線を絡ませ、まさにいちゃついている雰囲気だった。メルはつんとすました感じの美人で、おかっぱにした黒髪をいつもつややかに光らせ、化粧はしないが、ネイルは完璧に仕上げている。常に控えめにふるまい、きちんとした態度を崩さない。男の子の話はあまりしなかったので、ザンダーと初対面で意気投合したのは驚きだった。真面目(まじめ)で几帳面(きちょうめん)なメルに比べ、ザンダーは呆(ほう)けてよたよたと歩く、酔っ払いのキリンのように思えた。でも今あらためて見るに、ひょっとしたら意外にしっかりした、抜け目のない人間なのかもしれない。

「してけっこうだよ」ハナはカウンターのスツールに腰かけた。「一杯もらえる?」

女ってのは理解できない、と言いたげにザンダーが首を振る。確かに理解できていないのだろう。「何にする?」

並んだボトルをざっと眺めると、ハナの知っている銘柄があった。「ハイランドパーク、ストレートでね」

ザンダーは目を丸くしてハイランドパークのボトルに手を伸ばした。Tシャツがめくれあがり、下着の〝Ｓｕｐｅｒｄｒｙ極度乾燥（しなさい）〟というブランドロゴが見えた。

「シングルモルトをたしなむような女の子だったとはね、見抜けなかったよ」

「何も見抜いちゃいないくせに」

特にザンダーにというのではなく、この状況の何かに、ハナは憤りを感じていた。それはもしかしたら、さっきブロンド娘を前にしていたときの、ザンダーの話し方なのかもしれない。あるいは、男だというだけで彼が見せる自信だろうか。それとも、ハナの知るかぎりでいちばん思慮深い女の子が、地上から消えてしまったことか。

コトン。グラスがカウンターに置かれた。ハナは代金を払うと、ウィスキーを鼻に近づけて息を吸った。ハイランドパークの気化した分子が鼻腔（びこう）を刺激する。ねえおじいちゃん、おじいちゃんなら、どうやってメルを捜した?

「メルと最後に接触したのはいつだったか教えて」ハナはウィスキーをすすった。

「接触ぅ?」

「あのねえ、つまり――会ったり話したりって意味。ワッツアップでチャットしたとか、セクスティングしたとか」

「おれたちはセクスティングなんかしたことない」

確かに、メルの携帯を調べても、ふたりが卑猥(ひわい)なメッセージや写真をやり取りした形跡はなかった。

何かがこびりついているかのように、ザンダーはカウンターをこすった。「昨日は一度も会ってないんだ。あいつは午後の講義に来るはずだったから、メッセージを送っといたんだけど、返信はなかった。おとといの夜は、おれんちに来た。でも泊まらなかった。翌朝は自分のベッドで目を覚まして、両親と会う準備をしたいからって」

その話も、メルの携帯からわかったことと一致していた。といっても、メルの携帯がハナの手にあるのを知りながら、つじつまの合わない話をするほどばかではないだろう。

「メルはどんな様子だった?」

「いつもと変わらなかった」

「何をした?」

「パスタを食べた。メルが作ってくれたんだ」

「メルはザンダーのとこで料理するの？」

「料理が好きなんだよ、知ってるだろ」

「だからって、やらせたわけだ」

「いけないか？」

「ほかにも誰かいっしょにいた？」

　ザンダーは体重を移し替え、首を振った。「やつらは、パブでチャンピオンズリーグを見てたよ」

　携帯にメモっておこうか。それとも会話を録音しておこうか。テレビで警官が使ってるような手帳を仕入れよう。鉛筆の先を舐めて、話を書きとめるのだ。

「やつら？」

「おれのフラットメイト」

　そういえばメルが以前、ザンダーのフラットメイトについて何か言っていた。あのときの口調から考えて、そいつらは、友だちを奪ったメルをよく思っていないのでは。

「名前は？」ハナはポケットから自分の携帯を取り出した。

「本気で訊いてるのか？」

「メルを見つけたくないの？」

「あいつらは関係ないよ」

「どうしてそう言える？」ハナはウィスキーをすすった。ジムの霊が力を授けてくれたような気がした。「何が重要で何がそうでないか、判断できるっての？　どんなことが決定的な手がかりになるか、わかんないんだよ」

ザンダーはカウンターのまわりを見回した。客でも現れて、この場から救い出してくれないか、という顔をしている。「ダレンとファイザル」

その名前をハナは親指で携帯に打ちこんだ。「姓は？」

「これって、ほんとに必要なのか？」

じっとザンダーを見すえたまま答えを待つ。

彼がため息をついた。「グラントとマクニッシュだ」

「そのふたりはメルとうまくやってる？」

「もちろんさ、メルはいい子だからね」

「メルがザンダーのフラットにいるのを、ふたりは見た？」

ザンダーは両手をポケットに突っこんだ。手首にフィットビットの模造品を巻いている。あのスマートウォッチを追跡できるかな。やり方は知らないけど。「いや。やつらは講義のあと、フラットに帰らないで、パブに直行した」

「それじゃ、パスタを食べたあとは？」

バツが悪そうにしているザンダー。「わかるだろ」

「セックスしたんだ」

　彼は顔を真っ赤にした。「あのなあ」

「それから何を？」

「おれのパソコンで映画を見た」

「なんの映画？」

「それが大事なことか？」

「なんだって大事」

「アナイアレイション。ネットフリックスでやってたSF映画」

「じゃあ、メルは何時に帰っていった？」

「午前零時頃。おれがフラットまで送っていった」

　ハナの記憶と計算が合う。確かメルは、午前零時を十五分すぎた頃に帰ってきた。ハナはウィスキーを飲み干し、グラスをカウンターに置いた。

「ザンダーの携帯、見せてくれない？」

「なんのために？」

　ハナは肩をすくめた。「二つ三つ、確かめるだけ」

　ザンダーはハナの使ったグラスを取ると、右手に放ったり左手に放ったりした。

「断る。プライバシーの侵害だ」

「何も隠してないなら、見せられるよね」

挑発すれば口をすべらせるかも、とハナは期待していた。

「いいかげんにしろよ、ハナ」ザンダーはグラスを食洗機に入れた。「メルを見つけてほしいとは思う。けど、おまえにはもうあきれはてた」

11 ドロシー

エディンバラと聞いて誰もが思い浮かべる風景は、クレイゲンティニーにはなかった。観光客を引きつける城や尖塔もなければ、旧市街にごちゃごちゃと建つ共同住宅もない。新市街のジョージアン様式のタウンハウスもなければ、『トレインスポッティング』で有名になったバナナ型の団地もない。見わたすかぎり、広くて味気ない道路と一九三〇年代のバンガロー建築ばかりだ。どの家にも小さな庭とガレージがつき、たまに私道にキャンピングカーが置いてあったりする。公営ゴルフ場とリサイクル場にはさまれた海辺の郊外住宅地。遠くに目をやると、岩山アーサーズ・シートがよく知る姿の裏側を見せていた。ハリエニシダの生えるなだらかな斜面の手前に急な崖があって、威厳ある老婦人エディンバラのスカートが、ちらりとめくれたかのようだ。

ドロシーはトマスから渡された住所を確認した。クレイゲンティニー・アヴェニュー七二番地。建物は灰色のレンガ造りで、前面に屋根窓があり、外には白いフォードKa（カー）が停まっている。人によっては、こぢんまりした、いい家だと思うだろう。ドロシー自身は、スコットランドの家の狭さに、どうも慣れることができなかった。こま切れの土地に隣とあんなに接近して住んで、よく満足していられるものだ。ピズモ・ビーチでは、特に裕福ではなかったけれど、スケルフ邸と同じぐらい大きな家で育った。低くて横に広がりのある家で、建て増した部分がほうぼうに突き出し、手足を伸ばしてゆったり寝転んでいるみたいだった。それに引きかえスコットランドの家は、陰気で抑圧されたように見える。中に住む人間に似たのだ、たぶん。

しばらく胸に手を当て、空気を鼻から吸って口から吐き、自分の中心を捉えようとした。ここに住む女性は、ドロシーが訪ねてくるのを予想もしていないのだ。それを忘れてはならなかった。相手はショックを受けるかもしれない。相手の話に、ドロシーがショックを受ける可能性もある。

黒い門をあけ、通路を進んで玄関に行き、ベルを鳴らした。

そのまま待つ。

凹凸ガラスを透かして何か動くものが見え、やがて十歳ぐらいの女の子が扉をあけた。制服だろう、白いポロシャツに栗色のカーディガンを着ている。カーディガンの胸のワッペンには、狩猟ラッパをかたどった金色の紋章があり、その上に〝グレイゲンティニー〟、下には〝アイ・バイド・イット〟と文字が入っていた。ドロシーはスコッツ語の知識があるので、〝バイド〟が〝住む〟であることはわかった。でも〝わたしはそれを住む〟では意味をなさない。いったいどういう校訓だ？

ドロシーはにっこりしてみせた。「こんにちは。お名前はなんていうの？」

「ナタリー」

「おうちにお母さんかお父さんはいる？」

ナタリーはうなずいて後ろを振り返り、「ママー」と階段の上に向かって叫んだ。「すぐに来るよ」そして玄関に立ったまま、ドロシーの青い服の模様を眺めている。

やがて足音がし、扉が大きく開かれた。

レベッカ・ローレンスはジェニーと同じ年齢だ、ジムとは親子ほども歳が開いている。ナタリーがリビングへスキップしていくのを見ながら、ドロシーは浮かんでくる忌まわしい考えを払いのけようとした。レベッカはぽっちゃりしていた。スケルフ家の女性は、こうした体型にはまずならない。横に張った尻、豊かな胸、丸みのある顔。スケルフ家の女が太ったらずんぐりして見えるだろうが、レベッカはむしろセクシーだった。髪はブロンドからブルネットまでのさまざまな色合いを持ち、グレーのオフィス向けのスカートスーツを着ている。

黒いタイツだけで靴をはいていないのが、妙に艶めかしく感じられた。

「何かご用ですか?」エディンバラでもあか抜けた人たちがよく使う、ていねいで聞き取りやすい発音だ。

「お忙しいところをごめんなさい。わたしはドロシーです――ドロシー・スケルフ」

姓を聞くなり、レベッカの表情が硬くなった。「何しに来たの?」

「あなたの夫のサイモンについて、ちょっと話がしたくて」

「サイモンは死んだわ」

いまだに自分にそう言い聞かせようとしているかのような口調。

「わたしの夫もよ。一週間前に」扉のそばの壁に触れると、埃が舞い散った。「中に入ってもいいかしら?」

レベッカはため息をついて一歩退き、キッチンのほうを示した。

戸棚やガスレンジは長らく取り替えられていないらしく、ずいぶんくたびれていた。床のタイルはところどころにひびが入っている。冷蔵庫の扉には、ナタリーの絵と、体操やチアリーディングについての学校のお知らせが、マグネットで留めてあった。

レベッカがシンク台に寄りかかって腕を組む。「それで?」

「突然のことで、まごついてるでしょう」

「まったくよ」

「サイモンがうちで働いてるあいだは、顔を合わせたことがなかったものね」

「ええ。仕事は仕事で分けておきたかったみたい。死を家に持ち込みたくなかったのよ」

ドロシーの家は死であふれている。「わかるわ」

「用事は何？　ミセス・スケルフ」

「ドロシーと呼んで」

レベッカが鼻に皺を寄せた。そのときナタリーがキッチンに入ってきて、レベッカの袖を引っぱった。「おやつちょうだい」

ナタリーを見おろしながら、レベッカは一瞬、表情をゆるめた。「もうすぐね」

ナタリーは再びキッチンを出ていった。別の部屋からアニメの音が聞こえる。

「かわいいお嬢さんね」

「手に負えないの、子どもはみんなそうだけど」

「しかもひとりで育ててる」

「いったいなんなの、これって？」

ドロシーはまわりを見回した。壁にぶらさげられた調理器具、半分埋まったワインラック、ジェイミーとナイジェラの料理本。「先週、ジムが死んだの。さっきも言ったけど」

「それはどうもお気の毒に」

おかまいなく、とドロシーはその言葉に手を振って応えた。「で、いろいろと調べてたの。

書類とか、ジムの持ち物とか、預金口座とか」

「ふうん」

その場の空気が急に冷たくなり、ドロシーは鳥肌が立つのを感じた。

「すると、うちの会社から、あなたの口座にお金が振り込まれていることがわかった。毎月五百ポンドが、何年にもわたって」

「そうよ」

「そんなこと、ぜんぜん聞いてなかったわ。理由を説明してもらえない?」

レベッカは肩をすくめた。「サイモンの生命保険金」

「うちは生命保険は扱ってないわよ、レベッカ」

ファーストネームで呼んだせいか、彼女はむっとした。なれなれしすぎたらしい。

「おたくのご主人はそうは言わなかった」

「いつの話?」

レベッカがキッチンのドアをしめる。アニメの音が聞こえなくなった。「何年も昔。もう過去のことよ」

ドロシーはこめかみに手をやった。「言葉を返すようだけど、過去のことではないわ。お金は今も、うちの口座から引き落とされてる」

「だから言ったでしょ、生命保険金だって。サイモンの」

「それじゃ説明がつかない。たとえうちが代理店をやってたとしても、保険金は、保険会社から支払われるはずよ」

「ミスター・スケルフはそうは言わなかったわ、保険の説明をしに来たとき」

戸棚からジムの亡霊が飛び出してきた気がして、ドロシーはまわりを見回した。「ジムがここに来たの?」

レベッカがうなずく。「スーツ姿でブリーフケースを持って。書類に何枚か、サインをさせられた」

「どんな書類?」

レベッカは両腕を組んだ。「覚えてない、法律関係の何か。十年前のことよ」

「書類の写しは持ってる?」

「ええ、どこかにある」

「見せてくれない?」

「嫌よ」

「うちにある書類の中には、この件に関するものがなかったの」

レベッカの両眉がつりあがった。「それはそっちの問題でしょ」

ドロシーは鼻柱をつまんだ。「あなたの夫に何があったのか、教えてくれると助かるんだけど」

「他人のことに首を突っ込まないでくれると助かるんだけど」

「ただ納得したいだけなの。死んだと言ってたけど、厳密にはそうじゃないんでしょう？」

「わたしのことをこっそり調べたわけ？」

「お願いよ」

レベッカはふいとケトルのほうへ行った。ガスレンジにかけるのかと思ったが、金属の側面に触れただけだった。「わたしにとっては死んだと同じなの」

「彼は失踪した」

レベッカが再びシンク台に寄りかかる。何かで身を支えないではいられなくなったらしい。

「どうして昔のことをほじくり返そうとするのかしらね。夫はある日、仕事に出かけたきり、帰ってこなかった。わたしは夕方、スケルフ社に電話して、おたくのご主人と話した。ご主人は、その日サイモンは出社しなかったと言った。服もバッグもなくなっていなかった。何も持ち出してなかった。銀行口座にも手をつけてなかった。ただ、いなくなった」

「警察はなんて言ったの？」

レベッカの笑い声が悲痛に響く。「失踪を禁じる法律はない、毎年何千人もが失踪している。つまり、わたしに嫌気がさしたんだろうって意味よ」

「そして娘さんにも」

レベッカがきっとにらんできた。「失踪したときには、まだお腹にいたわ」

「サイモンを捜し出そうとした?」

「どうやって?」

「探偵を雇って」

「そんなお金はなかった」

「ジムは葬儀社のかたわら、探偵社もやってたの。知ってた?」

気でも狂っているのかと言いたげに、レベッカはドロシーをじろじろ見た。

「いいえ」

ドロシーは頭の中を整理してみた。探偵社をはじめたのはちょうどその頃だった。失踪時にもう営業していたかどうかは、はっきり覚えていない。いや待てよ、サイモンの失踪こそが、はじめた理由だったのかもしれない。だけどそれで筋が通る? ジムの話では、葬儀の依頼客が行方知れずの親戚を捜したがったのがきっかけということだった。でも今となっては、何もかも疑わしい。サイモンに関しては、ジムは明らかに嘘をついていた。わたしには会社を辞めたと言ったのに、レベッカには出社しなかったと言っている。なぜ嘘をついたのか? なぜ捜索を申し出なかったのか? なぜレベッカに送金していたのか?

「生命保険のことを話して」

「失踪を届けたあと、ジムがここに訪ねてきて言ったの。サイモンは会社の保険に入っていたから、スケルフ社には、わたしにお金を払う義務があるんだって」

ドロシーは首を振った。「ずいぶん頼りない説明ね、あなたでもそう思うでしょ」

ふいに、レベッカがシンク台から身を離した。両脇をぴったり閉じている。「帰ってちょうだい」

「せっかくお金が降ってきたんだもの、細かいことは考えたくなかったんじゃない？」

レベッカはキッチンのドアをあけた。「出ていって」

「おやつなのぉ？」ナタリーが別の部屋から叫んだ。

「もうすぐねーっ」レベッカが叫び返す。

「まだ隠してることがあるんだったら、話は別だけど」

レベッカは首を振った。「よくもまあ、うちに押しかけてきておいて、わたしを嘘つき呼ばわりできるわね。今すぐ出ていかないと、警察を呼ぶわよ」

十年前のあやふやな記憶と支払い履歴のほかに、わたしに何がある？　ドロシーはおとなしく去ることにした。レベッカの前を通ると、怒りがびんびん伝わってきた。粗悪な薬物が皮膚に、魂に、浸透してくるかのように感じられた。

リビングのドアロで立ち止まり、ナタリーに目をやる。ナタリーはしゃべる動物や幽霊の出る番組を見ていた。

「さよなら、ナタリー」

ナタリーがこっちを振り向く。「バイバイ」

レベッカに肩を叩かれ、ドロシーは玄関へ向かった。そして扉口で背中を突かれ、外に押し出された。

「二度と来ないで」レベッカの声とともに扉がしまった。

12 ジェニー

キングス・ビルディングスは兎(うさぎ)の巣穴。ハナからそう警告されていたものの、自分の方向感覚のほうがまさるだろうと、ジェニーは高をくくっていた。ところが来てみると、この理工学キャンパスはまさに複雑怪奇で、人を混乱に陥れるために設計されたかのようだった。ともすれば奥まったところや行き止まりに迷い込み、建物という建物が、パイプからコンクリートからペンキのはがれまで、茂みや木々の葉に隠れて見えなくなる。

まわりが学生ばかりなのは奇妙な感じがした。みんなまるで異星人のよう。ただ、ここにはある種の活気があった。向こうみずさと言おうか。彼らが平気でばかをやれるのは、この先の人生にどんなミソやクソが待ち受けているのか、想像もしていない証拠だ。ボディ・スナッチャーのラストシーンに入り込んだ気がした。今にも誰かが自分を指さし、「アアアア」と叫んで突進してくるのではないか。前かがみの姿勢、中年体型、冷笑を浮かべた暗い顔、しまりのない肌。どれを取ってもここには場違いだ。背が低くなったようにも思えた。なんだって最近の若い子たちは、やたらめったら背が高いんだろ。

草のスロープで陽射しに浸る学生たちを通りすぎる。キャンパスには思いのほか女の子が多く、先入観をあらためさせられた。ハナが数学や科学に熱をあげ、宇宙やその仕組みに関心を持つのを、ジェニーはずっと驚きの目で眺めていた。親らしく励ましはしても、その心理がさっぱりわからなかった。科学、技術、工学、数学といった学問は、たぶん未来につながる道なのだろう。社会が崩壊して暗い終末の世がやって来ても、物を造り、水を浄化し、火を熾(おこ)すことのできる科学者や技術者が、きっとなんとかしてくれる。〝極限条件科学センター〟という看板が見えた。なんだこれは？　ノイローゼになったときや離婚したときのための科学？　やがてジェイムズ・クラーク・マクスウェル・ビルディングの入口が見つかり、ジェニーはそこへ向かった。

中に入って案内板を見る。〝物性物理〟は左、〝恒星進化論〟は右、〝大気力学〟は奥、〝複雑系〟は上の階。どれもこれも、手の届かない世界の事物を示す暗号のようだ。ハナならぜんぶわかるのだろうけれど。断層のイメージがぱっと浮かんだ。二十年前に自分が産んだ子が、こんなにも自分と異なる頭脳を持ち、異なる人生を送っているなんて。ハナが五歳の頃には、よく色当てゲームをして遊んでいた。ジェニーは勝とうと思えばいつでも勝てた。娘のことは知りつくしていたから、どの色を選ぶか、毎回予測できたのだ。考えは丸見え、秘密はなし、主張もなし。もちろんそれは変わったし、変わって当然だった。とはいえ、ジェニーの心にはぽっかり穴があいたままで、どうにも埋めようがなかった。

案内に従って四階に上がり、廊下の端の四・一六号室の前に立つ。ドアにクォンタム・クラブのポスターがテープで留められていた。ドクター・フーのシリーズに出てくるターディスの写真入りだ。パブ〈ジ・オールド・ベル〉で二日後に集会を開く、とある。ポスターの下にはA4の紙が貼られ、そこに記された四人の名前に、ブラッドリー・バーカーも含まれていた。

携帯でドアの写真を撮り、ノックする。

「どうぞ」

驚いたような声を出している。ここには誰も訪れたことがないのか。ドアを押しあける。狭い部屋にデスクが四つ、詰め込まれていた。デスクはパソコンと、教科書やレポートの山で埋まっている。壁には、物理学会議の案内と並んで、『ダーク・ジェントリー全体論的探偵事務所』とやらの本のポスターが貼ってあった。中にいたのは男の子二人と女の子一人で、安物のヌードルのにおいが充満していた。三人は、双頭の怪物でも現れたかのようにジェニーを見た。

「ブラッドリー・バーカーはいるかな」

いちばん手前の男の子がうなずいた。「ぼくです」柔らかい発音、オーストラリア訛りだ。暗褐色の巻き毛はくしゃくしゃ、レンズの小さな眼鏡をかけて、アメリカのヒーロードラマのTシャツを着ている。

「話がしたいの」ジェニーはなぜだか、ここでは自分に主導権があるように思えた。歳がうんと上だからかもしれない。ふっ、人生経験の違いね。

「あなた誰?」

ブラッドリーの両手がキーボードの上の宙を泳いでいる。ジェニーは画面を覗いた。どうやらゲームのようで、いろんな色の風船が輪っかをくぐって浮かんでいく。風船はやがて地面に落ち、ぱちんとはじけた。

「探偵。メラニー・チェンのことで訊きたいことがあるの」

「ええっ?」

「聞こえたでしょ」

「メルになんかあったんですか?」

「それを調べようとしてるわけ」

部屋にいたほかのふたりが、きまり悪そうに体をもじもじさせた。

「ごめんよ」ブラッドリーが言った。「お名前は?」

「ジェニー。ジェニー・スケルフ」

「スケルフ？　ハナと同じ？」

「どこか、ふたりだけで話せる場所はない？」

ブラッドリーは両眉をつりあげ、助けを求めるかのようにほかのふたりを見た。ふたりは肩をすくめた。かかわる気はないらしい。

ブラッドリーは椅子を後ろへ押しやり、パソコンを閉じて立ちあがった。ジェニーよりはるかに背が高い。こいつもスーパーのっぽ世代の巨人か。ふっと何かの香りが漂った。べらぼうに高いノントキシックの香水。彼は何がしかの権威を示そうと、ジェニーをわざわざ脇にどかせて廊下へ出た。

「こっちへ」と言って歩きはじめる。

ジェニーはドアをしめ、彼のあとについていった。階段を二階分あがると、屋上への扉があった。外に出て、ふたりしてコンクリートの上を足を引きずるようにして歩く。左には気象観測所が見え、右には美しい風景が広がっている。キャンパスのすぐ隣はゴルフ場や畑で、はるか遠くにはペントランドの丘がうずくまり、神々のようにこちらに目を光らせていた。

ブラッドリーがへりの囲いの手前で止まり、ジェニーを振り返った。太陽を背にしている。ジェニーは片手を上げて目を覆った。彼に見おろされ、急に主導権を失った気がした。

「訊きたいことってなんです？」

「メラニーと最後に会ったのはいつ？」

「彼女、行方がわからないんですか？」

「花マルをあげる」

「いったいどうしたっていうんだ、メルのやつ」

「それで、何を話してもらえるかな？」

　彼は足から足へ体重を移し替えた。神経が高ぶっているようだ。「大変な事態だとは思うけど、ぼくは何も知りません」

「彼女とはどういう関係？」顔がよく見えるよう、ジェニーは彼の横に移動した。スコーン。ゴルフボールを打つ音がした。つづいてバンが建物の脇を通る音。

「彼女はぼくがグループ指導している学生の一人です。ソリッドステートの」

　それが科目を指すのか、また別の奇妙な暗号なのか、ジェニーにはわからなかった。

「授業以外でも会ったことがある？」

「もちろん、クォンタム・クラブで。ハナもクラブのメンバーです」

　ハナの血縁者だとは、はっきり認めていなかったし、認めるつもりもなかった。

「それって何をやるクラブ？」

　ブラッドリーは首を振って肩をすくめた。肩が小刻みに揺れている。

「まあ言ってみれば、物理学の哲学ですよ。みんなで討論し合うんです。知ってます？　エディンバラ大学ではつい最近まで、物理学が依然として、自然哲学と呼ばれてたんですよ」

「それで、彼女のことは好き？」

彼が苦い顔をする。「そりゃあね、いい子ですから」

「女性として好きかって意味」

「さあ……」彼は口ごもり、顎をこすり、眼鏡を押しあげた。「まあ、美人なのは確かです」

「好みなんだ」

「彼女には恋人がいます」

「それが？」

「そっちと話したほうがいいんじゃないですか？　ここに来て何をしようというのか、ぼくには理解できない」

「この一日余り、誰もメルと会ってないし、連絡ももらっていない。恋人も、フラットメイトも、家族も」

「ぼくは彼女とつきあってませんから」

彼の後ろで風力計がかったるそうに回転し、カップがぬるい空気をかき混ぜた。

「なら、メルの携帯でテキストメッセージやメールを探っても、あんたからのは見つからないってわけね」

彼が下唇を突き出す。「グループ指導やクラブに関するものはあるでしょうけど」

「個人的なものは送ったことがないと？」

ブラッドリーは唾を飲み込み、耳たぶを引っぱった。

ジェニーは腕を組んだ。「あたしはメルの携帯もノートパソコンも持ってるの。どっちもロックはかかってない。時間を節約させてくれないかな」

「ひょっとしたら、テキストメッセージを何通か、送ったかもしれません」彼は今にも囲いを越えて下に飛びおりそうに見えた。「デートしないかって」

「恋人がいるのに？」

ブラッドリーは肩をすくめた。

メルの携帯を調べたときには、ブラッドリーから来たメールは、クラブに関するものだけだった。デートの誘いのは、メルが削除したってことだ。ほかにも削除されたメールがあるのかもしれない。

「それだけ？」

デジタル捜査ってのはどうだろう。削除されたデータは復元できるの？　そんなことのできる人間が知り合いにいる？　でもあたしの世代はだめだ。できるとしたら、このブラッドリーやハナみたいな子たちだろう。

「それだけです、ほんとに」

もうひと押ししてみようか。「メルの携帯を調べたかぎりでは、そうじゃなかったけど」

「ええっ？」

ジェニーは彼をにらみつけた。怒れる中年女の凝視には驚くべき力があるらしい、彼はだんだんとしおれていった。自分が仕切るほうに慣れているからだ。よくある白人男性の特権意識。加えてオーストラリア人特有の空威張りも、多少混じっているのかも。

ブラッドリーがペントランドを見やる。丘は、わきあがってきた雲に包まれていた。

「もしかしたら、写真も送ったかもしれない」

ほっとため息をつきそうになるのを、ジェニーはなんとか抑えた。「なんの写真？」

ブラッドリーが肩を反らして腰をさする。

ジェニーは首を振った。「ペニスの？」

彼はコンクリートの床に目を落とした。下の茂みで、ゴルファーたちがふざけ合う声がする。

「いい大人の男がペニスの写真を送るなんて、いったいどういうつもり？」

ブラッドリーは顔を真っ赤にし、ジェニーから目をそむけた。

ジェニーは身を乗り出した。「あたしがあんたに、あたしのワギナの写真を送ったら、あんた喜ぶ？　ムラムラする？」

ワギナという言葉に彼はたじろいだ。女性が口にするのは聞いたことがない、という顔をしている。

「ねえ、どうなの？」

なんだか小学生を叱る先生の気分になってきた。はたまた、いたずらした子にお仕置きをする母親か。

「軽い気持ちだったんだ」ブラッドリーはやっとのことで言った。

じりじりと後ずさる彼。どんどん前に踏み出すジェニー。遠くの畑でトラクターがのんびりと進み、そのあとをカモメとカラスの群れが追っている。

「軽い気持ち？」

今やジェニーは彼の間近まで迫っていた。彼の香水が再び鼻腔をくすぐる。

「軽い気持ちでできるんなら、ここであんたのモノを見せてごらん」

ブラッドリーは囲いに背中がくっつくまで身を引いた。汗がにじんでいる。こんな状況は経験したことがないのだ。性的な誘い、求めてもいない手、偶然に見せかけたボディタッチ。そんなのを必死で振り払うはめに、陥ったことがないのだ。

「そら」ジェニーはすごむように言った。「出しなさい」

ブラッドリーは胸を張ろうとした。「ばかを言うな」

ジェニーは彼の股ぐらに手をやり、タマをつかんだ。

「うわっ。正気かよ」

彼は逃れようとしたが、ジェニーがさらに強く握ると顔をゆがめた。

ジェニーは爪先立ち、彼の耳になんとか口を近づけて囁いた。

「地球上の女はね、誰ひとり、あんたの汚いもんを見たいなんて思っちゃいないのよ。わかった?」

ブラッドリーは目を見開いてうなずいた。

「さてと」ジェニーは声をやわらげた。「メルの失踪について、何か知ってることは?」

股ぐらをつかんだ手にさらに力を込める。

彼は目に涙を浮かべながら首を振った。「何も知らないんだ、誓うよ」

信じるべきか否か、ジェニーは決めかねた。手はまだタマを握ったままだ。怒りもおさまっていない。ゴルフクラブがボールに当たる音がし、誰かがちくしょうと叫んだ。

「お願いだ」ブラッドリーが言った。「もう放して」

13 ハナ

ヴィックを待つあいだ、ハナはフルーツマーケット・ギャラリーの展示物を眺めていた。このギャラリーはハナのお気に入りだ。二階に自然光が採り入れられているし、いつもエキセントリックなアートに出会える。そばの壁には何千枚もの煙草の巻紙が整然と貼られ、向こうの隅には絶滅した巨大動物の骨を思わせる、超大型の発泡プラスチックの彫刻があった。どれもこれも手で触れてみたかったけれど、職員が監視していた。

「ハナ」

ヴィックはタイトな黒のTシャツを着て、タトゥーの入った腕を露わにしていた。手首から上腕にかけて、ケルトとカントンの渦巻き模様が彫り込まれている。ハナは彼をハグした。ピリッとした香り。硬い筋肉。確かに見せびらかしてもいい肉体だ。髪はきっちり分けてジェルで固めてある。フレームが長方形の眼鏡はダテだろうか。

「何か飲もう」と彼はハナを階下のカフェへ案内した。

ふたりはバリスタやうるさいエスプレッソマシンから遠く離れた席に座った。ヴィックがこのギャラリーで何をしているのか、ハナは正確には知らない。確か地域活性化に関係のある仕事だったけれど、デザイン書や奇抜なアートや倉庫風の内装に、ごく自然に溶けこんでいるように見える。カフェは芸術家を気取る若者や、少々年配の、あるタイプのエディンバラ人でにぎわっていた。赤いズボンにパシュミナのショールをまとった手合いだ。この街には、老いたボヘミアンが、彼らにしか聞こえない呼びかけに応じて集まる場所がいくつかあり、ここもその一つだった。

目も髪も明るい緑色をした長身の女性店員が注文を取り、しゃなりしゃなりとカウンターへ去っていった。

「来てくれてありがとう」ヴィックは一瞬、微笑んだものの、すぐに心配そうな顔になった。

「呼び出してもらって、ちょうどよかったよ。ヴィックと話したいと思ってたんだ」

「母と父に電話したよ」彼は神経質そうに髪に手をやった。分け目を確かめ、地肌にそって指をすべらせている。

「ご両親の様子は？」

「心底心配しているのに、そうでないふりをしていた」

ハナがうなずいたとき、注文した飲み物が運ばれてきた。ハナは緑茶、ヴィックはベリー類と干し草のにおいのするハーブ茶だ。

職場の仲間同士がよく交わす、意味ありげな笑みを店員に送ると、ヴィックはハナに向き直った。

「さてと、きみの知っていることを教えてくれ」ヴィックはメルよりも、ダンディー訛りが強かった。同じ家庭で育ちながら、話し方がこんなに違うとは不思議なものだ。

ハナはヴィックに、メルが行方不明になってからのことを順序立てて話した。警察への通報、ザンダーとの会話。ブラッドリー・バーカーについては、ジェニーからまだ報告を受けていなかった。

ヴィックの眉間の皺がどんどん深くなり、手が再び分け目へ向かった。腕の筋肉が収縮して盛りあがるのを、ハナはじっと眺めた。

「きみの目から見て、そのザンダーって子はどう？」

ヴィックはメルより三歳年上なだけだが、大学生を〝子〟と呼んでもおかしくないほど、成熟した大人に見える。

ハナは肩をすくめた。「よくわかんない。わたしがパブに入ったときには、女の子にちょっかいを出してた。けど、そんなふうにたわむれる男をみんな断罪してしまうと、ね」

ヴィックがうなずく。彼はハナにちょっかいを出そうとしたことがなかった。といっても、ハナが同性愛者なのを最初から知っていたのだから、条件が異なる。彼自身が同性愛者という可能性もある。でも、どうやらそうではなさそうだ。さっき女性店員を見ていた目つきからして。

まるで陰謀の相談でもするかのように、ヴィックが身を乗り出してきた。「メルが、ほかのやつのことを口にしたことはある？」

「どういう意味？」

「別の男」

ハナは唇を嚙み、お茶をすすった。苦味が足りない。「ほかにつきあってる人がいたなら、わたしが気づいたと思う」

「確信ある？」

「え？　ヴィックには、ほかにも恋人がいると言ったの？」

「言ってはいない。でもなんとなく、いるような気がした」

「どうして？」

「先週ふたりでランチしたとき、前の晩にホテルのバーに行ったとメルが話したんだ。妙だと思った。学生にはホテルで飲むような余裕はないからね。突っ込んで訊いてみたけど、はっきり答えなかった。デートよ、と言ったきり、話題を変えた」

「メルらしくない感じ」

ヴィックが肩をすくめる。「他人のことって、どれだけ理解しているものかな。うちの両親なんか、メルのことをまったくわかってないよ。メルに男がいるとは考えたくもないらしい。ましてや複数いるなんてね。両親の知らないことは山ほどある」

「どういう意味？」

彼はため息をつき、乗り出した身を引いた。「高校の頃には、かなり荒れてたんだ」

ハナはつい笑ってしまった。「そんなまさか」

彼の表情を見て笑いが止まった。

「大学の友だちには知られたくなかったようだ。エディンバラに来てから、ずいぶん変わったよ。まっとうになった」

「荒れてたって、どんなふうに？」

「とにかく限度というものがなかった。酒もコカインもケタミンも、もう浴びるほど。男だって、若いのから大人からうんと年上まで。ダンディー市内のクラブじゃ、かなり有名になっていた」

「何か原因があったの？」

人の生き方が何で変わるかは謎だ、と言うかのように、ヴィックは首を振った。「そんな過去があるから、もうひとりの男のことは大っぴらにしたくなかったのかもしれないな」

「でも、ヴィックには話してもよかったんじゃない？」

「話すとまずい理由があったなら別だ」

ガチャッ、とハナはティースプーンをソーサーに投げ出した。「不倫」

ヴィックが両腕を大きく広げた。「たぶん、なんでもないんだよ」

厨房(ちゅうぼう)で誰かが皿を落としたらしい。陶器がタイルにぶつかる音がし、くそっと呟(つぶや)く声が聞こえた。隣のテーブルでは、地中海から来た観光客の一家が娘の携帯電話で写真を眺めている。ポーチドエッグのにおいが漂ってきて、ハナは空腹を感じた。

「ただ、ランチの途中で何回か、メルにテキストメッセージが来たんだ。最初のを読んだときには、彼女、にやにや笑ってた。冷やかしてやったんだが、さらりと受け流された。次のが来たときは、あまりうれしそうじゃなかった。そのあと数分たってまた来たときには、とうとう着信音を切った。どうしたんだと訊いても、答えようとしなかった」

「それって、いつの話？」

お茶をすすりながら、ヴィックはしばらく考えていた。「先週の木曜のランチタイム」

ハナはポケットからメルの携帯を取り出し、親指をすばやく動かしながら、次々とメッセージを見ていった。

ヴィックが目を細める。「何をやってる？」

「メルの携帯で、誰からのメッセージだったか調べてる」

彼は首を振った。「それはメルの携帯じゃない」

ハナは携帯を前に突き出して見せた。「メルのだよ」

「メルが先週使っていたのとは違う」

ヴィックの顔をまじまじと見つめてから、窓の外に目を移した。タクシー乗り場に人が並んでいる。

「やられた。メルは秘密の携帯を持ってたんだ」

14　ドロシー

スリーター・キニーの曲に合わせてアビがドラムを叩くのを、ドロシーはじっと見守っていた。アビは磨けば光る才能を持っているが、まだ自分をコントロールできていない。でもそれがなんだろう。十三歳の女の子が、何にせよ、自分をコントロールできるわけがない。この年頃の女の子たちにドロシーが教えようとしているのは、ペニスを持つこととは無関係のドラミングだ。スリーター・キニーでドラマーをしていたジャネット・ワイスは、その格好のロールモデルと言えた。必要とあればパワフルに、ときには野性的にすらなるけれど、男性ドラマーのようにこれ見よがしな叩き方はしないし、曲のあいだじゅうマスターベーションに陥ることもない。

ミドルエイトにさしかかった。アビはタムで凝ったフィルインをしようとしたが、曲のテンポとずれてしまった。この曲はタムの練習にも適している。ハイハットシンバルばかり叩きたがるアビにはいい薬だ。目を閉じてドラミングに集中するアビ。ポニーテールが激しく揺れる。やがてアビは軽くうなずき、最後のヴァースから一気にサビへ突入した。もはや恍惚の境地に入ったかのようだ。それがどんな境地か、ドロシーはよく知っていた。より大いなるものの前で自分が消える。自分が音楽の一部となり、音楽が自分の一部となる。リズムは生命の根源に根ざしているため、人をアフリカの平原にいた原始の時代に引き戻し、言葉にはできない世界へと導く。

窓の外に目をやる。スタジオの窓は小さいし防音になっているものの、三階なので、二階のキッチンより眺めがいい。エディンバラ城のぎざぎざの城壁、そこから斜面を下ったあたりの入り組んだ旧市街、その手前ではクォーターマイルのガラス張りの建物が陽に輝いている。公園の木々から飛び出して見えるのはヴューフォース教会だ。

また力みすぎた。振り返るとアビが恥ずかしそうにしている。何がいけなかったのか、わかっているのだ。それだけでもほめてやりたい。これが同じ年頃の男の子なら、曲が追いついてくれるのを期待しながら、最後までまごまごしていただろう。力はむしろ抜いたほうがいいことを、アビはちゃんと理解している。今は実践できないだけで、おいおい身についてくるに違いない。曲の初めから終わりまで、フルに叩きつづける必要はない。九割方は息をつく余裕を持っていたほうがうまくいく。ただ、その教えを自分のものにするのは、どんな年齢であっても難しい。ましてや思春期のティーンエージャーとなると。

ふと自分の思春期の記憶がよみがえってきた。狭い部屋にパールの中古のドラムセットを押し込み、キンクスやMC5の曲に合わせて叩きまくった。両親はそうしたことに寛容だったとはいえ、ドロシーの熱中ぶりをあえて理解しようともしなかった。当時の音楽シーンはまさにきらめいていた。もちろんビートルズやストーンズもいたが、ドロシーはもっとアンダーグラウンドな音楽を好んだ。その好みは何十年たっても変わっていない。

スケルフ邸の最上階にドラムセットを置きたいと言ったときの、ジムの顔ったらなかった。スコットランドに来て二年がすぎ、ピズモ・ビーチが恋しくてたまらなかった頃のことだ。太陽の降りそそぐ中ですごした青春の日々と、何かつながりがほしかった。ジムはそれを理解してくれた。いったんドラムセットが運び込まれると、ドラムを教えようと考えるまで長くはかからなかった。腕に自信はある、付近で教えているところはない、ちょっとした副収入にもなる、というわけだ。一九七〇年代のこととて、若い子たちがわれもわれもとロックバンドを組んでいた。その手助けをするのは楽しかったし、おかげで最新の音楽トレンドをつかめた。ドラムの練習は健康のためにもなった。ドラムで体を強く鍛え、ヨガでしなやかさを維持する。そのうえドラムには、ヨガの瞑想(めいそう)に通じる部分もあった。より大いなるものの前で自分が消える感覚。

ドラムマシンが広まり、レイブ音楽が流行したにもかかわらず、新しい生徒は次々とやってきた。お金が役立ったのはもちろんだけれど、もっと大事なのはアイデンティティの意識だった。死を扱う家業とは別の、自分だけの何かが得られた。

曲が終わり、アビは後ろに身を引いた。歯で舌先を噛んでいる。年齢にしては背が高く、デニムの短パンから出た脚がすこぶる長い。だぶだぶの白いTシャツには〝完ペキにフェミニスト〟というロゴが入り、それにバラが絡まっている。アビは汗でべとべとの顔をドロシーに向け、言葉を待っていた。

「自分でわかってる、でしょ？」

アビがうなずく。最近ますます不敵な面構えになってきたのが、ドロシーには快かった。

「途中でテンポがずれた。力が入りすぎ」

「とはいえ、なかなかよかったわ。ヴァースのフロアタムは見事に決まってた」

にやっとアビが微笑む。子どもをいい気分にさせるのはこんなにも簡単だ。

ドロシーは壁の時計を見た。「今週はこれでおしまいにしましょう」

アビはスティックを置いてドラムセットから身を抜いた。この美しいサンバースト色をしたラディック社の年代物は、スネアドラムやタムの胴は浅いが、パンチ力は絶大だ。自分でも少々恥ずかしくなるほど、ドロシーはこのセットに熱い思いを寄せていた。単なる物といえば物にすぎないけれど、そこには職人の技術が込められているし、これで音楽を作り出すのだと思うと、物以上の存在に感じられた。

「ありがとうございました、ミセス・S。あっ、それから、ミスター・Sのことはお気の毒でした」

一瞬、ドロシーは言葉に詰まった。「じゃあ、また来週ね。クワジの曲を忘れずに聴いておいて。ジャネット・ワイスの別のバンドのことよ。あのバンドでは彼女、もう何にも束縛されないで自由にやってるから」

アビは手ピストルでドロシーを撃つまねをし、部屋を出ていった。ドロシーはそれを黙って見送ると、ドラムセットに身をすべり込ませ、スティックを取りあげた。カントリー調のシャッフルを叩きはじめる。オフビートを刻み、ロールを入れる。同じリズムを今度はライドシンバルで打ち出す。体を大きく開き、数小節ごとにシンバルやタムを乱打。数分前にアビが味わった境地になんとか入り込もうとした。でも浮かんでくるのは雑念ばかりだった。灰になってここの二階下にいるジムのこと、レベッカとその失踪した夫や十歳の娘のこと、ジムが長年つづけていた送金のこと、その金が示唆する秘密のこと。気がつくと、やたら複雑なフィルを叩いていた。力みすぎたのだ。するなとアビに言ったことをやっている。それでも叩きつづけた。コントロールを捨て、自分という意識を捨て、より大いなるものに身をゆだねようとした。ばかな心配はみんな追い払って。

だめだった。

死体に服を着せるのがいかに大変か、考えたことのある人はまずいないだろう。パンツは比較的簡単なのだが、片足を入れたあとにもう片足を入れるのは、やはり骨が折れた。ブラジャーには器用さが求められる。ドロシーはジーナの体を自分のほうへ転がし、後ろのホックを留めた。タイツをはかせるのは最も難しかった。ふたりがかりで、体を持ちあげては向きを変え、足を押し込んではさすってのばし。要領は心得ているはずのアーチーとドロシーでも、かなりの苦労がいった。次は赤いワンピース。生地が薄いので、棺に移すときに、内張りのステープラーに引っかかるのが心配された。ふたりはジーナの両腕に袖を通すと、体を起こして上半身に服をかぶせ、再び寝かせた。アーチーがジーナの腰を持ちあげ、そのあいだにドロシーが服をお尻のほうへ引っぱり、裾を膝までのばす。最後に肩と胸のストラップを結び、左右が対称になるよう整えた。

ヘアとメイクは、ドロシーが来る前にアーチーがすませていた。いつもながら見事な腕前で、エンバーミング台のそばに立ててある写真に、ごく近い仕上がりだった。ドロシーは赤いヒール靴を、左右に少しずつ動かしながら足にはかせた。ジーナがこの靴を脱ぐことはもうない。夜の外出のあとでストラップをはずしてほっとすることも、もう二度とないのだ。冷たい耳たぶに小さな輪っかのイヤリングをはめ、唇についたワンピースの糸くずをブラシで払った。

アーチーが棺をのせた車輪付き寝台を転がしてきた。彼は棺の内側を手で探り、木材のトゲやステープラー、内張りのよじれがないか確かめると、棺の縁がエンバーミング台と同じ高さになるように寝台を低くした。ジーナの頭側と足側に、ドロシーとアーチーがそれぞれ立ち、脇の下や膝の下に両手を差し入れる。

「いち、にの、さん」ドロシーのかけ声で、ふたりはジーナを持ちあげた。横方向に移動させ、棺の真上まで運んでゆっくりおろす。ワンピースの片側がめくれた。ドロシーはそれを直し、ジーナの両足をまっすぐに伸ばし、膝を寄せてそろえた。ジーナの腕から鎖骨へと指をすべらせてみる。首についていたあざはアーチーがうまく隠していた。これならうんと近づかないかぎり見えはしない。

「安らかに眠ってるみたい。たいしたものね」

「どうも」アーチーは遺族が衣類を入れてきたバッグを片づけ、エンバーミング台をふきはじめた。

ドロシーは棺に蓋をし、寝台をエンバーミング室から本館へと転がしていった。渡り廊下を抜け、インディのいる受付を通りすぎ、お別れの間で止める。

インディが後ろからついてきて、棺を寝台から中央の台座へ移すのを手伝った。台座には無地の白布がかけられ、ユリの花を挿した背の高い花瓶が両脇に立ててあった。ブラインドの隙間から射し込む陽が、台座全体をほのかに照らしている。台座のほかには、車椅子が二台と、ティッシュの箱が置かれた小さなドレッサーが一つあり、壁には日没の絵が飾られていた。

「ミズ・オドンネル、ですよね？」インディが訊く。

「そう、ジーナよ」

ドロシーはインディを見つめた。インディもジーナの死因は知っている。ふたりは黙ったまま悲しみを分かちあった。でもどう死んだのかは問題じゃない、とドロシーは思った。大事なのはどう生きたかだ。

「葬儀の進行はドロシーが？」

ドロシーはうなずいた。

「手伝いましょうか？」

「今回はアーチーとわたしだけでやるわ」インディの腕に手を置く。「心配しないで。仕事をもっとまかせたいとは思ってるから」

「そっちを心配してるんじゃありません」

棺の蓋をはずし、運ぶ最中にジーナの位置がずれなかったか確認する。特に乱れた様子はなく、青白い肌に赤いワンピースが映えていた。

「きれい」

「さすがアーチーよね」

インディがジーナのワンピースの裾をぴっとのばし、棺の縁近くの内張りをふんわりふくらませた。細かい部分によく目が届く。両親の葬儀のときにも、些細（ささい）な点まできっちりと決めた。冷たい、と思われかねない態度だったけれど、そうではないことがドロシーにはわかっていた。人生が大混乱に陥った中で、ああして自分を保とうとしていたのだ。

「インディに初めて会ったときのことはよく覚えてるわ。とっても感心したの」

インディが目を上げる。「何にですか？」

「ものすごく大変なときだったでしょ、当然だけど」

ええ、といったふうに、インディはわずかに首をかしげた。

「でもあなたは平静だった。いつも心が安定してた」

「自分では、ぜんぜんそんなふうに感じてなかったな。どこか知らないところに放り出されたみたいで。でもあなたが導いてくれました」

ドロシーは微笑んだ。「あなたを導いたのはあなた自身よ。ただ、正しい方向を示してもらうことが必要だっただけ」

インディは首を振って棺の中を見おろすと、手をのばしてジーナの首に指を当てた。ベルトの跡をアーチーが隠した場所だ。

今より若いインディの姿がドロシーの脳裏によみがえってきた。両親の葬儀を依頼しに来たときのインディ。その頃は髪が燃えるように赤かった。顔を泣きはらしていたとはいえ、何かと目配りが利き、悲しみの中にあっても芯を失わないでいるように見えた。ネピア大学で心理学を学んでいた。ただ、もうつづけても意味がないとインディは言った。「人の行動の仕組みが知りたかったのだけれど、夜の濡れた道で事故が起き、それで両親の命が奪われ、はっきりと悟ったんです。あらゆることはでたらめに起きているにすぎません。ゆりかごから墓場、そしてその向こうまで。その向こうがあると信じるならばですけど」ヒンドゥー教徒の家庭に育ちながら、インディ自身は信仰を持っていなかった。それでも両親は気にせず、インディが自分の道を自分で選ぶのを許していた。あつれきもなかった。ところが両親が亡くなると、道の選択はさらに自由になったものの、もはやなんの意味も目的も感じられなくなったらしい。ドロシーはそんなインディが心配で、葬儀が終わってからも連絡を取りつづけていた。遺族の年齢が低い場合には、よくそうしていたのだ。そして本気で大学をやめるつもりだとわかると、例のお節介心を出して、うちで働かないかと誘った。

「いえ、それ以上のことをしてくださいました。それはよくご存じでしょう。わたしはもうぼろぼろになっていた。ドロシー、あなたが人生を変えてくれたんです。もちろん、今でも両親のことを思うとつらい。ふたりがいないのに生きつづけなきゃならないことが。でも今は目的ができました。ハナもいる。それもこれも、あなたがいなければ手に入らなかった」

「インディはこの仕事に向いてるわ。お客さまの相手をするのが飛びきり上手。みんな、あなたのファンになるもの」

「人の助けになりたいんです」

ドロシーはうなずいた。「だから向いているのよ。それに、ハナにとってもかけがえのない人だわ」

「ハナもわたしにとってかけがえのない人です」

淡々と言っているが、それでも真実には変わりない。

ふと何かを思い出した。「メラニーはまだ姿を現さないの？」

インディは顔をしかめ、首を振った。「ハナはメルのお兄さんと会ってきました。ジェニーは大学へ行って院生講師と話したみたいです」

「そのうち現れると思うけど」

「わたしにはそうは思えません」

「どうして？」

「単なる直感。ハナは笑い飛ばすでしょうね。明快かつ論理的で事実に基づくことしか、受け入れないから。でもわたしは、メルのことでは悪い予感がしています」

「直感を無視してはいけないわ。まだ充分に突きとめられていない知識の一種だもの」

レセプション室で電話が鳴り、インディは応対しに駆けていった。

ドロシーは外に開き気味になっているジーナの足をまっすぐに直し、ジーナの両手の上に自分の手を置いた。そのまま長いあいだジーナを見つめていたが、やがてそこを離れると、ポケットから電話を取り出した。番号を入力してつながるのを待つ。クレイゲンティニーから帰ってスコッツ語辞典を引いてみると、〝バイド〟には〝住む〟のほかに、〝耐える〟という意味があった。つまりナタリーの小学校の校訓は、〝わたしはそれを耐える〟なのだ。だったらわかる。

「はい、ロイヤル・バンク・オブ・スコットランドです。この電話はハーディープがお受けしております。ご用件はなんでしょう？」

「うちの社の口座からの自動送金を停止したいの」

一分もしないうちに手続きが終わり、ドロシーは電話を切った。過去とのつながりを断ち切るのは、なんと簡単なことか。

ドアの向こうから、インディがひょいと顔を覗かせた。「電話はジェイコブ・グラスマンという方からで、依頼した件についてジムと話したいとおっしゃってます」

ドロシーはレセプション室に行って受話器を取りあげた。

「もしもし？」

「誰だね、今度出てきたのは？」

「ドロシー・スケルフです」

「わたしはミスター・スケルフと話したいのだ」

ぐっと息を飲み込む。「ミスター・スケルフはもうここにはおりません」

「どういう意味だ？」

「亡くなりました」

「なんと」エディンバラの上層階級のしゃべり方に、わずかに東欧のアクセントが混じる。かなり歳がいっているようだ。

「ご用件は？」

「ミスター・スケルフは、昨日うちに来る約束になっていた」

そういえば、二階の探偵のホワイトボードに、ジェイコブ・グラスマンという名前が書いてあった。そばにもう一つ名前があったけれど、思い出せない。

「申しわけございません。ジムが請けた件はわたしが引きつぎます。どんなご依頼だったのでしょうか」

「少々微妙でな」ジェイコブが声を低めた。「今は話せんのだ。あの女がここにおる」

「どなたが？」

「スーザンだよ、もちろん」

ボードにあったもう一つの名前は、スーザンなんとかだった。

電話の向こうから咳払いが聞こえた。「今日、あとでうちに来てもらえないかね」

「さあ、それはちょっと」

「ミスター・スケルフは、手付金の小切手をすでに現金化しておるぞ」

二階の事務室に詳細を書きとめたファイルがあるよう、ドロシーは祈った。

また咳払いが聞こえた。「女は午後二時にいなくなる。その時間で都合はいかがかな？」

額に手をやる。デスクに置かれたキクの花のにおいが鼻をかすめた。「ご住所を教えていただけますか？」

15 ジェニー

セント・レナーズ警察署は、ソールズベリー・クラッグスの断崖の陰にうずくまっていた。一九八〇年代にできたこのオレンジ色のレンガ造りのビルは、曲がり角にそってL字を描くように建つ。広いガラス張りの正面玄関には回転ドアがあり、そこかしこにブルーの縁取りが見える。ここの留置場には今、何人入っているのだろう。何をして入れられたのだろう。冷遇を感じていないだろうか。ジェニーは九〇年代の半ばに、この警察署に一度来たことがある。ネピア大学の学生だった頃だ。午前二時にヴィクトリア・ストリートのクラブ〈エスピオナージ〉でインディーズのライブに並んでいたら、痴漢に遭った。スカートの下からパンツに手を入れられたのだ。大声を出すと、痴漢の仲間に顔を殴られた。店の用心棒は何も見ていないとすっとぼけた。ジェニーは署に訴えた。夜勤の警察官は薄笑いを隠すのに苦労していた。そんな服を着てりゃ、痴漢されてもおかしくないだろうよ。明らかに反感を抱いた様子だった。もしハナが痴漢に遭って訴え出たとしたら、今は事情が変わっていることを祈りたい。そうとは思えないけど。

「いい？　入るわよ」ドロシーが言った。

ジェニーはドロシーのあとについてドアをくぐり、いっしょに受付へ向かった。ドロシーはトマス・オルソンに会いに来た旨を告げると、突っ立ったまま、革のハンドバッグの持ち手をいじくりだした。バックルのついた実用本位のバッグで、どっちかというと学生かばんのようだ。

「母さん、大丈夫？」

ドロシーはうなずいたものの、不安そうな顔をしていた。そんな母を眺めていると、ジェニーは自分のほうが強くなった気がした。親が衰えたさまを見るのは、決して心安いものではない。親の弱点や欠点に気づくのもだ。そして、親もごく普通の人間であって、誰もと同様、生きるのに汲々（きゅうきゅう）としているのだ、と知るのも。

さっきスケルフ邸に戻ったばかりだったジェニーは、ブラッドリーと対面したときのアドレナリンの名残で、体がまだ震えていた。いったいあたしはどうなっちゃったんだろ？　立場が逆なら、性的暴行を受けたと騒ぎ立てるところだ。ただブラッドリーの態度には、何か怒りを誘うものがあった。クレイグのせいで男に対する見方がゆがんだことは、世界一有能な精神科医に診（み）てもらわなくたってわかる。でもずいぶん昔の話なのに、なぜまた今になって、それが頭をもたげてきたのか。これはしっかりと蓋をしておかなくてはまずい。

理工学キャンパスから帰ってくると、庭でドロシーが、黒焦げになった火葬台をじっと見つめていた。ドロシーはジムの送金のことや、クレイゲンティニーに住んでいるレベッカのこと、その娘のナタリーのことをジェニーに話した。ドロシーが何を疑っているかは明らかだった。ジムはレベッカと関係していた、もしくはレベッカはジムの娘だった、あるいはナタリーがジムの娘だった。ジムがサイモンの失踪に関与していた可能性もあった。いずれにしても、ジムは嘘をついていた。妻に嘘をつき、家族に秘密を持ち、何万ポンドもの家族の金をよそへ回していた。もちろんドロシーだって、不貞を働いた過去がある。モラルを振りかざして、やいのやいのと責められる立場ではない。でもドロシーは、少なくとも嘘はつかなかった。ジェニーの知るかぎり。

ドロシーが手首に巻いたブレスレットをしきりにさわっている。三本の色鮮やかなひもを編み、目の絵を描いたボタンで端を留めてある。何年も前にハナがドロシーのために作ったものだ。それをまだ持っていたなんて、ジェニーには信じられなかった。ハナが学校で作ったものを、自分は何か残しているだろうか？　ネックレス、キーホルダー、絵、大小さまざまな石や小枝を色づけして貼り合わせた〝芸術作品〟。

分厚い防刃ベストを着けた警察官がふたり、コーヒーを片手に回転ドアから入り、奥へ向かっていった。受付デスクにいた女性がふたりに微笑む。

ジェニーはドロシーに話しかけた。「トマスとはどこで出会ったんだっけ？」

ドロシーがにやりとする。「スケルフ家の人間が誰かに出会うといったら、決まってるでしょ。彼の妻の、葬儀」

「でもその前に、ヨガのクラスで会ってたんじゃ」

「火曜のクラスに通ってきてる」

「ヨガをやる警察官ねえ」

「それが何か?」

「父さんは、ふたりが友だちだってのを知ってたの?」

一瞬、間があく。「何が言いたいわけ?」

ジェニーは首を振った。「何も。ただ、ちょっと気になっただけ」

「今は何世紀? 女性が男性と友だちになっても不思議はないでしょ」

「もちろん」

ドロシーが首を振る。「あなたの知ったことじゃないけど、ええ、ジムは、わたしがトマスと友だちなのを知っていた。そして何も問題に思っていなかった」

奥のオフィスのドアが開き、ぴったりしたスーツに身を固めた背の高い黒人が現れた。

「ドロシー、よく来てくれたね」スコットランド訛りと北欧訛りがごたまぜの英語だ。「さあこっちへ」

「娘のジェニーよ」ドロシーがジェニーに向き直る。「こちらがトマス」

ジェニーはトマスと握手した。彼はぎゅっと握りしめてきたが、肌は柔らかかった。

「きみのことはドロシーからいろいろと聞いてるよ」

「あたしも同じことが言えればいいんですけど」

二階の会議室からは岩山アーサーズ・シートとソールズベリー・クラッグスの断崖が一望できた。どちらの頂上にも観光客や山歩きの人たちがぽつぽついて、稜線(りょうせん)に小さな点を添えている。

トマスが目の前の茶色いバインダーを開き、中身をぱらぱらとめくった。ジェニーは彼を観察した。五十代半ば、引きしまった体、洗練された雰囲気、寡夫。ドロシーの再婚相手としてはなかなかだ。

彼は首を振った。「あまり参考になるものはないね、正直言って」

手書きの書類に目を通す。公的な書類らしい。

「ごく普通の失踪事件で、未解決だ。彼の妻から失踪の通報があったが、警察は当初、対応しなかった。すると二日後に再度、妻から連絡があり、やはり戻らないというので、巡査をひとり担当につけた。銀行口座や携帯を洗ったが、なんの形跡もなかった。電子メールもだ。ちなみに、当時はまだSNSはなかった」

「うちで働いていたときの話なら、なぜわたしは失踪のことを知らなかったのかしら」

トマスは書類に指を走らせた。「ダニエルズ巡査が、ジムとアーチーから話を聞いている。ふたりは何も知らないとのことで、特に疑わしい点はなかったとある」

「警察はアーチーを尋問したの？」

「尋問じゃない。ちょっと会話を交わしただけだ」

ドロシーがジェニーを振り返る。「わたしがアーチーにたずねたときには、警察が来たなんて言わなかったわ」

「忘れてたんじゃないの」

ドロシーは首を振った。「そのダニエルズって巡査、彼はまだここに？」

「彼女、だ。ローナ・ダニエルズは五年前に産休を取り、その後復帰しなかった」

ジェニーは窓の外に目をやった。崖の下の草地で誰かが凧(たこ)を揚げている。「その人の連絡先はわかります？」

トマスは書類をテーブルに置いた。「調べることはできるが、はたして彼女が役に立てるかどうか。警察官は多数の事件を扱っている。しかもかなり前の事件だ。われわれの仕事量からいって、この件にはほんの数時間しか割かなかっただろうしね」

「それでもいいですから」

ドロシーがため息をつく。「もう一度アーチーと話してみなきゃね」

「アーチーが何か関係してると思うの？」

ドロシーは髪を耳にかけた。それをトマスが眺めるのを、ジェニーは眺めた。ふたりは確かに友人同士なのだろう。でもそれ以上ということも考えられる。ジムに隠れてこの男と逢引きするドロシーの姿を想像してみた。過去の行いからして、あり得なくはない。

「どう考えたらいいのやら。わたしにはわからなくなってきたわ」

トマスはバインダーをとじ、テーブルの上でこちらへすべらせた。ドロシーはそれに指をかけて目を閉じた。そこからもっと深い意味を、隠された真実を、テレパシーで読み取ろうとするかのように。

「あまり助けにならなくて申しわけない。だが、ほかにできることがあれば、いつでも言ってくれ」

ドロシーが目を開く。一瞬ぼうっとして、焦点が合わないようだった。

ジェニーは咳払いをした。「実は、ほかにも失踪した人間がいるんです。ちょっと、調べてもらえません？」

トマスは眉をひそめ、ジェニーを見つめ、ドロシーを見つめ、それからうなずいた。

16　ドロシー

ハーミテージ・ドライヴはブラックフォードの丘の肩をなす通りだ。両脇はヴィクトリア時代の堅固な大邸宅ばかりで、南側にはブレイドの丘が望める。その一一番地の家は、近隣に比べてやや雑然とした感じだったが、それでも前に立つ者を充分に圧倒した。

ドロシーはベルを鳴らして待った。かなりたってから、曇りガラスの向こうで影が動き、扉があいた。ジェイコブ・グラスマンは、身長が低いうえに背中が曲がり、歩行器を使っていた。歳はおそらく九十前後。しばらく散髪していないようだ。ひげ剃りでへまをしたばかりなのか、顔に血が飛び散り、鼻と顎の下に小さな切り傷がある。それでも目はきれいに澄んでいた。彼はドロシーを中へ手招きしながら、後ろの通りをうかがった。

「ミセス・スケルフだね」

「ドロシーと呼んでください」

彼が手を差し出す。「わたしのことはジェイコブと。よく来てくれた」

すり足で歩くジェイコブのあとについて、ドロシーは奥の部屋に入った。そこは間仕切りのない、広いダイニングキッチンだった。壁の本棚には古い革表紙の本が並び、その上に鮮明な色調の抽象画が何枚か飾ってある。窓の外は息を飲むような景色で、谷を流れるブレイド・バーンが見おろせた。

ジェイコブはダイニングテーブルの椅子に身を落ち着けると、歩行器を脇へ押しやった。

「カメラは持ってきたかね？」

ジェイコブに手で示され、ドロシーは彼の正面の椅子を引き出した。

「カメラ、ですか？」

「スパイカメラだよ。ミスター・スケルフが昨日、取りつけてくれることになっておった」

声にぜろぜろという音が混じる。息をするのがしんどそうだ。

「申しわけございません。ジムが亡くなってから、いろいろとありまして。こちらの件でメモが残っていないか探したのですが、見つかりませんでした。あらためて事情を聞かせてもらえますか？」

ジェイコブは顔をしかめた。何やら動揺している様子だ。「あんたの旦那にぜんぶ、話してあったのだがね」

「重ねてお詫び申しあげます」

「話は単純だ。あの女がうちの物を盗んでおる。わたしの持ち物を勝手に動かすこともある」

「スーザンが？」

ジェイコブが目を見開く。「そうだとも」

「彼女は何者なんです？」

「うちに来る、介護人だ」彼は最後の言葉を吐き捨てるように言った。「最近はそう名乗る。看護人とは言わんのだ。わたしには介護など必要ないというのに」

ドロシーはホワイトボードで確認してあった。「スーザン・レイモンド、ですね？」

「それだそれ。うちの、なんとも感じのいい義理の娘が雇いおった。やつや息子がここに来んでもすむようにな。といっても、もとから来もしないがね」

「するとスーザンは、どこかの企業から派遣されているのですね」

ジェイコブは震える手を持ちあげてカーディガンのポケットに入れると、たたんだ紙を取り出し、ドロシーに渡した。それには〝ブライト・ライフ・ケア〟とあり、ウェブサイトのアドレスと電話番号が書かれていた。「だが、たちが悪い」

「なぜ彼女が物を盗んでいると？」

彼はむっとした。「そりゃ物がなくなるからだ、決まっとるではないか。わたしはばかではない」

「わかりました」

「年寄りだからって、ぼけてるわけではないぞ。体がいかれているというだけで、人はよく、わたしを愚鈍者扱いする。くそったれめが」

ドロシーは思わず目を見張った。

ジェイコブは痰を切ろうと、ひとしきり咳をした。「老人がののしり言葉を使うと、そんなに不思議かね？　ちくしょう、てやんでえ、べらんめえ、どあほう。四十年間も言語学の講義をしていたのだ、言葉の力は知りつくしておる。しかも十代の頃に、ナチスから逃れるために、故郷も家族も捨てなければならなかった。ののしりたいことだらけの人生だよ。妻は五年前に逝った。子どもたちはいっときも、わたしとすごしたがらない。看護人はわたしの物を盗む。汚い言葉がぽろりと出ても、許してくれまいか」

ドロシーは微笑んだ。「かまいませんよ」

ジェイコブは目を細めた。「きみはどこから来たのかね？」

「どこからとは？」

「その訛り。アメリカかな？」

「生まれはカリフォルニアです。でもこっちに来て、もう五十年になりますよ」

彼がうなずく。「それでも抜けない、形成期に身についた話し方はな。違うかね？」

彼にまじまじと見つめられ、ドロシーは内面まで覗かれている気分になった。はるか昔に見た情景が頭に浮かぶ。ピズモ・ビーチの桟橋にぶつかっては砕ける波。

「わたしの妻は、ウクライナの出身だった」ジェイコブは壁の絵を顎で示した。「妻が描いたものだ。妻は幼い身で、スターリンが作り出した飢饉(ききん)を生き抜いた。すごいことだよ、まったく」

　ジェイコブはまた咳をし、がりがりの手で口元を覆った。「で、カメラは持ってきてもらえるだろうね？」

　事務室にモーションセンサー付きのカメラはある。ただドロシーは、それを取りつけたり使ったりする必要がこれまでなかった。

「何がなくなったのか、教えてくれますか？」

　信じがたい、といった顔でジェイコブは首を振った。「おおかたは金だが、ほかにも消えた物がある。二階の部屋にあった古いテレビ。わたしのｉＰａｄもどこにも見つからん。本も数冊なくなった、初版本がね。それから食べ物」

「なぜ食べ物なんかを？」

「知らんよ」

「直接、問いただしてみたことは？」

「その前に証拠がほしいのだ。だから、カメラを持ってきてくれるな？」

　ひどく不安そうな顔をしている。手の震えがますますひどくなってきた。

「承知しました」カメラの仕組みがわかるか心配だけれど。

　玄関ホールで何か音がして、鍵が差し込まれ、扉があいた。

「入りますよぉー、ミスター・グラスマン」

ジェイコブが身を固くした。目をかっと見開いている。「あいつだ。まさか戻ってくるとは」

「鍵を預けてあるのですね。どうしてまた？」

ジェイコブは肩をすくめた。「義理の娘がな」

厚塗りメイクの丸々とした女性がキッチンに入ってきた。大きな輪っかのイヤリングをぶらさげている。彼女はドロシーを見て立ち止まった。

「ああら、こんにちは」

「どうも」

ジェイコブが震える手を歩行器にのばして立ちあがる。「戻ってくるとは予想していなかったがね」

「携帯を忘れたの」スーザンはカウンタートップに顎を向けた。ドロシーを探るようにじろじろ見ている。「お客さまとは、めずらしいんじゃありません？　ミスター・グラスマン」

なんという大声。まるでジェイコブの耳が聞こえないみたいだ。

ドロシーも立ちあがった。「わたしはドロシー。ジェイコブの元同僚よ、言語学部の」

「へぇ」

「近くを通りかかったので、ちょっとあいさつしに寄ったの。でももう失礼するわ」

ジェイコブはすでにすり足で玄関へ向かおうとしていた。ドロシーはスーザンににこやかに笑いかけ、前を通りすぎた。引きつった笑みが返ってきた。彼女の視線を背中に感じながら玄関に行き、ジェイコブの前にそっと回り込んだ。階段に昇降リフトが取りつけてあるのが見えた。

ジェイコブが両眉を上げ、低い声でたずねる。「まだ見張っておるか？」

ドロシーはうなずいた。

「やつは明日の午前中は来ない。そのあいだに、もう一度来てもらえないかね？」

ドロシーの娘は家に戻ってきた。孫娘も近くに住む。女三人が結束し、互いを支え合っている。それに比べてジェイコブはどうだ。この大きな家にひとりぼっち。

「喜んで」ドロシーは答えた。

外の道路や敷地内に停まる車の数からみて、今日の葬儀は大にぎわいになりそうだった。火葬場の玄関前にアーチーが霊柩車をつけると、煙草を吸っていた数人があわてて火を消した。連中が中に駆け込むのと同時に、霊柩車の後ろで黒塗りの車が停止した。

シーフィールド火葬場は、一九三〇年代に作られたアールデコ調のどっしりした建物だ。

正面に縦長の窓と長い柱があるのが特徴で、半分がツタに覆われ、さも自然の一部であるかのように見える。ドロシーはひと息吸って吐き、スカートをなでつけ、上着の裾を引っぱった。アーチーが霊柩車の後部の扉をあけると、後ろの車から次々と人がおりてきた。背を丸めた男性が三人、うつむいて鼻にティッシュを当てた女性が一人。ジーナ・オドンネルの遺族だ。父、兄、姉、姉の夫。葬儀に関する取り決めはすべて、姉のオーラが行った。父親はすっかり取り乱し、細かなことを処理できなくなっていたからだ。濃い褐色の髪に緑の目をしたオーラは、物の言い方がとげとげしく、表情も険しかった。といっても、それは状況が状況だったからかもしれない。アイルランド人の葬儀なのに、最後の対面でも式でも、酒を飲んだり騒いだりしなかった。少し意外だったけれど、葬儀の形は一つ一つ違うものだし、悲しみ方も人それぞれだ。

ドロシーはオーラのそばに行った。アーチーと男性遺族が棺をローラーですべらせて霊柩車から出し、肩に担いだ。今回は人数が足りたが、今後については考えなければならない。ジムがいなくなり、担ぎ手が一人失われた。これまでは、必要な際にはドロシーが加わっていたけれど、もう七十だ。こんな重量物をそういつまでも運べるものではない。

棺を目にして、オーラがうっと息を詰まらせた。ドロシーはオーラの腕に手をかけた。その瞬間、空しさが大波のように襲い、ドロシーの中を駆け抜けた。庭で焼かれるジムの姿がよぎり、つづいてある葬儀の場面が浮かんできた。とてつもなく大きな聖堂で、この五十年にスケルフ社が葬った人たちが笑い顔で拍手している。そこに真っ赤な棺が運ばれてくる。中に横たわるのは、彼らを死の世界へ送り出した男だ。担ぎ手は、スケルフ社が埋葬した新生児や胎児や死産児。そのあとから十代の子どもたちが入ってきた。彼らは自殺、自動車事故、薬物の過剰摂取、けんかといった愚かな間違いや、救いようのない出来事で命を落とした。次は水難や感電、刺殺、斬首で死にいたった人たち。さらにはつぶれた死体、くし刺しにされた死体、膨れあがった死体、手足を切断された死体、工場のミキサーや線路からかき集められたばらばらの死体、コンクリートやレンガにぶつかってひしゃげた頭蓋骨、大型トラックに砕かれた胸郭や骨盤。この果てしない死者や損傷死体の行列を率いるのが、彼らを葬ることに生涯を捧げたジムだった。その役目を、今度はドロシーが担わなければならないのだ。

足元から力が抜けていき、ドロシーはオーラのスカートをかすめながら、その場に倒れ込んだ。固い地面に横たわったまま動けない。身を守ろうと地面に手をついたため、手のひらがすりむけ、ところどころに砂が埋まっていた。

棺を担いだ男性四人がこっちを見ている。アーチーは駆け寄って助けたい様子だが、四隅の一つを手放すとバランスが崩れる。

「大丈夫ですか？」母音を長く伸ばすコーク訛りで、オーラが言う。

ドロシーはまばたきをして手の砂を払った。あとがちくちく痛む。太陽がまぶしすぎる。

火葬場に目をやると、ツタが動いたように見えた。ここまで伸びてきてわたしを包み、木の中に取り込もうというわけ？　大地に溶け込ませ、その成分にしてしまうつもり？　死んだジムがそうなったように。土と木のにおいがする。あ、花粉を肺に吸い込んだ。道路の向こうから下水処理場の臭気が漂ってくる。人の糞尿の原子とわたしの原子が混じり合うと、新種の生命体が出来あがる？　どこかでスズメがさえずっている。枝から枝へ羽ばたく音。わたしもそこでいっしょに羽ばたきたい。

「大丈夫よ」膝で立とうとすると、痛みが走った。もう老人なのだ。それなりに受け入れてはいたものの、今は自分の体が厭わしかった。こんなにも衰えてしまった体が。まるでいかれた部品の寄せ集め。あとは動かなくなるのを待つのみか。しかも、真ん中には穴があいている。かつてはそこを夫が占めていた。ところが、夫との関係にそそいできたものは、彼の裏切りによってみんな失われてしまった。

「大丈夫よ」ドロシーは再び言った。地面を両手で押して立ちあがる。なんと頭蓋骨の重いこと。全身がどくどくする。

「本当に？」オーラが訊く。

男たちは棺を担いだまま、まだドロシーを眺めていた。故障した物でも見るような目で。ドロシーがうなずくと、彼らは建物の中へと小刻みに進みはじめた。アーチーが心配そうな顔を向けてきた。額に皺を寄せ、目を細めている。

ドロシーはスカートの膝をはたいた。オーラが肘を差し出す。

「ありがとう」知りもしない女性につかまって、ドロシーは中に入った。これまた知りもしない女性の、火葬を見届けるために。といっても、ドロシーはもう気づきはじめていた。誰のことも、本当に知ってはいなかったのだと。

17 ハナ

〈モントピーリアズ〉のメニューには、豚のスネ肉だの、聞いたこともない魚の名前だのが、ずらずらと並んでいた。ここは値が張るけれど、どうせ払うのはクレイグだ。罪ほろぼしランチの折には、ハナはワンランク上のレストランを選ぶことにしていた。〈モントピーリアズ〉の客層は、近くの高級住宅街に住む金持ち、大志あふれる保守党員、オクスフォードには行けなかった上流階級の学生などだ。壁には狩猟の絵がかかり、従業員の白い上っ張りに超特別感が漂う。マルベックをひと口すすってみた。いいワインかどうかわからないけれど、ボトル一本で三十八ポンドもする。

「すてきな罪ほろぼしランチに乾杯」

クレイグもにやりとして自分のグラスを掲げた。「乾杯」

罪ほろぼしランチというのは、ふたりのあいだのジョークだった。クレイグがジェニーのもとを去ってフィオナと住みはじめてからまもなく、彼とハナは週に一回、ランチをともにすることにした。最初はマクドやケンタだったのが、そのうちパブ飯になり、今やこれだ。あと数年もすれば、ミシュランの一つ星か二つ星にまでグレードアップするかもしれない。

「それで、もう落ち着いた?」

一瞬ピンと来なかったが、ジムを亡くしたことについて訊かれたのだとハナは気づいた。

「まあね」

「ママのほうは?」

「まあ普通」

「スケルフ家はみんな、楽な気持ちではいられないだろうに」

ハナはうなずいた。「みんな忙しくしてる。葬儀の予定が入ってるから。案件もあるし」

「探偵社の?」

ワインをまたひと口含み、舌打ちして飲みくだした。グラスを回し、内側を雫（しずく）が伝い落ちるのを眺める。

「メルが行方不明なんだ」

「ハナの、フラットメイトだっけ?」

「うん」

クレイグはメルと、フラットで一、二回顔を合わせていた。数か月前には、罪ほろぼしランチが長引き、去りかけたクレイグと、次に会う予定だったメルやインディが、ばったり鉢合わせしたこともあった。

「両親の家に行ってるんじゃないのか。それか恋人の家に」

ハナは首を振った。「わたしたち、どれも当たってみた」

「わたしたち？」

「ママとわたし」

「ふたりで調査してるわけ？」

「そうだよ」

「おまえやジェニーに、調査の仕方がわかるのかい？」

「人並には」

「で、誰を調べてみたんだ？」

「わたしはメルの恋人、ママは院生講師と話をした。わたしはメルのお兄さんとも会った」

「何かわかった？」

「メルは秘密の携帯電話を持ってた。わたしの手元には、メルがいつも使ってるほうの携帯があるんだけど、メルはもう一つのほうでメッセージを受け取ってたらしい」

「そんなことに首を突っ込んで、ほんとに大丈夫かなあ」

「どういう意味？」

「ハナもジェニーも、まだ悲しみが癒えていない。特にジェニーなんか、父親を亡くしたばっかりだよ」

「それが何か？」

「精神的にまいってるだろ」

クレイグが急死したら、自分はどんな気持ちになるだろうか。といっても、クレイグとジムでは条件が違う。クレイグは四十代で、ジムは七十。予期された死ではなかったものの、人生をまっとうしたと言える。インディは、幼い子やティーンエージャーや若い親の葬儀から帰ると、また未来が失われたといつも嘆く。いちばん心が痛むのはそんな死だ。次の時代は今より良くなるという希望が消える。

「メルの案件のおかげで、そっちに頭が行かずにすんでるんじゃないかな」

「現実から目をそむけているわけだ」

「かもしれない。でもほかにどうしろって言うの？　悲しみに打ちひしがれるままになってろって？」

前菜が運ばれてきた。クレイグにはテリーヌ、ハナにはグラタン。店内はけっこうな混みぐあいで、ハナはその喧騒(けんそう)にひたりながら、他人と同じ空間でいっしょに食事をするという、何千年も昔からつづく人間の習慣的行為を楽しんだ。ワインは飲み慣れないせいか、少し酔っていた。皿が下げられ、メインディッシュが到着した。ラム肉のタジン鍋と、名高い豚のスネ肉。会話はあまりはずまなかった。もう何年も別々に暮らしてきたのだ。ふたりのあいだには、週一回のランチなぞでは埋まらない、大きな溝があった。かわいい腹違いの妹についてたずねると、クレイグは目を輝かせながら話した。今回は、前回とは違う父親になったというわけか。どうして男には、セカンドチャンスが与えられるのだろう。クレイグがジェニーにしたことや、ジェニーを捨てたことを考えると、ハナは彼を憎んでいて当然だった。でも十年もたつと変わってきた。前より成長した、大人になった、と自分では感じている。事情により、そうならざるを得なかったのだけれど。もう生涯、父親はいらない。ふいにそんな思いがわいてきた。それでも、心のどこかではやはりクレイグを求めていて、そのことがうれしくもあり、悲しくもあった。やっぱりワインを飲みすぎた。

メインの皿が片づけられたとき、ハナは時間に気づいた。

「しまった。もうとっくに、ここを出てなきゃならなかったのに。スケルフ邸で火葬のあとの集いがあるから、会場の準備を手伝うよって、インディに約束してたんだ。軽食を出すみたい」

「葬式稼業に休みなし、てか？」

ハナはワインの残りを飲み干すと、音を立ててグラスをテーブルに置いた。「おじいちゃんが亡くなって初めての葬儀だからね。みんなで協力し合わなきゃ」

クレイグがハナを見つめながら目を細める。「ハナのことが心配なんだよ」

「どうして?」

「スケルフ家の誰にとっても、いいはずないじゃないか。四六時中、死に囲まれてるなんて」

ハナは肩をすくめた。「悲しむのは他人で、わたしたちじゃない」

クレイグは首を振り、テーブルクロスをがりがり引っかいた。「いや違う、おまえだって、ジェニーだって、ドロシーだって、みんな悲しんでる。家族を失ったばかりだというのに、よく他人の葬式なんかできるな」

一瞬、ハナはクレイグをにらみつけた。それから椅子を後ろへ押しやり、少しよろけながら立ちあがった。「だってほかに選べる?」

18 ジェニー

ジェニーは首がかゆくなって襟元を引っぱった。喪の席にふさわしい服なんか持っていなかったから、ドロシーのブラウスを借りたのだ。レセプション室をぐるっと見回してみる。火葬後の集いの参加者が四十人ばかり、ぶらぶらしていた。みんなジェニーと同じぐらい居心地の悪そうな顔をして、三角サンドをかじっては、小さなプラスチックカップ入りのワインをすすっている。この部屋の壁は控えめなパステルトーンで仕上げられ、大理石の暖炉の上には鏡、壁には茫洋（ぼうよう）とした海の風景画が飾ってある。テラスの扉が開放され、数人が外に出ていた。扉は裏庭へ通じていて、そこから黒ずんだ火葬台の残骸が見えた。豚を金串（かなぐし）に刺して焼いたあとのようだ。

裏庭でジムとボールを蹴り合ったのが思い出された。もう四十年も前になるのか。葬儀ディレクターを父に持つのは奇妙なものだった。といっても、みんなが考えるような理由からではない。ジムは家がすなわち仕事場で、家庭と仕事との境目がなかった。一日二十四時間週七日間、ずっと待機中。いつも電話に応えていて、手があくと、遺体を引き取りに行ったり、遺族を慰めに出かけたりしていた。おかげでジェニーは、えっと思うようなときに、暇のできたジムと遊ぶしかなかった。葬儀屋の格好のまま、あのオークの木のあいだでボールをドリブルしていた父さん。その格好で、三階の納戸でかくれんぼもしたっけ。学校の宿題で宝石箱を作ったときには、作業室で手伝ってくれた。まわりに棺があって、材木を削った甘い香りがした。ふいに悲しみが襲ってきた。胸が震えるのを感じ、ジェニーは深呼吸した。

「今日はいいお見送りができましたわ」老婦人が扉から入りながら言った。

ジェニーはのっぺりした笑みを返した。葬儀業者がよく見せる笑み。相手の言ったことに同意しながら、うっすら悲しみを添える。実はジェニーは、ここでこれといった役割があるわけではなく、みんながうろうろしながら故人の話をするのを、ただじっと見ているだけだった。ジーナが自宅で首を吊ったことから、会場にはやや尖った雰囲気が漂っていた。命を粗末にするなんて。可能性を断ち切ってしまうなんて。

真っ青な顔のドロシーが二階へ横になりに行ったあと、ジェニーとインディはふたりきりでこの場を守っていた。アーチーによると、ドロシーは火葬場の外で倒れたのだが、医者に行くのを拒否したらしい。「ただのストレスよ」と言って、ジェニーの差し出した手を払いながらも、手すりにしがみついて身を支えていた。

インディは遺族や弔問客と短く会話を交わすのがうまかった。鮮やかな色の髪と褐色の肌に、みんなが引き寄せられる。そしてあの輝くような笑み。インディはのっぺりした笑みなど浮かべない。生き生きとして見え、といって失礼な感じはぜんぜんなくて、まるで全世界と調和しているかのようだ。それに引きかえ、ジェニーはどうふるまえばいいのか皆目わからず、この場にいるのが気づまりで仕方なかった。

故人の姉がインディに近づき、何か話しはじめた。世間話や雑談ではなさそうだ。インディが驚いた顔をし、頭を軽く傾けてジェニーを示した。姉がジェニーに近づいてきた。背後でインディが目を見開き、警告のサインを送っている。

「あなた、スケルフ家の人？」

「ええ。ジェニーよ」

「わたしはオーラ、ジーナの姉。葬儀の打ち合わせをした、あの年配の人はどうしたの？彼がぜんぶ面倒を見てくれると思ってたのに」

ジェニーは目をぬぐい、まばたきを繰り返した。「父のことね。亡くなったの」

「あらま、ごめんなさい」

気にしないで、と首を振りながらも、他人の葬儀で父の死を口にしたことに、きまり悪さを覚えた。他人の悲しみに強引に割り込んだみたいではないか。

「それであなた、家族の会社で働いてるの？」

二階にいるドロシーのことが浮かんできた。「ええ、まあ」

「少し話がしたいんだけど」オーラは人であふれた室内を見回した。「どこか、ふたりだけで話せる場所はない？」

玄関ホールの向こうの、お別れの間があいていたので、ジェニーはその一つにオーラを案内した。革張りのアームチェアに座るよう勧めると、オーラは断った。

「立ってるほうがいいわ」

ジェニーはじっと待った。

「ちょっと変に聞こえるかもしれないけど」ようやくオーラが口を切った。

「いろいろと大変でしょ」

オーラが首を振る。きつい香水のにおいがぷんと漂う。

「あっちのことじゃないの」彼女は閉じた扉越しに、集いのほうを手で示した。眉をこすり、室内を見回し、話の糸口をつかもうとしている。「あなた、家業をやっているのよね？」

また同じ質問。本題に入れないでいる。

「はあ」

「どっちのも？」

「はあ？」

再び閉じた扉を示す。「横の入口には、おたくは葬儀社だけじゃなくて、探偵社もやってるように書いてあったけど」

「ええ」

オーラが正面からジェニーを見すえた。「あなた、あれもやるの？　探偵」

一瞬ジェニーは答えに迷った。「もちろん」

「だったら、あなたに依頼したい案件があるの」

「何、が？」

「案件。あなたたち、そう呼ぶんじゃないの？　探偵に仕事を頼みたいのよ」オーラの口から自虐的な笑いが洩れた。「信じられない、自分がこんなことをしてるなんて」

「やっぱり座ったほうがよくない？」

「しかも葬儀の席で。だって故人に失礼でしょう、そう思わない？　けど、あらためてここに来られる自信がなかったんだもの」

また襟元を引っぱりたい衝動に駆られたのを、ジェニーはなんとか抑えた。でも首の肌がちくちくする。ジーナの首を思い出した。アーチーが隠したベルトの跡。

オーラは髪に手をやった。「どこにでも腐るほどある話よ」それから肘をさすり、深呼吸をした。「夫が浮気してるの。リアム・フック。今もあっちの部屋で、あれこれ世話を焼いてるわ。まわりに気を配って、泣きたい人には肩を貸して。でも浮気してるの、彼。その証拠をつかんでちょうだい。証拠が手に入ったら、離婚してやる」

「なぜ浮気だと？」

ぎらぎらとした目で、オーラがジェニーをにらんだ。「あなた、指輪をはめてないけど、結婚は？」

「離婚したの」これほど時間がたったというのに、ジェニーはその言葉を口にするのが恥ずかしかった。敗北を認めるようで。

「どうして離婚したの？」

「彼にほかの女ができたから」

オーラはゆっくりと首を縦に振った。「なら、わたしの言ってることがわかるわよね？

浮気は感づいてた？」

　どうしてあたしの話になるわけ？　「ぜんぜん」

　オーラの両眉がつりあがった。「えーっ。じゃあ、よっぽど嘘のうまい男だったのね」

　ジェニーは肩をすくめて視線をそらせた。

「リアムは嘘が下手でね、残業だなんて言うのよ、信じられないでしょ。けど職場に電話をかけても取らない。携帯にかけると、どうも職場のようには聞こえない。なんだか音の響き方が違ってて」

「問いただしてみた？」

　オーラは首を振った。「証拠がほしいの、だからあなたに頼んでるのよ」

　ジェニーは息を飲み、襟元を引っぱった。「どうかしらねえ」

　オーラが目を細める。「あなた、探偵なんでしょ。違うの？」

　すぐには答えられない問いだった。自分は探偵なんだろうか？　理工学キャンパスでブラッドリーの股をつかんだのを思い出した。あのときは完全に自分を失っていた。でも、二階にいるドロシーのことも頭に浮かんだ。ストレスと悲しみで臥せっている。ジムの送金、失踪した元従業員、そしてもうひとりの失踪者のメル。これらの謎をあたしたちが解かないで、誰が解いてくれる？

　オーラが答えを迫ってきた。「どうなの？」

「ええ、探偵よ」

「じゃあこの案件、引き受けてくれるわね？」

「引き受ける」

19　ハナ

何もかも明るすぎた。天井のむき出しの蛍光灯の音が脳を揺すぶり、ホワイトボードに当たるレーザーポインターの光や、ドクター・ロングホーンのマックブックのロゴまでもが、頭のズキズキを倍加させた。ふだんはあまり酒を飲まないので、この二日酔いの痛みには困惑が入り混じっていた。クレイグとワインを飲んだあと、ハナはスケルフ邸に手伝いに行ったはずが、そこでプラスチックのカップ入りワインをさらに飲み、とうとう酔いつぶれた。ジェニーとインディに二階へ連れていかれ、ジェニーの昔の寝室に寝かされたのが昨日の午後遅く。それからずっと眠ったままで、シュレディンガーに顔を舐められて目を覚ますと、もう朝の陽が射し込んでいた。

メルの失踪が相当こたえていた。頭の隅に黒い霧がかかっているのがわかった。それがなんの前ぶれかは知っている。酒をあまり飲まない理由の一つは、数年前に、アルコールの影響が脳に現れたからだ。不安に苛まれ、やがてうつに陥った。十五歳だったハナは、いくつかの薬物療法を試したすえに、綿の中で生きているような感覚から脱出した。それから何月かかけて徐々に薬を減らし、いっぽうでドロシーに教わった瞑想やヨガを行った。ランニングにのめり込んだ時期もあった。最近はまたワインをたまに飲むようになってはいたものの、昨日は度を越していた。クレイグに責任はない。不安症やうつのことは、彼には内緒にしてあった。腫れ物扱いされるのを恐れたのだ。

そんなわけで、今日の二日酔いには罪悪感が伴っていた。ジェニーの昔の部屋で目が覚めたのも、ためにならなかった。誰も起きてこないうちに、こっそりスケルフ邸を抜け出した。ただフラットに帰ると、インディと顔を合わせないわけにはいかなかった。インディはいいとも悪いとも言わず、ハナを思いやるように抱きしめ、心配そうに見つめた。おかげでかえって罪悪感が増した。

ハナは講義に遅れたので、教室の後ろのほうに着席していた。通路の反対側には、ザンダーがふたりの仲間と座っている。ハナが目立たないようにそっと入ろうとしたとき、彼は顎で合図してきた。

ロングホーンは〝量子もつれ〟について講義していたが、ハナは頭がついていかなかった。蛍光灯の音といっしょになって体が小刻みに震える。まるで自分がむき出しになっているみたいだ。二日酔いのせいで皮膚がはがれ落ち、外界との境界が消滅でもしたのか。今にふわふわと浮かびあがって、化学物質の渦の中に混じり込むのかもしれない。

量子もつれは固定観念をぶち壊すたぐいの理論で、いつもならハナが愛してやまない物理分野だ。もつれ状態にある一対の量子は、たとえ離れた位置にあっても、量子状態が本質的に相関関係を持つという。その片方の量子の状態を測定すると、波動関数が崩壊し、測定結果がもう片方の量子に瞬時に伝わる。情報が光速を超える速さで伝達されるわけで、ここでは、いかなるものも光速を超えないという法則が破られている。それだけでは終わらない。さまざまな説を読み解いてみると、但し書きがついていたり矛盾があったり、対抗する説の歪曲だったり批判だったり。時間は量子もつれの副産物でしかないという考え方まである。どれもこれも観点の問題だ。事象をどこから眺めるか、どう観察するか、事象とどんなふうにかかわるか、クォークから銀河にいたるまでの各レベルで、因果関係をどこまで展開させるか。

現在のハナの観点からすると、今すぐアイアン・ブルーを体内に補給しないと、意識を失ってしまいそうだった。あの毒々しい色の炭酸を。

ハナは目を細めてロングホーンを見た。長身で、どことなく権威を漂わせているとはいえ、うぬぼれた感じはない。濃紺のシャツを暗褐色のジーンズにたくし込み、先の尖った革靴をはいている。教職員の大半がスター・トレックTシャツにスニーカーといった格好のなかで、ファッションの洗練度ではワンランク上だ。歳は三十代半ば。ブロンドの髪を短く切りそろえ、ひげもきれいに剃ってある。そして彼は、ほかでもないメルの指導教員だった。といってもメルの場合、それは名目上でしかない。指導教員がかかわるのは、学生がクラスを何度もサボったり、単位を落としたりしたときだけなのだから。

授業が終わり、みんながのろのろと退室しはじめた。ザンダーがまた顎で合図してきた。こっちへ来て話すのかと思ったら、考え直したらしく、背を向けてドアから出ていった。

ロングホーンが資料やメモをかき集め、マックブックを閉じた。ハナは彼に近づいていった。こめかみがどくどくし、まぶたが重い。

「ドクター・ロングホーン」リュックをぐるりと回して肩にかける。

「ピーターでいいよ」

うっと詰まりながらうなずく。「最近、メラニー・チェンを見かけました?」

「こっちが訊きたいな」

「え?」

「この前、面談のアポイントメントを取っておきながら来なかった」

結婚指輪をはめている。なんて細くて長い指だろう。

「どんな用件だったのか、差し支えなければ教えてもらえます?」

「さあね。メールで申し込んできたのだが、理由は書いてなかった」

「メルがメールを送ったんですか？」

「何か問題でも？」

絞られるような腹の痛みを、ハナはこらえようとした。空腹を覚えると同時に、吐き気がした。「メルは行方不明なんです」

彼はその場を片づける手をはたと止めた。「どういう意味だ？」

「この三日間、誰もメルを見かけていません」

「実家に帰ったのでは？」

「誰も、と言いましたよね。誰ひとり会っていないんです」

ハナの口調が何かを感じさせたらしい。「警察には連絡した？」

「相手にされませんでした。失踪を禁じた法律はないとかで」

ロングホーンは持ち物を革のブリーフケースにしまいはじめた。「そのうち現れるよ」

「気にならないみたいですね」

「二日や三日授業に来なかった学生を、いちいち心配していたのではね」

「もっと深刻なんです。アポイントメントを取ったぐらいだから、何か困ったことがあったのかもしれない。そう思いません？」

「かもしれない。でも彼女は成績もいいし、研究も順調だ。模範的な学生だよ」

「まさしく。だからこそ、どこへ消えたのかと」

「すまないが、これ以上、力にはなれない」彼は腕時計を見た。「職員会議があるんだ。もうすでに遅れている」

次の講義を受ける学生がぞろぞろと教室に入ってきた。リュックをしょって、ウォーターボトルを手にした、Tシャツとジーンズの若い男女。みんな問題なしだ。誰もその生活から消え失せたりなどしていない。ハナはこめかみをさすって痛みをやわらげようとした。ただ、そこがうずく理由はわかっていた。メルの電子メールはもう何度となく調べた。そしてその中に、ドクター・ロングホーンに面談を申し込んだメールはなかった。

「孫娘のハナです」

ハナは扉口にいる老人と握手した。肌がかさかさして皺だらけだ。

「よろしく」

その家はハーミテージ・ドライヴに建つ豪奢(ごうしゃ)な邸宅の一つで、市民菜園の先の角を曲がってすぐのところにあった。

「わたしはジェイコブだ」老人は家の中に入るよう手招きした。

彼のあとについて、ハナはドロシーといっしょにリビングに入った。肩にかけた黒いカンバス地の小ぶりなバッグには、カメラが詰め込んである。二日酔いはなんとか抜けつつあったものの、ロングホーンの言った電子メールのことが、まだ頭に引っかかっていた。どうしてもつじつまが合わない。

授業を終えてフラットに帰る途中、ドロシーから電話が来た。スパイカメラの使い方を知りたいから、家に来て手を貸してくれないかと。正直なところ、気晴らしがしたかったし、スケルフ邸に行けばインディにも会えた。スパイカメラは小さな黒い立方体の機器で、機能はいたって単純だった。視野で何かが動くと作動し、写真、またはビデオを撮影する。ただかなり古いため、クラウドには対応しておらず、データはSDカードにしか記録されない。録画を見るには、カードをいったんカメラからはずし、パソコンに移さなければならないわけだ。

「ハナはわが社の技術専門員なんです」ドロシーが言った。ジェイコブは硬い椅子の上の宙でお尻を止め、そろそろとおろしていった。

介助なしで立ったり座ったりするのは、かなり骨の折れることなのだろう。とはいえ、ジェイコブは助けを借りようとするタイプではなさそうだった。

ハナはバッグのジッパーをあけ、カメラを取り出した。なんのへんてつもない外見だが、そこがポイントだ。ジェイコブにカメラの機能や適切な設置場所を説明する。ほんの一時間前までスパイカメラのことなど何も知らず、ここに来る前にグーグルで調べただけだった。

つづいて映像の解像度やバッテリーの容量について話し、作動時間の長さでバッテリーやSDカードの交換頻度が決まることも伝えた。

ジェイコブが微笑む。「きみは、わたしをちゃんと大人扱いしてくれるのだね」

「だって大人ですから」ハナは立ちあがった。「カメラはぜんぶで五台です。どこに置きます？　一階だけか、それとも二階にも取りつけたいですか？」

少しのあいだジェイコブは考えていた。「一階を主にしよう。一台はこの部屋のどこかに。あとキッチンに一台、あっちの書斎に一台」自分の後ろに向かって手を振っている。

ドロシーが両手を前で広げる。「カメラの数を増やせば、当然ながら、わが社のほうで録画を調査する時間も増えますが」

「わたしはあの女のしっぽをつかまえたいのだ」ジェイコブの断固たる口調にハナは驚いた。

「それはもちろんです」

「じゃあ、あとの二台はどこにします？」

ジェイコブがひとりうなずく。「あいつは、わたしの寝室の物にも手を出しておるようだ。だから一台はそこに。階段をのぼると真正面にある部屋だ。だがほかの寝室の物は、今のところなんともない。だから最後の一台は、二階の階段付近に置いてはどうかな。スーザンが二階に上がる用はまったくないはずだ。なのに映ったとしたら、なぜかと問い詰めることができる」

ハナはリビングを見回し、カメラを隠す場所を探した。百五十度の範囲まで撮影可能なので、位置はどこでもかまわない。問題は見つからないようにできるかだ。

スーザンの来る日時をドロシーがたずねた。ジェイコブは震える手で、今後数日間の予定を紙に書いた。それを参考にすれば、SDカードやバッテリーの交換のタイミングがつかめるし、どの時間帯の録画を見ればいいかも見当がつく。ジェイコブひとりが動き回っているような映像は飛ばせるわけだ。その部分を見たとしても、まさか彼がペルシャ絨毯（じゅうたん）の上で後方宙返りをしているとは思えない。

リビングは、オレンジと茶の色調といい、唐草（からくさ）模様の重そうな敷物やカーテンといい、何十年も前から模様替えされていないようだった。でも埃はかぶっていない。どうしてだ？

「スーザンは掃除もするんですか？」

「いいや、掃除人は別におる。若くて、とても有能な女の子だ」

「なぜ、物を盗むのはスーザンで、その女の子ではないと？」ドロシーが訊く。

「モニカはかわいいからだ。スーザンはかわいくない」

なんと見事な論理。ハナは顔をしかめた。

ドロシーがうなずく。「ただ、もしスーザンに怪しい点がなかったら、調査の時間帯を広げる必要が生じるかもしれません」

「わかっておる」

本棚の隅に手頃な場所が見つかった。ハナはその奥に立方体のカメラを差し入れ、少しずつ動かして向きを調節した。

キッチンではレンジフードの裏に、書斎では使われていない暖炉の火格子の中に、一台ずつ据えつけた。二階に上がり、ジェイコブの寝室に入る。ここもかなり古びていて、照明が暗い。鮮明に撮れるか心配だったけれど、どうしようもなかった。洋服ダンスの鏡張りのスライド扉が開いていたので、中の棚の高いところに一台置いた。下からは、スカーフに隠れて見えない。

階段付近には選べる場所があまりなく、仕方なく窓のカーテンポールの上に取りつけた。窓の外にはブレイドの丘の緑が広がっていた。

あらためて周囲を見回してみる。寝室が五つもある大邸宅。この二階だけでもハナのフラットより広い。それをたったひとりの老人が占有しているとは、なんという空間のむだだ。はいはい、わかってます。ここはジェイコブの家だし、彼には、どこだろうと好きな場所に住む権利がある。

階下からドロシーとジェイコブの声が聞こえてきた。子どもの頃のことが思い出された。ぬいぐるみを抱いてベッドに寝ていると、ママとパパの話し声が壁越しに聞こえた。そのくぐもった声は安心感を与えてくれた。何があっても、ふたりがそこにいてくれる。

もちろん、現実はそうではなかった。そうではなくなったと言うべきか。ふたりは離婚し、ハナは成長し、すべてが変わった。そして今やハナは、介護人の裏切りをあばくために、ここでスパイ行為をしている。ロングホーンとメル、彼が話していた電子メール。そこにも、もしかしたら裏切りが隠されているのかもしれない。ハナは階段をゆっくりとおりながら空想した。時は戻った。一階ではママとパパがソファに座っていて、世界はまだ安心と信頼に包まれている。

20　ドロシー

ドロシーは窓の外を眺めた。公園でティーンエージャーが三人、フリスビーを不気味なまでの正確さで投げ合っている。フリスビーの腕を磨くような暇があるのだろうか？　ミスマッチな服の組み合わせといい、そのけばけばしい色や派手な模様といい、三人とも一九八〇年代からタイムスリップしてきたみたいだ。コール音を聞きながら、電話を耳に押し当てる。相手の住所がニューヘイヴンの海岸付近だと知っているせいか、海の風景が浮かんできた。対岸のファイフまで、見わたすかぎり荒波が立っている。

「もしもし、なんの用？」

エディンバラの労働階級の口調だ。うんざりした感じでせっかちに話す。背後からテレビの幼児番組の音が聞こえる。そういえばローナ・ダニエルズは、産休を取ったまま警察に戻らなかったのだった。

「こんにちは、お忙しいところをごめんなさい」

「誰？」

やっぱり直接会いに行けばよかった。面と向かったほうが、いい結果が得られたかもしれない。住所によると、そこはサンドパイパー・ロードに新しく建った集合住宅の一つらしい。リースの端のすたれた波止場地域に急ごしらえされたもので、並びには休暇用の貸家や安ホテルがある。共同体意識など生まれようもない環境だ。そんな場所に一日じゅうくくりつけられていたら、さぞかし孤立した気分に陥ることだろう。

「ドロシー・スケルフです。そちらはローナ・ダニエルズさん？」

「セールスならお断り、興味ないから」

「この番号は、セント・レナーズ警察署のトマス・オルソンに教えてもらったの」

「トマスがうちの番号を？」

「トマスはわたしの友人で、ひょっとしたら、あなたがわたしの助けになれるんじゃないかと考えて」

子どもがぐずる声がした。お菓子をねだっているようだ。通話口を手で覆ったのか、向こうの音がいったん消え、しばらくしてまた戻ってきた。

「助けって？」

「じかに会って話せないかしら？」

ローナがわざとらしく声を立てて笑う。「会ってラテを飲む時間があるように聞こえた？」

「ごめんなさい、さっさと本題に入るわね。あなたが扱った事件についてなの」

「そういったことは話してはいけない決まりよ」

「わかってる。でも守秘義務に触れるような内容ではないから」

「どの事件？」

「失踪事件、サイモン・ローレンスの」

一瞬、間があいた。煙草を吸い込む音？

「思い当たるふしがないんだけど、いつの事件？」

「二〇一〇年の七月」

今度はこちら側の窓の外から大笑いが聞こえてきた。犬が跳びあがってフリスビーをくわえ、取り返そうとする三人をじらしたあげくに、猛スピードで逃げていったのだ。

「えっ、十年もたってるじゃない」

「そうなんだけど、何か覚えていることがあったら、どうか教えてちょうだい。どんなことでもいいから」

「あのね、こっちは二時間前に何をやってたかも覚えてないのよ。子どもがいると、もう頭の中がぐっちゃぐちゃ。十年も前の失踪事件なんか、思い出せるわけないでしょ」

シュレディンガーが部屋にすっと入ってきて、奥の壁のあたりをぶらぶらしはじめた。ドロシーのほうには顔を向けない。ドロシーは警戒心を抱きながら、このオス猫が床を歩き回るのを見守った。

「妻が妊娠中だったわ、レベッカという名前の。住所はクレイゲンティニー」

「おたくの名前、もう一度言ってくれる？」

「ドロシー・スケルフ」

再び沈黙。またひと吸いしているのだろう。

「葬儀屋のスケルフといっしょ？」ローナがようやく口を開いた。

「そのスケルフよ」シュレディンガーが出窓のほうへ来た。何か隠しているのか、顔をそらしたままだ。「サイモン・ローレンスはうちで働いていたの」

「思い出した」

シュレディンガーが振り向いた。口に何かくわえている。猫は二、三歩前に踏み出し、くわえていた物をドロシーの足元に置いた。鳥、またやったのね。今回はスズメだ。庭の電線でパタパタやっていた、あの群れの一羽だろう。シュレディンガーには届かない高さにいたのに、群れからはぐれたに違いない。

　ドロシーは片足を突き出した。猫はさっと逃げ、椅子の向こうを気取って歩くと、ドロシーを振り返ってじっと見た。

「何を思い出したの、具体的に？」

「妻がハイ・ドゥになってた」

　ここ最近耳にしなかったけれど、不安でいらいらした状態を指す言葉だ。スコットランドに来た当時は、こうした土地特有の言い回しに慣れる必要があった。

「ほかには？」

　息を吐き出す音。やっぱり煙草を吸っている。「なんにも。通常やるような捜査はぜんぶやった。友人や家族から話を聞いて、電話や銀行口座を調べて。何もつかめなかった」

「職場にも行った？」

「葬儀屋に行った。おたく、あそこで働いてるの？」

　床のスズメに目をやる。胸に歯形がある。ドロシーの足が起こした風で、取れかかった羽毛がふわふわ揺れていた。「ええ。今やわたしの生業(なりわい)」

「経営者から話を聞いたわ。あの感じのいいおじさん」

「ジムね」

「それからもっと若い、雑用係みたいな男性からも」

「ふたりがどんなことを言ったか、覚えてる？」

「不審な点があったなら、記録に書いたはずよ。トマスは見せてくれた？」

「ええ」

「だったら、それでぜんぶだから」

「ただ、彼らはどんなふうに見えた？　葬儀屋の男たち」

「どういう意味？」

「ふたりと話したとき、どんな印象を持った？」

　とにかく何か取っかかりがほしい。

「ごく普通の人たちだった。おたく、いっしょに仕事してるんじゃないの？」

　シュレディンガーが、ゲームでもしているかのように、お尻歩きで近づいてきた。スズメの胸が一瞬、盛り上がったように見えた。いや、たぶん羽がかすかに光っただけだろう。

「サイモンの件は、直感的にどう思った？」

　ローナがまた声を立てて笑う。ただ、さっきほど敵意はこもっていなかった。「捜査は直感でやるもんじゃないわ」

「それでも、その状況について何か思ったはずよ」

　また間があく。息を吸い込む音はしない。煙草が終わったのかもしれない。「本当のところ、記憶にないのよ。でも今にして思えば、その人、妻の妊娠やら何やらで、パニックになって、蒸発したんじゃないかな。名前を変えて、どこか違う場所で人生をやり直したとか。

今は別の妻や子どもがいるのかもよ」

別の妻や子ども。ドロシーはその言葉を頭の中で繰り返し呟いた。

電話の向こうでがたがた音がして、子どもの泣き声が聞こえてきた。

「正直言って、自分もそうしてみたいなって思う。蒸発して人生をやり直す。それを夢見ない人っている？」

窓の外を見やった。さっきの三人はフリスビーを犬から取り戻したようだ。前よりさらに大きな三角を作って投げ合っている。四十メートル以上離れているのに、それでもぴたりと、相手の手元に届かせる。

「もう切らなきゃ」ローナが言った。

「ありがとう。本当に助かったわ」

「知りたかったことがわかるといいわね、なんであれ」

そこで電話が切れ、ダイヤルトーンが聞こえるだけになった。

別の妻や子ども。秘密の暮らし。人生のやり直し。

椅子の上で陽射しを浴びるシュレディンガーを、ドロシーはにらみつけた。床からスズメを取りあげ、手の中でそのわずかな重みをはかる。生命の火が消えていないように、まだ息をしているように、と願ったけれど、その気配はなかった。

「どうしようもない猫ね」と言って、スズメをごみ箱に入れた。

流しに行き、手を洗う。必要以上に長い時間をかけ、指先から死をこすり落とそうとした。

それから一階に行き、エンバーミング室に入った。

青いビニール手袋をはめたアーチーが、老人の裸の胸の上でメスを構えていた。彼は老人の左鎖骨の下に縦の切り込みを深く入れると、目を上げて死体を顎でしゃくった。

「ウィリアム・バクスター。ペースメーカーが入ってます」

火葬炉の中で爆発するおそれがあるため、ペースメーカーは取り除いておくよう、法律で定められていた。爆発事故が初めて起きたときのことをドロシーはいつも想像してしまう。けが人や死者まで出たのだろうか。あちらの世界からの最後の復讐か。葬儀では、こうしたペースメーカーによる事故についてよく質問される。スコットランドの有名な小説の冒頭で、主人公の祖母がそんなふうに爆発するからだ。

アーチーは切り込みをさらに深く長くしていった。皮膚の切れ目を左右に開き、筋肉をむき出しにする。彼の指の下で肉が動く。食用の肉がさばかれているのとなんの変わりもない。でもこれはただの肉ではなかった。困った心臓を抱えた、家族や友人の愛する、ウィリアムなのだった。

「ちょっと訊きたいんだけど」ドロシーは言った。

彼は再びメスを取りあげ、切り込みを横に広げた。中で金属が光っている。

「なんです?」

「サイモン・ローレンスのこと」

切り込みの両側の皮膚を彼が引っぱると、サテン仕上げの金属の円盤が見えてきた。指で切り込みの奥を探り、層状の組織をめくり、さらに奥まで指をもぐり込ませる。

「前にも訊かれましたが」アーチーは頭を下げたまま作業に集中していた。

「何か、忘れてたことがあるんじゃないかと思って」

ドロシーはアーチーに近づき、その頭のてっぺんをにらみながら彼の動きを見守った。台の上の死体が目に入った。こけた頰、くぼんだ胸、やせ細った腕、まばらな白い胸毛、顎に残るひげ。死後も髪や爪がのびるというのは、ただの神話にすぎない。死んだ直後から体が乾燥しはじめるので、皮膚が縮み、隠れていた部分が現れてくるのだ。

アーチーは切り込みにメスを差し込むと、ペースメーカーを固定する糸を切り、指をぐるっと回した。円盤がぽんと飛び出した。かなり旧式のペースメーカーで、ヨーヨーを平たくしたぐらいの大きさがある。肌にさわるだけでも、下に埋め込まれているのがわかったに違いない。円盤は不格好なコネクターでワイヤー二本とつながられていて、ワイヤーの先は肋骨をくぐって心臓のほうへ消えていた。アーチーはワイヤーをはさみで切り、端を体内に押し込むと、肉をつまみ寄せ、ペースメーカーを脇のトレイに置いた。

彼が目を上げた。「忘れてたこと？」

瞳に何か浮かんでいる。警戒心？「覚えてることを、もう一度話してちょうだい」

「わたしが勤めはじめたとき、彼はもうここで働いていました」アーチーはメスを放り、手術用の針と糸を取りあげた。「仕事の内容はわたしと同じでした。運転したり、棺を組み立てたり、遺体を引き取りに行ったり」

「それから？」

「静かでした。あまりしゃべらなかった」

「サイモンが辞めたときのことは、何か覚えてる？」

アーチーは傷口の手前の端に糸を二回通し、きゅっと締めた。誰の目にも触れない箇所なので、きれいに仕上げる必要はない。それでも彼はていねいに縫った。

「なんなんですか、これって？　何か裏があるのでは」

「警察とは話をした？」

当惑した顔。「どうしてわたしが警察と話を？」

「サイモン・ローレンスが行方不明になったから」

「えっ？」

「彼は事務職を見つけたわけじゃなかった」

アーチーが首を振る。「それはわたしがそう思っただけです。あるいは、ジムから聞いたのかもしれない」

「サイモンはまさに消えてしまった」

「ここを辞めたあとに、ですか?」

ドロシーはアーチーの手元を見た。傷口の半分が閉じられていた。「辞めたんじゃないと思う、彼は失踪したのよ」

「でもそれなら、あなたが知ってたはずでしょう?」

手をのばして金属の台に触れ、その冷たさに救いを求めた。「ぜんぜん知らなかった」

「なんだ、だったら」

「わかってないのね、ジムがわたしに嘘をついてたの」

「なぜジムが嘘なんか?」

「それを探り出そうとしてるんじゃない」

またひと針、アーチーが皮膚を縫う。

ドロシーは身を前に乗り出した。「はっきりさせたいのは、あなたまで嘘をついてるのかってこと」

彼がはっと身を起こす。「わたしは嘘なんかついてません」

ドロシーは唇を結び、台から身を引いた。「失踪事件を担当した警察官から聞いたの。彼女はサイモンのことで、ここのふたりと話したそうよ」

アーチーが手袋をした手で針を握りしめる。「警察と話したことはありません。話してたら覚えてますよ」

「あなたが嘘をついているのか、警察官が嘘をついているのか」

彼はそこに立ったまま、ウィリアムの胸に両手をついた。「それって、えーっと、十年前でしたっけ？　そのお巡(まわ)りさんの覚え違いじゃないですかね。話した相手はジムと、誰か別の従業員だったのでは」

「当時うちには、あなたのほかに従業員はいなかった」

「じゃあ、別の場所で別の人を調べたのが、ごっちゃになったとか」

アーチーが向けてきた視線を、ドロシーは捉えて離さなかった。彼の表情から何か読み取りたかった。でも何もわからなかった。

アーチーは頬の内側を舌でつついた。「ともかく、なぜ気にするんです？　そんな昔のことを」

銀行口座。送金。クレイゲンティニーで夫の助けなしで娘を育てているレベッカ。ジムは生命保険金だと嘘を言った。その金を、レベッカは深く考えずに受け取りつづけた。ジムはサイモンの件で取り調べを受けながら、そのことを一度も口に出さなかった。消えた従業員。彼は存在することをやめた、このウィリアム・バクスターと同じように。

「昔のことではないのよ」

その先をつづけるのをアーチーが待っていた。でも何をどう言えばいいのか。もしジムが嘘をついていたのなら、確かなことは何一つなくなる。自分の人生は砂の上に築かれていたのだろうか。これをどうやって乗り越えていけというのか。

ドロシーは首を振った。

アーチーは作業に戻った。ウィリアムの胸を縫い、傷口をきれいにふさいだ。その必要はないというのに。

21 ジェニー

リアム・フックはスコットランド政府統計部門の上級コミュニケーションマネジャーだった。なんのこっちゃ知らないけど。オーラがリアムの情報をメールでどっさり送ってきたものの、仕事関連はお役所用語だらけで、ジェニーにはさっぱり理解できなかった。

コマーシャル・ストリート裏の石畳の通りで、ジェニーはひとり、遺体運搬用のバンの中に座っていた。そこから、ヴィクトリア・キーにある政府支庁舎の正門が見える。支庁舎のビルは、しばらく前にリース再開発の第一弾として建てられたもので、とほうもなく大きかった。通りは契約者専用の駐車場になっているため、ジェニーはびくびくしながら周囲を見回した。尾行というのは楽な仕事ではない。今朝はまず、クレイグリースのフック宅の外に車を停めた。ところがリアムは徒歩で出かけ、途中からバスに乗った。遺体運搬用のバンでバスを追いかけるシーンなんて、アメリカ映画ではまずお目にかからない。リアムが何事もなく支庁舎に入っていくと、あとはやることに困った。バンをそこいらの駐車場にまっとうに入れ、コマーシャル・ストリートのカフェでノートパソコンを開き、オーラからの情報を読み返した。でも駐車料がべらぼうな額になるため、やむを得ずバンに戻って移動した。

ランチタイムには、リアムは外に出てこなかった。少なくとも正門からは。別の出入口から、近くのショッピングセンター〈オーシャン・ターミナル〉か、リース川沿いのレストランへ行ったとも考えられた。つまり、ここで見張っていても意味がなかったわけだ。

午後はバンで、飽きがくるほど街をぐるぐる回り、四時半にこの通りに戻ってきた。オーラによると、ふだんは五時で勤務が終わるのだけれど、今日は残業すると言っていたそうだ。本当に残業なら、ジェニーはここでずっと座りつづけるはめになる。でももし、彼がよそへ足を向けるようなら、何かにぶつかるかもしれない。葬儀で一度会っているとはいえ、見た顔だとは思われないだろう。状況が違うし、服装も違う。髪もベレー帽にたくし込んであるので、ばれないですむ気がした。もちろん、彼がすでに職場を出た可能性もあった。その場合は一日をふいにしたことになる。探偵とは本当に厄介な仕事だ。

五時になった。支庁舎から職員がどっと出てきて、マイカーやバス停へと足早に向かいはじめた。酒場のテラス席に立ち寄り、さっそく憂さを晴らそうとする連中もいる。人の流れがとぎれてくると、ジェニーは通りのあちこちをうかがった。交通監視員や口うるさい住民がいると、駐車許可証を持っていない者はすぐさまとっちめられる。

やはり時間のむだだったか、と思いはじめたとき、正門を出ようとするリアムの姿が目に入った。長身で肩幅が広く、筋肉質ではないのにがっしりしている。ウェーブのかかった黒髪。体にぴったり合った黒いスーツ。公務員が普通に着ているものより、値の張りそうなスーツだ。

ジェニーは身をかがめ、リアムがバンを通りすぎてすぐ先の角で曲がるまで見守った。それからバンをおりると、監視員がいないのをもう一度確かめ、リアムのあとを追った。ようやく探偵らしくなってきた。襟を立て、どこへ行くとも知れぬ男のあとをつける。先の見当はまったくつかないけれど、この仕事はそういうものなのだろう。追っているうちに、何か目を引くことが起きる。

リアムはきょろきょろすることもなく、何も怪しんでいない様子だった。リース川を渡り、バーナード・ストリートにそって進み、マリタイム・ストリートという細道に折れる。このあたりはリースの旧市街で、昔の保税倉庫が建ち並ぶ。一部は先端企業のオフィスに改装されたが、残りは廃屋のまま放置されていた。人通りの少ないその細道から、さらに狭い路地に入る。ジェニーは少し遅れてその路地に着くと、歩調をゆるめ、しかし立ち止まらないように奥を覗いた。小さな中庭があった。どうやら、テラスハウスに囲まれた袋小路(ふくろこうじ)らしい。

石畳の奥に、古びた分厚いレンガの壁があり、背の低い玄関口がいくつか見えた。リアムの姿はなかった。つまり、テラスハウスのどれかに入ったということか。

少しためらったあと、ジェニーは袋小路に足を踏み入れた。どっちを向いても小さな窓が並んでいる。その一つからリアムが外を見ていないよう願った。電話を取り出し、道を間違えて地図を覗き込んでいるふりをする。いちばん手前の玄関に行き、扉に出ていた名前を写真に撮った。〝レッド・ボックス・デザイン〟。さりげなく別の玄関へ行き、歩きながらそこの看板も写す。壁にボルトで留められたその安物の金属板には〝マリタイム・アーティスト・スタジオ〟とあった。袋小路を出て細道を引き返し、三十メートル近く離れたカフェに入った。ブラックコーヒーを手に窓ぎわに座り、ちらちら外をうかがいながら、グーグルで検索する。レッド・ボックス・デザインには、しゃれたウェブサイトがあった。トレンディな顧客を相手にするデザイン事務所らしい。マリタイム・アーティスト・スタジオのほうは、まず出てきたのは地図へのリンクだった。電話番号やウェブサイトのアドレスはない。そのほかには、彫刻家のブログの書き込みが二件と、狭いスタジオに置かれたリサイクル金属のインスタレーションの写真が数枚、ヒットしただけだった。

ジェニーはコーヒーを飲みながら待った。探偵の仕事の九割五分は、確かに退屈きわまりない。でも今はぞくぞくしていた。リアムの行動の正体を探らなくては。

それから二時間のあいだに、四、五人が袋小路から出てきた。おそらくレッド・ボックス・デザインの社員か、スタジオの利用者だろう。でもリアムは現れなかった。ウェブの検索をさらにつづけたが、役に立ちそうな情報は何もなかった。コーヒーのせいか、いらいらする。画面に目を落としているあいだに、見すごしてしまったのではないか。もう一度袋小路に行ってみよう、と立ちあがりかけたとき、彼が出てきた。カフェの前を早足で通りすぎていく。ジェニーはとっさに窓から顔をそらした。持ち物をまとめてカフェを出て、来た道を戻るリアムを追いかける。彼はバーナード・ストリートの端で、角に建つパブ、〈ザ・キングス・ワーク〉に入った。

まるまる一分待ってから、ジェニーはパブに近づいてドアをあけた。前に飲んだことのあるパブだ。ジェニーの歳の女性なら、エディンバラとリースの大半のパブは制覇している。壁の銘板によると、ここの歴史は六百年近く前までさかのぼるらしい。王族の誰やらが、リースの埠頭から船に乗る前に、一杯引っかけられる場所がほしかったとか。

リアムはカウンターで、クラフトビールを飲みながら携帯画面を眺めていた。ジェニーはカウンターのもういっぽうの端に行き、リアムに顔をそむけたまま、ジントニックをダブルで注文した。でかい眼鏡をかけた、たくましい胸の若いバーテンダーが応じてくれた。帰りに道草を食っている勤め人や、早めの夕食を取ろうという人たちで、店内はかなり混んでいた。すすで黒ずんだ石の壁、小さな窓ガラス、テーブルに置かれたろうそくの光。テーブルと椅子の迷路をうろうろ回り、リアムが視野に入るボックス席を見つけた。

リアムがカウンターの向こうのバーメイドに微笑みかけた。ふたりでおしゃべりをはじめる。その様子からして、リアムがここに来るのは初めてではなさそうだ。彼が何か言い、彼女が声を上げて笑う。バーメイドは二十歳すぎ。背が高く、顔立ちは平凡。体は引きしまり、パブTシャツにレギンスをはいている。リアムにちやほやされて、気をよくしているのだろうか。リアムのほうは間違いなく、彼女におだてられてやにさがっている。ふたりの会話はしばらくつづいたが、やがて彼女がほかの客の注文を受けにいった。離れていく彼女の臀部をひとしきり眺め、リアムは携帯に目を戻した。

これがそう？　あのバーメイドが浮気の相手？　だったら、さっきスタジオに行ったのはなんだったの？　二つはたぶん、なんらかの形でつながっているのだろう。それにしても、リアムがバーメイドを見たような目で、男が女を眺めるのはどうなのか。犯罪でもなんでもない、と男たちは言い返すに違いない。しかしそこには、もっと重大な問題がひそんでいる。女を〝見る対象〟とみなす文化。これは男と女のあいだの力学を変えた。ジェニーはその文化をずっと受け入れてきた。文化に加担してきた。卑しい目線や執拗な視線でないかぎり、男に注目されるのをたぶん楽しんでさえいた。でもそれはいわば、被害者が加害者に好意を抱くという、ストックホルム症候群の一種だったのでは？　女はふだん、男からくそ扱いされている。なので、そこまでひどくない男に出会うと、あまりのありがたさにすぐさまベッドインする。だが、そのはてに訪れるのは戦いだ。クレイグが去ったあと、ジェニーは長いあいだ、男と対決している気になっていた。男は忌々しい敵だ、やつらは悪い行いをしても社会で許される、女もそれに同調している。

たまらなく腹が立った。最初の数年間は、怒りに心をむしばまれた。でもクレイグやハナには、それを気取られたくなかった。勝利がクレイグのものになってしまうから。ああ、またしても戦いの言葉だ。今、目の前で、中年の既婚女性が筋肉隆々の若いバーテンダーにモーションをかけたら、自分はどう感じるだろう？　この席からポンポンを振って応援してやるわ。

ジェニーがそういう世代なだけかもしれない。ハナの世代は、ジェンダー、女性蔑視、男性支配といった問題に対して、昔よりはるかにしっかりと取り組んでいる。ジェニーは自分のことをフェミニストだと思ってきた。でもそれはたぶん嘘だったのだ。卑猥なヤジやストーカー行為やしつこいナンパに日常的に出会いながらも、声を上げはしなかった。グランジロックのコンサートで体をまさぐられても、ライブ体験の一部のように受けとめていた。デイルという男を、寝たあとですぐに振ったことがある。彼は一か月間、通りの向こうに毎晩立ち、ジェニーの寝室の窓を何時間も見つめていた。ハナの世代なら、そんな迷惑行為には警告の旗をあげるだろうし、今は社会全体にそうした意識が染みとおっているようだ。

少なくともハナは、ボーイフレンドや夫に浮気されることはまずない。といって、ガールフレンドに裏切られるほうがましというわけでもない。インディがハナに隠れて誰とでも寝ていたら？　あるいはハナがインディに隠れてそんなまねをしていたら？　誰かと関係を持つと、ややこしいことがいろいろある。ジェニーはそれを充分すぎるほど知っていた。リアムがさっきのバーメイドとまた話しはじめた。彼女のほうが彼の気を引こうとしているようだけれど、バーメイドは飲み客をいい気分にさせるのが仕事だ。クレイグのことがふと浮かんだ。妻も娘もありながら、よくもまあオフィスだかホテルだかで、フィオナとやったりできたもんだ。ただ、誰しもわが身のことは別にして考える。口実をもうけ、決心を正当化し、しでかした醜い行為には目をつむる。そうしないと、自分がどうしようもない人間であるのを認めざるを得なくなるから。

おいおい、この案件は、あたしの頭にちっともいい働きをしてないぞ。

ジェニーの電話が鳴った。音でリアムが振り返りはしないかと、大あわてで通話ボタンを押す。

「やあ、ジェン」

クレイグだ。噂をすればなんとやら。

「クレイグ」ジェニーは手で口を覆って低い声を出した。声がかき消されるぐらい店内はざわめいているが、安心はできない。「なんの用？」

「元気でやってる？」

「うん」

「今、いいかな？」

リアムを見ると、パイントグラスが空になりかけていた。次は注文していない。彼はまだバーメイドとしゃべっていて、彼女はポニーテールをいじくっている。

「いいけど、用は何？」

「ただちょっと話がしたくて」

「まっさか」

向こうは一瞬、黙った。「あのさ、昨日、ハナとランチしたんだ」

「知ってる。それで？」

「聞いた話だと、ハナのフラットメイトが行方不明になってて、それをおまえが調べてるんだって？　探偵として」

リアムのビールはほとんどなくなった。バーメイドは別の客に凝ったカクテルを作っている。リアムがタブロイド紙の後ろのページをぱらぱらめくる。パブにいる男がやりそうなことをやっているだけだ。

「そうだよ」

「それっていいことかなあ」

「って？」

「警察にまかせたほうがよくない？」

「警察が動いてくれないんだよ。だから、あたしたちがやってるんじゃない」

「ハナも手伝ってるわけ？」

「メルをいちばんよく知ってる」

「ハナは試験はないの？」

「当分ない」それぐらい知ってなきゃだめじゃない、と叫びたいのをぐっとこらえた。

「ただね、ジムが亡くなって何やかやあったのに、おまえやぼくたちの娘が、そんなことに巻き込まれるのはどうかなあと思って」

ぼくたちの娘、というのが気にさわった。プレッシャーをかけて、あたしやハナのことに首を突っ込もうとしている。

リアムがグラスをあおってビールを飲み干し、タブロイド紙をカウンターに置いた。ハナやドロシーのことがジェニーの頭をよぎった。ハナはメルの件であれこれ訊き回っている。ドロシーはジムの送金について探り出そうとしている。ふたりは老人の家でスパイカメラの取りつけまでやったという。ジェニーは残りのジントニックを一気に飲んだ。リアムがバーメイドにさよならを言う。彼女のシフトが終わるまで待ち、スタジオに連れていって、やりまくる腹じゃなかったのか。それとも先に行って、彼女を迎える準備をしようというのか。

なんにせよ、真相を突きとめる必要がある。

「あたしやハナが何に巻き込まれようと、関係ないでしょ」

リアムはすでに出口に立っていた。ドアがあいた瞬間、車の音と夕陽の光がなだれ込み、またすぐに消えた。

電話の向こうでクレイグが咳払いする。「ただ、ぼくが考えてるのは——」

「悪いけど」ジェニーは立ちあがった。「ぼく、が考えてることなんか興味ないの。じゃね」

そして切った電話をしまうと、リアムのあとを追ってパブを出た。

22　ハナ

客の入りの悪い〈ジ・オールド・ベル〉で、クォンタム・クラブのメンバーはいつもどおり、カウンターから離れた小テーブル二台を陣取っていた。店内は薄暗かった。暗紅色の合成皮革張りの椅子、低い天井に走る黒い梁(はり)。冬場なら心地いいのかもしれないけれど、外に秋の陽があふれる日に、こんな暗がりにこもっているのは、どうもまともではないように思えた。

ハナは気合を入れてメンバーに近づいた。集まっていたのはぜんぶで七人。女性二人に男性五人で、中にザンダーとブラッドリーもまじっていた。みんなの前の茶色く泡立ったドリンクは、ドゥーハーズのエイティシリングかIPAだろう。ルイーズとアイシャはハーフパイント、ほかは一パイントと、ステレオタイプのジェンダー観が見事に表れている。

ハナがザンダーに目を向けると、彼は顔をそらした。テーブルの端で窮屈そうに身を細めていて、すぐ隣にはルイーズが座っていた。膝が今にも触れ合いそうだ。

「メルから連絡あった?」テーブルに近づいたハナに、ザンダーが訊いた。

ルイーズがグラスに手をのばし、視線を泳がせながらひと口すする。

ハナは首を振った。半分はザンダーに答える意味で、半分はザンダーに嫌悪を感じて。メルが行方不明だというのに、よくもみんなといっしょに飲んでいられるものだ。

「どうせ心配なんかしてないくせに」ハナに全員の目が集まった。

「なんだって?」ザンダーはむっとしたようだ。ふん、愉快愉快。

「少しでも気にかけてるなら、メルの捜索を手伝ってくれてるよね」ハナはテーブルを見回した。「みんなもだよ。これが深刻な事態だってこと、わかってないの?」

みんなは自分の飲み物や膝に目を落とした。

「ちょっと待った」いちばん手前のスツールに座っていた、ブラッドリーが立ちあがった。長身なのでハナを見おろす格好だ。「メルのことは、みんな気にかけてるよ。でもぼくたちに何ができる?」

ハナはブラッドリーを仰ぎ見た。「先輩は充分に協力してくれたと思います」

「それって、どういう意味かな」ブラッドリーは両手を脇で握りしめながらも、どこかおどおどしている。

「言っちゃっていいんですか、ほんとに？」

ブラッドリーが急に生気を取り戻したように見えた。「この前、きみのお母さんがぼくに会いに来た話？　母親を送り込んで罪もない人間をいじめさせるなんて、きみ、頭がどうかしてるんじゃない？」

「罪もない？」

ハナはザンダーを振り返り、ブラッドリーを親指でさした。「彼が自分のペニスの写真をメルに送ったの、知ってた？」

ザンダーは顔を真っ赤にし、ルイーズの膝を押しのけてテーブルの前に進み出た。「どういうことですか？」

「でたらめだよ」ブラッドリーは一歩も引かなかった。

ハナはザンダーに言った。「うちの母には白状したんだからね。先輩は言ったそうだよ、メルがかわいいから、口説いてみようと思ったって」

ザンダーが顔をしかめる。「なんでそこに、おまえの母親が出てくるんだ？」

ブラッドリーがさも憤慨したように、顎をぐいと持ちあげた。「彼女は、いかれた母親をよこして、ぼくを脅迫させたんだ」

ハナは大声で笑ってやった。「中年女性の前ですくみあがったんですよねえ?」

「どうやら、いかれてるのは血筋らしい」ブラッドリーが言う。

それは無視して、ハナはザンダーに向き直った。「母は捜査に手を貸してくれてるんだ」

「捜査だって?」ブラッドリーが口をはさむ。「きみは警官でもなんでもないだろ」

「ええ。でもわたしはメルを捜します。たとえ、みんなみたいなぼんくらが、メルのことを心配してくれなくっても」

「おれは心配してるよ」ザンダーが言う。

ハナは両眉を上げてみせた。「それにしては態度がおかしいじゃない」と言ってブラッドリーを指さす。「こいつがあなたの恋人に、ペニスの写真を送りつけたんだよ。なのに、言うことは何もないわけ?」

ザンダーはブラッドリーに一歩近づいた。あいだにいるハナは、両方をにらみつけた。

「それ、本当なんですか?」

「なわけないだろ」

ザンダーがハナを振り返る。「先輩は違うと言ってる」

「そりゃ否定するよね、当然」

「おまえには証拠があるのか?」

ハナは両腕を広げた。「あのねえ、彼が自分で認めたんだよ」

「その写真は持ってる？」

「いや」

「メルの携帯を持ってるんじゃなかったのか？」

ハナは鼻に皺を寄せた。「メルにはもう一つ別の携帯があったみたい」

ピリピリしていたザンダーの表情がゆるんだ。「別の携帯を持ってるなんて、聞いたことないぜ」

「ヴィックが教えてくれた。その携帯にテキストメッセージが届いて、メルが気分を悪くしてたって」

気分を悪く、というところで、ハナはブラッドリーをじろりと見た。

「おまえ、そっちの携帯を持ってるのか？」

ハナは目をザンダーからブラッドリーへ、そして席でぽかんと眺めている残りのメンバーへ移した。「持ってない」

一気に力が抜けていった。この薄情な野郎どもと真っ向から対決したかったのに。ふたりをつつけば何か口をすべらせるかもしれない、あるいはけんかになって、ふたりして床を転げ回って殴り合うかもしれない、と期待していたのに。ハナはとにかく、失踪した若い女性にみんなの関心を向けたかったのだ。行方不明になっても男にかえりみられないでいる、世界の何百万人もの女性に。ここにいるふたりの男は、高い教育を受けながら野蛮人のような行為をした。恋人の失踪をよそにパブで女の子と仲良くしゃべった。ひょっとしたらモノにできるかもと自分の性器の写真を送った。なんの思いやりも気遣いもない男たち。怒りがますます込みあげてくるなかで、ハナは決心をいっそう固くした。ぜったいにメルを見つけ出す。そしてこの世界を元に戻す。おじいちゃんが死ぬ前に、メルがいなくなる前に。

23 ドロシー

ドロシーは若い頃に戻っていた。肌はすべすべで張りがあり、脚の筋肉は固く引きしまっている。脚に日焼けクリームをすり込み、まわりを見回す。ピズモ・ビーチはサンタ・バーバラやマリブのような人気の観光地ではないけれど、それでも砂は金色に輝き、高い波が打ち寄せる。横で同じタオルに座るジムは、白波に乗るサーファーたちを眺めている。ジムも若くてたくましい。その太い腕、厚い胸板。ふたりの前には明るい未来が開けていた。

その日はイースターの日曜日で、浜辺はヒスパニックの家族であふれていた。大勢で集まって敷物を広げ、椅子を置き、ベンチまでポーチから持ち出してバーベキューをしている。クーラーボックスの中のビール。キャッチボールやサッカーをする子どもたち。空高く昇った太陽の光が骨まで染みとおってくる。

ビキニ姿の若い女の子たちが砂を蹴りあげながら通りすぎる。それをジムがじっと見ている。ドロシーは一瞬かっとするが、その気持ちはすぐに消えた。どこまで行っても男は男、ただ眺めてるだけよ。わたしは彼のハートをつかんでるんだから。ふたりは熱い恋の真っただなかにあった。ジムはドロシーを、自分は美しいという気持ちにさせてくれた。ベッドでも優しかったし、プレゼントを贈ったりほめたてたりと、ドロシーにぞっこんのようだった。雨の多い陰うつで抑圧的な土地で生まれ育ったから、ドロシーみたいな女性には、きっと出会ったことがなかったのだろう。彼はスコットランドについてありとあらゆる話をし、そこがいかに気のめいる場所であるかを説いた。ただその口調からは、その地をこよなく愛する気持ちがうかがえた。自分のＤＮＡには、そうした陰気さがいくぶん刻み込まれているのだというかのように。

女の子たちの揺れるお尻から目を戻したジムは、ドロシーにずっと見られていたのに気づき、身を傾けてきてキスをした。キスはいつまでもつづいた。彼の手はドロシーの太腿に置かれ、指はビキニのストラップに触れていた。彼の内に、そしてドロシーの内にも、熱いものがわきあがってくるのを感じた。体同士がじかに語り合っているかのようだった。

そこで目が覚めた。明け方の光が寝室に射し込み、灰色の縞模様をつくっている。ベッドの隣には誰もいなかった。トイレでジムを見つけたときのことがよみがえってくる。床で尿まみれになって倒れていた彼。皮膚はすでに収縮しはじめ、唇は色を失い、両目は大きくあいたままだった。

夢の温もりは消え、代わってスコットランドの秋の冷気が身を包んだ。カリフォルニアの夢を見るのは嫌いだ。子ども時代をすごした家がたまらなく恋しくなる。そして今では、ジムの夢を見るのも嫌になった。失ったものを思い出させる。

どこまで行っても男は男。

でもほかの女を、ただ眺めるだけではなかったのだとしたら？

ドロシーは遺体運搬用のバンの中からレベッカの家を眺めた。バンは午前のうちに仕事で使う予定なので、ぐずぐずしてはいられなかった。ありふれた白いバンで来たのは正解だ。シルバーの霊柩車だと、どこに停めてもすぐにひそひそ話がはじまる。ドロシーは深く呼吸をし、心を静めるための簡単なマントラを頭の中で唱えた。なぜここに来たのかはわからない。でもとにかく、レベッカともう一度話す必要があった。私道に車があるので、まだ仕事には出かけていないだろう。

バンをおりて道路を横切る。雲が垂れ込め、冷たい霧雨があたりを覆う。〝ドリーヒ〟というスコッツ語がぴったりの、うっとうしい天気だ。アーサーズ・シートは靄の向こうに姿を消していた。霧雨が入り込まないよう襟を立て、玄関に行ってベルを鳴らした。そのまま待つ。息を吸って吐いて、吸って吐いて。

中でぺたぺたと足音がし、ナタリーが扉をあけた。白いポロシャツに黒のレギンスをはき、下は裸足のままだ。焼けたトーストのにおいを漂わせ、口の端にチョコスプレッドをつけている。

「おはよう、ナタリー。わたしのこと覚えてる?」

ナタリーはこくりとしたが、声は出さなかった。

「お母さんはいる?」

びくびくしている様子だ。「二階にいる」

ドロシーはうなずき、腰をかがめた。「ここに呼んできてくれる? ドロシー・スケルフが会いに来ていると伝えてちょうだい」

どたどたと階段を上がるナタリーの向こうから、シャワーの音が聞こえてきた。

「ママぁ?」

ナタリーが二階に着いたらしい。その呼びかけに答えるように、くぐもった声がした。

扉口に立ったまま、ドロシーは玄関ホールを覗き込んだ。雑多な日常生活用品が転がっている。ラックに詰め込まれた靴、傘、自転車用のヘルメット。階段の手すりにはジャケットが数枚、フードで引っかけられている。そのいちばん上に、例の紋章の入ったワイン色のスウェットシャツが置いてあった。近寄ると、ナタリーの黒い髪が数本、生地にくっついていた。その髪を食い入るように見つめる。ナタリーと母親が二階でドア越しに話す声が聞こえる。鼻腔に残るトーストのにおい。リビングのテレビから流れるアニメの音。ドロシーはあるだけの髪をすべて慎重につまみ取ると、何かの紙を取り出してそれに包み、ポケットにしまった。扉口に戻りかけたとき、二階でバスルームのドアがあく音がした。あわてて家を出て大股で引き返し、ほとんど走りながら道路を渡った。そしてバンに乗り込むなりエンジンをかけ、バックミラーは見ないようにして走り去った。

アーチーとドロシーは、セント・コロンバズの裏手で、ごみ収集車が産業用の大型ごみ容器から離れるのを待っていた。収集車がバンの前を通りすぎるとき、アーチーは向こうのドライバーに手を振った。ドロシーはなんとも言えない気分になった。バンも収集車も、種類は違えど、このホスピスの廃棄物を引き取りに来たのだ。

トタン扉にバンを後ろ向きにつけると、アーチーはエンジンを切り、後部席から丸めた納体袋を取った。ふたりはバンをおり、通用門脇のブザーの前に立った。

「スケルフ社です」アーチーが言う。「ミスター・ダガンを引き取りに来ました」

ロックが解除され、ふたりは中に入った。ありきたりな廊下だ。コンクリートに冴えない色のペンキ、床はリノリウム張り。なるほどここは、美しくして見込み客を引きつける必要がないわけだ。あくまで〝出口〟でしかないのだから。

ブルーの医療用スクラブに身を包んだ中年女性がドアから出てきた。

「おはよ、アーチー」

「やあ、モイラ」

モイラがドロシーのほうを向いた。ジムの存命中には、ドロシーが引き取りに来たことはなかったから、そのあたりの事情を察したらしい。

「ジムのことはお気の毒でした」

「ありがとう」

「いい人だったのに。ほんとにいい人だったわ」

ジムより二十歳は若そうな女性。まだ魅力にあふれ、笑顔が輝き、お尻の肉もつかみがいがありそうだ。だって男の目が行くのはそういうところじゃない？　嫌だ、何を考えてるの。気を引きしめなさい。

「ありがとう」また同じ言葉を言ってしまった。ばかみたい。

気づまりな沈黙がしばらくつづいた。

アーチーが咳払いをする。「ジョン・ダガンを引き取りに来たんだけど?」

「そうだったわね。こっちへ来て」

モイラの先導でだだっ広い場所へ移動した。隅に車輪付きの寝台が二台あり、反対の壁は特大の冷蔵庫で占められている。モイラとアーチーが寝台を冷蔵庫まで転がし、扉をあけた。中は横三列、縦三段の、計九つの区画に仕切られていた。モイラがその一つを引き出す。そのあいだにアーチーは、納体袋を寝台に広げてジッパーをあけ、寝台が死体と同じ高さになるよう調節した。

モイラとアーチーが目配せし合い、ドロシーを振り返った。ドロシーはその場に立ちつくしていた。火葬台で焼かれるジムの、皮膚が縮んでいく様子が目に浮かぶ。砂浜に行くと、ジムは必ずひどい日焼けを負った。スコットランド育ちの青白い肌は、カリフォルニアの太陽にまるで抵抗力がなかったのだ。五分で焼ける、とふたりでよく冗談を言った。

目の前の死体に、ドロシーはもう一歩も近づかなかった。

ジョン・ダガンの両足をモイラがつかみ、彼の両脇の下にアーチーが手をくぐらせた。かけ声を合図に、ふたりは彼を納体袋の上に移し、袋でくるんでジッパーをしめた。

冷蔵庫から流れてくる冷気で、ドロシーは腕や首に鳥肌が立つのを感じた。

「休暇とか取る予定は?」アーチーが訊く。

「十月にテネリフェに行く。そうでもしなきゃ、やってらんないもの」モイラが答える。

「楽しみだね」

書類を仕上げながら雑談するふたりを眺めるうちに、ドロシーは自分が死体であるかのような錯覚に陥った。薬で症状が安定する前のアーチーの気持ちが、少しわかった気がした。もう死んだのなら、周囲と交わることになんの意味があるだろう。自分はここに存在しないのだから、まともに相手をされるわけがないではないか。

ポケットに手を入れ、ナタリーの髪を包んだ紙に触れた。自分が幽霊になって、透明な姿でふらふら歩き回っているように思えた。

死体にさわれない葬儀屋なんて、なんの役に立つだろう。

ベッドに腰かけたドロシーは窓の外に目をやった。見えるのは隣家との境にある高い塀の上部と、青空を追いかけっこするように流れる白い雲だけだ。オークのてっぺんの枝がそよ風に吹かれ、天に向けて指を振っている。

ドロシーはがくりと首を垂らすと、顔を両手で覆い、眼球を指で痛いほど押さえつけた。何かが込みあげてきた。その拍子に嗚咽(おえつ)が洩れ、肩を震わせて泣きじゃくりはじめた。手は涙でぐしょぐしょに濡れ、鼻水が今にもあふれ出しそうになった。それをすすりあげ、あえぎながら立ちあがって、腰を反らした。

「もう、みっともないったら。しっかりしなさい」

手の甲で涙をぬぐった拍子によろめいた。波打つ胸で呼吸を繰り返す。

ぐっと息を飲み、ポケットからさっきの紙を取り出して、ていねいに開いた。髪の毛が四本、うち二本には毛根がついている。他人の髪を同意なしに取るのは不法行為だろうか？　いけないことをしたという気持ちはもちろんある。でも今や、平気でそれができる女になったらしい。しばらく髪の毛を眺め、再び紙で包んだ。

ベッド脇のテーブルに手を伸ばし、引き出しをあける。ジムの前立腺の薬。ブランツフィールドの歴史の本。本の中ほどには、しおり代わりにレシートがはさんであった。この本が最後まで読まれることは、もう永久にないのだ。ティッシュの箱。何に使ったのかわからない巻き尺。やがて探していた物が見つかった。ジムの櫛。そんな古臭いものを使う人はもういないのに、彼は愛用していた。ドロシーは櫛を手に取り、目を細めて見た。短い白髪が数本絡まっている。それを櫛から抜き取り、キッチンから持ってきたビニール袋に入れて封をした。

ビニール袋と紙の包みを膝にのせると、ふと思い出してポケットを探った。骨があった。ずっと持ち歩いている、ジムのひとかけら。その尖った先端は、ドロシーの血で黒ずんだままだった。

ドロシーは携帯電話に手を伸ばした。

「本気でそんなことを頼んでるのかい？」トマスが言った。

〈ソダーバーグ〉のテラス席の前を、学生や旅行者がすいすい行きかっている。まるで雪解け直後の春の川を流れる小枝のようだ。行く手はきらきら輝いているけれど、最後は海に吐き出される運命にある。ドロシーは彼らを眺めながら、不善をなす悪霊になった気分を振り払おうとした。

「どうしても知る必要があるの」

トマスは二種類の毛髪サンプルをおそるおそるつまみあげた。まるで、溶解した炉心から取り出された物体であるかのように。

「DNAの検査キットを取り寄せるという手もあるんだよ、オンラインで注文できる」

ドロシーは舌先で上の前歯をこすった。「それはわたしも調べた。たいていのキットは、口の中の粘膜を綿棒で取らなきゃいけないの。毛髪ではかなり難しいみたい。ちゃんとした科学捜査研究所なら、もっとうまくできるんじゃないかと」

トマスが眉を上げる。「どうやってまぎれ込ませろと言うんだ？　検査するにはいろいろと手続きがいるし、人材や器具を使ったら、その理由を明らかにしなければならない。研究所へふらっと行って、サンプルを置いてくるだけではすまないんだよ」

「わかってる。でも、あなたほど地位の高い人なら」嫌味っぽいようで、同時に持ちあげているのがわかるよう、ドロシーはにっこりと笑った。

「人はおだてに弱いものだ」トマスは目をぐるっと上に向けた。サンプルを指でつまんだまま、もてあそんでいる。「どんな事情があるのか、教えてくれないか？」

ドロシーはお茶をひと口すすった。「事情はわかってると思うけど」

トマスがうなずく。「ジムと送金」

その先の説明を彼は待っているふうだったけれど、ドロシーは黙っていた。

「詳しく話してみない？」

「どうかしらね」

「助けになれるかもしれないよ。わたしほど身長の、高い警察官なら」

ドロシーは微笑んだ。自分を理解しようとする人、ちゃんと見ようとする人がいるというのは、やはりうれしいものだ。ジムが亡くなって、いちばん惜しまれるのはそこだった。ジムはドロシーのありのままの姿を見てきた。最高のときの彼女も、最悪のときの彼女も、ぜんぶ知っていた。流産、両親の死、そのあとのうつ、がんの疑い。これは結局、良性の腫瘍だと判明したけれど。ほかにもジェニーの急性盲腸炎や、なんやかやがあった。一時は、レニー・ターナーと二十年ぶりによりを戻すという、正気とは思えない行動にも走った。家事、育児、スコットランドでの暮らし、死に囲まれた生活。そういったものがひどく恐ろしくなって、カリフォルニアへ逃げたのだ。そこで太陽と、今も欲望の目を向けてくる昔の恋人に、愚かにも魅了されてしまった。あのときも、ジムは理解してくれた。もちろん悲しんではいたけれど、心から赦してくれたようだった。あれはとてつもない贈り物だった。

そこまで人生を分かち合った相手はほかにいない。互いの行動の仕方も考え方も、癖も欠点も、好きなものも嫌いなものも、みんな知り抜いていた。ドロシーは今七十歳。五十年の歳月をジムとともにすごしてきた。あんな関係はこの先、もう二度と築けないだろう。

でもトマスは自分を見ようとしている、理解しようとしている。一生涯という深海にもぐるのに比べれば、浅瀬で水をかいているようなものだけれど、岸辺でバシャバシャやるのもときには楽しい。ともかくも。

ドロシーはテーブル越しに指さした。「その袋に入ってるのがジムの髪の毛」

「なるほど」

次は言葉に迷った。気が狂ったと思われないためには、どう言えばいいのか。「もう一つのサンプルは、レベッカ・ローレンスの娘のよ」

トマスは唇を結んで渋い顔をした。「そのサンプルを、どうやって手に入れた?」

スケートボードに乗った十代の男の子がふたり、派手な音を立ててメドウズへ向から坂をおりていく。歩行者のあいだをかっこよくすり抜けながら、技を見せびらかしている。エネルギーのかたまりのような彼ら。

ドロシーは答えなかった。

トマスが首を振る。「法には触れていないよね？」

「手に入れた方法が？」

彼はドロシーをじろりとにらんだ。

「さあ」

「なーるほど」トマスはサンプルをテーブルに置き、さも疲れたように顔をこすった。「検査して、最終的に何を確かめたいのかな？」

ドロシーはお茶をすすった。近くのテーブルから魚のにおいが流れてきた。ツナかサーモンだ。あ、木の葉がカサカサ鳴ってる。

口にすると現実味が増しそうで、言うのがためらわれた。それに明らかにばかげている。そう思いながらも、テーブルに身を乗り出し、ナタリーのサンプルに指で触れた。

「ナタリーがジムの娘かどうか知りたいの。孫娘って可能性もある、レベッカがジムの娘で。レベッカは自分に子どもができたと知って、ジムに連絡を取ったのかもしれない」

トマスは両手を広げてみせた。「しかしそれが、サイモンの失踪とどう結びつくんだ？もしくはジムが彼女に送金していたことと？」

「さあ。でもジムは、サイモンの失踪の件でわたしに嘘をついてた。アーチーもだと思う。レベッカのお腹にナタリーがいるあいだに、サイモンは失踪し、ジムは送金をはじめた。どれもこれも怪しいことばかりよ」

トマスが眉を寄せる。「つまりこう言いたいのか？　ジムはレベッカと寝ていて、彼女が妊娠したので、ふたりでサイモンを消したと？　あるいは、ジムは何十年も前に浮気していて、知らないうちに娘ができていたと？　だがそうなると、サイモンがスケルフ社にいたのは、とんでもない偶然ということになる」

「偶然ではなかったのかも。サイモンは故意にうちにやって来たのかも」

「なんのために？」

ドロシーはテーブルをこすった。「さあ」

「まともな話には聞こえないね。自分でもそう思うだろ」

眉をもみながら答える。「ええ」

「レベッカと寝たとき、ジムは六十歳だぞ——もし寝てたとすると」

はっと顔を起こしてトマスをにらみつけた。「六十歳でセックスしてはだめなの？」

「彼女のほうは当時三十代半ばだ」

「それが？」

「しかも幸せな結婚生活を送っている最中」

「そうとは決まってないでしょ。それか、ナタリーはジムの娘ではないのかも。ジムはサイモンの失踪のことでレベッカと親密になって、不安に陥っている妊娠女性を誘惑したんじゃないかしら」

「だったらDNA鑑定をしても無意味だ」

「今のは単なる可能性の一つよ」

「ジムはいい人だったよ、ドロシー。きみを愛しているのがありありと感じられた」

「ああそう、妻を愛してる男は浮気なんかしないってわけね」

「ジムにかぎって」

「とりわけその妻が、年老いて皺だらけで、干からびているとあってはね」

トマスは一瞬口をつぐみ、ドロシーの目を覗き込んだ。「きみはぜんぜん、そんなふうじゃないよ」

ドロシーはトマスから目をそらした。お世辞を誘い出すようなまねをしたのが恥ずかしかった。そんな話じゃなかったのに。

若い女性がベビーカーを押しながら前を通りすぎた。中に座る女の子はバナナを握りしめ、指のあいだからはみ出した果肉をしゃぶっている。母親のほうは携帯電話に向かって、大声で休暇の予約の話をしていた。

ドロシーはトマスに向き直り、二つの毛髪サンプルを手に取った。

「やってもらえるの？　もらえないの？」と言ってサンプルを前に突き出す。

彼はサンプルを見つめ、ドロシーを見つめた。そして結局はサンプルを受け取り、ポケットにしまった。

「どれぐらい時間がかかるかは不明だ。検査の混みぐあいと、サンプルの質による」

ふうっとドロシーは息を吐いた。

トマスはコーヒーを飲み干し、カップをソーサーに置いた。「結果がシロだった場合、どうなるんだ？」

ドロシーは人の流れを眺めた。大勢の人たちが日々の生活をこなしている。食べて、しゃべって、息をして、笑って、泣いて。そんな普通のことをしている普通の人たちと、つながりが断たれてしまったように思えた。

「さあ」

24　ジェニー

ジェニーはジントニックのライムにへばりついた泡を眺めていた。ランチタイムを狙って、再び〈ザ・キングス・ワーク〉に来てみたのだ。今回はカウンターで、ドアやほかの客に背を向けて座った。窓から射し込む陽がきらめいている。昨晩と同じバーメイドが、スーツ姿の男性客ふたりの注文を受け、イタリアンラガーをパイントグラスにそそいだ。ジェニーはジントニックのレシートを見た。〝本日の担当はサム〟とある。すでにその名前とパブ名で検索し、リンクトインに彼女のアカウントがあるのは突きとめてあった。フルネームはサム・エヴァンズ。あとで詳細を調べること、と頭に刻み込んだ。サムの接客が終わると、ジェニーは大げさにため息をついた。するとサムが振り向いたので、腕時計をトントン叩いてみせた。

「彼氏？　男ってだめですよねえ、もう三十分も遅れてる」

サムはいかにも同情するような顔をした。間近のほうがかわいく見える。そのそばかす、暗褐色の瞳。彼女目当てで飲みに来る男がいてもおかしくない。

ジェニーはマドラーでジントニックをかき混ぜた。ライムがシューッと音を立てる。「恋人、いる？」

サムは何かほかに用を見つけようと店内を見回していたが、結局はジェニーに一歩近づいた。「いますけど」

「なら、わかるよね？」

「ええまあ」

ジェニーも店内を見回した。昨晩ジェニーの注文を受けたバーテンダーはいなかった。ならば、いちかばちか探りを入れてみよう。

「ここは初めてなんだけど、感じのいい店ね」

サムが肩をすくめる。「いいんじゃないですか」

「働くとなると違う？」

わずかな笑みが返ってきた。「かな」

「実は友だちに勧められて来たんだ。彼はちょくちょく、ここで飲んでるみたい。知ってるかもしれないね」

これには答えがなかった。

「リアム・フック、ていうんだけど」

反応を見守る。でもサムは首を振った。

「背が高くて、浅黒くて、ハンサム」なんと月並みな表現だ。ジェニーはわざと笑ってみせた。「歳は四十。仕事帰りにときどき寄るそうだから、たぶんいつもスーツね」

サムがまた首を振る。「そんな男性はたくさん来ますから」

確かにジェニーも二十歳の頃には、四十の、特にスーツを着た男なんか、目に入りもしなかった。ただし、女性がすべてそうなのではない。最近は〝シュガーダディ〟とかいって、中年を狙う若い子もいるようだ。金も経験も豊富な男にちやほやされるのがいいらしい。

ジェニーはサムの態度から何か読み取ろうとした。サムはカウンターの向こうで、いたってのんきにしていた。

「もうあいつったら、許せない」ジェニーは腕時計をさわってサムに言った。「いつまでも待ってると思ったら、大間違いよね」

ジントニックを飲み干して立ちあがると、サムの見守るなかをドアへ向かい、昼間の太陽に目を細めながら外に出た。

その足でマリタイム・ストリートへ向かう。陽射しのせいで、アルコールの巡りが速まった気がする。若い頃と違い、最近はちょっと飲むとすぐに酔う。石畳を越えて袋小路のスタジオに着いた頃には、頭がガンガンしていた。入口に近づき、扉を動かしてみる。驚いたことにすんなりあいた。玄関ホールに入る。人影はなく、左右両方向に細い廊下が伸びていた。ブザーで解錠するシステムや扉の鍵は壊れているのがわかった。ビール箱が置台代わりになっていて、その上に地域のお知らせやビラが散乱している。展覧会、飛び込み歓迎のワークショップ、どこやらの部族の太鼓の講習会、チャクラ調整のセミナー。壁のポスターはみな、地元のライブハウスやギャラリーの宣伝で、安くて気取りのないものばかりだった。

一瞬ためらったあと、右の廊下に折れた。プラスチックの焼けるにおいや、なんだかわからない工場のようなにおいがする。左手にドアが三つあった。どれも安手のベニヤ板でできていて、標示は何もなかった。突き当たりまで行って戻り、反対側の廊下に入る。造りはさっきの廊下と同じで、違いは端に汚いトイレがあることだけだった。手近なドアをノックしてみる。応答なし。ノブを回す。鍵がかかっている。次のドアも同様だった。三つめのドアをノックしたとき、「ちょっと待ってねー」と声が返ってきた。

二十代後半の女性がドアをあけた。片手に火のついたバーナーを持ち、くしゃくしゃの赤い巻き毛にゴーグルを押しあげている。オレンジ色のつなぎを着ているせいで、テロリストの囚人のように見えた。彼女がひょいと顎を突き出した。

「何か?」

「うん、ここでスタジオを借りようかと考えてるんだけど、どこかあいてる?」

彼女の手が動くたびに、バーナーの青い炎が揺れる。「たぶんね。デレクが、また精神科に入院したみたい。出たり入ったりしてるんだ。どっちにしろ、賃料を払うのがきつそうだったし。別の借り手がついたら、オーナーは喜ぶと思うよ」

「そこは見られるのかな?」

「ムハンマドがスペアの鍵を持ってんだけど、今ここにはいない」

「スタジオはどれも同じ?」

「大なり小なり」

「ここの中を見せてもらえない? ほんのちょっとでいいから」

少し迷っている様子だったが、やがてドアをあけてくれた。

足を踏み入れるなり、溶接のにおいが鼻をついた。部屋の大半を、さびついたスクラップで作った一八〇センチ大の彫刻が占めている。女性ふたりが裸で抱き合う姿らしい。彫刻の真下には、自動車のドアパネルの断片を脚の形に叩きつぶしたものが横たわっていた。女性のひとりが今まさに事故に遭ったかのように。残りのスペースは古びた金属くずだらけで、大きめのは床に、小さめのは長テーブルの上に転がしてあった。あとは大型のシンク、コルクボード、いたるところに貼られたポスター。室内は驚くほど明るかった。中庭側よりはるかに大きな窓があるため、陽射しがあふれている。

ジェニーは唇を嚙んだ。「ムハンマドの電話番号はわかる?」

女性は長テーブルに行き、折り目のついた名刺を取りあげた。「夜のほうがつながるよ」

「ありがと」ジェニーは名刺を受け取り、ドア口に戻った。

そこでふと振り返る。「ここを教えてくれたのは友だちなんだ。リアム・フックっていうんだけど?」

知ってる、というように女性はうなずいた。

ジェニーは廊下のほうに手を向けた。「ちなみに、彼の借りてるスタジオはどれ?」

女性が顎で示す。「反対の廊下の、いちばん奥にあるやつ」

「ありがと」

ドアがしまった。

リアムのスタジオの前に行き、ドアをノックする。応答なし。まわりを見回してから少しさがり、ノブを靴で蹴った。ドア枠がきしんだ。さらに何回か蹴る。一回蹴るごとに、いったん止まって廊下を見わたした。四回めに、ドア枠の錠受けの周囲が裂けた。さらに二回ほど思いきり蹴ると、ドアが大きくあいた。まわりを確かめて中に入った。

室内はカンバスでいっぱいだった。どれも大型で、何枚か重ねて壁に立てかけてあるほか、真ん中に立つ二台のイーゼルに一枚ずつ、さらに床にも二枚が水平に置かれていた。壁ぎわのテーブルは絵具や筆で覆われ、絵具の飛びはねだらけのシンクや水切りは、コップや瓶、汚れたぼろきれ、タオルで埋まっていた。ジェニーは二台のイーゼルに近づいた。絵は二枚とも、一八〇×一二〇センチほどの抽象画だった。全体はぼんやりと渦が巻いたような感じだが、その中にくっきりと浮かぶものがあった。髑髏と花、蔓の絡みついた背骨、木の根や地面と一体化した動物の体。カンバスの角に手をやり、生地を親指でそっとこすった。イーゼルの前を行ったり来たりしながら、絵の世界に浸る。床に置かれたカンバスの絵は、画風は似ていたが、色調がもっと明るかった。ここでも花が登場し、花びらが髪の毛や毛皮と溶け合っていた。壁に立てかけられたカンバスもざっと見てみた。やはり画風は同じで、くっきりした形が少しずつ、ゆらめく背景の中に消えていくさまが描かれていた。

シンクやテーブルのまわりを歩くと、絵具やテレビン油のにおいがした。日曜大工の思い出がよみがえってきた。ハナが生まれたあと、ポートベロで借りたフラットの床に、クレイグといっしょにシートを張った。あの頃のふたりは希望に満ちていた。

部屋の真ん中に戻った。イーゼルにある絵は二枚とも傑作だ。室内を見回す。画材があるだけで、デスクも引き出しもパソコンもない。やましそうなものは一切ないのだ。とすると、これがそうなわけ？　彼の暗い隠し事とは、才能あふれた画家であること？　そんなの筋が通らないじゃない。ジェニーは壊れたドアを見やると、絵具のにおいをもう一度だけ嗅いで部屋を出た。

25　ハナ

ピーター・ロングホーン。ドアにあるその名前をハナはじっと見つめた。長いツノねえ。でかいイチモツを自慢してるみたい。巨大なペニスを膝まで垂らした裸のロングホーンが頭に浮かび、必死でかき消そうとした。

ドアをノックしたが返事はなかった。念のためもう一度ノックし、咳払いをする。試しに取っ手を回すと、ドアがあいた。深呼吸して中に入り、ドアを後ろ手にしめた。

学問の園では人を信じて疑わないらしい。この建物に強盗団が侵入するところをハナは想像した。イナゴの大群のごとくオフィスを駆けめぐり、電話からパソコン、キンドル、iPadにいたるまで、電子機器を根こそぎ持ち去って、大型バンに積み込む。

ロングホーンのオフィスはこぢんまりとして、きれいに片づいていた。西側に小さな窓があり、外に灰色のレンガと白い枠の窓が見える。壁には会議やシンポジウムのポスターが貼られ、デスクには写真立てが置いてあった。中で赤ん坊を抱いた三十すぎの女性が微笑んでいる。赤ん坊はよだれかけをして日よけ帽をかぶり、溶けかけたコーン入りアイスに手を突っ込んでいた。写真の女性はきれいだったが、ブロンドの髪は乱れ、赤ん坊を片腕で支えるせいで、花柄のブラウスがよじれていた。

室内をざっと見回す。書類やテキスト類、機関紙、科学事典などがあちこちで山を作っている。デスクに近寄ってみた。角だけをプラスチックで補強した、段ボール製の安物だ。どの引き出しにも鍵がついていたが、どれもかかっていなかった。

いちばん上の引き出しには、ペンや付箋紙や名刺がぎちぎちに詰め込んであった。名刺をぜんぶ見たが、よその大学の博士や教授のばかりで、明らかに怪しいと思われるものはなかった。何冊か入っていたノートを開くと、方程式や図形がぎっしり書き込まれていた。二番めの引き出しは文書や書類用で、採点ずみのレポートや答案をはさんだ茶色いバインダーもあった。それらをぜんぶ出し、奥を手で探った。何もない。ぜんぶ元に戻した。最後の引き出しには、協議会や研究所のパンフレットが入っていた。薄っぺらいチラシ並みのものから、上質紙を使った分厚い冊子まで、すべて取り出して一枚一枚めくり、ページのあいだから何か見つからないか調べた。何もなかった。空の引き出しの奥に手を突っ込み、埃の中を指でまさぐる。すると何かが触れた。

引っぱり出してみた。写真が三枚。昔のインスタント写真のように、幅広の白い枠で囲まれている。震える手でめくり、にらむようにして見た。一枚めは、ホテルのベッドに横たわるメルの写真だった。ハナには見覚えのない、黒い下着を着けている。こんなもの、メルの部屋の引き出しにはなかったはず。メルは片肘をついて手に頭をのせ、反対の手はつるりとした太腿に置き、カメラに向かって微笑んでいた。いったいどういうこと？　写真をいくら眺めてもわけがわからず、二枚めを見た。シャワーを浴びる全裸のメル。両手を髪に通し、目を大きくあけて笑っている。問うように眉を上げているのは、撮影者と遊びの相談でもしているのか。背後には、いかにもホテルのバスルームらしい、グレーのタイルと白い目地が写っていた。メルの左胸の下のほくろをじっと見つめ、顔に目を戻した。三枚めをめくる。それは自撮り写真で、メルとロングホーンが頬を寄せ合っていた。枠いっぱいに広がる二つの顔、ゆったりとくつろいだ表情、わずかにすぼめられたメルの唇。ふたりとも満足そうな目をしている。白いテーブルクロスとろうそくの炎がほんの少し、後ろに見えた。どこかのレストランだろう。

ハナはロングホーンの椅子に腰をおろし、写真を凝視した。さまざまな考えが頭をよぎる。

やがて首を振り、写真をポケットに入れると、パンフレットを元に戻してオフィスを出た。

「信じらんない」インディが言った。

「だよねえ？」

ハナとインディはフラットのキッチンに立っていた。オーブンから野菜のラザニアのにおいが漂ってくる。インディは三枚の写真を右手にやったり左手にやったりした。

「こんなの異常」

「ん」

「どうして気づかなかったのかなあ、わたしたち」

ハナは首を振った。

「だってメルは、このフラットにいるか、ザンダーといっしょか、勉強してるかだったよね。違ったの？」

「どうやら違ったみたい」ハナはインディの手から写真を取った。

「メルは彼の講義を受けてたんでしょ」

「わたしも受けてた」

インディがハナの腕にそっと触れる。「で、メルは今どこにいるんだと思う?」

「さあ」ハナは全裸写真がいちばん上にあるのが心地悪く、自撮り写真を上に重ねた。

それをインディが指さした。「その男が知ってるに違いない」

「彼を探してみたんだけど、どこにもいなかった。今日の午後は一年生の講義が入ってたのに、現れなかった」

「逃亡したのかな」

「妻も赤ん坊もいるんだよ」

「なら、よけい身を隠すよ。もしメルの失踪に関係してるんだったら」

「ぜったい関係してる」

「警察に届けなきゃ」

ハナはため息をついた。「この写真は、合法的に手に入れたわけじゃないからね」

インディがハナの腕をさする。「そんなのかまわないってば、証拠は証拠」

「法廷では使えない」

「自白を引き出すのには使える」

ハナは唇を結んだ。「メルとつきあってた証明にはなっても、そこまでだよ」

「んもお」

「彼はきっとそう言う、警察もそう言う」

インディは身をかがめてオーブンのスイッチを切り、鍋つかみに手を伸ばした。そしてラザニアを取り出してカウンタートップに置くと、鍋つかみを放った。においはおいしそうだったけれど、食べることを考えると、ハナは胃がむかついた。

インディが写真を顎でさした。

「だったら親切なお巡りさんのとこへ行けばいい。ドロシーの友だちに相談してみなよ」

26　ジェニー

三人がこのテーブルで、ジムの死を悼みながらウィスキーを飲んだのは、ほんの四日前のことだった。とはいえジェニーには、あれから何週間も何か月もたったように感じられた。今や生活はがらりと変わり、ここがわが家となった。ポートベロのフラットの家主は、腹を立て、留守電に何回も文句を吹き込んでいた。それにしても、実家に戻って葬儀屋や探偵をやっているなんて、いったいどういうわけなのか？　いや、答えはわかっていた。その理由は今、ジェニーといっしょにここにいた。

ハナが探偵のホワイトボードの前に立った。ボードはすでに走り書きや線、クエスチョンマーク、写真で埋まっていた。メルとヴィックとザンダーの写真はメルの携帯から、ブラッドリーとロングホーンの写真は物理学科のウェブサイトから、ハナがコピーして印刷した。メルの写真はいちばん高いところに貼られ、その下に並べた四枚と線でつないであった。各線には〝ペニスの写真〟〝クォンタム・クラブ〟〝別の携帯〟といった言葉が添えられている。

ハナは両手に握る三枚のポラロイド写真をトランプのカードのように広げた。

「これなら警察も動いてくれるよね」ハナがドロシーを見る。

ドロシーはゆっくりと椅子から立ちあがり、ボードに近づいた。グラスが重くてたまらないかのように、持つ手が力なく傾いている。琥珀(こはく)色の液体がこぼれそうになると、さっとグラスを起こしてすすった。ドロシーのそんなさまを、ジェニーはこれまで見たことがなかった。いい徴候じゃないな。

ドロシーはボードを横目で見やり、ハナの手にある写真を取りあげた。一枚一枚めくり、シャワーの写真にしばらく目を留め、三枚ともハナの手に戻した。

「トマスに話してみる」

ハナが眉を上げる。「わたしに話させてよ、わたしの案件なんだから」

わたしの案件ねえ。もうみんな、なりきっちゃってる。

ドロシーはあたりまえのような顔をしてうなずいた。「そういう段取りにしておくわ」

ジェニーはウィスキーをすすった。口の中が焼けそうだ。「ハナの考えでは、この大学教員がメルの居場所を知っていると？」

ハナがポラロイド写真をひらひらさせる。「彼は口で言ったのより、もっとたくさん知ってるよ、ぜったいに。こんな写真をたまたま持ってたわけがない」

まぶたが重く感じられ、ジェニーは目をしばたたかせた。「そしてメルは、教員との関係をハナには言ってなかったわけね？」

「ひとっ言も」

ハナはボードを振り返り、ブラッドリーを指さした。「みんな知ってるように、こいつは変態男」つづいてザンダーの写真を叩く。「こいつは軽薄人間」そしてまたポラロイド写真を振った。「でもこれは、そういうのとはもう別の次元だよ」

ジェニーは窓の外を見た。公園の暗闇に小道の明かりが点々と浮かんでいる。体をぴったり寄せ合って歩くカップルがいた。その向こうから、ふたりの少年が缶ビール一本を交互に飲みながらやって来た。ラブラドールの脇を老人がもたつく足で歩いている。

「メルのまわりには、なんとも感心しない男ばかりいるのねえ」ジェニーは言った。

ドロシーが振り向き、そのはずみでよろめいた。酔っているようだ。「女って、みんなそうじゃない」

ジェニーはドロシーをにらんだ。

「今のどういう意味？」ハナが訊く。

ドロシーがグラスの中のウィスキーをぐるぐる回す。「ハナのおじいちゃんはね、長いあいだずっと、わたしに嘘をついてたの」

テーブルに目を伏せるジェニーをよそに、ドロシーは送金のこと、レベッカとその娘のこと、サイモンがもう何年も行方不明であることをハナに説明した。

沈黙が漂う。ジェニーはテーブルの木目に爪を突き立てた。

「つまりおじいちゃんは、その女性と寝てたってこと?」

ドロシーは大げさに肩をすくめてみせた。「亡くなった悲しみなんか、どっかへ吹っ飛んじゃうわよね」

ジェニーははっと頭を起こした。「まだはっきりしたわけじゃないでしょ」

「ジムが嘘をついてたのは事実だわ」ドロシーはジェニーを見すえた。「ジェニーには受け入れがたいでしょうね、あなたの父親だもの。わたしの夫でもある。それでもわたしたちは、こうしたことに目をつぶるわけにはいかない」

「飲むのはそれぐらいにしておけば?」

ドロシーがぐっと息を飲んだ。「母親はわたしよ」

「ただ言ってみただけ」

「あなたが十代の頃には、へべれけになって床に転がっているのを、何回、引っぱりあげなきゃならなかったことか」

「もう昔の話よ、母さん」

「めちゃめちゃに酔う必要が絶えずあるというのが、わたしにはどうしても理解できなかった」

「おばあちゃん」

みんな黙った。

結局ジェニーから口を開いた。「ともかく、さっきも言ったように、父さんのことは何もはっきりしてないいんだからね」

「今にはっきりする」ドロシーが言った。

ハナが眉を寄せる。「どういうこと？」

ドロシーはハナを見て、それからジェニーを見た。「トマスにＤＮＡのサンプルを渡したの。比べてもらえるように」

ジェニーは身を乗り出した。「サンプルって、誰の？」

「あなたの父さんのと、ローレンスの娘の」

ハナが舌打ちする。「一度しか会ってないのに、その子のサンプルをどうやって手に入れたの？」

ドロシーはグラスを飲み干した。「もう一度行って取ってきた」

「どんなふうに？」ジェニーは訊いた。

ドロシーが振り向き、ジェニーを今度は冷たい目でにらんだ。「ただ取ってきたの」

ジェニーはウィスキーをあおった。「勘弁してよ」

またしても沈黙がおりたところに、シュレディンガーが喉を鳴らしながら入ってきた。猫はドロシーにすり寄ったあと、カーテンの裾で遊びはじめた。

ハナがジェニーに訊いた。「感心しない男といえば、ママの、不倫の案件はどう？」

ジェニーはグラスを見つめ、それからにやりと笑った。「彼は画家だった」

「ええっ？」

ポケットから携帯を取り出して写真フォルダを開き、立ちあがってハナに渡した。ハナが画像を次々とスワイプしていく。

「仕事帰りにスタジオに寄って、こんな絵を描いてたっていうわけよ」

「どうやって彼のスタジオに入ったの？」ドロシーが訊く。

ドアを蹴破ったのを思い出し、ジェニーは急に恥ずかしくなった。顔がほてっている。自分はいつからこんな人間になったんだろう。怒りっぽくて、乱暴で、飲んだくれながら生きている。

「彫刻家が中を見せてくれた。スタジオのレンタルに関心があるって話したら」

「これ、すっごい」ハナが画面を軽く叩きながら言った。

「よねえ」

ハナは携帯をドロシーに回した。「で、それだけ？」

「今んとこ。スタジオを出たあとは、リース川沿いのパブに寄って飲んでた。バーメイドとしゃべってたけど、あたしの見るかぎり、なれなれしい感じじゃなかった」

「それを彼の妻は知らないわけね？」ドロシーが言う。

「こっそりやってたみたいだよ、どうやら」

「なぜ言わないのかしら？」

ジェニーは携帯を取り戻して絵を眺めた。らせん状の脊柱が木となり、指がシダの葉先と化し、異星の植物と溶け合っている。

「照れ屋なのかも。それか、ばかにされるのが怖いとか」

「妻には話すつもり？」ドロシーが訊く。

「まだ決めてない。もう少し探って、ほかにも何かあるのか、確かめたいんだ」

口に出して初めて、ジェニーは自分の本心に気がついた。絵は別としても、リアムにはどこか興味をくすぐるものがあった。メルを取り巻く男たちのことが頭に浮かんだ。自分をだました元夫のことも。リアムだって似たようなものだ、きっと。でもひょっとしてひょっとしたら、違うかもしれない。男はみな同じだと思っていると、そんなふうにしか目に映らなくなるんじゃない？　それじゃあ、いつまでたっても堂々巡りだ。それに、深く掘り下げれば、誰にだって嫌な点や醜い点が何か見つかるものだ。自分自身も含めて。

ジムのことが頭をよぎった。ドロシーの話では、ジムは嘘をついていたという。ジェニーは十歳のとき、裏の物置で遊んでいて、身元不明者の遺灰の箱にぶつかったことがある。しばらくは床に散らばった灰を呆然と眺めていたが、やがて庭に出てまた遊びはじめた。草の上で側転したり縄跳びしたり。するとジムが現れ、散らかしたのはおまえかとたずねた。ジェニーは違うと答えた。頰に血がのぼるのがわかった。自分でばらしたも同然だった。ジムは怒鳴りつける代わりに声を低めた。こうなるともう抵抗できない。彼はこんこんと説いた。正直でありなさい、過ち（あやま）を犯したら責任を取りなさい、それが大事だ。その言葉を思い出し、再び頰が熱くなった。父さんは正直だったの？　自分の行為の責任を取ったの？

ジェニーは目を上げた。「ハーミテージのご老人の件はどうなった？」

ドロシーが肩をすくめる。「カメラが何を撮るか、だわね。でもあんまりあてにしてない。わたしの勘では、きっと彼の妄想よ」

ハナが不満そうに顔をゆがめる。「あの人、頭はしっかりしてるように見えたよ」

「さあどうだか」

ドロシーは葬儀のボードの前に行き、進捗状況を眺めた。火葬のすんだジーナ・オドンネルは、すでに名前が消されていた。残った四人のうち、一人は未回収で二人は冷蔵庫の中、あとの一人は明日の葬儀に備えてお別れの間に安置されている。

ジェニーは自分が電話を受けた、ウィリアム・バクスターの名前を見つめた。彼は冷蔵庫にいるらしい。冷たくなった裸の彼。その隣の区画にもぐり込んだらどうなるだろう？　冷気の中に横たわるうちに、代謝がしだいに弱まってゼロになり、脈も鼓動もとだえ、脳波も思考も停止する。あとに残るのは、死んだ細胞や血の通わない物体だけ。

27　ドロシー

そのスコットランド国教会の牧師は、ウィリアム・バクスターのことを何も知らないようだった。ドロシーのほうが、数日前にジェニーが書き取ったメモのおかげで、よっぽど詳しかった。スケルフ社のチャペルでの礼拝に二十数人が参列していた。最前列の真ん中に故人の妻が厳粛な面持ちで座り、その両脇に息子ふたりと、その妻や三人の孫が並んでいる。あとはさまざまな衰えぐあいの高齢者が占め、その多くが杖（つえ）を持ち、後ろにはシニアカーが一台停めてあった。ドロシーはついわが身の歳を考えてしまった。目を閉じて昔を思い出す。ピズモ・ビーチでのバーベキュー、学校のダンスパーティ、ピクニックや移動遊園地、男の子とのドライブやじゃれあい、そしてジム。あのとぼけた大柄なスコットランド青年が登場して、すべてが変わった。窓の外へ目をやり、彼の遺体を焼いた場所を眺めた。あれからまだ一週間もたっていない。

ミセス・バクスターの後ろ頭を見つめる。彼女もドロシーと同じ境遇にある。ふたりとも自分の愛した夫に、自分を愛していると思っていた夫に、先立たれてしまった。残された者は、不愉快な秘密をすべて知り、悲しみと嘘とたわごとの海を舵もないまま漂うのだ。ドロシーは大きく息をつくと、外でそよ風に吹かれてきらめく葉を見やった。

と突然、チャペルの扉の外が騒がしくなり、荒々しい声が聞こえてきた。牧師が口ごもり、説教の原稿から目を上げた。ミセス・バクスターが息子のひとりを振り向く。彼は肩をすくめ、ドロシーにきつい視線を送ってきた。ドロシーは扉へ向かった。そして取っ手に手を伸ばした瞬間、扉が勢いよく開き、壁にぶつかってすさまじい音を立てた。しっくいに食い込んでいる。

「よくもやってくれたわね」

レベッカ・ローレンスが険悪な形相で怒鳴った。何やらいきり立っている。彼女は取っ手をつかみ、すまなさそうな顔のインディを振りほどいた。

「申しわけありません」インディが言った。

「いいのよ」ドロシーはレベッカのほうを向き、背後で行われているバクスターの葬儀を顎で示した。「ふたりだけで話せる場所に行きましょう」

レベッカは取っ手を放して中に踏み入り、ドロシーを押しのけた。

「嫌よ。あんたがどんなに陰険な人間か、みんなに知らせてやる」

「場所をわきまえて。みなさんに迷惑でしょう」

バクスターの家族や友人がこっちをにらんでいる。ミセス・バクスターはおろおろし、息子たちはかんかんに怒っている様子だ。

「迷惑ってのはね、うちに来て、夫の死をほじくり返すようなことを言うのよ。あのろくでなしが死んだ悲しみを、わたしは二度も味わった。行方不明になったときと、失踪宣告が下ったとき。そのうえ今度はあんたがやって来て、わたしを責め立てた。あんたから金を巻きあげてるみたいなことを言って」

「そうは言ってないわ」

「わたしには夫の生命保険金を受け取る資格がないって言ったじゃない」

「生命保険なんかなかったのよ」

ドロシーはレベッカを外へ導こうと腕に手を伸ばしたが、払いのけられた。

「しまいには銀行が言ってきた。あんたが振り込みをストップしたってね」

「申しわけないけど」

「十歳の娘を抱えたシングルマザーに、どうやって食べて行けと言うの？」

「帰ってちょうだい」

その声にはっとして、ドロシーは扉口を振り返った。礼服を着たジェニーが拳を握りしめて立っていた。一つにくくった髪がぱらぱらとほつれている。

レベッカが振り向き、目をかっと見開いた。「なんですって？」

「聞こえたよね」ジェニーが中に入りながら言う。

「あんた、いったい誰よ」

「ジェニー・スケルフ。葬儀社の仕事を手伝ってる。スケルフ社には、あなたに一ペニーたりとも支払う義務はない」

レベッカは身を震わせ、顔をはすに構えている。「あんたの父親が書類にサインさせたのよ、あんたの父親が振り込みの手続きをしたのよ」

「その書類は持ってる？」

彼女は薄笑いを浮かべ、ハンドバッグからくしゃくしゃの紙を取り出した。「ほら、このとおり」

ジェニーがレベッカに一歩近づく。「ちょっと見せてもらえる？」

レベッカはさっと紙をどけた。「そのうち弁護士から連絡が行くわ。訴えてやるから。ここを営業できないようにしてやるから。あんたは父親がした約束を守ろうともしないのね。敬意のほどが知れるわ」

「あたしの敬意について、とやかく言われる筋合いはない」

「だって彼はわたしに約束したのよ」

「彼は、あなたに嘘をついたの」ドロシーはやっとのことで言い、ジェニーに目をやり、外の廊下で右往左往しているインディに目をやった。バクスター家の一団や牧師の顔を見るのは避けた。「彼は、わたしたちみんなに嘘をついてたの」

レベッカは目をジェニーからドロシーへ移し、またジェニーに戻した。それからぐっと息を飲み、ドロシーに訊いた。「どうしてうちにまた来たの？」

ドロシーは眉をひそめた。「え？」

「昨日の朝、うちに来たでしょ。娘に話しかけて、すぐに帰っていった。ナタリーはこのところの騒ぎで精神が不安定になってるのよ。まわりが父親の話をするもんだから」

「申しわけなかったわ」警察の研究所にあるナタリーの髪の毛のことが頭をよぎった。「あなたに直接、説明がしたかったの。でも気おくれがしてきて」

ジェニーが目を細めてドロシーを見ている。

ふいにレベッカがうなだれた。「ねえ、どんなだかわかる？」自分自身に話しかけているかのようだ。「誰かが突然消えるってのが、夫が永久にいなくなるってのが、いったいどんなもんだか」

ドロシーは答えに詰まった。

もはやレベッカの肩はがくりと落ち、闘争心も消え失せていた。

「女の子には父親が必要なのよ」彼女は言った。

ドロシーはジェニーと目を交わし、レベッカの腕に手を伸ばした。今度は抵抗はなく、レベッカはドロシーに導かれるままに扉口へ向かった。ドロシーはジェニーの前を通りすぎるとき、思わず目を閉じた。夫と妻というのは、父と娘というのは。

28 ジェニー

太陽の光、車の騒音、隣のテーブルでぺちゃくちゃしゃべるスペイン人学生。ふたりが座ったのはロジアン・ストリートにあるブラジルレストランのテラス席だった。いたるところに緑と黄の旗が飾られ、ボードには日曜から水曜までの日替わりタパスと、ブラマビールのメニューが書いてあった。シラーズの入った大ぶりのワイングラスを前に、オーラ・フックが結婚指輪をいじっている。ランチタイムなので、店は客でごった返していた。ジェニーが学生の頃は、ここは〈ネゴーシアンツ〉という名前の深夜カフェで、地下にはさらに遅くまであいているクラブがあった。入店料なしで午前三時までねばれる、この街では数少ない場所の一つだった。どこのパブもクラブも、ジェニーが十代の頃からずいぶん変わった。内装やスタイルが絶えず一新されている。通りの向こうのブリスト・スクエアも、再開発されて様変わりした。その一画は、まわりをエディンバラ大学の建物に囲まれており、すぎゆく夏の最後の太陽を楽しむ学生であふれていた。

「学生ってのは」オーラが目をぐるりとさせた。

ジェニーはオーラをしげしげと眺めた。昔のコメディにいつも学生をののしるキャラクターがいたけれど、それを覚えているには歳が若すぎる。だから今のは皮肉ではないのだろう。いや、実は学生が大嫌いだったりして。だとすれば面白い。オーラはチェンバーズ・ストリートにある、エディンバラ大学の給与課に勤めているのだから。

「一日じゅう、学生を相手にしてなきゃいけないんじゃないの？」

オーラが首を振る。「相手にするのは教職員」前かがみになって、ワインを寝る前のココアのようにすする。「一部の教授が週五時間の勤務でいくらもらうか、知ったらびっくりするわよ。しかも年金や手当がつくし。信じられない」

栗色のバスが何台かつづいて目の前を通りすぎた。テラス席にそそぐ陽光がつかのま、さえぎられる。そのあいだにオーラがまたひと口すすった。エディンバラ大の給与課は、午後にほろ酔いかげんで働く職員がいても、どうやら気にかけないとみえる。

「で、茶封筒はどこ？」オーラが訊く。

「え？」

オーラはジェニーのバッグを顎でさした。「証拠は茶色い封筒に入れて渡してくれるんでしょ。探偵ってそうするんじゃないの？」

ジェニーははたと気づいた。オーラは不安に陥っているのだ。午前中に職場に電話すると、ランチタイムに会おうと言ってここを指定した。最悪の結果を予想して、酒の力を借りようと思ったのかもしれない。気を静められるだけの時間の余裕もほしかったのだろう。

「そんなのは古い映画の中の話よ」

オーラの脚が小刻みに震えている。「さあ、悪い知らせを聞かせて」

ジェニーはジントニックをすすった。「言ってたような話じゃなかった」

「なら、どういう話だったの？」

「彼を尾行した。確かに残業はしなかった」

オーラがワインをごくりと飲む。「つづけて」

「定時にオフィスを出ると、彼はマリタイム・ストリートにあるスタジオへ向かった」

「スタジオ？」

「アーティスト用のスタジオ」

オーラは顔をしかめた。「まさかでしょ」

「彼は二時間そこにいて、それから〈ザ・キングス・ワーク〉に飲みに行った」

「ひとりで？」

ジェニーはうなずいた。「しばらくバーメイドとしゃべってた」

「くどいてた、って感じ？」

思わず唇をきっと結ぶ。「いいえ。翌日にまたパブに行って、そのバーメイドと話してみた。彼女は彼を知らなかった」

「そこで誰かを待ってたのに、現れなかったとか？」

「そんなふうには見えなかった。一杯飲んで、すぐに店を出た。あとをつけたら、そのまま自宅へ向かって、九時頃に中に入った」

男子学生の一団がやって来た。通りをわがもの顔で歩きながら、互いに小突き合い、大声で笑い、ひとりはリュックを頭の上まで振りあげている。明るい陽の中にいる若い子たち。彼らが通りすぎるのを、オーラはじっと眺めていた。

「そのスタジオってのは何？」

ジェニーは身を乗り出した。「昨日もう一度行って、聞き込みをしてみたら、彼を知ってる人がいた」

「女？」

「ええ、でも浮気相手じゃないと思う」

「どうしてわかるの？」

「彼はそこの一室を借りてた」

「わけがわからない」

ジェニーはバッグから数枚の紙を取り出した。絵の写真を何枚か印刷しておいたのだ。それを金属テーブルの上で向こうへすべらせた。オーラはしばらくじっと見ていた。

「なんなの、これ?」

「リアムが描いた絵」

オーラが目を上げて眉を寄せ、再び視線を落とした。紙をシャッシャッとめくる。絵のモチーフがジェニーの目に飛び込んでくる。ねじれた脊柱、その両脇からひょろひょろと伸びる赤や黄の花。

「別人を尾行したんでしょ」

「違うよ」

「リアムは創造性のかけらもない人よ」

ジェニーは紙を指さした。「その絵は、あると言ってる」

「これまで一度も見たことがないもの、リアムが絵を描いてるとこなんか」

「でも描いてるんだよ」ジェニーはジントニックをすすった。

「本当に彼が描いたの?」

「まず間違いない」

オーラは紙をかわるがわる取りあげて眺めた。強く握りしめるので、端に皺が寄っている。やがて紙をみなテーブルに置くと、グラスを持ちあげ、ワインをあおった。「あなたが何かをミスったのよ」

ジェニーは手を伸ばし、いちばん近くの紙の端に触れた。「夫がこれを描いたっていうのが、そんなに信じられない？　どうして？」

オーラの目が険しくなった。身がこわばっている。「彼と話したことがある？」

「いいえ」

「一度でも話したら、彼がそういうたぐいの人間じゃないってわかるわ」

ジェニーは両腕を広げた。「これ以上、何を言えばいいのやら」

歩道を行きかう人の流れにオーラは目をやった。バン、自家用車、トラック、バス。街に入ってくるもの、街から出ていくもの。

「調査をつづけてちょうだい」ようやくオーラが口を開いた。

「あまり意味がないと思うけど」

「まだ二日しかやってないでしょ。もう一度バーメイドと話してみて。それか、そのスタジオを借りてるほかの人と。もしかしたら、その中の誰かと寝てるかもしれない」

ジェニーが紙をかき集めるあいだに、オーラは残りのワインを飲み干した。歯と唇が真っ赤に染まっている。彼女は目にかかる前髪をかきあげた。

「何か別のことが起きてるはずよ。これは違う」

こんな依頼人ばっかり現れるのかなあ。ジェニーはそう思いながら、これからも依頼を受ける気でいる自分に驚いた。レインコートとレイン帽に身を包み、暗い路地や薄汚い酒場で、何も書かれていない封筒を依頼人に差し出す。そんな自分の姿を思い浮かべた。

「わかった。払うのはそっちだものね」

「そう。払うのはわたしだもの」

29　ハナ

イースト・フェテス・アヴェニューは、エディンバラの中でもこぎれいな感じのする通りだった。ストックブリッジと新市街の北に位置し、道幅がかなり広い。その一画に建つテラスハウスの前で、ハナは霊柩車を停めた。近くに大きな教会が二つそびえ、道路の向こうにはブロートン高校、角を曲がればインヴァリース公園がある。大学講師の給料ではとてもまかなえないような住まいだ。妻が何かでがっぽり稼いでいるに違いない。

ハナはドロシーと連れ立って、メルの写真をトマスに見せに行った。トマスは、ロングホーンの家へ誰かをやって調べさせると言った。ハナは自分もついて行かせてくれと頼んだが、とんでもないと断られた。そこで、ドロシーをスケルフ邸でおろしたあと、歳入関税庁のふりをして大学の給与課に電話した。向こうは相手が役人だと思ってへいこらし、ロングホーンの住所を教えてくれた。

というわけで、ハナは今ここにいるのだった。霊柩車はかなり目立ったけれど、気に留めなかった。三十分ほどしてパトカーが現れた。男性がふたりおりる。片方は私服、もう片方は制服だ。赤ん坊を抱いたあのきれいな妻に迎えられ、彼らは中に入っていった。

それから四十分たった。ハナは赤ん坊のいる妻の状況を考えてみた。眠れない夜、性欲の減退、授乳、おむつ交換、子どものかんしゃく、突如奪われた自由。そんなこんなで、妻はよれよれになっている。夫が二十歳の学生のもとへ走るには充分な条件だ。男のほうが外で遊ぶのはわけもない。ハナは、パブで既婚の男にべたべたされたことが何度もあった。そばにインディがいて、ふたりが恋人同士なのは一目瞭然なのに、それでも口説いてくる男もいた。まったく、自信のない白人の中年男にかぎって、全世界が男のものであるかのようにふるまう。いやはや。

今や下校時刻となり、ブロートン高校からぞくぞくと生徒が出てきはじめた。制服は黒と白でも、ネクタイはほかの高校ではまずお目にかからない、ど派手な赤だ。のらりくらりと歩いては、いきなり道路に飛び出す男の子たち。誰かがあぶない発言をするたびに、口を手で覆う短いスカートの女の子たち。たいていは霊柩車を避けて通るのに、たまに目を大きくして覗き込む者がいて、ハナがにらむと逃げていった。

ハナは自分の高校時代を思い出した。数人の友だち同士で固まっていれば安全だった。みんなそうしたグループを、何かと難しい環境のなかで自分を支える拠り所にしていた。カミングアウトは比較的スムーズにいった。恵まれていたなと思う。親友三人はストレートで、特に問題はなかったものの、やはりわずかに距離ができた。ハナの前では男の子の話ができないようだったし、ハナにいきなり抱きつかれるんじゃないかと心配している気配もあった。うわべは何もかもうまくいっていた。ハナは社交的にふるまい、みんなとぶらぶらし、ダンスパーティにも行った。ところが大学に入り、すべてをゼロからはじめたときには、せいせいした気分になった。人生にはそうしたことが必要なのかもしれない。数年ごとに、自分を知る人が誰もいない場所で、それまでとは違う自分になれる場所で、過去を断ち切って新たなスタートを切ることが。

高校生はまばらになってきたが、ロングホーンの家からはまだ誰も出てこなかった。前庭はごく小さく、並びの家の庭も多くは駐車スペースになっている。この街では、駐車用の土地は第一級の不動産なのだ。この場に車を停める権利を得るために、ハナはすでに何枚ものコインをメーターに投入していた。

ロングホーンの家のドアがあき、さっきの警察官ふたりが出てきた。玄関前の段で後ろを振り返る。玄関ではロングホーンがドア枠をつかんで立っていて、三人でにこやかにジョークを交わした。半ばかしこまり、半ばくだけた雰囲気で雑談がつづいたあと、ロングホーンが身を乗り出し、両方の警察官と握手した。

　ハナは霊柩車をおり、大股でテラスハウスへ近づいた。

「ちょっとお」

　三人が振り向く。ロングホーンの斜め後ろに妻がいるのが見えた。どこまでも夫を立て、自分は控えているふうだ。ロングホーンはハナに気づくなり、妻を家の中へ追いやろうとした。でも妻は動かなかった。あいかわらず、あのかわいげのない赤ん坊を片腕で抱いている。

　ハナは警察官に目を戻した。「彼を逮捕しないの？」

　私服のほうがすっと姿勢を正した。歳はロングホーンと同じくらいだが、もっと背が低くて横幅があり、額がすでに後退している。

「何か用かな、お嬢さん？」

「どうしてそいつを逮捕しないの？」ハナは前庭越しに怒鳴った。

「きみの知ったことじゃない」私服警官が言う。

「友だちが行方不明になってる。その友だちの裸の写真を、そいつは自分のデスクに入れていた」ハナはポケットから写真を出し、玄関へ近づきながら振ってみせた。

　制服警官がぐいと胸を反らし、ハナのほうへ一歩踏み出した。防刃ベストを着けている。石でも拾って頭に投げつけてやろうか、と思いながらも、ハナは彼をよけて段を駆けあがり、ドアロに立った。

「ねえ」真正面からロングホーンを見すえる。「なんか言い分でもある？」

「あつかましい子ね」妻が前に進み出た。「夫のオフィスにこっそり入るなんて」

ロングホーンが妻を振り向く。「おいエミリア」

ハナは三枚の写真を、裸のを上にして妻の前に突き出した。「ほら、見てみなよ」

妻は首を振った。腕の中の赤ん坊が今にも泣きそうな顔をしている。

「夫がさっき警察に説明したわ。その子は彼に熱をあげて、あとをつけ回してたのよ」

「そんな話、信じたわけ？」

妻は自分を試すかのようにハナをじっと見た。「夫は嘘はつかないわ」

ロングホーンは足を踏み替え、場を静めるように両手を広げた。

「だったら、これはどういうこと？」ハナはすばやく写真をめくり、ロングホーンとメルの自撮り写真を出した。

ロングホーンが首を振る。「あのときはびっくりしたよ。大学のカフェテリアで、彼女が突然、カメラを取り出したんだ。拒否するわけにもいかなくてね」

「デートしてたんだよね」ハナは写真を指さした。

「違う」

ハナは写真を振った。「じゃあ、どうしてこんな写真を持ってたわけ？」

ロングホーンは決まり悪そうにした。「彼女が送ってきたんだ。どう扱えばいいのか、わからなかった」

妻が玄関から身を乗り出した。

「帰って。うちの家族に近寄らないで」息をはずませている。

「もういいかげんにしたらどうだ」私服警官が言った。

ハナは彼を振り返った。「どれもこれも嘘っぱちだよ」

私服警官はハナの手にある写真に顎を向けた。「それはなんの証拠にもならないぞ。不法に入手したものだからな」

「でも、どう見たって疑わしいじゃない」

妻が警官たちに言った。「この娘を連れてって。何をするかわからない」

「エミリア、おい」ロングホーンがなだめる。

「この子もたぶん、あなたに熱をあげてたのよ」

ハナは妻に一歩近づいた。「今なんて言った」

制服警官がハナの左腕をつかんで引っぱる。

「放しなよ、しっ、しっ」ハナは彼を振りほどこうとしたが、彼はびくともしなかった。

目の前に妻が顔を突き出してきた。「夫にのぼせたばかな学生がここにもいる。そう言ったのよ」

ハナは右手を振りあげ、妻の頬を思いきり叩いた。妻はバランスを失い、ドア枠にぶつかった。赤ん坊がぎゃあぎゃあ泣きだした。顔が涙と鼻水にまみれている。

荒い息をしながら、ハナはその場に立ちすくんだ。アドレナリンの放出で身震いがした。

妻はゆっくり体勢を立て直すと、赤くなった頰に手をやり、ハナに向かってにやりとした。

「この子を暴行罪で逮捕して」

私服警官が後ろからハナの右腕をつかんだ。ハナは眼前に並ぶ顔を見回しながら、こんな事態になる前のことを思い出そうとした。私服警官に押されて段をおりると、そのままパトカーへ連れていかれた。

30　ジェニー

「乾杯」

ジェニーはテーブルの向こうのクレイグに微笑みかけた。こんなことをしている自分に怒り狂いながらも、同時に心地よさを感じていた。〈ザ・ペア・トゥリー〉のビアガーデンをぐるっと見回してみる。学生や、シーズンがすぎても居残る旅行者でにぎわっている。ひと昔前なら〝クラスティ〟と呼んだような若者もいた。ホームレスではないが、あえてみすぼらしいなりをして、限界的な生活を楽しむ連中だ。それも以前よりずいぶん少なくなった。社会が画一化するにつれ、そうしたサブカルチャーは変化、あるいは消滅していきつつある。

　クレイグに目を戻す。

「あたしたち、何やってるんだろうね、ミスター・マクナマラ？」

「ただ一杯やってるだけだよ、ミズ・スケルフ」

　ジンのダブルを口に運ぶ。「それだけ？」

　クレイグがわざとらしく丁重に頭を下げた。「そしてぼくがお詫びのしるしにおごってる」

　ジェニーは首を振った。

　オーラと会ったあとは、酔いの残るままテヴィオットやサウスサイドをぶらつき、陽射しに浸りながら学生を眺めていた。頭の中ではハナの歳の気でいたけれど、ショーウィンドウに映る自分を見るたび、その幻想は粉々に砕けた。それでも、ハナの世代の子たちが持つ活気の中にいると、若やいだ気分が戻ってくるのだった。

　メドウズで芝生に腰をおろした。陽は照っているのに、草が少し湿っぽかった。小さな遊園地にいる若い親や、よちよち歩きの子たちをじっと眺めた。そうか。今やあたしも、幼児の遊び場をうろつく気味の悪い中年女になったわけだ。ジェニーはハナとすごした日々が恋しかった。自分が常に求められていた頃が。ラーキンは間違っている。〝きみをだめにする、ママとパパは〟と彼は詩に書いたけれど、だめにするのは親ではなくて子どもだ。何から何までやってやり、自分のすべてを傾けても、やがては必要とされなくなり、心にぽっかり穴があく。かつては生きがいが占めていた場所に。そしてジェニーには、その空しさを分かち合う夫さえ、もういなかった。

それから歩いて家に帰ると、なんとクレイグが、玄関をノックしようとしていた。手にオレンジ色の、美しいランの花束をたずさえて。

そんなわけで、ふたりは今ここで飲んでいるのだった。遅い午後の時間。ふたりの飲み物がテーブルに作ったべとべとの輪のまわりを、蜂が飛び回っている。

「まだ仕事をしてるはずの時間じゃない？」

「早びけしたんだ」

「フィオナには？」

「って？」

「だって、いっしょに仕事してるんでしょ。どこへ行くと言って出てきたの？」

訊くまでもないだろう、と言いたげに、クレイグは顔をしかめた。「おまえに会いに行くと言ったさ」

「ほんとに？」

「ぼくたちはお互い、隠し事はしないんだ」

そう言ってすぐ、しまったという顔をした。ジェニーと夫婦だったときには、間違いなく、フィオナとの情事を隠していたわけだ。ばつの悪さをごまかすかのように、彼はステラビールを口へ持っていった。

ジェニーは皮肉を言わずにいられなかった。「それはけっこうなことで、おふたりとも」

「ごめん、深い意味はないから」

ジンをあおる。氷が歯にぶつかり、ライムが唇に苦い味を残した。「でも、どうしてあたしに会いに来ようなんて？」

「あやまろうと思ったんだ。この前の晩は、電話でひどいことを言った。おまえもハナも大変なときなんだから、もっと思いやるべきだった」

「そりゃどうも」

「ドロシーを手伝ってるなんてすごいね。おまえがそばにいて、ドロシーはきっと喜んでるだろう」

「そうだといいけど」

「ドロシーは持ちこたえてる？」

持ちこたえているのかどうか、本当のところ、ジェニーにはわからなかった。送金やジムの嘘やサイモンの妻のことを、むきになって調べているのはなんなのか。気をそらすため？　ジムの死以外の何かに没頭するため？　それとも、本当に突きとめなければならない秘密なわけ？　グラスマンの件はどうだろう。あれも気をそらすためにやっているのか？　もしかしたら、生きるというのは、気をそらす術を次々と行いつづけることなのかもしれない。いつも何やかやで忙しくして、肝心な問題は考えないですます。ところが死というやつは、肝心な問題を意識の中心に引きずり出す。

「母さんはまあ元気、状況の割には」

「おまえは？」

「普通」

「ハナは？」

ふと見ると、近くのテーブルにハナぐらいの歳の女性がふたりいた。北欧から来たようだ。整った顔立ち、ブロンドの髪、褐色に日焼けした肌。クレイグの視線は彼女たちに向かわなかった。ちらとも見ないのだ。わざと見ないようにしているのか。それとも、本当に目に入っていないのか。彼が娘たちを気にかけないのを気にかけている自分がばかばかしくなり、ジェニーは苦笑いした。

「ハナがいちばんしっかりしてる」

「そっすか」歳に似合わない若者言葉を使ったクレイグの口調は、自虐的に響いた。クレイグとはつきあいが長いので、内輪のジョークやふたりだけのエピソードが腐るほどあった。離婚していちばんこたえたのはそこだ。別離でも、孤独でも、デートの相手探しの泥沼に再び陥ったことでもなく、ふたりに共通する妙な癖や、ふたりしか知らない互いの側面が、ふと思い出されるのがつらかった。ふたりが死ねば、〝雨の中の涙のように〟消えていく事柄が。そしてそれが、ブレードランナーの最後でルトガー・ハウアーが言ったせりふであることに、クレイグなら気づくはずだった。あの映画はセックスのあとにベッドでいっしょに見たのだから。チャーメンを食べ、どっかで拾ったまずいシュナップスを飲み、せりふをまねしあい、ダリル・ハンナの髪ともう片方の俳優のあばた顔に驚嘆の声を上げた。

クレイグがにやっと笑う。「ぼくたちふたりに、あんなすばらしい人間がどうやって作り出せたのかな」

「きみをだめにする、ママとパパは」

彼はうなずきながら苦笑した。「ぼくたちはそれに全力を尽くした、確実に」

「なのに、その結果があれ」

西の空で一片の雲が太陽とじゃれあっている。

「ハナのフラットメイトは、その後どうなった？」クレイグが訊いた。

ジェニーは三枚の写真のことを考えた。ロングホーンの事情聴取はもう終わっている頃だ。ザンダーやブラッドリーは関係なかったのだろうか。

「まだ現れないまま」

「学生のことだ、どこかにしけこんで、酒やドラッグにふけってるだけじゃない？」

ジェニーは首を振った。「今どきの子は、もうそんなことはしてない。あたしたちみたいに、何日間もドラッグ漬けになるような冒険はしないの、特に若い女性はね。だいいち、そんなお金がない。大学生活に一日何百ポンドもかかるんだから。最近は、女性にとってさらに危険な世の中になってきたし」

「そう思う？」

「ぜったい思う」

北欧の女性ふたりが、携帯でティンダーのプロフィールを見ながらくすくす笑っている。興味がないのはどんどんスワイプして飛ばしていく。現実の生活も、あんなふうに簡単に飛ばせればいいのに。クレイグがふたりを見て笑った。ついに彼女たちの存在に気づいたらしい。ジェニーは何やら満足を覚えた。夫婦だった頃なら、彼はあの子たちについて当たりさわりのないコメントをしただろう。男だからかわいい子たちに目が留まったけど、あんなのはおまえに比べればどうってことないよ、とジェニーにわからせるために。でも結局はそれも嘘でしかなかった。誰とでも寝る男だといったんわかると、また誰かと寝ているのではないかとすぐに疑うようになった。フィオナはそんなことはないのだろうか。

「ともかく、近いうちに姿を現すよう願ってるよ」

「あたしも」

クレイグのパイントグラスが空になり、彼は両手をテーブルについた。ジェニーは身を乗り出し、彼の手の上に自分の手を置いた。彼はたじろがなかったものの、目を上げ、とまどったようにジェニーを見た。

「飲むのにつきあってくれてありがと」

なんでもないよ、といったふうにクレイグは肩をすくめた。

ジェニーは彼の手をぎゅっと握り、それから自分のグラスを飲み干した。

「ダブルをもう一杯飲もうかな。お願いね」

31　ドロシー

ドロシーは眼鏡を頭の上へ押しあげ、目頭をつまんだ。長時間ずっとパソコンを見ていたため、目がきりきり痛む。決まった行動を繰り返すしかない、ジェイコブの制約された生活を眺めるのにも、いいかげんうんざりしていた。七十にしてまだ健康に動いていられるわが身を、なんであれ、天上の存在に感謝した。と同時に、九十まで生きて、家にこもって人の助けを借りるだけになるのがむしょうに心配になった。

今朝いちばんに、ハナといっしょにジェイコブ宅へ行き、カメラのSDカードとバッテリーをすべて交換してきた。二日前にカメラを置きに行ったときより、ジェイコブは何に関しても、いっそうあやふやになっていた。この四十八時間には、不審なものがあったり、何かがなくなったりしたことはなかったようだ。本当にあの家で妙なことが起きているのか、ドロシーはますます確信が持てなくなった。

スケルフ邸に戻ると、カード内のファイルへのアクセス方法や、どのファイルがどのカメラのどの時間帯のものであるかを、ハナに説明してもらった。調べるビデオは大量にあった。見張りは探偵の基本だが、長時間にわたる退屈な作業だ、とジムが一度ならず言っていた。今回は少なくとも、どこかの家やオフィスの外で終日車中にひそみ、誰かがよからぬことをするまで待つ必要はない。代わりに、延々と録画を見ていなければならなかった。いくらカメラがモーションセンサー付きであっても。

まずはスーザンがいる時間帯の、キッチンと書斎のビデオを見てみた。明らかに怪しいと思われる動きはなかった。つづいて同じ時間帯の、リビングと二階のビデオを調べた。リビングのほうは、分量はかなりあったものの、よくある作業療法や体操の場面が主で、あとはスーザンがやかんをかけるとか、ジェイコブが古い本をめくるといった、退屈な映像ばかりだった。ジェイコブは頻繁にトイレに行かなければならないようで、歩行器でのろのろ歩く姿が画面から消えたかと思うと、十分後に、ときにはズボンの前をあけたまま戻ってきた。バスルーム付近にカメラを設置しなくて幸いだった。

二階のカメラは何も撮っていなかった。その時間帯には、誰も二階に上がらなかったということだ。ジェイコブは、二階の寝室から古いテレビが消えたと言っていた。今朝行ったときに、埃にテレビの跡があるかどうか確かめてくれればよかった。といっても、すでに掃除人が埃を払ったあとだったかもしれない。そもそも、テレビが本当に盗まれたとしての話だし。掃除人はどんな人物なのだろう。

ドロシーはビデオを止めて目を閉じ、精神の集中を試みた。それからまた目を開けると、二枚の紙を取りあげた。ハナが印刷してくれた、スーザン・レイモンドについての検索結果だ。リンクトインのプロフィールによると、クイーン・マーガレット大学で作業療法士の訓練を積み、五年前に卒業。すぐれた実績を持ち、多くの称賛を得ているようだ。フェイスブックのプロフィールはありきたりで、ハナが言うには、ツイッターとインスタグラムにはアカウントを持っていなかった。ただ、表面はごく普通で罪がなさそうでも、どんな秘密を隠しているかは知れたものではない。そのことを、ドロシーは学んだばかりだった。

掃除人が次にいつ来るのかジェイコブにたずねること、と頭に刻んでおいた。まだほかの時間帯のビデオも見る必要があるし、何日かしたら、SDカードをまた取り替えて調べなくてはならない。ちゃんとこなしていけるのだろうか、ほかのさまざまなことも含めて。

事務室のドアをそっと叩く音がした。アーチーだ。

「大丈夫ですか?」

ドロシーは顔をこすり、うなずいた。

「何をしてるんです？」アーチーがパソコンを顎でさす。画面の映像は、ジェイコブが膝に本を広げて目を閉じた場面で止まっていた。

「ご老人をスパイしてるの」

「なるほど」アーチーはドアロで背を起こした。「これから遺体を引き取りに行きます。手伝いがあると助かるんですが、来てもらえます？」

ドロシーはノートパソコンを閉じ、印刷された紙をデスクに放り出した。

「ええ、いいわよ」

エリン・アンダーウッドには何も残されていなかった。そのやせ細った体を、ドロシーは抱きしめてやりたかったけれど、力を加えると骨が砕けるおそれがあった。白血病、手術、化学療法、放射線療法。そうしたものが十代の人間を抜け殻にしてしまった。髪はすべて失われ、皮膚は薄紙と化し、体が縮んでブードゥー人形のようになっていた。

ドロシーはアーチーといっしょにエディンバラ王立診療所の遺体安置室に来ていた。エリンは本当なら、ホスピスか自宅で最期を迎えるはずだったのだろう。しかしそこに移る間もなく、家族の目の前でふいと逝ってしまう人がたまにいる。安置室には、遺体用の冷蔵庫がずらりと並んでいた。たくさんの車輪付き寝台が向きもばらばらに放置されているさまは、戦場に転がる死んだ兵士のようだ。ほかに検死解剖用の台や器具と、国民健康保険サービスの書類が置かれていた。

アーチーは書類を記入しながら、安置室の職員と雑談していた。ひょろ長い体をオーバーオールに包んだ、もつれたカーリーヘアの若い職員は、歯をむきだしてにこにこ笑っている。その青年が今夜パブに行って、職場で何をしたかを話す姿を、ドロシーは想像してみた。この業界で働く者は、業界外の人間とつきあうのが難しい。相手に稼業が知れると、たいていはいい結果にならなかった。病的と思われるか、仕事についてあれこれ不快な質問をされるか。相手がひるんで押し黙ってしまうこともある。人はいつか死ぬという事実を考えたくないのだ。この愛想のいい青年がパブで誰かを口説いているときに、ふと仕事の話をもらしたら、どんなことになるだろう。

ドロシーがジムと出会ったとき、彼は葬儀社で働いていなかった。まだ若くてのんきで、人生を楽しんでいた。死の稼業につくことになったのは、彼の父親が亡くなったあとだ。といっても後悔はしていなかったし、自分で天職だと認めていた。ドロシーもこれまでは天職だと思っていた。でも今は疑問を感じている。ドロシーは自分の人生が夫の人生に組み込まれるのをよしとしてきた。彼女の世代の女性にはごく普通のことだ。でもその夫の人生が消えてしまった今、いったいどうしたらいいのか。ジムに左右されることがなくなり、そのうえいろいろなことが発覚してくると、そもそもこの仕事に向いていたのかさえ、怪しくなってきた。アイザックと結婚していたらどうなっていただろう？　彼は今、映画のプロデューサーをしている。エイドリアンと結婚していたら？　弁護士だった彼は最近、名のある法律事務所を退職した。あるいはジムの説得を聞き入れずに、スコットランドに戻っていなかったら？　ピズモ・ビーチで離婚したレニーと二世帯住宅に住み、朝はサーフィン、夜はバーベキューという生活をつづけていたら？　人生の選択肢は無数にある。そのどれを選ぶべきか、ちゃんと判断できる人がいるだろうか？　ましてや七十年も生きたあとになって、すべて時間のむだだったかどうかなんて、どうやって知れというのだ？

納体袋から覗くエリンの顔をドロシーは見つめた。わたしたちに与えられた時間のなんと短いことか。なかでも十代やそれ以下の子どもの死はとりわけ痛ましい。将来性の喪失。可能性の消滅。エリンはハナよりも若かった。もう大学に行くことも就職することもない。夫、あるいは妻が見つかることもない。旅をすることも、百人の男、または女と寝ることもない。本を手に静かな部屋に座り、窓から射し込む陽をふと見て、生きていることの幸せを実感することもないのだ。

ぐっと息を飲み込み、納体袋のジッパーを閉じた。そのとき携帯電話が鳴った。取り出すと、トマスからだった。DNA鑑定の結果だろうか。

「はい」とっておきの声を出す。

「もしもし、ドロシー？　先にジェニーに電話してみたが、出なかったんだ」

「ジェニーにって？」意味がわからなかった。「なんのこと？」

トマスの咳払いが聞こえた。「実はハナがここにいる。暴行容疑で留置中なんだ」

ふらつく身を支えようととっさに手を伸ばし、納体袋の上からエリンの冷え冷えとした腕をつかんでしまった。その腕はあまりに細くて、小枝のようにぽきりと折れそうだった。


カーディガンのポケットの中でジムの骨を握りしめたまま、ドロシーはセント・レナーズ警察署の受付の前を行ったり来たりしていた。骨の先端に親指の腹を押しつける。タトゥーを入れる道具のような感触。それでもって、マオリ族のように、入り組んだ図形や渦巻き模様を彫り込んでみようか。先祖とのつながりの証し、死者とのつながりの証し。でもその死者が、語られていたほどの人物ではなかったら？　恥ずべき行為をしていたら？

署の内部に通じるドアが大きく開いた。トマスが手のひらでドアを支え、そこからハナがひょいと顔を出した。

「ありがと」と言うと、ドロシーを見つけて駆け寄り、抱きついてきた。

汗やアドレナリンのにおいに混じってシャンプーの香りがした。リンゴと、何かもっときつい香り。

「ママはどこ？」ハナが一歩下がる。

ドロシーは首を振った。「それが電話に出ないのよ」

トマスがハナの後ろに立ち、話に加わる機会を待っていた。

「いったいどうしてこんなことに？」ドロシーはトマスに訊いた。

自分の口から話せ、というふうに、トマスはハナに向かって顎をしゃくった。

「頭がどうかしてたんだよ」ハナが首を振る。

ドロシーはハナの腕をさすった。「そうだろうと思ってた」

その言葉で、ハナは少しだけ笑った。

「ロングホーンの家に行って、警官と彼が話してるあいだ、ずっと待ってたんだ。でも警官は彼を逮捕しなくて、それでかっとなって、あいつの奥さんをぶっ叩いた」

大きく息を飲み込んだ拍子に、ハナの目から涙があふれた。ハナは肩を震わせながらティッシュで鼻をふいた。

「自分があんなことをする人間だったなんて」喉を詰まらせながら切れ切れに言う。

ドロシーはハナをもう一度抱きしめた。孫のこんな姿を見るのはつらく、胸がかきむしられるようだった。

「ロングホーン夫妻には、わたしが話をつけておいた。今回は警告をもらうだけですむだろう。ただし、今後は夫妻に近づいてはならない」

「それは当然だわね」ドロシーは言った。

「ごめんなさい」とハナ。

ドロシーはハナを抱く腕に力を込めた。「ストレスのせいよ。今はみんなが大変な思いをしてる」

トマスに目を向ける。「警官はどう言ってた？」

トマスは首を振った。「とにかく証拠がない。あの写真は入手方法に問題があるため、証拠とみなせないんだ。いっぽうで、ハナに困らされているという夫妻の言い分には、もっともな理由がある。そしてメラニーについても、自分たちこそ悩まされていたのだと、夫妻は主張している」

「そうとは思えないけど」

「ああ。だが、捜査を進められるような要素がもっと出てこないかぎり、警察にできるのはここまでだ」

ハナはドロシーから身を引き、襟元を直してティッシュを収めた。

トマスがすっと手を上げた。文字のタイプされた紙を握っている。トマスの顔つきからして、それがなんであるかは明らかだった。

「鑑定結果ね」

「いずれにしろ、きみに電話するところだったんだ」

「それで?」

「一致しなかった」トマスはドロシーに紙を渡した。「ローレンスの娘とジムとのあいだに、DNA上のつながりはない」

ドロシーはその紙をじっと見つめた。専門用語、折れ線グラフ、何かの数値。まるで象形文字が並んでいるようだ。

ハナがドロシーを振り向き、それからトマスに顔を向けた。「今の、どういう意味?」

トマスは答えをドロシーにゆだねた。彼はいつだって、ドロシーが自分で言うように仕向ける。小さなことだけれど、重要な点だ。

ドロシーの手の中で紙が震えた。

「さあねえ」

32 ジェニー

ふたりはドキドキの初デートを終えたティーンエージャーのようにはにかみながら、塀に寄りかかった。ジェニーは高校時代を思い出した。パブで飲んだあと、送ってくれた男の子とよく抱き合ってキスをした。家の中から見えないところに隠れて。といっても当時は、ドロシーやジムにどう思われるかなど気にしていなかった。だらしのないニヒリスト、それがジェニーだった。午前の二時や三時に、よろめきながら玄関をくぐることがしょっちゅうあった。ときにはふらふらとお別れの間へ行き、死体を相手に、生きることの意味についてべらべらしゃべった。どんな感じか味わってみようと、作業室で空の棺にもぐり込んだことも一度か二度ある。すさまじく酔っていたときなど、遺体用の冷蔵庫によじのぼり、中に身をすべり込ませた。

今もかなり酔っていた。元夫と酒を飲んで気楽な会話を交わしたせいで、やけに元気に感じられる。彼と別れて親友を失ったのだと思うと、切なくなった。夫や恋人は替えがきく。でもクレイグとは、友だち同士でもあったのだ。実に気心の知れた関係を築いていた。なのに、クレイグはそんな関係を投げ捨てた。そばに立って微笑む彼を見ながら、ジェニーはそのことを頭に呼び戻そうとした。それこそが彼の罪だと。ところが、ゾンビのように前かがみで歩く男の子や、赤いコーデュロイズボンにベージュの上着と中折れ帽の老人が通りかかり、そのたびにふたりでジョークを飛ばすうちに、ジェニーはすっかり気持ちがゆるんでしまった。

「今や出戻り」と言って、塀の向こうの家のほうへ頭を傾ける。

「だね」クレイグは少しぐらついていた。

彼はどれぐらい酔っているのだろう。

塀を見おろすマツの木で、二羽のモリバトがクークーと呼び合っていた。一羽が枝から枝へ羽ばたくと、もう一羽がおずおずと追いかける。

「叱られる？」

クレイグが眉をひそめる。「誰に？」

「フィオナに」

「なんで？」

ジェニーは手を左右に広げた。「元妻と飲んで酔っ払ったから」

クレイグはにやりとして首を振った。「彼女はわかってくれるさ」

ジェニーは眉をつりあげてみせた。「大変化よね。家に帰れば、聞き分けのいい妻が迎えてくれるってのは」

彼が情けない顔でジェニーを見る。「そんな言い方はないだろ」

「あのねえ、あんたの今の結婚生活について、あたしは何も知らないし、これからも知りたくないから」

「それでけっこう」

さっきの二羽が木から飛び立ち、ふたりの真上で塀にとまった。オスがメスのあとを気取って歩く。メスのほうはそわそわしていて、たまにぴょんと跳んで遠ざかり、オスとの距離を保っている。とそのとき、塀の端にシュレディンガーが現れた。内側から跳びあがったらしい。猫は身を低くして二羽に忍び寄った。しかし二羽はすぐさまそれに気づき、マツの木へ飛んで逃げた。高い梢が揺れている。シュレディンガーはしばらく塀の上でもぞもぞしていたが、ふいと姿を消した。庭へ戻ったのだろう。

「おまえの猫？」

「母さんの。名前はシュレディンガー、ハナのアイデアよ」

「あれはたいした子だ」

「まったく」

ジェニーはまばたきより少し長めに目を閉じた。めまいがしている。

「もう中に入ったほうがいいわね」ようやくのことでそう言った。「死人がおとなしくしてるかどうか確かめなくちゃ」

クレイグは塀にもたれた。「本気で葬儀屋になったの？」

「誰かが母さんを手伝わなきゃならないもの」

「いい娘だね」

「それはどうだか知らないけど」

「しかも、とってもいい母親だ」

ジェニーは声を立てて笑った。「どれだけ酔ったの？」

クレイグが足を踏み替える。彼の筋肉にはまだ、以前と変わりなく神経エネルギーが流れている。「今、おまえが棺をかつぐところを想像してみたんだ。どう、鍛えてる？」

彼は手を伸ばしてジェニーの二の腕を握るまねをした。棺と聞いて、ジェニーはジムの火葬を思い出した。肉が溶け、体液が蒸発し、その身は灰や燃えかすとなって風に飛ばされた。急に胃が締めつけられたようになり、涙がこぼれてきた。恥ずかしさのあまり、ジェニーは両手で顔を覆った。

「おいおい」

クレイグが両腕でジェニーを包んだ。ジェニーは彼の肩に顔をうずめた。ＣＫ１（ワン）の香りが漂う。今もこれを使っているのか。香水のにおいの下には、懐かしい彼の汗のにおいが嗅ぎ取れた。二つのにおいのせいで頭がくらくらした。泣きじゃくりながら、涙が石畳に落ちるのを想像する。涙はやがて陽射しで蒸発し、雲の一部となり、ジムの原子と混じり合うだろう。そして水の循環に永久に組み込まれ、植物や動物の生を守り、大洋の流れを維持し、クジラやサメやダイオウイカの体表を潤わせるのだ。

ジェニーはクレイグの肩から顔を起こした。目を閉じたまま、うっすら伸びた顎ひげをまさぐる。そしてその唇に自分の唇を重ね、彼に身を押しつけた。そこにいるのは、うんと若い頃のジェニーだった。クレイグがキスを返してくる。ジェニーは舌を差し入れて彼にもたれかかった。頰をつたう涙の味がした。今はまだ二十歳、人生はこれからだ。あたしは男の子とキスをしていて、父さんはまだ生きていて、何も心配しなくてよくて、悩みは何一つなくて、愛する人たちはみんなずっと生きつづける。

長い時間がすぎたあと、ジェニーははっと身を引いた。足元に目を落とす。

「こんなこと、するつもりはなかったのに」クレイグを正面から直視できなかった。沈みかけた太陽を見るときのように。

「わかってるよ」

「もう中に入る」

「ああ」

ジェニーはひとりうなずいた。まだ唇に彼の味が、背中には彼の腕の感触が残っていた。頰が涙の跡で突っぱった。ジェニーはクレイグに背を向け、家に入っていった。死人がおとなしくしているかどうか確かめに。

33　ハナ

「もうハナったら、ばかなことをして」インディが言った。

ハナは首の後ろをさすり、受付のデスクの上で指をもじもじさせた。

「キレちゃったんだ。あいつはメルのことを何か知ってるはずなのに、警察のやつらはてんでかまってないみたいで」

インディがデスクの前に回ってきて、ハナを抱きしめた。ハナはインディと自分の体が一つに合わさるのを感じた。彼女の香水のにおいに混じって、デスクに飾られたユリの花の香りが漂ってくる。葬儀のときになぜ切り花を飾るのだろう？　すぐに枯れて、永遠の命はないことを重ねて思い知らされるだけなのに。メメント・モリ――死を忘れることなかれ、というわけか。デスクにあるカタログが目に入った。記念の宝飾品、愛した人の遺灰を入れるロケットやペンダント。でもその首飾りを失くしてしまったら？　タトゥーとして遺灰を肌に埋め込む人もいるらしい。そっちのほうがいい、自分の一部になるのだから。コカインと混ぜて吸い込むとか、ロケットで宇宙に送り出すといった話も耳にする。

インディから身を離し、彼女のタトゥーをしげしげと眺めた。腕から手にかけて、美しいヒンドゥーの文様が巻きつくように彫られている。自分もいつかその一部になりたい、とハナは思った。愛する人の肌に永遠に埋め込まれる。といっても、永遠に存在するのは素粒子だけだ。〝人間の体は星くずからできている〟とよく言われるけれど、それは真実であっても、なんの意味ももたらさない。逆向きに考えたほうがもっと楽しい。自分の体から将来、恒星や惑星が創られるのだと。いつの日か自分の原子が流星の一部となって、高度な文明を持つ星にぶつかり、その星を跡形もなく消してしまうかもしれない。あるいは、自分やインディの分子が巨大なブラックホールに組み込まれ、腹ぺこの赤ん坊のように、銀河系の一画をむさぼり食うかもしれない。つぶした豆を次々とすくって食べるように、巨大ガス惑星や褐色矮星や中性子星をぱくぱくと。

「ハナのことが心配」

「平気だよ」

「メルを捜し出そうとしてるのはりっぱだけど、どこまでも正気を保ってなくちゃだめだよ。ハナはなんにでも、のめり込みやすいから」

ハナは苦い顔をしたが、それは本当のことだった。インディよりハナのほうが、何につけ必死になる。パートナーシップがどんな形を見せるかは面白いものだ。最初は両方が気張って、みずから積極的に動こうとする。でもいったん壁が取り払われると、それぞれが、本来の気質により合った行動を取るようになる。コライダー実験で粒子は物理法則に反する動きができないのと同じだ。持って生まれた性質とあとから身につけた力が融け合った行動。というわけで、ハナはてきぱきと、しかし取りつかれたように物事を進め、インディはのんびり構えて心情面で支える、といった傾向が生まれていた。

作業室のほうでガタンと音がした。何か大きな物が床に落ちたようだ。

「アーチーはもう家に帰ったんじゃなかった？」ハナは訊いた。

インディがうなずく。「それにドロシーは二階だし」

ハナはインディと顔を見合わせ、レセプション室の奥から作業室へ向かった。ドアをあけるなり、お尻が目に飛び込んできた。そこでジェニーが腰をまげ、床から棺の蓋を拾おうとしていた。

「ママ？」

ジェニーは蓋を盾のように構えて腰を伸ばした。「ごめん、ちょっとぶつかっちゃって」

インディが駆け寄って、蓋の端を手で確かめた。木材が裂けている。

「これじゃあもう使えない」

「わざとやったんじゃないのよ」ジェニーが言う。

「何をしてたの？」ハナは訊いた。

ジェニーは答えを探すようにあたりを見回し、作業台の上の、蓋の取れた棺に目を留めた。

そして棺に手を入れ、猫でもさするように内張りをなでた。「何も。ちょっと考え事をしてただけ」

「棺のあいだを歩き回りながらですか」インディが蓋をジェニーから奪い取り、壁に立てかけた。

皮肉を言われ、ジェニーは目を丸くした。「こりゃ失礼」

「ママ、酔ってる？」ハナはジェニーに近づいた。

ジェニーが額をこする。「二、三杯飲んだ」

「それで電話に出なかったわけ？」

「なんのこと？」

ジェニーはポケットを探って電話を取り出すと、手間取りながらパスワードを打ち込み、両眉を上げた。「ごめーん」

「ハナは逮捕されたんですよ」インディがにやりとする。

「え？」

「じゃなくて」ハナは言った。「留置されて警告を与えられただけ。混同しないで」

「ピーター・ロングホーンの妻の顔を殴ったんです」

ハナはインディをにらみつけた。「殴ったというほどじゃないよ」

ジェニーが何かを払いのけるように頭を振る。「話についていけないんだけど？」

ハナはため息をついた。「気にしないでいいよ、酔いがさめたら説明するから。誰と飲んでたの？」

ジェニーは耳たぶを引っぱった。「フック夫妻の妻のほうと。彼女ったら、夫が絵を描いてるのを信じないの。何か悪いことをしてると思い込んでる。金は払うから、尾行をつづけてくれってさ」

インディはあけっぱなしになっていた奥のドアをしめ、鍵をかけた。「人っていうのは、妙なもんですね」

「まったくよ」ジェニーは人さし指を立て、ハナに向き直った。「申しわけなかったわね、電話に出なくて」

ハナは両手をこすり合わせ、エミリア・ロングホーンの顔の感触を思い浮かべた。

「出てくれてもたぶん同じだったね、この状態じゃ」

ジェニーが棺や作業台を押しやるようにしてまっすぐに立った。「あたしはどんな状態でもないわよ」

「あっそ、なんとでも言って。ママはおばあちゃんが言ってたとおりかもしれない」

とまどった顔をしている。「言ってたとおりって？」

「めちゃめちゃに酔う必要が絶えずある」

「あたしはめちゃめちゃに酔ってなんかないぞ」

「ハナ」インディがたしなめる。

ジェニーはふらつきながら一歩踏み出し、手を振った。「いいっていいって、いっしょに聞こうじゃないの。酒から足を洗ったこの娘が、酔っ払った母親に何を言うことがあるのか。さあ、聞かせてよ」

ハナは首を振った。「もういい」

「はあ？」

「もういいって言ったの。こんなふうにママと話してても、むだだから」

ジェニーは芝居っぽく頭や手を振ってみせた。「じゃあ教えてあげよう。あたしはさっきまで、あんたのパパと、あんたについて話してたのよ」

思わずハナは立ち止まった。「それで？」

ジェニーは指を口に当てて、しーっと言った。

ハナはため息をついた。

「お茶の用意をしてくる」インディが言う。

「ハナ」

そう呼んだのはドロシーだった。携帯電話を持って作業室のドア口に立っている。何やら浮かない顔だ。

「何？」

ドロシーは電話に顎を向けた。「トマスからだったの。警察がメラニーを見つけたそうよ。その、つまりメラニーの遺体を。残念なことに」

34 ハナ

陽がまぶしい。ハナは一睡もしていなかった。ミドル・メドウ・ウォークを人々が何もなかったように歩いているのが、ある種の侮辱に思えた。どうしてみんな自分の用事で動いていられるわけ? 世界が止まってしまったというのに。ハナは鼻柱をつまみ、ぐっと息を飲みこんだ。インディがハナの腕をさする。

「ハナ」悲しみに沈んだ声。

目の前のテーブルではコーヒーとアーモンドペストリーが香りを放っている。それに混じって、嫌なにおいが鼻をついた。〈ソダーバーグ〉の向かいのごみ箱から流れる、前夜のピザやすえたビールのにおい。

「どうしても納得できない」ハナは言った。

「ほんとに」

「そのうち姿を現すと思ってた。ぜんぶゲームだと思ってた。かくれんぼか何かをしてるんだって。まさか、こんなことになるなんて……」

　ふたりは明け方まで、ベッドの中で同じようなせりふを何度も繰り返していた。でもそれでは埒が明かないので、ここへやって来たのだ。トマスが、朝食がてらふたりに会い、事件について説明してくれるという。ハナはトマスに、メルの両親の電話番号を教えた。自分が電話しなくてよくなって、身勝手ながらも、救われた思いがした。インディやドロシーは、仕事とはいえ、衝撃や悲しみのさなかにある人たちと、よく平気で話せるものだ。来る日も来る日も死を扱い、苦悩や虚無感や喪失感にさらされていると、きっと精神に影響が出るに違いない。

　サングラスをしたドロシーとジェニーが公園のほうから歩いてきた。つづいてトマスも、ジョージ・スクエアにある大学の建物のあいだから現れた。ハナは立ちあがって道を渡った。自転車が来ないかどうか、確かめもせずに。

「あのう?」

　ハナが呼びかけると、トマスは手を振り、カフェのテーブルに戻るよう合図した。「待たせたね」

「平気です」ドロシーとジェニーもちょうど着いたところだった。インディがカップを手にハナを見守っている。「詳細を聞かせてください」

「まあ座って」トマスはハナにそう言い、来たばかりのふたりにも椅子を示した。「みんな、座ろう」

トマスたちはお茶と食べるものを注文した。いっぽうのハナは、テーブルにあるペストリーが嫌でたまらず、投げ捨ててしまいたかった。においで吐き気がする。

「どこで見つかったんです？」

「ちょっとハナ」二日酔いのジェニーにとがめられた。

「わたしは知る必要があるの」ハナはジェニーを振り向いて言った。

「知ってることはぜんぶ話すと、ドロシーに約束したからね。何もかも明かそう。警察はメラニーの遺体を、昨夜七時四十分に、クレイグミラー公園のゴルフコースのブッシュの中から見つけた」

ハナははっと身を起こした。「そこって、ジェイムズ・クラーク・マクスウェル・ビルディングのすぐ隣」

トマスがうなずく。

「ということは、やったのはたぶんロングホーンね」ハナは言った。

「待ってよ」ジェニーが言う。「ブラッドリーはどうなの？」

「それにザンダーも」インディも口をはさんだ。

ハナは眉をひそめた。「メルはどうやって殺されたんですか？」

「首を絞められた痕跡があった」

「性的暴行の跡は？」

ジェニーが頭に手をやる。「ハナったらもう」

「なんなの？」

トマスは首を振った。「レイプされた形跡はない」

「それで、これから何を？」ドロシーが落ち着いた声でたずねた。

トマスはテーブルのまわりをぐるりと手で示した。「きみたちがこれまでに話した相手から、正式に事情聴取する」

「科学捜査は？」ハナは訊いた。

「チームが現場で証拠を集めている。それがすんだら、きみたちのフラットへ行って、メルの部屋を調べなくてはならない。あと、容疑者全員からサンプルを採取する。現場で集めた証拠と照合するだけじゃない、別の照合が必要なんだ」

ハナは指がじんじんするのを感じた。まるで大地がメッセージを送っているかのように。

トマスはみんなを見回し、目を伏せた。

「メラニーは妊娠していた」

ハナが鍵を差し込んだとき、携帯電話が鳴った。あせってフラットに入り、インディもそれにつづいた。携帯の画面には〝ヴィック〟とある。弱った。ハナはその文字をしばらく見つめてから通話ボタンを押した。インディはキッチンへ姿を消した。

「聞いた？」ヴィックが高ぶった声で言った。

「ヴィック、お気の毒に」

「信じられないよ」

「ほんとに」

長い間があいた。「お腹に子どもがいたなんて」ヴィックはもはや泣き声になっていた。「ああもう、母や父がどうかなってしまいそうだ」

「お気の毒に」ひたすらその言葉を繰り返す以外、ハナには何も思い浮かばなかった。

「誰がやったのか、何がなんでも知りたい。この気持ち、わかるかい？」

「うん」

「警察は何かつかんでる？」

「手がかりを追ってる」

「手がかりって？」

ハナはメルの部屋のドアに目を向けた。木目にそって指を走らせる。「こっちのほうで、数人から話を聞いてあったんだ。その情報を警察に渡した」

「ぼくにも教えてくれ」

「そいつらをつつくのはだめだよ」ロングホーンの妻を叩いたことが頭をよぎる。「そういうのは警察にまかせなきゃ」

「きみたちが調べたときには、そうしたってのか？」

「それとこれとは違う」どう違うのかは、うまく考えられなかった。

落ち着こうとしているのだろう、ヴィックがふーっと息を吐いた。「もう一台の携帯のことはどうなった？　捜した？」

メルの部屋のドアをハナは押しあけた。中の様子は変わっていない。何もかも、メルが部屋を出たときのままだ。「ううん、まだ捜してない」

「その携帯が鍵だよ」

「さあ、どうかなあ」

ヴィックがまた涙声になった。

「ともかく携帯を捜してくれ」すすり泣いている。「妹を殺した犯人を、どうか見つけ出してくれ」

ハナはメルのベッドを、デスクを、ワードローブを順々に見ていった。

「そうする」

電話を切ったあと、しばらくはメルの部屋のドアロにたたずんでいた。するとキッチンから何か聞こえてきた。泣き声だ。

駆けつけてみると、水を出しっぱなしのシンクの前で、インディがケトルを手に立ちすくんでいた。肩が震えている。彼女はあいたほうの手の甲で頬をぬぐい、深く息を吸った。

「インディ」

インディが振り返る。

ハナは自分のことで精一杯で、インディを思いやる余裕がなかったのに気づいた。インディは両親を亡くしたうえ、今また友だちの死に直面したのだ。スケルフ社で働いているのだから、どんな状況にも対処できるだろう、とハナは無意識のうちに決めつけていた。けれども、他人の亡くなった悲しみと身近な人のそれとは、まったく別物なのだ。ドロシーがいつもそう言っていた。

ハナが初めてインディに目を留めたのは、彼女の両親の葬儀からひと月たった頃だった。何気なく祖父母に会いに行くと、インディがスケルフ社にかかってきた電話に応えていた。電撃的なひと目ぼれ、というわけではなかったけれど、インディとはごく自然に話せた。それに、ああ、あの満面の笑みと茶色の瞳。ある種の誇りや自尊心だろうか、インディは何か強烈なものを放っていた。容易に恋に陥りそうな相手だった。そして実際そうなった。そんな笑みや自信にあふれた物腰を思い出すと、今のようなインディを見るのは余計つらかった。

ハナはインディに近づき、その手からケトルを取って水切り台に置き、蛇口をしめた。そして彼女を両腕でくるみ、きつく抱きしめた。

「ごめん」

ハナの腕の中で、インディがぐっと息を飲んだ。「あやまることなんか何もないよ」

「ある。いつもインディに甘えてる」

インディはハナから身を引いてうなずいた。

「確かに甘えてる」と言って声を立てて笑う。「でも、自分を頼る人がいるというのは、すてきなことだよ」

「そうでしょうとも、わたしはインディにすがりっぱなしだもんね」

ふふん、と笑ってからインディは涙をふき、時計を見た。「うわっ大変、もう仕事に行かなきゃ」

「行かなくても、ドロシーはきっと気にしないよ」

「いいえ」インディがにやりと笑う。「ドロシーにはわたしが必要なの」

「わたしにも、インディが必要なんだけどな」

「必要とされるって、なんてすばらしいことなんだろ。ねえ？」

インディはハナにキスすると、ハナを押しのけ、ただ見守るばかりの彼女を尻目に、持ち物をそろえて出ていった。

ハナは窓の外を見やった。それから廊下を戻ってメルの部屋へ行き、その前で長いあいだ立ちつくしていた。

ようやくのことで中に入ったものの、何か礼儀にもとる気がしてならなかった。メルが死んだとなると、なぜ違って感じられるのだろう？　部屋は同じだし、窓からの眺めも変わっていない。中の物もみな元のままだ。ボードにピンで留められた写真も、無地のカバーのかかった整然としたベッドも、夜は抱いて寝ると言っていたぬいぐるみも。もっとも、メルがそのぬいぐるみを抱く姿や、それといっしょに遊ぶ姿は、一度も見たことがなかった。いや、たぶんそういう問題ではないのだ。毎日の暮らしの中に何か親しめるもの、頼れるものがあると思うだけで、心が安らいだのかもしれない。

ハナ自身は、今は頼れるものがまったくないように思えた。インディは仕事に出かけた。あの受付のデスクで、葬儀の通知や飾る花や式で流す音楽を手配し、遺族のありきたりな苦悩やトラウマに寄り添うために、行ってしまった。おかげでこっちはこのざまだ。友だちのひとりが死んだ、おじいちゃんも死んだ。これからの生涯であと何人死ぬのだろう。でもそれは自己中心的な考えだ。自分の立場からしか見ていない。ユやボリンのことを想像してみよう。彼らがどんな気持ちになっているか。けれどもうまく思い浮かべられなかった。

息がつけなくなった。不安が腹の底から這いのぼってきて、心臓や肺を凍らせ、喉をふさいだ。唾が飲み込めない。ドアロの柱に手をつき、必死で空気を吸い込んだ。足元がふらつく。壁にもたれてまばたきを繰り返し、視界に浮かぶいくつもの点を追い払おうとした。

もう一つの携帯電話が鍵だ、とヴィックは言った。それが正しいかどうかはわからないけれど、ただ流されてしまうのを止める錨にはなる。ハナはメルのベッドに近づき、ぬいぐるみや寝具を床に放った。シーツもピロケースも、みんなはぎ取って床に捨てた。部屋の真ん中でそれらが重なり、皺くちゃの死体のように見えた。枕も投げ捨て、マットレスをくるりと反転させて床に落とし、ベッドの枠に渡してある板の下を探った。ベッドを壁から離し、積もった埃の中に手を突っ込む。隙間から入り込んだのだろう、ティッシュやしおりに混じって、両親がヴェニスから送った絵葉書が落ちていた。ベッドの下に少し空間があったので、片側を持ちあげてみた。すると、古いランニングシューズや空のスーツケースといっしょに、箱がいくつか見つかった。中には一年のときの物理と数学のノートが収められていた。これは何か発見できるかもしれない、と期待しながらノートをめくったが、手書きの方程式や図形、学習計画といった退屈な内容ばかりだった。

次はデスクに行き、引き出しをぜんぶ出して中身を床にぶちまけた。文房具類のあいだを両手で探る。何を見つけようというわけでもなく、ただ宇宙が指を導いてくれるのを期待していた。ばかだと思いつつも。だんだん気が焦ってきた。がらくたを次々と後ろへ放り投げ、引き出しの隅を指でほじくった。裏返して底を調べる。以前見たテレビドラマでは、秘密の鍵が引き出しの底にテープで留められていた。でも何もなく、へたくそな男根と睾丸(こうがん)の絵が描かれているだけだった。ずっと昔に変態野郎が落書きしたのだろう。

つづいてワードローブに取りかかった。ワンピースやブラウスをハンガーからはずし、一枚一枚、空港保安員のようにさわっては、部屋の真ん中に積みあげた。スカートやズボンも同様に調べ、靴の中も探った。何も隠されてはいなかった。スター・ウォーズのようにフォースが使えればいいのに。目を閉じていると、決定的証拠が秘密の隠し場所からぷかぷか漂ってきて、すっと手の中におさまる。そんな場面を想像しながら、目をつぶったまま、しばらく両手を前に差し出していた。そのうちなんとも愚かな気がしてきて、目をあけた。手の中はからっぽだった。

散らかるだけ散らかった部屋を見回す。残るはチェストだけだ。三つの引き出しをぜんぶ床に投げ落とした。タイツ、ブラジャー、Tシャツ、パジャマ、フードつきスウェットシャツ、レギンス、セーター。見慣れないものや場違いなものは何一つなかった。すべて後ろに放り投げ、さらにその上に寝具、ほかの衣類、スニーカー、ヒール靴を重ねた。ありとあらゆるメルの持ち物が空しく積みあげられた山。その端に座り込み、これを薪にしてメルを火葬するところを思い浮かべた。メルの人生のすべてが燃え、この部屋もいっしょに焼け落ちる。

それからしばらく、まわりの物をあれこれ見ながらじっと考えていた。そのうちふと、さっきの空のスーツケースの下から、小さな紙が覗いているのに気づいた。目をいったん閉じ、ひと呼吸してから再びあけ、紙に手を伸ばした。慎重に広げる。それはプリペイド携帯のレシートだった。プリンシズ・ストリートの〈カーフォン・ウェアハウス〉で、二か月前に買ったらしい。

ハナはレシートを眺め、周囲の大混乱を見回した。

このフォースは強いぞ。

35　ドロシー

ジムがいつも言っていた。さんさんと陽の照る中での葬儀というのは、特にスコットランドでは〝らしく〟ないと。でも今のドロシーには、少しでも肌が温もるほうがありがたかった。クレイグミラー城公園墓地は、エディンバラで最も新しい埋葬場だ。丘の頂上に建つ十四世紀の城と、インチ公園のサッカー場とのあいだに延々と広がる、ゆるい傾斜地にある。

芝はきれいに刈り込まれ、ところどころにある囲いの中では苗木が育つ。年がら年じゅう丘から吹きおろす風のせいで、ブナの若木がすでにたわんでいた。

今日は風もおだやかで暖かく、墓に供えられた花のまわりを蜂が飛びかい、そばの野原では、丈高い草の中で兎が二匹、跳ね回っていた。傾斜地の底にあたる一帯は子ども専用の区画で、死産児や産まれた直後に亡くなった新生児もここに埋葬されている。ドロシーはそうした子どもの葬儀を扱ったことが数回ある。誰にとっても悲痛な状況だけれど、とりわけ残された両親に対しては、なんの力にもなれそうにない気がした。その区画にある墓の一つでは、墓石に胎児の超音波画像が釘づけされ、その子が永遠に抱くことのかなわないアヒルの人形が供えられていた。

といっても今日は丘をのぼり、中腹に並ぶ新しい墓の一つで、アースラ・ボネッティを見送ることになっていた。喪主である弟によると、生命力にあふれたすばらしい女性だったらしい。ウェスト・エンドでデリカテッセンの店を経営するほか、アマチュアのオペラやミュージカルのための劇場を持っていた。高齢になっても長蛇の列をなすほどたくさんの恋人がいたのに、一度も身を固めることはなかったという。だからってなんだろう？　自分はそれと正反対の生き方をしてきたけれど、その結果はどうだ？

百人以上が墓穴を囲んだ。大半はイタリア系スコットランド人だが、それ以外の人もいた。女性の多くが明るい色の服を着ているのは、アースラが前々から、そう頼んでいたからだ。

陰うつな行事にするのはよしとくれ、というわけで、葬儀のあとに豪勢なパーティを催すための費用まで、ちゃんと遺してあった。シーズンオフでも値の張る、ホテル〈ザ・バルモラル〉でだ。アースラはがんを告知されたあと、なんの治療も受けずにふた月をすごし、眠りについた。勇気ある生き方、そして死に方だ。ドロシーはうらやましさで胸がちくりと疼いた。

アーチーの誘導で、アースラの弟以下数人が棺を担いできた。シーフィールド火葬場での一件以来、アーチーは常にドロシーの様子をうかがっていた。でもドロシーはもう平気だった。ある意味で冷淡に構えていた。これは自分の悲しみではない、ジャンルカ・ボネッティの悲しみであり、アースラのほかの家族や友人たちの悲しみなのだ。

司祭が墓穴に向かって、何かを歌うように唱えている。穴の横では、凝った装飾の白い棺が、市から提供された人工芝のカーペットの上に置かれていた。こんなふうに誰も彼もを招いて埋葬するのは、最近ではかなりめずらしくなってきた。でもドロシーは、このやり方のほうが本物らしくて好きだった。土のにおいが鼻をくすぐり、頭上でカモメが羽ばたいた。一陣の風が吹き、老婦人たちが帽子を手で押さえる。人は何千年ものあいだ、こうした形で死者に敬意を表してきた。それは、大昔から現在にいたるまでの人類をつなぐ、一本の糸でもある。

ドロシーは今日は運転係に徹し、葬儀を仕切るのはアーチーにまかせてあった。といっても実際には、特に世話を焼くようなことがあるわけではなかった。葬儀というのは、事前の準備さえきちんとしておけば、当日は自然に進行していく。ドロシーは太陽を仰いだ。空一面に、綿のような雲が切れ切れに浮かんでいた。

ふとメラニーのことが頭をよぎった。チェン家はスケルフ社に葬儀を依頼してくるだろうか。そうなれば、たとえ困難な面はあっても、謹んで引き受けたい。メラニーの遺体は今、カウゲイトの遺体安置所にある。法医解剖の結果、どんな秘密が見つかるのだろう。メラニーはすべてを白日のもとにさらすのか、それとも秘密を抱えたまま埋葬されるのか。というのも、答えが得られないことがときにはあるからだ。うわべの下にあるつながりが、どうしても見えてこないことが。参列者に囲まれたアースラの棺に目をやった。彼女はどんな秘密を抱えて死んだのだろう。人にはみな隠された生活があり、それはその人の死とともに消える。でも、それがあったという事実はどこへ行くのだろう?

ジムの死体といっしょに、いったいどんな秘密が、煙となって空へのぼっていったのか。DNA。それは分子の集まりにすぎなくても、そこには多くの情報がある。人と人とを結びつける、あるいは結びつけない情報が。ジムとレベッカやナタリーとは結びつかなかった。でも、ジムとナタリーに血のつながりがないからといって、ジムがレベッカと肉体関係を持たなかったことにはならない。

そして、大きな屋敷でひとり暮らすジェイコブ・グラスマン。カメラは隠された秘密を捉えたのだろうか。ジェイコブは答えを得ることができるのだろうか。

司祭の祈りの言葉が終わり、アースラは棺ごと地中におろされた。ジャンルカ・ボネッティがひと握りの土を棺の上にかけ、ほかの参列者もそれにならった。ひとりひとり、墓穴の前で一瞬立ち止まっては、次の人にその場を明け渡す。アーチーが両手を前で組み、それをうやうやしく見守っていた。彼は秘密を持っている。永遠に埋められたのでも焼かれたのでもない秘密を。アースラの上にどんどん土がかけられていく。アーチーがドロシーを振り返り、そしてまた墓に向き直った。

墓穴を見つめているうちに、ドロシーはふとひらめいた。こんな簡単なことになぜ気づかなかったのだろう。そう思うと頬が熱くなった。これまでは、サイモンは家族への責任から逃げたのだ、とばかり考えていた。でも、サイモンが選んだ結果ではなかったのだったら？　誰かが彼を消し去ったのだったら？　人ひとりを消すのは簡単なことではない、その体を消すのは。ただし。

ドロシーは墓穴の脇に立つアーチーをじっとにらんだ。やがて、次に何をすべきかが見えてきた。

36 ジェニー

二日酔いはおさまりつつあったものの、恥ずかしさは消えていなかった。この一時間ばかりは、葬儀屋であるわが家のあちこちを幽霊のように歩き回っていた。ハナはフラットに帰り、ドロシーとアーチーは葬儀に出かけ、あとはインディが受付にいるだけだった。ジェニーはそこへ、岸に上がった難破船の生き残りのようなありさまで近づいていった。

「どう、なんとか保ってる?」

インディが微笑む。「その質問はそっくりお返しします」

ジェニーはうなずいた。「あたしのは自分で招いた結果。同情の余地なしよ」

気づまりな沈黙がつづいたあと、再びジェニーのほうから口を開いた。「いまだに信じられないな、メルのことは」

インディはぐっと息を飲み込み、うつむいて泣きはじめた。

「あらら、ねえちょっと」ジェニーはデスクの後ろへ回り、インディの腕に手をかけた。インディは立ちあがり、ジェニーに抱きついてきた。両腕でぎゅっとしがみついている。ジェニーはインディの背中をなでてやった。嗚咽が胸に伝わってくる。

「大丈夫よ」大丈夫でないのはわかっている。でもほかになんて言えるだろう。一瞬、昔の記憶がよみがえった。まだよちよち歩きだったハナが膝をすりむき、その痛みと、外界が自分を傷つけようとたくらんだことへの怒りで、どうにも泣きやまなくなった。ジェニーはそんなハナをじっと抱きしめていた。それから何年もたったあと、クレイグが出ていくことをジェニーが仕方なく告げたときにも、ハナは同じように痛みと怒りを示した。ジェニーにはその気持ちが容易に理解できた。

「しーっ」とジェニーはなだめるように声を出した。考えてみると、インディは自分よりはるかにつらい人生を歩んできた。両親が亡くなり、成人してまもないうちに身寄りがいなくなった。なのにハナとのあいだでは、インディのほうがいつも大人の役に、思慮分別のあるしっかり者の役に回っている。

「ごめんなさい」

「何あやまってんの」

インディは身を引いて大きく息をつくと、顔を手でぬぐった。「わたしったら、どうしちゃったんだろう」

「どうかなって当然よ」

メルはハナの友だちであると同時に、インディの友だちでもあったのだ。ハナがメルの問題に取りつかれて、そこのけそこのけとばかりにひとり突っ走るいっぽうで、インディのようなおとなしい子は、まだ悲しみの淵に沈んでいる。それで騒いだりしないだけだ。

「ただ」インディが鼻をすする。「今回のことであれこれ思い出してしまって、母や父のことを」

「そりゃそうだわ」ジェニーはおだやかな口調を保とうとした。「ご両親が恋しいでしょ」

インディがうなずく。「ハナにはそうでもないように言ってるけど、まだまだ難しいです」

「よねえ」

自分はインディにどう見られているのだろう。インディとハナは結婚しているわけではないけれど、事実上、ジェニーはインディの義理の母だ。その言葉につきまとう固定観念を、インディが抱いていないよう願った。

「いつでも、あたしにぶちまけていいからね。どんなことでも」

「たまに、むしょうに腹が立つときがあります」インディは椅子の背に触れた。「両親がわたしをひとり残していったことに。でもそんなの身勝手ですよね」

「いやいや、無理ないって。ご両親のことで、誰かに相談したことはある？　つまり、カウンセリングか何かを受けたかって意味だけど？」

インディが首を振る。「みんな、わたしはしっかりしてると思ってるから。そんなことは誰ひとり、勧めてくれませんでした」

「誰だって相談する相手は必要よ」あたしには相談する相手がいた？　クレイグが出ていったときには、インディと同じような思いを抱いた。もちろん死別したのではないけれど、怒りや暗い感情に次々と襲われた。でもそのとき、誰のところに駆け込めた？

電話が鳴り、インディは顔を手であおいで息を整えた。

「平気？　しゃべれる？」

インディはうなずき、電話に出た。

しばらくのあいだ、ジェニーはインディの応対を見守っていた。ショックに陥っている人を、インディが落ち着いた声で元気づけていく。それができるだけの強さを備えているなんて、すごいことだ。ハナは運がいい。

なんとなくエンバーミング室へ足を向けた。トレイに並ぶ器具類や、何ものっていないエンバーミング台を眺め、金属部分に手を走らせる。この部屋は、スケルフ邸の中でいちばん温度が低い。遺体の腐敗を抑えるために、エアコンが強にしてある。ここで冷たい空気を浴びていれば、二日酔いが解消しそうに思えた。昼日なかから飲むと、もう体にこたえる歳になったのか。それにしても、メルが哀れにもブッシュに横たわり、ハナが警察に留置されているあいだに、元夫と、十代の小娘のように塀にもたれてキスしていたとは。ジェニーは面目なかった。とはいえ正直なところ、あの瞬間を思い出すと少しゾクゾクした。

それはつまり、求められたいという、人間の基本的欲求にほかならなかった。自分はまだ、クレイグに対してなんらかの力を持っている、彼をその気にさせることができる。女としての魅力を失ったわけではない。もっとも、若い男の目に映らないのはもう慣れっこになった。彼らにはジェニーが、まるで幽霊のように透けて見えるらしい。そこには解放感もあった。もはや、うるさくつきまとわれることもなければ、絡まれることもないし、気を張っている必要もない。でも同時に、心の隅では少々物足りなさを感じていた。そうした刺激とまるで無縁にはなりたくなかった。それは愛をあきらめることであり、ひいては人生をあきらめることだった。

冷蔵庫に近づき、入っている遺体の名前を眺めた。どの遺体にも、長かったにしろ短かったにしろ、よかったにしろ悪かったにしろ、それぞれの人生があった。でも今やそれは、なんの意味も持っていない。祈禱書の文句のように〝灰は灰に〟だ。ジェニーは自分の葬儀を思い浮かべてみた。自分の人生はどんなふうに語られるのか。そもそも参列者はいるのか。今でさえすでに幽霊の身なのに。ああまったく、四十もすぎてから、二日酔いが実存の不安を引き連れてくるなんて。そんなの誰も警告してくれなかったよ。

メルのことが頭をよぎった。今頃、市の遺体安置所で解剖台にのせられているのだろうか。両親や兄は打ちのめされているはずだ。これがハナだったら、と思った瞬間、涙がわいてきた。ぐっと息を飲み込み、冷蔵庫の扉の一つに額を当てた。金属の冷たさで気持ちが安らぐ。するとまぶたが重くなってきた。体全体がどんよりと重い。重力が自分を地中に引っぱり込もうとしている。どうせいつかはそこへ行くのに、遅かれ早かれ。

　だめだ、どこかへ行ってこなきゃ。この忌まわしい葬儀屋の家を脱出して。

　行く当てはあった。エンバーミング室から作業室へ抜け、鍵を取ってガレージへ向かうと、遺体運搬用のバンに乗り込んで発車させた。インヴァリースまでは十五分の距離だったが、ロジアン・ロードとシャーロット・スクエアでお決まりの渋滞に巻き込まれた。

　イースト・フェテス・アヴェニューに着くと、ロングホーンの家の前で車を停めた。住所はキッチンのホワイトボードで見て知っていた。そこで十分、座ったまま考えた。なぜここに来たのか、どうするつもりなのか。ただ、自分が有用だと感じられないことには、ともかく何かをしていないことには、どうにもやりきれない気持ちだった。今後は警察が捜査を取り仕切る、とメルが見つかったあとに、トマスからきっぱり言われていたけれど。

　玄関に行ってベルを鳴らそう。あとは出たとこ勝負だ、と思ったとき、バンの横にタクシーが停まり、ロングホーンがおりてきた。彼は料金を渡すと、すたすたと玄関へ向かった。タクシーが去る。彼は鍵を差し込んだ。ところがこれがあかない。一瞬とまどった表情を見せ、再び鍵を回す。やはりあかない。鍵を抜いて一歩下がり、侮辱されでもしたかのように、家を上へ下へとねめつける。ドアベルを鳴らし、さらにノックもした。しばらく待つ。もう一度ベルとノックを試みる。また一歩下がる。

「エミリア」大声で呼ぶ。

返事はない。

「エミリア」

またベルを、今度は立てつづけに鳴らした。ピンポーン、ピンポーン、ピンポーン。

彼のポケットで電話が鳴った。彼は画面を見るなり怒った顔をし、二階の窓を見あげながら電話に出た。かけてきたのは妻に違いない。何が起きているかは明らかだ。

彼が低い声で話しはじめた。不当な扱いに憤慨している様子で、指を立てたり手を広げたり首を振ったりして、自分の言い分を主張している。でもそれが成功しているようには見えなかった。

数分たって二階の窓があき、そこから妻が大きなボストンバッグを放り投げた。バッグはロングホーンの足元にどさりと落ちた。

「エミリア、こんなのってないだろ」彼が妻に向かって電話を振りながら叫ぶ。

「二度とわたしに話しかけないで。ぜんぶ弁護士を通してちょうだい」

平静かつ冷酷な声。妻は腕組みしている。

「とにかく中に入れてくれ、そうしたら話し合える。何もかも誤解だ、現に警察は釈放してくれた」

「警察がどうしようと関係ないわ。わたしは娘を守らなくちゃいけないの」

妻は窓をしめ、奥に引っ込んだ。

「エム、おい、エム」

ロングホーンは何度も呼びつづけた。返事はなかった。ドアに戻り、また何度かノックする。だがそこで気力が尽きたようだった。

ジェニーはバンをおりて門を抜け、つかつかと玄関へ近づいた。

「警察ではどうだった？」

ロングホーンが振り返り、顔をしかめた。「あなた、いったい誰です？」

「ジェニー・スケルフ」

彼はジェニーをじろじろと眺めた。やがて思い当たったらしい。「ハナのお母さん？　なんの用です？」

「メラニー・チェンの死について調査してるの」

当惑したようだが、追及はしてこなかった。「あなたのいけすかない娘に、わたしはひどい目に遭わされた」

「自分でまいた種でしょ」

彼はジェニーを正面から見すえた。背は高いががっしりはしていない。それでも、男は怒りに駆られると威嚇的になれるものだ。

「わたしは何も間違ったことはしていない」

「メルと寝た。メルを妊娠させた。それを妻にばらされそうになって、メルの首を絞めた」

「よくもそんなことを」電話を武器か何かのように握りしめている。「警察は釈放してくれたんだぞ」

ジェニーは彼とのあいだに落ちているボストンバッグを顎で示した。「それだけじゃ、妻は納得しなかったみたいね」

ロングホーンは唇をきっと結んだ。「この件にけりがついたら、あなたの娘を訴えてやる。わたしのオフィスに侵入した」

「そして貴重な証拠を見つけた」

「大学も訴えてやる」

「どうして?」

彼は顔をしかめて家を振り返った。「無給の停職処分にされた」

「じゃ、メルとつきあってたことは認めたわけね?」

彼が一歩踏み出してきた。「警察には真実を話した。彼女とは、ああ、確かにちょっとあった。でも妊娠のことは知らなかったし、ぜったいに殺してなどいない」

「何が、ちょっとあったの?」

黙している。

「あんたが彼女に惹かれたのはわかる。でも、こう言っちゃなんだけど、彼女はあんたの何が気に入ったのかねえ」

彼は唇を噛んだ。「年上の男性が好きだと言っていた。こっちからは、あれこれたずねなかった」

ボストンバッグをじっと見つめる彼。生きる意欲をすっかり失ったかのようだ。ふと家を見たが、エミリアが姿を現す気配はなく、手の中の電話に目を落とした。

「おまえの一家を破壊してやる、おまえたちがうちの一家を破壊したように」ようやくのことでそう言ったものの、声は弱々しかった。今さら何を言っても遅いのだった。

ジェニーはかわいそうになりかけたが、メルの死体が市の遺体安置所に置かれているのを思い出した。

「あんたは自業自得なの」

ロングホーンは首を振り、ボストンバッグを拾って肩にかけた。そして最後に家をひと目見てから、ジェニーを押しのけて通りへ出ていった。

ジェニーがそれを見送っていると、電話が鳴った。オーラからだ。

「今、彼から電話があったの」声が上ずっている。「研修に出なきゃならないから、今晩はうんと遅くなるって。これは何かあると思う」

ジェニーはまだアドレナリンがみなぎっていた。

「言ったでしょ、あたしが思うに――」

「わたしも言った。彼がピカソか何かだってのは、信じてないって。とにかく、夫が何をやってるのか、突きとめてちょうだい」

電話を切った瞬間、昨夜の記憶がよみがえってきた。棺を眺め、中にもぐり込もうかと考えていた。沈みかけた陽の中でクレイグとたたずんでいたときには、彼のにおいと酒の酔いで、二十五年前の自分に戻っていた。生きている実感がした。そんなのは、そうそうあることではない。リアムはどうか。カンバスに絵具を塗るとき、無から何かを創り出すとき、どんな気持ちになるのだろう。生きているのを実感するのだろうか。

ラッシュアワーの渋滞の中をのろのろと進み、ようやくリースに着いた。コンスティテューション・ストリートで見つけた駐車場にバンを停め、バーナード・ストリートを歩く。まずは〈ザ・キングス・ワーク〉を覗いてみたが、リアムの姿はなく、来た道を引き返した。どの通りも、家へ向かう勤め人でいっぱいだ。また一日、墓へ入る日が近づいたというのに、みんな陽を浴びてにこにこしている。ここがパリかミラノであるかのように、サングラスまでかけて。スコットランドの冬の恐ろしさは、頭からすっかり消えているらしい。

マリタイム・ストリートに入って袋小路へ向かい、立ち止まりもせずにスタジオの扉を押しあけた。まったく、ここはセキュリティがなっていない。リアムの部屋にそっと近づき、その前で息を整えた。この前に蹴って壊した錠受けのまわりには、つぎが当てられていた。頭をぴんと立てて耳をすます。中で歩き回る音がし、やがて咳払いが聞こえてきた。

通りを戻って例のカフェに入ると、コーヒーを注文して砂糖を三つ入れ、じっと待った。メルのことが思い浮かんだ。犯人はロングホーンなのか？　それとも院生講師のブラッドリー？　恋人のザンダー？　ペニスの写真に、全裸の写真、ほかに何が出てくることやら。つまりメルは、恋人がいながら指導教員ともつきあっていたわけだ。どっちかがどっちかの存在に気づいたとしたら、それはなんらかの意味を持ったかもしれない。院生講師はクロの可能性が低いが、ほかのふたりがメルをついばむのを、ねたんでいたとも考えられる。

一時間後、リアムが袋小路から出てきて、通りを歩きはじめた。前回とそっくり同じ光景だ。ジェニーは三杯目のコーヒーを飲み干し、距離をあけて尾行した。側溝の蓋でスニーカーが音を立てる。リアムが〈ザ・キングス・ワーク〉に入るのを見届けると、今回はザ・ショアへ曲がり、そっち側のドアから入った。思ったとおり、リアムはカウンターに座っていた。パイントグラスを片手に、クロスワードパズルをやりながら、前と同じバーメイドと話している。こんな調子で、オーラに金をもらって、ずっと尾行をつづけるのもいいかもしれない。ふたりに寄生するのだ。リアムが行くところにどこへでもついていき、オーラから金を取る。ふたりの富と秘密に依存する生活。

隅のテーブルにいた女がカウンターにやって来て、リアムの横に立った。超ミニのスカートをはいている。上も露出度が高く、まるでロジアン・ロードで男を釣っているかのような格好だ。でも男を釣るのに、〈ザ・キングス・ワーク〉なんかに来るわけがない。これから友だちと会って、街に繰り出そうというのかもしれない。とはいえ、念のためチェック。背が高く、ウェーブのかかった黒髪はつやつや。黒いスカートに包まれたお尻はくやしいほど形がいい。脚の肌は焼けて褐色で、靴は厚底パンプスだ。女は小さなハンドバッグをカウンターに置き、カクテルを注文した。

女がリアムのほうを向いて微笑む。リアムも微笑み返した。ジェニーは暗い隅の席にこっそり座り、目をかっと開いた。セクシー美女に話しかけられ、リアムは会話にのった。やれやれ、それを毅然と断れる男は、この世にはいないのか。女は二十代半ばで、ガキではないにしろ、リアムにはかなり若すぎた。雰囲気からして、ふたりは初対面らしい。でもジェニーはそのあたりの目利きではないし、何かの前振りかもしれなかった。

女が髪を耳にかけると、リアムはつられたように背を伸ばした。女に目が行っているわけだ。女は唇をグロスでぎらぎら光らせ、まつ毛エクステンションをゆさゆさ揺らしていた。本当にリアムに興味を持っているのか？　それとも注目されるのが好きなだけ？

女の注文したモヒートが届くと、リアムは身を乗り出し、自分が払うと申し出た。女は申し出を受け入れた。つまり、会話はまだつづくということだ。バーメイドは両眉を上げながらら、リアムにもう一杯ビールをついだ。彼女の気持ちがジェニーには理解できた。なにせ女が、やたらリアムの気を引こうとするのだ。まあわからなくもない、リアムはハンサムで体格もいい。それでも、女より少なくとも十歳は年上だし、物ほしげにしていたわけでもなく、ただビールをちびちびやっていただけだ。起きるはずのないことが、ジェニーの目の前で起きていた。

ジェニーは携帯を取り出し、SNSを見るふりをしながら、ふたりの姿をズームで何枚か撮った。女はリアムの隣のスツールに腰かけ、彼に顔を向けた。彼のほうへ体を傾けた拍子に、スカートがずりあがった。露わになった太腿に、リアムがさっと横目を走らせた。

女はリアムが耳にさわれば自分も耳にさわり、リアムがグラスを持ちあげれば自分もグラスを持ちあげ、リアムが頬づえをつけば自分も頬づえをついた。ナンパ師がよく用いる手管だけれど、なぜまた彼女は、リースくんだりのパブにいる男にそれを使っているのか？

ふたりは会話をつづけ、酒を飲み、同じ動作をし、たまに声を上げて笑った。でもどこか白けていた。女が望むような反応をリアムが見せないのだ。彼がクロスワードパズルに目を落とすと、女は必死でまた会話に引き込まなければならなかった。バーメイドがほかの客の対応に回り、リアムの注意がそっちへ行った。女は髪をひと振りして香水のにおいを漂わせ、注意を引き戻した。リアムはにやりとしたものの、獲物を前にした笑みというより、社交辞令のように見えた。

女が派手な仕草でモヒートを飲み干し、空のグラスを挑戦状のようにカウンターに叩きつけた。リアムもビールを飲み干すと、温かく微笑んで立ちあがり、店を出ようとした。女が彼の腕に手をかける。リアムが立ち止まる。女は身を乗り出し、彼の耳に何か囁いた。彼はそれをじっと聞いて穏やかに答えると、女の手を腕からはずしてドアへ向かい、夕陽の中へ出ていった。

あっけに取られた顔で、女はバーメイドに向かって空のグラスを振った。バーメイドはモヒートをもう一杯作りにかかった。

ジェニーはカウンターへ行き、さっきまでリアムが座っていた席に腰かけた。そして女を、わざとらしく上へ下へと眺めた。やがて女が振り向いた。

「何か用かしら？」柔らかいイングランド訛り。ロンドン周辺の州の出だ。

「あれはなんだったわけ？」

「あれって？」

「男とのこと」

「どの男？」

ジェニーは唇を嚙んだ。「さっき、あんたが引っかけようとした男」

女は顔をしかめた。そのとき、バーメイドが出来立てのモヒートを持ってきた。

「それ、あたしが払うから」ジェニーはバーメイドにクレジットカードを渡した。「あと、ダブルのジントニックね」

　それが女の注意を引いた。

「あなたになんの関係があるの？」

　ジェニーは片手を差し出した。「あたしはジェニー」

　女はジェニーを見つめ、モヒートを見つめ、バーメイドを見つめた。バーメイドはジントニックを作り、カードを読み取り機にかけた。

「ダーシーよ」ようやく女が名乗った。

「よろしくね」

　ダーシーはモヒートをひと口すすり、舌を鳴らした。「わたしの質問に、まだ答えてないわよね。それに、どうしてわたしたちのことを見てたの？」

　ジェニーはどこまで話すべきか迷った。「彼に興味があるから」

　ふん、とダーシーが笑う。「まあ、がんばって」

「そういうんじゃないんだけどね」

「わたしだって」

「だったら、どうして彼にべたべたしてたの？」

「べたべたなんかしてないわ」

「してたよ」ジェニーはジントニックをひと口含んだ。

　ダーシーがスカートの皺を手で伸ばしたので、ジェニーも同じことをした。それを見て、ダーシーが首を振った。

「なんのまねかは、よおくわかってる」彼女は手をジェニーの手に置き、身を乗り出してきた。いかにも高級そうな香水のにおいが鼻をつく。化粧は完璧で、目や髪の色と同じくスモーキーなトーンでまとめている。「だから、本気でわたしと寝たいんじゃなければ、そういうことはやめて」

　ダーシーは身を引き、グラスを口に運んだ。

　その様子を眺めていたジェニーは、はたと思いついた。

「娼婦（しょうふ）だったんだ」

　それはふたりだけの秘密、と言うかのようにダーシーは両眉を上げた。「違うわよ、とんでもない」と否定しながらも、声は淡々としている。

「彼にモーションかけてたのは、商売だったの？」

「いいえ」

「でも、どうしてここで？　こんなとこじゃ商売になんないでしょ」

「だから違うんだってば」

　ジェニーはジントニックをすすり、バッグをあけて財布を取り出した。「さあ、それはどうかな」二十ポンド札を三枚、めくりながら数えてみせ、カウンターに置く。

しばらく間をおいてから、ダーシーが金を見た。そして首を振る。

「あたしは何がどうなってるのか、知りたいの」ジェニーは言った。

「わたしもよ」

「どういう意味？」

ダーシーが金に向かって眉を上げる。ジェニーは二十ポンド札を二枚追加した。ダーシーは金を取りあげると、くるくる巻いてブラジャーの中に詰め込んだ。

「わたしは依頼されたの」ハンドバッグに手を突っ込み、名刺を一枚引っぱり出す。名刺には〝エディンバラ高級エスコートクラブ〟とあり、その下に彼女の名前と電話番号、メールアドレスが書かれていた。

「依頼？」

「電話で彼の背格好を教えられて、いついつどこで会えと指示された」

「で、彼と寝るようにって？」

ダーシーが肩をすくめる。

「誰からの依頼？」

「名前は訊かなかった」

ジェニーはジントニックを飲み干した。「それでどうやって払ってもらうつもり？」

「もう前金はもらってる。電話で口座番号を言っといたの。あとは仕事を終えてから」

「電話の相手はどんな感じだった?」

「ぷりぷりしてた」ダーシーもモヒートを飲み干し、名刺をジェニーから取り返した。「あと、アイルランド訛りだった」

37 ハナ

〈カーフォン・ウェアハウス〉は、明るめの〈スリー〉と〈EE〉にはさまれた、陰気で薄汚い店だった。携帯ショップというのは、どうしてこうも同じ場所に群れたがるのか? 通りの向こうではエディンバラ城がプリンシズ・ストリート・ガーデンズを見おろしており、観光客が歩道で立ち止まっては、その姿を写真に収めようとしていた。ハナは彼らの脇をすり抜け、ずかずかと店に入っていった。ポケットからレシートを取り出す。メルが発見されたときに、プリペイド携帯がいっしょになかったのは明らかだ。ではどこにあるのか? 叩き割られ、どこかのごみ容器に投げ入れられた可能性が高い。レシートによると、買ったのがメルであれ別人であれ、応対したのはカイルという店員だった。

カウンターに行き、カイルはいるかとたずねる。カウンターにはずんぐりした東欧訛りの男がいた。ゴシックタトゥーが両腕を這いのぼり、Tシャツの首から覗いている。彼は、中年女性の相手をしている別の店員に顎を向けた。

「カイルは接客中だ。おれじゃだめか？」

「カイルと話さなくちゃいけないんだ」

店員は肩をすくめた。「じゃあ、待つことだな」

ハナはカイルの近くをぶらついた。カイルはハナと同じぐらいの歳で、下唇の下に一部分だけひげを生やしている。いわゆるソウルパッチというやつだ。肌は青白く、目の下にくまができていた。

女性客への応対は延々とつづきそうだった。彼女はやたらカイルにさわり、彼が何かを言うとけらけら笑った。じれったい。早く買うもの買って、とっとと帰ってよ。やがて携帯選びが終わり、ふたりはデスクに移動した。ところがそれからがまた長かった。カイルが店の奥から箱を持ってくる、契約書を記入させる、保険に入るよう説得する、ラインストーンをちりばめた携帯ケースを勧めて買わせる。

そしてようやく、女性客はにこにこ顔で、さかんに手を振りながら帰っていった。さっきのポーランド人店員がカイルに向かってハナを顎でさした。

「何かご用ですか、マダム？」

マダムかい、歳は同じぐらいなのに。ハナはカイルにレシートを差し出した。

「わたしの友だちにこの携帯を売ったの、覚えてる？　メラニーっていうんだけど」

カイルは最初ハナに、それからレシートに向かって、顔をしかめた。「たくさん売ってますからねえ、ミス」

今度はミスになった。

「ちょっと見てみて」

カイルがレシートを覗く。「二か月近く前じゃないですか」

「どう？」

カイルは笑った。「覚えてませんよ」

ハナは自分の携帯を取り出し、保存した画像の中から、メルがインディと写っている写真を探し出した。ふたりともドレスアップしているが、何のための装いだったのか、今となってはもう覚えていない。その写真をカイルに見せた。

「スコッツ・チャイニーズの女の子だよ。ほんの少しダンディー訛りがあった」

カイルは画面を見て、それからハナを見た。「〝あった〟って？」

「え？」

「今〝あった〟って言ったでしょう、〝ある〟じゃなくて」

ずん、と重いものが肩にのしかかってきたようにハナは感じた。

カイルが目を細める。「いったいどういう事情なんです？」

ハナは店内を見回した。ハイテク機器のきらびやかな広告が並んでいる。どうせ一、二年で流行遅れになるのに。「彼女、死んだんだ」

「げげっ。あ、すみません」

「絞殺されたんだ」

「ひぇーっ」カイルは助けを求めてポーランド人店員のほうを見たが、彼の頭はパソコンの向こうに隠れたままだった。

「だから、何が起きたのか突きとめなきゃならないわけ」

カイルがまたレシートを見た。「で、この携帯が何か関係あるとにらんでるんですね?」

「いつも持ってたのは別の携帯だった。こっちのは何か特別なことに使ってたみたい」

「バーナーかな」

「え?」

「ドラッグの売人がそう呼んでるんです」カイルは口ごもりながら言った。「ほら、ブレイキング・バッドってドラマに出てきたでしょ。プリペイド携帯を定期的に換えたり捨てたりして、追跡されるのを防ぐんです」

「メルはそんなことやってない」

カイルは目を見開いた。「そういう意味で言ったんじゃないです」

「彼女はわたしの友だちだったんだよ、なのに死んじゃった」

もぞもぞしながらカイルが近寄ってきた。「もう一度、写真を見ていいです？」

ハナが携帯を差し出すと、カイルはそれを受け取り、写真をしげしげと眺めながらソウルパッチを指でなでた。

「きれいですね」しばらくしてから彼が言った。「思い出しました」

「ほんとに？」

「ええ。こんな服装じゃなかったけど」メルの赤いタイトドレスを彼が指でさわったので、画面が曇った。

「そりゃそうだよね。彼女、ひとりだった？」

カイルがため息をつく。「もうずいぶん前ですからねえ」

「男といっしょだった？」

彼は顔をゆがませた。「さあ、そうかも」

ハナは自分の携帯を取り返し、グーグルで検索した。「この男？」

エディンバラ大学のウェブサイトにあった、ピーター・ロングホーンの写真を突き出す。

思慮深そうな笑み、ブルーのシャツ。

カイルは首を振った。「正直言って、わかりません」

「監視カメラは？」

店の隅のカメラに向かって、カイルが顎をしゃくる。「ビデオは二週間しか保存してなくて、それをすぎると上書きされます」

「調べてくれない？」

「意味ないですよ」

ハナは大きくため息をついた。「店のデータベースはどうかな。販売の記録が、システムに残ってるはずだよ」

「確かに。でもレシートと同じ情報があるだけです」

「誰かといっしょに来たのなら、その誰かが支払ったかも」

カイルが店内を見わたす。けっこう混んでいた。手に収まるほどちっぽけな、でもぴかぴかの真新しい夢を持って帰ろうと、みんな応対を待っている。「わっかりました」

彼はデスクの後ろにあるパソコンの一つへ行き、レシートにあった取引番号を入力した。そしてほかに必要な情報をいろいろと打ちこむと、唇を結び、パソコンの画面をハナのほうへ向けた。「メラニー・チェンが支払ってます。これって友だちの名前？」

ハナは画面にさっと目を走らせながらうなずいた。

「電話番号はあるかな、どれだか教えてくれる？」

カイルは画面を自分のほうへ向け直した。「そうした情報は教えられません、店の方針に反するので」

ハナは携帯に握りこぶしを押しつけた。「これは殺人の捜査なんだよ」

「警察官じゃないでしょ」

深く息を吸う。「ええ、でも彼女は親友だった。それにわたし、探偵なんだ」

「ほんとに？」

「ほんとに」

「許可証か何か持ってるんです？」

首を振る。「そういう仕組みじゃないの」

「なら、どうやってスパイに？」

「探偵」ハナは肩をすくめた。「ただ、なるだけ。さあ電話番号を教えて」

いいのかなあ、という顔で周囲を見回すカイル。

ハナは彼に近づき、声を低めて言った。「でなければ、警察にこの店を調べさせるよ。そのほうがいい？」

「さあ、なんとも」

ハナはポーランド人店員や、ほかの若い店員たちに目をやった。「ここでは週に何台ぐらい、バーナーを売ってるんだろうね。警察が店の監視カメラのビデオを見て、この二週間の販売記録と照らし合わせたら？」

カイルはしばらくパソコン画面を眺めていたが、やがてそれをハナのほうへ向けた。ハナはそこにある番号を自分の携帯に打ちこみ、通話ボタンを押した。数秒たってから、ツーという音がした。もう一度かけてみた。やはり、ツーという音。三回目も同じだった。回線が止まっている。

カイルはパソコンを元に戻し、店内の客を見回した。「もう仕事に戻らなきゃ」

最後にもう一度だけかけてから、ハナは店を出た。外には陽の光があふれていた。バスが重たい音を立てて通りを走っていく。まわりで買い物客がにぎやかにしゃべっている。ツーという音が耳によみがえってきた。少なくとも番号はわかった。これをトマスに知らせれば、通話を追跡してもらえるだろう。

ハナは携帯をしまい、路面電車をよけながら通りを渡った。ふと疑問がわいた。メルがプリペイドで電話してた相手は、いったい誰だったんだろう。

38 ドロシー

数枚のＳＤカードを手に、ドロシーは窓から外を眺めた。いつも驚くことだが、エディンバラにはなんと緑が多いのだろう。そして街の南側に広がるブレイド丘陵。そこには森やハリエニシダの茂みやゴルフコースがあり、小川が流れている。

トイレを流す音が聞こえ、しばらくしてジェイコブがキッチンのドアロに現れた。

「すまんな。行かなきゃならんときには、行かなきゃならんのだ」彼はテーブルの椅子に身を落ち着けた。

彼が何度となくトイレに行く姿がビデオに映っていたのを、ドロシーは思い出した。

「体が弱るというのは、まったくろくでもないことだ」

「しっかりなさってますよ」

「九十四にしては、という意味だろう」

「もっとお若く見えます」

「優しいことを言ってくれるね。でも自分では、もっともっと歳に感じるよ。毎朝、目が覚めるたびに、ほっとすると同時にがっかりする。正直な話」

ドロシーもテーブルで腰をおろした。「ご冗談を」

「いや本当だ。自分で自分の生を終わらせたいと思ったことなど、以前は一度もなかった。両親を残したまま、ドイツを去らなきゃならなかったときにもだ。おそらく二度と会えないだろうと、わかっていてもな。クリスティーナが亡くなったときでさえ、そんなことは思わなかった」

クリスティーナというのは妻の名前なのだろう。

「だが今は思う。度胸がないから、できずにいるがね。終わらせられたら、どんなにかいいのに。そのうえ今度は、この騒ぎだ」

ジェイコブは手でまわりをぐるりとさした。家に入った泥棒をつかまえるために、探偵なんぞをやとったことも、きっとその騒ぎに含まれているのだろう。

ドロシーは取り替えたSDカードをテーブルに置いた。今回のビデオには、何か映っているのだろうか。

「これまでのところ、ビデオからは何も見つかっていません」

「今に見つかる」

「この前の二日間の、スーザンがいた時間帯のはもう調べました。変わった動きはありませんでした」

「感づいたのではなかろうか。昨日の日中に、紙幣を何枚か流し台に置いておいたが、スーザンが帰ったあともそのままだった」

ドロシーは首を振った。「なんて見えすいたことを。それは罠だと気づいたでしょう」

「きみが同僚ではないのが、わかったのかもしれんな。ところで、あのときはよく機転がきいたね」

「ありがとうございます」

「いい研究者になれただろう」

「さあ、それはどうでしょう」

「頭がいいのは間違いない」

「でも研究者のタイプじゃありませんよ」

ドロシーは立ちあがって壁の絵を見に行った。思いきりのいいタッチで、原色が厚く塗られている。カンバスに散る楕円、楕円、また楕円。

「どれもすばらしい」

「妻のことを思い出さない日はないよ。妻も研究者のタイプではなかったが、わたしよりうんと頭がよかった。妻なら、どうすればいいかわかっただろうに」

ドロシーは本棚に目を向けた。いちばん上の段を指でこすってみる。埃はたまっていない。

「最近、掃除人が来ました？」

「今朝来た」

「どんな人かしら。どこで見つけたんです？」

ジェイコブは顔をしかめ、ぷいとよそを向いた。「モニカは犯人ではない」

ドロシーは目を丸くしてジェイコブを見た。「それはわからないでしょう」

「もう何年も、同じ会社から派遣してもらっている」膝にはさまれた両手が震えている。

「とても信頼できる会社だ。もともとはクリスティーナが創った。もう遠い昔のことだがね。そこではウクライナ人が働いておる。だから妻は頑張ったのだ。同じ故郷から来た人たちの、助けになりたかったのだよ」

「その会社の名前は？」

「ホーム・エンジェルズ。でも言っておくが、モニカがやったのではないぞ」

テーブルのほうに戻って、そのそばに立った。「ただわが社としては、あらゆる可能性を探る必要があります。でないと、仕事をしたことになりませんから」

「なるほど」

「モニカの苗字(みょうじ)はご存じ？」

ジェイコブが首を振る。

「まあ調べられるでしょう。正確には、何時にここに来ました？」

「今朝の十時ぴったりだ」

「帰ったのは？」

「十二時半」

ドロシーはテーブルに置いたSDカードをかき集めた。「でも、なくなったものは何もないんですね？」

「知るかぎりではな」

「わかりました。では、そろそろおいとましましょう」

のろのろとジェイコブが立ちあがりかけた。

「見送りはけっこうですよ」ドロシーはジェイコブの腕に手を置いた。

「まだ完全に動けないわけではない」彼はよろめきながら歩行器に身を預けた。

廊下を通る途中、ドロシーはリビングに何かあるのに気づいた。「あれは、iPadなのでは？」

ジェイコブが立ち止まる。「そうだ」

「どこかへ消えていたやつですか？」

「わたしの寝室に現れた」

ドロシーは彼をまじまじと見つめた。

「わたしはぼけてはいないぞ。以前は寝室にはなかったのだよ、あったら気づいておった。それに、あれを二階で使ったことは一度もない。だから、わたしが間違えて二階に置くはずはないのだ」

今にも涙がこぼれそうに見えた。ドロシーは再びジェイコブの腕に手をかけた。元気づけようとしたのだが、成功したようには思えなかった。

「新しいビデオを調べてみますね。結果はまた連絡します」

ジェイコブの家を出て歩いていると、いろんな思いがわいてきた。家族とはなんだろう。誠実さとはなんだろう。毎朝がっかりするほど老いるというのは、どういうものだろう。

キッチンのテーブルは書類やファイルボックスでごった返していた。領収書が山と積まれ、貸借対照表の上に請求書が散らばっている。シュレディンガーが山の一つの上に座り、足を舐めて喉を鳴らした。窓の外を見ると、ブランツフィールド・リンクスに長い影が落ち、家やパブへ向かう人たちをまだらに染めていた。ピッチ・アンド・パットのコースでは、まだ五、六人がゴルフボールを打っている。

ドロシーはウィスキーをすすり、ため息をついた。スケルフ社がデジタル化しなかったのは、一面ありがたかった。なにしろパソコンの電源の入れ方さえ、あやふやなのだから。でもおかげでこの散らかりようだ。何十年も前までさかのぼるファイルが、ジムにしかわからないやり方で関連づけられていた。わざとそうしたのだろうか、と考えて、そう考えた自分を憎んだ。

あいたままのドアをノックする音がした。アーチーが心配そうにドアロに立っている。

「入って」

「どうも」彼はドロシーの前の大混乱をまじまじと眺めた。「なんの騒ぎです？」

「まあ一杯つきあってよ」ドロシーは自分のグラスを持ちあげてみせた。

アーチーが困った顔をする。「わたしはだめですよ、薬を飲んでますから」

「一杯だけ。飲み相手がほしいの」

ためらいながらも腰をおろしたアーチーに、ドロシーはグラスを持ってきて、ハイランドパークをツーフィンガーそそいだ。

それをすると、彼はグラスの中で揺れる琥珀色の液体を見つめた。

「で、何をやってるんです？」ついに彼が訊いた。

ドロシーは彼が目を上げるまで待ち、その瞳や話し方から何かを読み取ろうとした。他人の心を覗く超能力があればいいのに。いやそれは恐ろしい考えだ。でも、誰だって、他人の気持ちを推しはかろうとするものじゃないかしら。でなければ社会に適応できない。

「どう？　コタール症候群のほうは」

アーチーが肩をすくめる。「大丈夫です」

「わたしに何か言いたいことはない？」

グラスを握ったまま、首を振っている。

ドロシーは彼の腕に手をかけた。「苦しんでることがあるなら、言ってちょうだいね」

何事かと問うように、彼は目を上げてドロシーを見つめた。「はい」

「どんな気持ちかなって、よく思うの」

「なんのことですか？」

「症候群のこと。その話をするのは嫌？」

頭をかいている。「いいえ」

「ほんとに？」

「ドロシー、あなたはわたしを助けてくれた人だ。なんでも自由に話してけっこうです」

「不快にさせたくないのよ」

それを打ち消すように、彼は手を振った。「平気ですから」

ドロシーはテーブルから紙を一枚取りあげた。二〇〇九年にエンバーミング室を改装したときの請求書だ。一部拡張したついでに、エアコンを性能のいいのに取り替えた。異常に暑い夏のあとだった。

「最近わかった気がするの。あなたはきっと、こんなふうなんだろうなって」

「どういう意味です？」

親指でほかの指の爪をこする。「あなたの病気について軽々しいことを言うつもりはないんだけど、ジムのことがあって以来、わたしはどうも自分が死んだように感じるのよ」

アーチーはウィスキーを飲みかけ、ふとやめた。「死んだように感じるのとは違います」

「わかってる」

「死んでるんです、頭の中では。棺にもぐり込みたいとか、死体のまねがしたいとかじゃなくて、本当に死んでました、症状が安定するまでは。生きてる人たちとのつながりが断たれて、どうやって意思の疎通をはかればいいのか、皆目わからなかった」

「でも生きてる者だって、意思の疎通ができてるわけじゃないのよ、必ずしも」

彼が首を振る。「わたしがよく墓地をうろついていたのは、ほかにどうすればいいか、考えつかなかったからです。死者とはつながりがあるように思いました。生きている人とのあいだにはない、何かがあると」

ドロシーはシュレディンガーをなでた。グルルル、と猫が喉を鳴らす。

「でもおかげであなたはうちに来た」

アーチーはウィスキーをすすり、窓の外へ目をやった。「それについては、感謝してもしきれませんよ、ドロシー。今こそ、その親切に報いるべきときなのに、できないでいる」

ドロシーはウィスキーをあおり、喉が焼けるのを感じながら、テーブルに散らばった書類に手を置いた。「これで報いてもらえない？」

アーチーがテーブルを見る。「これでって？」

ドロシーは彼を見すえた。「サイモン・ローレンスに何があったのか、突きとめる必要があるの」

彼はウィスキーの入ったグラスを手榴弾(しゅりゅうだん)のように握りしめた。「はあ」

「あなた、何か知ってるわよね」

膝を見つめている。「本当に知らないんです」

「アーチー、わたしの目を見ながら、もう一度言ってみて」

彼は言われたとおりにした。「知らないんです」

ドロシーは唇を固く結んだ。「ＤＮＡの検査をしたわ」

アーチーの顔にとまどいが現れた。「誰の？」

「ジムがレベッカ・ローレンスの娘の父親かどうか、あるいは祖父かどうか、はっきりさせるために」

「ええっ、それで？」

ドロシーは首を振った。

彼が両手を広げる。「なあんだ、だったら」

散らかったテーブルをドロシーは再び顎でさした。「あなたの助けが必要なの」

「どう助けろと？」

「サイモンの失踪当時に依頼された葬儀を、今調べてる」

アーチーが椅子の上でもぞもぞしている。「どうしてまた？」

「どうしてだと思う？」

彼はウィスキーをすすり、耳に手をやった。「さあ、見当がつきません」

ドロシーは身を乗り出した。ついた肘で書類に皺が寄った。シュレディンガーが、面白いことが起きそうだとばかりに、両耳をぴんと立てている。窓の外から、公園で大笑いする女の子たちの声が聞こえてきた。

「いや、見当はついてるでしょ、賢いあなただもの。とぼけるのはやめて」

笑い声の輪に加わりたいような顔をして、アーチーは窓の外を見た。バーベキューのにおいがする。ドロシーの脳裏に、ジムとふたりでハンバーグを裏返す光景が浮かんできた。そして、火葬台でジムがしなびていく光景が。

アーチーが口を開いた。「サイモン・ローレンスはただ姿を消したのではない、とあなたは考えているんですね」

「そのとおり」

「それにはジムが何か関係していたのではないかと」

「関係どころじゃない」ドロシーは、丈高い草の陰からじっと獲物を狙う、ライオンになった気分がした。

「まさか、ジムがサイモンを殺したと」

ドロシーは目の前の書類を手でさした。「それから?」

「そして死体を、会社の業務に見せかけて処分したと」

ぜんぶアーチーに言わせてしまった、自分の口からはひと言も言わずに。頭にあったことがいざ外に出されると、それがまっとうな考えなのか、とんでもない考えなのか、判断がつかなくなった。夫が人を殺した、と自分は思っている。夫はその罪悪感からレベッカに送金していたのだ、と。

「そんなばかな」アーチーが言う。

「そうかしら?」

シュレディンガーが前足を伸ばした拍子にノートが床に落ち、どさっと音を立てた。ドロシーは跳びあがった。

「脅かさないでよ」身をかがめてノートを拾う。ページのあいだから告白の手紙でも落ちてこないだろうか。不可解なことがすべてきれいに説明されるようなメモ書きとか。けれどもノートには何もはさまっておらず、ただ、葬儀ごとの経費や費用、入金と出金などをまとめた表が並ぶだけだった。

ウィスキーを飲み干すアーチーを、ドロシーはきっとにらんだ。

「死体をどう処分すればいいか、知ってるのは葬儀屋よね」

アーチーは目を丸くした。「そう簡単に処分できないことはご存じでしょう。埋葬については厳格な規定があるんです。追跡可能性も求められています。ホラー映画のようにはいきませんよ」

ドロシーは口をすぼめ、テーブルの上の書類をどれともなく取りあげた。九年前にワリストンで行った質素な火葬の請求書。マリ・ギブソン。支払いは同月のうちになされ、不審な点はなし。外のバーベキューのにおいがさっきより強くなり、話し声も増えた。男たちは自慢話ばかりで、女たちは噂話をしては大笑いしている。ビールの瓶やワインのグラスが触れ合う音、若者のエネルギーと傍若無人さ。木の椅子がお尻に食い込むのを感じた。この鈍い痛みは、どんなヨガをもってしても取り除けない。自分が墓へ向かいはじめた今では。

アーチーに目を向ける。「手伝ってくれるでしょう?」

シュレディンガーが身をすり寄せてきたので、背中をなでてやった。喉がごろごろ鳴るのが指に伝わってくる。それをじっと見ていたアーチーが、ようやく答えた。

「わかりました。でも時間のむだですよ」

ドロシーはにやりとしてグラスを飲み干した。「やってみなきゃわからない」

39 ジェニー

ジェニーは家の鍵をあけるときになっても、まだ答えが見つかっていなかった。ダーシーがオーラの仕かけたハニートラップなのは間違いない。でもいったいどういうこと? 探偵を雇って夫を尾行させ、その裏でプロに頼んで誘惑させるなんて。不倫の証拠をでっちあげておいて、離婚のときに何もかも分捕ろうという魂胆? 可哀想なリアム。ジェニーは昨日のクレイグとのキスを思い出した。あのときクレイグは妻を裏切っていた。ただ、こっちは話がもっと込み入っている。なんといっても、ジェニーは彼の元妻なのだから。いや、そんなのは醜い言い訳にすぎない。きっぱり認めよう、あたしは妻のいる男と抱き合ってキスした。それが元夫であろうと関係ない。いやむしろ、余計に始末が悪かった。リアムとクレイグを比べてみた。クレイグが元妻とキスするいっぽうで、リアムは妻に隠れて絵を描いていた。その情熱を妻とは分かち合えないからだ。そして妻のほうは、リアムを陥れようとした。それをリアムに伝えるべき？　それとも、たくらみはばれているとオーラに言うべき？　どっちも気が進まなかった。クレイグとのキスを再び思い起こす。なんて浅はかなあたし。とはいえ、ねえ。

暗い玄関ホールに入ると、二階から声が聞こえてきた。上がってみると、キッチンでアーチーとドロシーが、ほとんど空になったウィスキーボトルをはさんで向かい合っていた。書類がテーブルじゅうに散らばり、床にも山を作っている。シュレディンガーは窓ぎわの椅子で退屈そうにしていた。

「どうしたっての？」ジェニーは訊いた。

ふたりがジェニーを見あげる。ドロシーの目はすぐには焦点が合わなかった。

「サイモン・ローレンス」

ジェニーはテーブルに近づいた。「例の、家族の前から消えた男ね」

まったくどいつもこいつも。いけない夫に、いけない父親。リアムにしたって、スタジオで骸骨やわけのわからない植物を描いている。

ドロシーがジェニーのために椅子を引き出した。「そこなのよ、問題は。わたしには、彼がただ消えたようには思えないの」

ジェニーは腰をおろした。「でもいなくなったんでしょ」

ドロシーはうなずいたものの、黙っている。

「それで？」

ドロシーがぐっと唾を飲み込む。これはぜったいに酔ってるな。

代わりにアーチーが口を開いた。「お母さんはね、お父さんが関係していたと考えてるんだ」

ジェニーは眉を寄せた。「でもDNA検査では、血縁関係はなかったって」

「レベッカとじゃなくて、サイモンの失踪と、何か関係してたんじゃないかと」

アーチーはテーブルの書類を手で示した。

ジェニーはしばらく考えてから、はっとドロシーのほうを振り向いた。「まさか」

ドロシーが肩をすくめる。その拍子に彼女の体がぐらりと揺れた。これほど酔ったドロシーを、ジェニーはこれまで見たことがなかった。今にもつぶれそうだ。

「可能性はあるでしょ」

アーチーは書類を調べる作業に戻った。下を向いて、深入りするのを避けている。

「何をほのめかしてるのか、母さん、わかってるよね」

ドロシーが首を振る。

「自分で言いたくないだけだよね」

「よして」

「父さんが人を殺した、母さんはそう考えてる」

アーチーがはたと動きを止めた。ドロシーはジェニーをにらみ、両手に顔をうずめて泣きだした。テーブルの帳簿にぽたぽたと涙が落ちる。

「どうして泣くのかわからない。だって、母さんの考えたことだよ。あたしはそれを口に出しただけ」

ドロシーの胸が大きく上下し、肩が震えている。

ジェニーは首を振った。「泣きたいのはこっちよ。あたしの父さんが、人殺し呼ばわりされてるんだから」

ドロシーは顔を上げ、袖口から引っぱり出したティッシュで目と鼻を押さえた。「わたしたちみんなにとってつらいことだわ」

「そう思うの？」

そのとき、アーチーが書類の山から一枚引き出すのを、ジェニーは目の端で捉えた。彼はその一枚をそっと床に置いた。終始うつむいたままだった。

ドロシーはティッシュを袖の中に押し戻した。「ごめんなさい」

「どうしてあやまるわけ？　あたしの父さんのことを、悪いように考えたから？」

それにはむかうように、ドロシーが顎をつんと上げる。「考えがわいてくるのは抑えられない。誰だってそうでしょ」

ジェニーはテーブルの書類を指さした。「で、ずばり、何をどうしてるわけ？」

頭を冷やそうとするかのように、ドロシーは顔を手であおいだ。「失踪の前後に扱った葬儀を調べてるの。そのどれかに、サイモンをまぎれ込ませたに違いない。死んだのなら、そうやって処分しない手はないわよね？」

「一つの棺に死体を二つ入れたってこと？ そんなの無理だよ」

「あるいは、もうひとりが小さかったら」

「棺を担ぐ人たちが気づくって」

「棺の重さなんて、一般の人たちには比較しようがないわよ。それとも、もしかしたら……」

ジェニーはドロシーをにらんだ。「何？」

ドロシーはまた涙ぐんだ。「さあ。ひょっとしたら、死体を小さく切って、たくさんの棺に分けて入れたとか」

「ちょっと待ってよお」

アーチーも顔をしかめた。「ドロシー、それはあんまりです」

「よね」

テーブルに沈黙が漂った。シュレディンガーが何かを引っかく音だけが響く。

ジェニーは書類を一枚取りあげた。「でも、こんなことをして、何ができるっての？」

ドロシーが肩をすくめる。「当時行った葬儀を追える」

「追ってどうするわけ？」

「さあ」

アーチーがウィスキーをすする。「わたしもそうたずねてみたんだけどね」

「中には火葬のもあるよね。火葬だと、証拠は何も残ってない」

「じゃあ、土葬のを」

ジェニーは目を見開いた。「土葬のを何？　まさか、掘り返してくれって、市か警察に頼むつもり？　確証もないのに？　正気とは思えない」

ドロシーは今にも声を上げて泣きだしそうだった。「だって」

ジェニーは立ちあがり、両手を腰に当てた。「こんなことをやっても、いい結果にはならないよ」

「真実がわかるかもしれないでしょ」ドロシーが顎を突き出す。

「でも、たくさんの人の人生を、台なしにしちゃうかもしれないんだよ。それだけの価値がある？」

とうとうドロシーはまた泣きはじめた。息を詰まらせてあえいでいる。

ジェニーは流しに行って水を一杯くんできた。そしてそれをドロシーの前に置き、腕を組んでそばに立った。ふと見ると、アーチーがさっき床に置いた書類がなくなっていた。ジェニーは眉を寄せた。

「わたしにはどうしても真実を知る必要があるの」ドロシーが言った。真実を知るのは、はたしていいことなのか。ジェニーには疑問に思えた。

40 ハナ

フラットの玄関をあける前から、インディが作る子羊のジャルフレージーのにおいが鼻をくすぐった。インディが自分で肉をマリネし、スパイスを調合する、この料理の味は格別だ。ハナは朝から何も食べていなかったので、お腹がぐるぐる鳴りはじめた。

玄関をあけると、メルの部屋のドアロに女性が立っていた。スクラブを着てマスクをし、髪をネットで包み、手にはゴム手袋、靴にはカバーを着けている。部屋の中では、同様の格好をしたふたりの男性が、床にできたメルの持ち物の山をかき分けていた。

女性がハナを振り向いた。

「あなたがハナね」マスクで声がくぐもって聞こえる。「ここを散らかした張本人」

ハナはうなずいた。

「礼を言うわ、わたしたちの仕事をうんと難しくしてくれて」

「お帰り、ハナ」インディが白ワインの入ったグラスを手に、キッチンから出てきた。

「ただいま」

インディはハナに軽くキスしてグラスを渡すと、メルの部屋にいる三人を顎でさした。

「ほら、科学捜査員が来てる」

「みたいね」

ハナはインディといっしょに立って、科学捜査員がメルの部屋をうろつき回るのを眺めた。三人は真ん中に積みあがった物の山の端から、紙切れや衣類を拾いあげていた。ハナはそこで手がかりを見つけたことを、インディに電話で知らせてあった。でも今あらためて、科学捜査員のいる部屋を見ていると、なんとすさまじい状態のまま放っていたのかと、信じられない気持ちになった。

「何も食べてないんでしょ」インディがハナの背中をさする。

ハナはうなずいた。

「こっちに来て、トマスがいるから」

インディはキッチンへ向かった。そのあとを追いながら、ハナは彼女の後ろ姿を見つめた。

ゆったりしたヨガパンツの上にブラウスを着て、下は裸足だ。短いポニーテールのおくれ毛が、すべらかな首すじにふわりとかかっている。この恋人の美しさ、そしてそのありがたさを、ハナはときに忘れてしまうことがあった。思えばメルの失踪以来、ずっとそうだった。インディは自分にはもったいない。聡明で思いやりにあふれ、まさに必要とするときに、キスとお手製のカレーをすっと与えてくれるような女性は。

キッチンに入ると、インディは鍋をかき混ぜた。カウンターのスツールにトマスが腰かけている。彼はハナが来たのを見て立ちあがった。

「元気にしてる?」

ハナは一瞬、なんの意味かと考えた。「大丈夫です」

ワインをひと口すする。ジェニーみたいに、浴びるほど飲むことはない。世代の違いだろう。ジェニーの世代にとっては、飲酒はすなわち反抗で、ドラッグをやるのも、上の世代を悩ませるためだった。もちろん、単にハイになるためという人もいただろうけれど。でもハナの世代は、もっと別のものにのめり込むようになった——フィットネス、SNS、ゲーム。酒やドラッグからは離れたものの、依存に陥っていることには変わりない。人にはみな、そうした対象が必要なのかもしれない。問題に目を向けないでいられるように。くそったれの現実のなかでも前に進みつづけていられるように。

「メラニーの部屋のことを聞かせてくれるかな?」トマスが訊く。

インディが眉を上げた。知っていることをすべて、トマスに話したとみえる。

「もう一台の携帯のレシートを見つけました」

「それから?」

「〈カーフォン・ウェアハウス〉のカイルという店員を丸め込んで、その携帯の電話番号を教えてもらいました。回線はもちろん死んでるけど、警察で通話履歴は調べられるでしょう?」

トマスはうなずいた。「よくやったね、ハナ。でもそういうことは、どうか警察にまかせてほしい。いいね?」

ハナは肩をすくめた。「警察がいったい、いつになったら調べに来るのか、見当もつかなくって。そのあいだに何かしなきゃと思ったんです」

トマスがキッチンのドアの向こうへ目をやる。「気持ちはわかるが、証拠を汚染してしまったかもしれないのだよ」

「サー?」女性の科学捜査員がドア口に来ていた。「ちょっといいですか?」

「何か見つかったの?」ハナは訊いた。

「いいえ」女性捜査員は言った。「おかげさまで何も」

「失礼」と言って、トマスは彼女とキッチンを出ていった。

カレー鍋の前でインディがハナを振り向く。「通話履歴に、ピーター・ロングホーンの名前があると思う?」

ハナは考えてみた。全裸の写真、お腹の子、電話番号。みんなつながる。「うん」

「なかったら?」

「まだDNA鑑定が残ってる。赤ちゃんのはきっと、彼のと一致するよ」

インディは鍋をかけたガスコンロの火を消すと、しばらく立ちすくんでいた。「なんか信じられないことばかりだね」

「ほんとに」

「もうついていけないよ」インディが言う。

ハナはふいに涙がわいてきて、インディに背を向けた。

「おやおや」インディがハナを両腕でくるんで抱きしめた。むせかえるようなインディのにおい。スパイスの香り。

いつしかインディも泣いていた。それに気づいたハナはぎゅっと抱き返した。そのまま長い時間がすぎ、やがてふたりは互いから身を離した。

「わたしのために強くふるまってなくてもいいんだよ」ハナは言った。

「そんなんじゃない。ふたりはお互いのためにこうしていっしょにいる。だよね?」

「だったね」

インディは戸棚から皿を二枚出し、料理を盛りつけはじめた。

ハナは恥ずかしくなった。メルの失踪、死、とつづく中で、自分はずいぶん身勝手になっていた。自分のことしか頭になかった。動揺している人はほかにも大勢いるというのに。インディ、メルと同じ専攻の学生たち、気の毒な両親、ヴィック、親戚や友だち。大きな悲しみの波があっちにもこっちにも広がっている。

さまざまなことが頭に浮かんできた。メルの部屋、携帯、写真、生まれなかった子ども。メルの両親が、その孫を公園に連れていったり、ブランコにのせて押してやったりすることは、もう永久にないのだ。

同じ悲しみがハナにもあった。生まれるはずだった子どもの、お気に入りのおばちゃんにはもうなれない。こっそりお菓子をあげたり、きゃらきゃら笑わせたり、ママの大学時代の話をしてやったりする、おばちゃんには。

大学はどうしよう。こんなにいろいろなことがあったあとに、力や素粒子の勉強に戻っていけるのか。原子の内部から銀河系にいたるまでを統一する法則に頭が向かうのか。ふと、考えがよぎった。ともかく次なるものがつかめれば、もっと高度な理解力が得られれば、あらゆる断片がおさまるべきところにおさまり、式の両辺が等しくなり、理論とデータが完全に一致し、一切合切がきれいに並ぶのだろうか。でもそれは現実的ではなかった。何にでも当てはまる万能の理論などないのだ、少なくとも人間の頭で使いこなせるようなものは。人間は泥をかき回している猿にすぎない。上っ面の理解にあくせくするだけで、情けないことに、宇宙の実体にはいつも裏をかかれる。もともと備わっていた弱点や欠陥のせいで、無能に陥っているのだ。未開の時代からほとんど進化していない。何百万年も昔のお荷物をいまだに引きずり、とほうもなく残酷なことをしてしまえる。拷問、強姦（ごうかん）、殺人。若い女性の死体をゴルフ場のブッシュに放置するような人間もいる。死体が腐敗し、その記憶も魂も消滅していくなかで、胎内に宿ったそいつの子どもも死んだ。

窓の外に目をやると、木の上で二羽のクロウタドリが一羽のカササギにいじめられていた。宇宙全体から見るとちっぽけな争いにすぎなくても、クロウタドリにとっては生か死かの問題だ。

「ちょっといいかな」トマスがドアロから声をかけた。

ハナとインディはドアのほうを振り向いた。

「なんですか？」ハナは訊いた。

クロウタドリがカササギを追い払った。でもカササギは卵を探しに戻ってくるだろう。そこに何かあるのを、もう知ったのだから。

「新たな展開があった。ニュースを見てごらん」

「え？」ハナは携帯を取り出してニュースアプリを開き、速報を読んだ。

ホテルで研究者の死体発見

エディンバラ大学物理学講師のピーター・ロングホーンさんが、同市内インヴァリース地区の自宅近くのホテルで死んでいるのが見つかった。警察はその死に本人以外が関与しているとは考えていないもようだ。ロングホーンさんは、同大の学生メラニー・チェンさんが殺害された事件の捜査の一環として、警察の取り調べを受けていた。ホテルの部屋でロングホーンさんが見つかったのは本日の午後とみられる。

41 ドロシー

ドロシーはドラムセットに向かい、ヨ・ラ・テンゴの古いレコードに合わせてシャッフルを刻んだ。腰がずきずき痛む。このインディーズバンドの曲の真髄はともすれば眠くなるような空気感にあり、ジョージア・ハブリーがドラムを叩きながら歌うときにはそれがあふれ出してくる。ヘッドフォンをかけた耳がじんわり熱い。サビでライドシンバルを入れようと体重を移すと、背中が悲鳴を上げた。ジムの火葬以来、ヨガをやっていない。こんなに長く休んだことはここ何年もなく、それがはっきりと体に現れていた。怠けた自分に腹が立つ。ヨガの練習で大事なのはつながりであり、体と心の調和を感じることだ。でもとてもそんな気分にはなれなかった。悲しみがうつに変わりつつあるのだろうか。それとも、悲しみとうつに違いはないのか。悲嘆のあまり死んでもおかしくないのかもしれない。老夫婦のあいだにはそんなことがあるという。ただドロシーの場合、夫が嘘つきの人殺しだった疑いがあるせいで、悲しい気持ちもその分、差し引かれていた。いけない、叩きすぎた。メロディをすっかり消している。ドロシーは身を引いて目を閉じ、そこからは最後まで後ノリで通すようにした。

曲が終わって目をあけると、ドアロでアビがレッスンを待っていた。ドロシーはにっこり微笑み、スツールを明け渡した。

レッスンをはじめてからも、ドロシーはずっとぼんやりしていた。アビに意識を集中しようとしても、すぐに別のことへ頭が向かう。少し背伸びさせようと選んだウィルコの曲に、アビは喜んで飛びついた。なのにドロシーは、二階に置いてきたリストのことばかり考えていた。サイモンの失踪の通報から数日の内に、ジムが扱った葬儀のリスト。その期間は驚くほど依頼が少なく、通報の三日後に土葬が一件あっただけだった。そしてほぼ一週間飛んで、火葬が四、五件つづいていた。もちろん、死体を冷蔵庫で何週間か保存しておき、もっとあとで処分したとも考えられる。でもそれはあまりにもリスクが高い。もし火葬にする棺に入れたのだとしたら、もはやそれまでだ。遺灰からは何もわからない。DNAも検出できないし、遺灰の量は条件によって大きく変化する。となると、一件だけあった土葬に焦点を合わせるしかない。ほかには何もできないのだから。

アビのニキビの出はじめた額が汗で光る。髪もべとべとで地肌にへばりついている。ジェニーがアビの歳だった頃のことが思い出された。同じようにいつも不機嫌で、世間とのつきあい方を知らず、でもそれを気にも留めていなくて、見ていると妙に元気がわいてきた。母親というのは普通、娘が分別を身につけ、世の中に出ても恥ずかしくない人間に育つよう、願うものとされている。でも自分は、ジェニーのその年齢にしかないエネルギーをいつも大切にしていた。世の中にそむきたがる、サブカルチャー的感覚だろうか。そういえば自分は、反体制文化が全盛期を迎えていたカリフォルニアから、スコットランドに移ってきたのだった。

曲が終わり、アビが目を上げた。汗だらけの顔で満足げに笑っている。ドロシーは励ますように微笑み、次の曲をかけにiPodのところへ行った。

「なかなかよかったわよ。でも考えすぎないように。直感にまかせること」

アビは真剣な顔でうなずいた。ドロシーの言葉を胸に刻もうとしている。いい子だ。どんな道を選んだとしても、世の中でうまくやっていけるだろう。

考えすぎないように、か。ドロシーもそうしようとしたものの、墓のイメージがぼうっと浮かんできて、何もかもに影を落とした。

アーチーは台に寝かした老齢の女性の顔に化粧をほどこしていた。頬に、額に、首に、ファンデーションをそっとつけていく。人間そっくりの模型に最後の仕上げを加えているかのように。

「わたし、決めたの」ドロシーはドアロから言った。

アーチーがびくっとして目を上げた。

化粧品の香りにまじって、腐りかけた花のようなにおいがする。エンバーミング室には冷たい空気が流れているのに、ドロシーは顔がかっと熱くなるのを感じた。

「何をですか?」

「どうしてもはっきりさせなきゃならない」

ファンデーション用のブラシを手にしたまま、アーチーは首を振った。細かい粉がブラシから落ち、彼の指に、花粉のようにぱらぱらと降りかかった。

「警察に行ってください、彼らの領分です」

彼はミセス・マードックの顔に目を戻した。

「真面目に取り合ってくれるはずないでしょ」

「トマスなら」

「さすがの彼も、これはなんともしがたいわよ。第六感だけで墓をあばく？　十年も前に死んだ人の家族をいたずらに動揺させる気か、やってもむだかもしれないのに？　てね」

アーチーが目を上げる。「そのとおりですよ。根拠がない、証拠がない」

「だからこそ、墓の中を見てみなきゃならないのよ」

彼はぐっと息を飲み込んだ。「わたしはかかわりませんからね」

ドロシーは木のドア枠を指でこすった。「あなた、わたしに借りがあるでしょ」

「そんな、むちゃくちゃな。きっとノイローゼにかかってるんでしょう」

「これまでにないぐらい頭が澄みきってるわ」

「誰かに相談したほうがいい」

「あなたに相談してるの」

アーチーはファンデーション用のブラシを置き、手をふいた。「誰かの墓を汚そうというわけですね。それは不法行為です。警察につかまりますよ」

ドロシーはすっと背を反らした。「いいえ、あなたが手伝ってくれれば」

「申しわけないけど、ドロシー、わたしはやりません」

思わずドア枠をつかみ、きつく握りしめた。ささくれが皮膚を突き破ってしまえばいい。

「だったら、わたしがひとりでやる」

42
ハナ

ハナはその日の講義や実験のあいだじゅう、暗黒物質（ダークマター）のように漂っていた。人の目には映らず、何もかもをすり抜けてしまう不気味な存在。宇宙の計算の埋まらない穴。暗黒物質については、一年次の素粒子物理学のクラスで学んだ。宇宙にある物質やエネルギーのうち、人間が観察できるのは五パーセントにすぎず、残りの九十五パーセントは謎のまま、見えもしないらしい。けれども暗黒物質が存在することはわかっている。目で見えるものに、その影響が現れているからだ。暗黒物質がなければ、銀河系はみな散り散りになるという。いわば宇宙の接着剤なのだ。ジェイムズ・クラーク・マクスウェル・ビルディングには、暗黒（ダーク）エネルギーが充満していた。ピーター・ロングホーンがしたことをみんな知っていて、それはハナのせいであると、誰もが考えているような気がした。でもハナは真実を追求していただけだ。友だちの謎を解こうとしていただけだ。その連鎖反応が別の結果を生んだとしても、ハナの過失ではなかった。

学食に行くとブラッドリー・バーカーがいた。彼はハナを見るなり、立ちあがって出ていった。ハナは学食を見回してザンダーを探した。でも彼は授業にも出ていなかった。クォンタム・クラブのほかのメンバーは何人かいたものの、ハナが目を合わせようとすると、全員顔をそむけた。わたしは防虫剤か。わたしが近づくと、みんな散る。

最後の個人指導の時間はパスして、ハナはスケルフ邸へ向かった。インディに会わなきゃ。会って、わたしは正しいことをしたのだと言ってもらわなきゃ。

グリーンヒル・ガーデンズまでは、ブラックフォードからザ・グレインジを抜けて、三十分ほどの道のりだった。途中には市内有数の大邸宅がいくつか建っている。この地域にはエディンバラの資産家が代々住んでいて、スケルフ社の長年にわたるお得意先もたくさんあった。ハナはふと気になった。おじいちゃんはどういうつもりで探偵業をはじめたんだろう。失踪した従業員と何か関係が？　おじいちゃんが人を殺したとは思えないけれど、この一週間で何もかもが変わってしまった。

ピーター・ロングホーンはたぶん罪悪感から自殺したのだろう。彼の子ができた、とメルに言われ、妻に話すと脅された。パニックに陥った彼は、メルの首を絞め、死体をブッシュに捨てた。ところがメルとの仲が暴露され、そのうえ妻にまで知られると、もはや耐えきれなくなったというわけだ。

エミリア・ロングホーンは、あのとき玄関で夫をかばい、夫こそストーカーの被害者だと言い張っていたのに、あとで態度を変えた。メルの死体が発見されて、あるいはメルが妊娠していたのを知って、夫への信頼が吹き飛んだのではないか。だめだ、考えが先走っている。子どもの父親はまだ明らかになっていないのに。警察に電話をしてみても、トマスはいなかった。ロングホーンが父親だとはっきりさせてほしい。もしそうでなかった場合、もっとたくさんの暗黒物質や暗黒エネルギーが、陰にひそんでいることになる。

スケルフ邸に到着すると、表門のところで住所を眺めた。〇番地というのがいかにも奇妙で、まるで家が存在していないかのように思えた。またしても暗黒物質だ。多元宇宙のなかには、どの家もマイナスの番地に建っているような宇宙があるのだろうか。太陽が夕焼け空からエネルギーを吸い取るような宇宙が。そこではメルはまだ生きていて、今も部屋で試験勉強をしながら、窓の外を見ては、メドウズでバーベキューがしたいと思っている。

家の三階からドラムの音が聞こえた。シンコペーションのリズムがブランツフィールド・リンクスの木々の枝を抜けて流れていく。ドロシーが背を丸めてスティックを弾ませ、目を閉じたままリズムに身をゆだねる姿が浮かんできた。ドラムの演奏は数学であり、同時に魔術でもある。

幼い頃は、ドロシーが叩いているところを見るのが大好きだった。その音の迫力に目を丸くし、テクニックのすごさに感嘆した。自分で叩いてみると、血を受け継いでいないのが明らかだった。ドラムを打つのが恐ろしく、シンバルはもっと怖くて、あんな自分より大きなものに、身をゆだねる気になれなかった。今になって思うに、それは失敗だったのかもしれない。より大いなるものに身をゆだねることは、おそらく生きる手立てなのだ。メルの行動もそれだったのだろうか。あえて積極的に外に出て、もっとじかに宇宙とつながろうとしていた？　それとも、日常の誘惑や欲望にからめとられ、厄介な人間関係や感情の泥沼にはまり込んだだけ？　社会の偽善的道徳から自由になろうと試みていた？

もう悲しむことに疲れてしまった。永遠にそこから解放されないような気がする。ふと見ると、マツの枝につるしたエサ箱をつつく二羽のスズメを、シュレディンガーが狙っていた。猫は物陰にじっとひそみ、翼の動きを目で追っている。ハナはわざわざスズメの近くを通って家に向かった。はたしてスズメは高い枝に飛び移り、猫の魔手を逃れた。

インディはデスクの前で、四つん這いになってケーブルをいじっていた。スカートのお尻のあたりがぴちぴちに張っている。

「しびれるような歓迎の仕方だね」ハナはスカートに手をやってインディの腰をなでた。ひょっとしたら、こうした〝解放〟が自分には必要だったのかもしれない。

絡みあったケーブルのあいだから、インディが身を抜いて立ちあがる。

「今のは性的暴行だよ」

「じゃあ訴えて」ハナはインディを引き寄せてキスした。上ではまだドラムの音がしていたが、リズムはゆるやかなシャッフルに変わっていた。それに合わせてハナが腰を振ると、インディも応じた。

インディが微笑む。「お金があったらね」

ハナは、自分の原子の中の暗黒物質が光に変わり、電子が軌道を駆けめぐる速さが増し、原子核の中で中性子と陽子の引き合う力がほんの少し強まったように感じた。

そのとき玄関の扉が大きくあき、音を立てて壁にぶつかった。

「この、人でなしっ」

扉口にエミリア・ロングホーンが立っていた。すぐ後ろのベビーカーでは、赤ん坊が哺乳瓶を吸いながら、足の指をぴくぴくさせている。夕陽を背に受け、エミリアはさながら復讐の天使のようだった。ハナはインディを脇へどかせると、なんであれ来るものを食い止めようと、両手を前に突き出した。エミリアは唇を固く結び、つかつかと歩いてきてハナに飛びかかった。ハナは喉をつかまれ、床に押し倒された。その上にエミリアがまたがり、拳でハナの目をなぐった。反対の手で髪を握り、もう一発。今度のは頬骨に食い込んだ。エミリアの指輪で皮膚が切れたらしく、ハナは頬に温かい血が流れるのを感じた。手足を振ってもがいてみたが、エミリアはびくともしなかった。香水のにおいが漂う。シトラスとココナッツの香り。エミリアの荒い息遣いが聞こえた。外で赤ん坊が泣き声を上げた。ドロシーのドラムの音が家の骨組みに反響している。エミリアがまた拳を振りあげた。拳は耳を襲った。ハナは耳鳴りを覚えながらも、エミリアの手首を握ってパンチを止めようとした。しかしエミリアはそれを払いのけ、腕を振り回した。するとインディが、ラグビーのタックルのごとくエミリアに体当たりした。インディとエミリアは組み合ったまま転げ回り、バラとチューリップのディスプレイに突っ込んだ。花びらや葉がカーペットに散乱する。ふたりは転がりつづけ、手すりの下ににぶい音を立ててぶつかった。

ハナは頬に手をやった。血がべっとりついた。肘で支えて身を起こすと、インディがよろめきながら立ちあがり、エミリアの肋骨を蹴るのが見えた。ハナは思わず顔をしかめた。エミリアは体をボールのように丸め、苦しそうに胸をつかんだ。

インディは顔にかかった髪をかきあげてエミリアを見おろし、赤ん坊へ目を移した。赤ん坊は玄関前の砂利に落ちた哺乳瓶を拾おうと、水槽から飛び出したグッピーのように身を反らしていた。丸々した腕や脚をばたばたさせ、哀れな泣き声を上げている。

ハナは赤ん坊をじっと見つめた。無力なうえに、父親まで失ってしまった赤ん坊。

「あなた、いったい誰？」インディがあえぎながら言った。

エミリアは床に両手両膝をつき、ゆっくりと立ちあがった。

ハナも立ちあがった。顔がずきずきし、体が痛む。

エミリアがハナを指さした。「おまえが夫を殺した」

「自殺したんでしょ」

「おまえのせいでね」

ハナは頬の血をぬぐった。「彼がしたことのせいだよ。そのせいで、妻に家を追い出されたからだよ。わたしのせいじゃない」

赤ん坊は今や異様なまでに顔をゆがめ、耳をつんざくばかりの声で泣いていた。なのにエミリアはずっと無視したままだ。目に涙を浮かべている。しばらくたって、ようやく赤ん坊を振り向いた。

「大丈夫よ、いい子ちゃん。ママはここにいますからね」

エミリアはハナを一瞥(いちべつ)すると、両脇で拳を握りしめながら玄関へ向かった。

「覚えときなさい」

そして哺乳瓶を拾って赤ん坊に渡し、ベビーカーを押して通りへ出ていった。

43 ジェニー

コーヒーを飲み終えると、ジェニーは心を決めた。カフェを出て袋小路へ向かい、石畳の奥の、夕陽に照らされる中庭に入った。スタジオの扉を押しあけてリアムの部屋に行き、ノックする。いったい何を彼に言うつもりなんだろう。でもとにかく、そろそろ話をしなくちゃだめだ。

カタッと筆をテーブルに置く音がし、ドアがあいた。リアムのハンサムな顔が、どアップで現れた。緑の目、たくましい顎。仕事用のスーツは窓のカーテンレールにつるしてあり、よれよれのジーンズと青いシャツに着替えていた。シャツの胸の張りぐあいから見て、下には引きしまった体が隠されているようだ。

「何か用かい？」オーラより柔らかな口調で、あけっぴろげな感じがした。黒髪のところどころに白髪がまじり、シャツは黒っぽい絵具の染みに覆われている。ほっそりした手は指が長く、やはり絵具だらけだった。

「こんにちは」ジェニーは笑顔を作った。「ここのスタジオをひと部屋、借りようと思ってるんだけど、ちょっと中を見せてもらえない？」

どうしたものか、とリアムは顔をしかめている。

「モハメッドはいいって言ってた。あたしの借りたい部屋は、鍵が見つからなくてね。だから、どこかで覗かせてもらえって」

ジェニーは廊下を手でさした。

「ほかをいくつか当たったけど、誰もいなかった」

リアムは後ろを振り返り、イーゼルにある描きかけの絵に目をやった。

「どうぞ」ドアが大きくあけられた。

「ありがと」

リアムを通り越し、ジェニーは部屋の真ん中に行った。絵具と汗のにおいが充満している。

「陽当たりがいいのね」と窓をさす。

リアムが目を細め、ジェニーをしげしげと眺めた。ジェニーの胸がびくんと震えた。

「ぼくたち、前にも会ったことある?」

ジェニーは向きを変え、こめかみに手をやった。「ないと思うけど」

「ぜったいに見覚えがある」

さも困惑したように、ジェニーは両眉を上げてみせた。「よく言われるんだ。どこにでもある顔なんだろうね」

リアムは唇を嚙んで必死に思い出そうとしている。「ぜんぜんそうとは思わないけど」

ジェニーは部屋の中をひと巡りしながら、重ねて壁に立てかけられたカンバスを盗み見た。前に忍び込んだときと変わっていない。

「ここは、セキュリティはどう?」

リアムはイーゼルの前に戻っていたが、それでもまだジェニーをじろじろ見ていた。「一週間前なら、心配ないって答えたんだけどね。先日、侵入された」

「何か盗まれたの?」

リアムは声を立てて笑い、首を振った。「美術ファンではなかったみたいだ」

ジェニーは苦笑いした。

「売れる物がほしかったんだろうね。ノートパソコンとか、ともかく電子機器が。無名の画家のへんてこな絵じゃ、ごっそり持ち出しても、買い手はそうそうつかない」

床に置かれた絵をジェニーは指さした。「すばらしい絵だと思う。へんてこなんかじゃ、ぜったいにない」

そこにはぼんやりと鹿の輪郭が描かれていたが、脚が森に根をおろしているかのようで、胴体はねじ曲がった幹、先の分かれた角は枝に見立てられ、そのあいだから花や葉が生えていた。背景にある木も動物の形をしており、露出した地層に太陽のしずくがふりそそいでいる。美しく、そしてぞくっとするほど不気味な絵だ。

「それはどうも」

「ほんとだよ」今度はイーゼルの、描きかけの絵のほうに回ってみた。それはある種の海の風景で、海面や海中に何やら形が浮かびあがっていた。肋骨が突き出た鯨の死体のようなものと、梁(はり)をむき出しにして水面に横たわる腐りかけた船。そのまわりに見も知らぬ花が巻きつき、紫と栗色の海藻が漂い、蛍光色の蔓が尾のように伸びる。独特の調和があり、構図もいっぷう変わっていた。

「どこかで展示したり、販売したりしたことは?」

驚いた顔でリアムが笑った。「まさか。したことないよ」

「すればいいのに」

首を振っている。

「お世辞じゃなくて」

彼は頭を下げた。「どうもご親切に。でも、まだそんな段階じゃないと思う」

彼の謙遜ぶりにジェニーは微笑み、手を差し出した。「ところで、あたしはジェニー」

その手を彼はしっかりと強く握った。「リアムだ」

ジェニーは再び部屋を見て回った。顔にかかった髪をふと手でかきあげたとき、リアムが言った。

「思い出した、どこで会ったたか」

さっと手をおろし、ジェニーは向きを変えた。

「義理の妹の葬式だ、きみは葬儀社の仕事をしていた」

あのときとは髪型も服装も違うから、きっとごまかせると思っていたのに、彼は画家だった。画家の仕事は細部に注目することだ。それとも、まさかあたしに注目してた？「うん、葬儀社で働いてる。あれは、ジーナ・オドンネルの葬儀だった？」

思いにふけるようにリアムはうなずいた。「ああした仕事をするのって、どんな感じ？」

「まだはじめたばかりなんだ、実は」

「どういうこと？」

「実家の家業でね。スケルフ葬儀社っていうの。あたしのフルネームはジェニー・スケルフ。

でも、父が亡くなったから手伝いはじめただけ」

リアムが一歩踏み出してきた。「それは気の毒に」

ジェニーにその温もりが感じられるぐらい、彼は近くに立っていた。あたしに触れるのかしら、同情するように腕に手を置くとか。

「もういいの」

「よくないよ。お父さんが亡くなったんだろう、何もいいわけない」

ふたりのあいだでしばらく沈黙がつづいた。ジェニーの頭のまわりを、ありとあらゆる死者の亡霊がぐるぐる駆けめぐった。

「つまりきみは芸術家、兼、葬儀屋さんというわけなんだね？」リアムが口を開いた。

「そんなとこ」

「どういったものを手がけてるの？」

ジェニーはイーゼルに置かれたリアムの絵を見た。「口では表現しにくいな」

リアムがうなずく。「わかるよ。口に出して言うのは難しい。だからぼくたちは、何かを創り出すんだよね、口で言わなくてもいいように」

めちゃくちゃな状況以外に、あたしが何かを創り出したことって、これまでの人生であったっけ？　ハナかな。ハナはあたしが創り出した。クレイグとあたしがいろいろとやった中で、唯一の正解。

「まさしく」

ジェニーはまた歩き回り、壁ぎわに重ねられたカンバスのいくつかの縁に指を這わせた。

「借りるつもり？」リアムが訊いた。

「え？」

「スタジオ。そのことでモーと話したんだよね。どの部屋？」

ジェニーは必死で記憶を探った。「デレク、だっけ？　彼のところがあいたって聞いた。入院したとかなんとかで」

「うん、かわいそうに」

「たぶん借りると思う。自分だけの空間が持てるのっていいよね。何かに没頭できる場所が」

カンバスの一枚にふと手を伸ばし、あわてて許可を得ようと、リアムに眉を上げてみせた。彼はうなずいた。ジェニーは重ねられたカンバスをぱたぱたと繰り、ざっと見ていった。やはり動物と植物が混じり合った絵が多い。おぼろげに人間の形が見て取れる絵もある。色彩や曲線がうっとりするような魅力を放ち、見慣れた情景のようでありながら、同時に別世界を思わせる。

「人に見てもらいたいとは思わないの？」

「ま、そのうちね。ぼくはまだ道半ばだ」

「こんなにいい作品なのに」

「そこは問題じゃない」

ジェニーは振り返った。「じゃあ、何が問題なの？」

リアムが考え込んでいる。

「自分自身の探求」ようやく答えると、窓の外を指さした。「何にも気を散らされることなく、誰にも邪魔されることなく、自分がどんな人間になりたいのかを見つけ出す。大事なのは、絵を描く過程、何かを創り出すという行為。その結果の産物である絵、そのものではないんだ。人生で重要なのは過程だ、結果じゃなくて」

つまり、それが彼の秘密なわけか。彼は絵を描き、ひとりで時間をすごすことによって、本当の自分を見つけようとしているのだ。あたしはどんな人間なんだろう。これからどんな人間になるのか。そしてどんな人間になりたいのか。ジェニーは考えてみたが、何も浮かんでこなかった。あたしは、父親を亡くし、他人のあとをつけ回してスパイし、離婚のために夫を罠にはめる妻に手を貸し、再婚して新しい家庭を作った元夫と抱き合ってキスし、生意気で気にくわないからといって若い男の睾丸をつかみ、娘には自分よりましな人間になってほしいと切に願っている、ただそれだけの存在。ふいに涙が込みあげてきた。ジェニーはあわててリアムを通り越してドアへ向かい、外へ飛び出した。もはや自分というものがまったくわからなくなっていた。たとえ今まではわかっていたのだとしても。

44 ドロシー

「はい、ホーム・エンジェルズ・クリーニング・サービスです」

ドロシーは窓の外のブランツフィールド・リンクスに目をやった。陽射しで草がかさかさに乾いている。電話に出た女性は東欧訛りが強く、中年と思われた。

「こんにちは、そちらの職員のモニカ・ベレンコに連絡を取りたいんだけど?」

「どちらさまですか?」

「ジェイコブ・グラスマンの個人秘書よ。彼の家の掃除はおたくが請けてるのよね?」

「グラスマンさんですね、ええ」

「モニカがグラスマン宅に来たとき、ジュエリーを置き忘れたらしくて、彼女に返したいの」

「うちのオフィスにお持ちくだされば、確実に彼女の手に渡るようにいたします」

「信用しないわけじゃないんだけど、念のため、じかに手渡したいわ。彼女の携帯電話の番号はわかる?」

「そうした情報はお教えできません」

「そう。でもミスター・グラスマンからは、どうしても今日じゅうに返してほしいと言われてるの。彼女に直接」

「職員の個人情報は教えられません」

「じゃあ、もし今日が仕事日なら、どこに行ってるか教えてくれない？　そこを訪ねて渡すから」

「申しわけありませんが、それもできません」

「あら困ったわ。そうなると、ミスター・グラスマンはそちらとの契約を考え直すかもしれないわね。今どきはこの業界も、競争が激しいんじゃないかしら」

長いあいだ応答が途絶え、通話口を手でふさいでひそひそ話す気配がした。

「少々お待ちください」さっきの女性が不愉快げに言った。


グリーンバンク・クレセントに建つその家は、一九二〇年代に流行（はや）ったバンガロー式住宅で、屋根裏が改装され、脇には広いモダンな部屋が増築されていた。玄関に近づくと、中から掃除機をかける音が聞こえてきた。ドロシーは外出できて、晴れ晴れした気分だった。ジェイコブ宅のビデオをまた数時間かけて調べたものの、何も発見できずに終わっていた。カメラ五台分のSDカードを、前と同じ順序で見ていった。まずはスーザンが来る時間帯の記録、次に掃除人がいた時間帯の記録。掃除人は、掃除機をかける、埃を払う、キッチンの床をモップでふく、といったごく普通の清掃作業をしていた。わたしもこの掃除会社に応募しようかしら、とドロシーは半ば本気で考えた。つづいて日中の別の時間帯のビデオも見てみたが、ジェイコブが家の中をのろのろと歩き回るだけで、あとはまったく何も映っていなかった。なぜグリーンバンク・クレセントに来たのかは、自分でもよくわからなかったけれど、ほかにどうする当てもないのだった。

ベルを鳴らすと掃除機の音がやんだ。でも誰も出てこない。もう一度鳴らす。すると足音がして、ドアがあいた。

「申しわけないですけど、ミセス・カヴァナグは今いません」

モニカは人目を引く顔立ちだった。頰骨が高く鼻が尖っていて、大きな緑の目をしている。ホーム・エンジェルズのロゴの入ったスカイブルーのTシャツに、下は白いスキニージーンズ。動きにくくて掃除しづらいだろうに、実用性はまるで無視だ。首に十字架のついた金鎖のチョーカーを巻き、ブロンドの髪を頭のてっぺんでおだんごにまとめ、長く伸ばした爪は濃い紫色に塗っていた。高齢のジェイコブでさえひいきにするのがよくわかる。

「ミセス・カヴァナグじゃなくて、あなたに会いに来たの」

モニカは困惑した表情を見せた。

「中に入ってもいいかしら？」ドロシーは訊いた。

モニカは後ろをちらりと振り返り、すぐに向き直った。「いいえ。ここはわたしの家ではありませんから」

ウクライナ訛り。といっても、電話に出た女性ほどきつくはない。スコットランドに来て、どれくらいたつのかしら。人生は期待どおりになったのかしら。掃除人をしているぐらいだから、たぶんならなかったのね。

「わたしはミスター・グラスマンの友だちよ。あなた、彼の家に掃除に来てるでしょ？」

モニカがうなずく。「あの優しいおじいさんですね、ハーミテージの。大きなお屋敷だから、掃除もたくさん必要です」

「きっとそうでしょう。あのね、彼がこれを見つけたの」

ドロシーは自宅のドレッサーから持ってきた古いブレスレットを取り出した。シルバーでかわいらしいが、値の張る物ではない。最後にいつ着けたのかはもう思い出せなかった。

「この前、あなたが掃除をしに来たあとにね。だからあなたの物じゃないかって、彼は言うんだけど？」

モニカはブレスレットに目を向けたが、手には取らずに首を振った。「違います」

「本当に？」ドロシーはブレスレットを差し出した。「もっとよく見てちょうだい。彼はぜったいにそうだと言ってきかないの」

モニカはむっとした顔をした。「自分のジュエリーぐらい見分けがつきます。これはわたしのじゃありません」

「もっと前に行ったときに忘れたとか」

モニカが目を細めてドロシーをにらむ。「お名前はなんといいますか？」

「ドロシー」

「そんな名前はミスター・グラスマンから聞いたことないです」

「あそこに行ったときには、彼とよく話をするの？」

モニカは通りの右へ左へと目を走らせた。「いえ、あんまり。そんな時間はないです、スケジュールがいっぱいいっぱいで」

「でも、話したことはあるんでしょ」

「もちろん。親切な人です。そしてちょっと寂しい。家族が近くにいないから」

ドロシーはブレスレットを差し出したままだったのに気づき、カーディガンのポケットに押し込んだ。「あんなに大きな家で、彼はひとりでうまくやっていけてるのかしら。あなた、どう思う？」

モニカは肩をすくめた。「わたしが考えることじゃありません。あなたのほうがお友だちでしょう」

「どうやら物を置いた場所がわからなくなるみたいなの。いろんなことをすぐに忘れるのよ。ぼけてきたんじゃないかしら」

モニカが首を振る。「お歳にしては、頭がしっかりなさってます。ぼけてるとは思いませんん。あなたこそ、どうかしてるんじゃないですか」

「じゃあ、ブレスレットのことはどうなの？」

「わたしにはわかりません」モニカは家の中を振り返った。「どうかもうこれで。仕事に戻らなくては」

ドアがしめられ、しばらくして掃除機の音が再び聞こえはじめた。それまでそこに突っ立っていたドロシーは、ポケットの中のブレスレットを指でもてあそびながら家を離れた。一日じゅう他人の家で働くというのはどんなものだろう。見たくなくても目に入ることの数々、住人の生活をスパイしている感覚、もらしてはならない秘密。

45　ジェニー

リアマンス・ガーデンズに停めた遺体運搬用のバンの中から、ジェニーはフック夫妻の家をうかがっていた。この通りには、灰色のレンガ造りの二階建てテラスハウスが、ずらりと並んでいる。特に高級ではないけれど、これだけ街なかに近いのだから、家賃はかなり高い。リアムとオーラになぜそんな余裕があるのか。といっても、よその家庭の事情はわからない。遺産を相続したとか、宝くじに当たったとか、裏でドラッグの密売をやっているとか。本来なら、探偵はそうしたたぐいのことまで調べるべきなのだろう。家の向かいには細長い緑地帯があり、低い太陽が芝生にカバやヤナギの影を落としていた。子どもを三輪車で遊ばせている若い両親、健康のために夕方の散歩に出てきた老夫婦、事もなくつづく世の営み。

ジェニーはオーラに電話をかけた。呼出音が鳴る。

「もしもし」応答があった。

勝ち誇った顔をしているオーラが目に浮かぶ。

「ジェニー・スケルフよ」

「何かつかんだのね」興奮を隠しきれない声だ。「また直接会ったほうがいい?」

オーラの家をじっと見た。通りに並ぶ五十軒のうちの一つだ。ほかの家の住人は何をしているのだろう。お茶をいれ、小学生は宿題をやり、ティーンエージャーは電話やプレイステーションに夢中で、母親はおむつを替えている。

「電話のほうが手っ取り早い」

「で、証拠は手に入れたんでしょうね?」

「残念ながら、これ以上調査はつづけられない」

一瞬、沈黙があった。「どういう意味？」

「あんたの夫を一週間近く探ったけど、彼が浮気をしている形跡はまったくなかった」

「それは、そっちがちゃんと仕事をしなかったんでしょ」

オーラは怒った声を出した。ダーシーはハニートラップの結果をどう報告したのだろう。

残金を払わせるために、嘘をついたに違いない。オーラは明らかに、ジェニーが夫の弱みを握ったものと思い込んでいる。

「仕事はもちろん、きちんとやった。それでも何も見つからないこともある」

「役立たず」

「これまでの分は請求書を送るから。すみやかに払ってちょうだい」

オーラが高笑いした。「こんな、ど素人の仕事に、金を出したりするもんですか。葬儀屋ごときに調査させるんじゃなかった。実はあなた、葬儀屋も務まってないんじゃないの、え？」

「ずいぶんな言い方ね」

「わたしにはわかってるのよ、夫が陰で商売女と寝てるのが。もっとやり方を心得てる業者を探すことにするわ」

ジェニーは若い母親と小さな娘が芝生で側転をしているのを見つめながら、ハナがあのくらいの歳だった頃を思い出してみた。体がものすごく柔軟で、怖いもの知らずだった。

「あなたの夫には絵の才能がある」

オーラはまた高笑いした。「さよなら」

電話が切れた。

ジェニーは舌打ちして電話を脇へやると、腰を落ち着けて待つことにした。

待ったのはたったの十五分だった。

白い小型バンがやって来て、オーラの家の前に停まった。ジェニーはシートで身をかがめた。小柄でがっしりした丸刈りの男がバンからおり、玄関へ向かった。それから五秒でオーラが玄関に現れ、男を招き入れた。オーラは不安げで、男の腕や胸に触れる手つきがすべてを物語っていた。世の中にはどうしようもない阿呆がいるもんだ。

オーラと男は通りに面した部屋に入った。最初は何か言い争っていたが、二分もすると愛撫やキスをはじめ、その部屋から出ていった。二階に上がったのだろう。

ジェニーは車から出て道を渡り、男のバンに近づいた。ナンバープレートの写真を撮る。このナンバーから身元を調べる方法が何かあるはずだ。フロントガラスを覗くと、〝造園師カール・ズカス〟というチラシの束が見えた。電話番号やメールアドレスも入っている。ジェニーはその写真も撮った。バンの中はけっこうな散らかりようだった。マクドの包み紙やカップ、アイアン・ブルーの空のボトル、ケンタッキーの箱。後部には庭仕事の道具や、堆肥の袋、ぐるぐる巻きにした人工芝があった。

自分のバンに戻って乗り込み、しばらく待った。オンラインでカール・ズカスを検索する。〝信頼できる業者〟のサイトで高い評価を得ている。満足したという客が多く、そのほとんどが女性だった。オーラはリアムから、この男に乗り換えようとしているのか？

また十五分がすぎたあと、玄関があいた。ジェニーは携帯のカメラをズームにし、カシャカシャ撮りまくった。ビデオも撮った。オーラとカールが扉口で、恋にのぼせたガキのように愛撫し合い、たっぷりと濃厚なキスをする場面。やがてカールがオーラから身を離し、オーラは大きな笑みを浮かべて家に入っていった。彼女の世界がまもなく崩壊するとは思いもしないで。

46 ハナ

ハナは五キロマラソンの自己ベストを破ろうと、ひたすら体を前に押し出していた。脚はずきずき痛み、息は切れ、顔はほてっている。さらにありがたくないことに、この時期にしては陽射しが強く、メドウズは〝夏の断末魔の叫び〟を楽しむ人でいっぱいだった。

半分のスピードでジョギングする中年男性ふたりを追い抜く。ピーター・ロングホーンのことが頭に浮かんだ。知るもんか、あいつはメルにしたことへの罪悪感から自殺したんだ。エミリアが怒るのはわかるけど、じゃあメルやその家族のことはどうでもいいってわけ？わたしは何も間違ったことはしていない。写真を見つけて、真相をあばいただけだ。確かに、わたしが真相を追わなかったら、ロングホーンはまだ生きていただろう。でもそれは捕まってないからにすぎない。わたしにはなんの責任もない。

ただ、エミリアの娘のことは気になった。哺乳瓶を地面に落としてもがいていた、あの赤ん坊。あの子はこれから父親なしで育っていく。そんな報いを受けるいわれなど、まったくないのに。ハナは十代の頃のことを思い出した。ジェニーと言い争うたび、クレイグがそばにいてくれたらよかったのにと、どんなに願ったか。

ザッザッザッザッと草の地面が音を立てる。自己ベストを数秒上回っている。これなら二十二分の壁を初めて破れるかもしれない。携帯電話を取り出し、残りの距離を確かめる。あと三百メートル。あと二百メートル。腹回りのぼってりした三十代の男性を追い越す。あと百メートル。あえぎながらも足を前に出し、ゴールでテープを切る自分を思い描く。ついに五キロに達したことを自動音声が告げた。停止ボタンを押し、よろめきながら止まる。この場に倒れてしまいそうだ。オークの木までよたよたと歩き、幹にどんと手をつく。胸が大きく波打っている。自動音声が「二十一分五十七秒」と言った。チカチカ光る黒い点が視野にいくつも見えた。メルもロングホーンも、まだ生きてるならよかったのに。おじいちゃんも、まだ生きてるならよかったのに。

背中を起こし、フラットへ向かってミドル・メドウ・ウォークを歩きはじめた。自転車がびゅんびゅん通りすぎていく。またランナーに出くわした。パンクスタイルの年寄りが缶ビールを飲んでいる。カプリパンツとパステルカラーのセーターを着た女の子ふたりが男の子を大声で笑う。

メルヴィル・ドライヴにぶつかったところで止まり、信号が変わるのを待った。

「よっ」

振り返ると、後ろにクレイグがいた。

「わあ」

「ちょうどハナに会いに来たところなんだ」彼は白バラの小さな花束を差し出した。「ハナの友だちのことを耳にしたんでね」

ハナは花束を受け取ると、クレイグにむしゃぶりついた。汗だらけで臭いのはわかっていたけれど、かまいはしなかった。泣きながらクレイグの胸に顔をうずめると、背中を腕で包まれた。ハナは彼に身をあずけた。この胸の奥にもぐり込んで、ずっと隠れていられればいいのに。そばを次々と人が通りすぎていった。女の子が男の腕の中で泣いている理由を、たぶん勘ぐりながら。ハナとクレイグの呼吸がぴったりと重なり、ふたりの胸は、まるで心臓がつながっているかのようにいっしょに上下していた。

やがてハナはクレイグから身を離し、涙をぬぐった。頰に張りついた髪をクレイグが払ってくれた。

「寄っていって」ハナは花束のバラのにおいをかいだ。「お茶をいれるから」

ハナが先に立って階段をのぼり、クレイグをフラットに導き入れた。インディはダイニングのカウンターでノートパソコンに向かっていた。

「お帰り」と言って、インディがハナの後ろにいるクレイグに目をやる。ありがたいことに、彼女はいつもクレイグと仲良くやってくれる。

「これ、パパにもらったんだ」ハナはパイントグラスを取り出し、バラを挿した。

「メラニーのことは気の毒だったね」クレイグが言う。

ハナはケトルのスイッチを入れると、通りがかりにインディにキスし、パソコン画面に出ているウェブサイトを覗いた。

「何か新しい情報でも？」

インディが首を振る。「昨日の夜に聞いたことばかり。トマスからは何か？」

「何回か電話をかけてみたんだけどね。メッセージは残しておいた」

「トマスって誰？」クレイグが訊く。

「ドロシーの友だちの警察官です」インディが答えた。

「ドロシーは警察官と友だちなのか？」

「親切な人だよ」ハナは言った。「わたしたちをすごく助けてくれてる」

「それはよかったね。で、ニュースになってた講師っていうのは」

「彼はメルと寝てたの」

「なのにハナは、それを知らなかったのかい？」

ケトルのスイッチが切れた。ハナは水切り棚からマグカップを取り、中にティーバッグを放り込んだ。「どうやらメルは隠し事をするのが得意だったみたい」

クレイグがハナからマグを受け取る。「でもって、その男が彼女を殺して、自分も殺したってわけ？」

「わたしたちはそう考えてる。警察はまだ捜査中だけど」

「このミズ・シャーロック・ホームズは、なかなかやり手の探偵なんですよ」インディがハナの腕に触れる。

ハナは首を振った。「ピーター・ロングホーンはメルからメールが来たとか言ってたのに、メルは一通も送ってなかった。なのであいつのオフィスを調べてみたら、ふたりがいっしょに写ってる写真が見つかった。しかもメルは携帯をもう一台持ってた。おそらくロングホーンが処分したあとだろうけどね。でもその携帯の番号は突きとめたから、警察が今、通話履歴を取り寄せてる。科学捜査チームも殺人現場を調べてるよ。ただ、メルは妊娠してたんだ。

だからDNA鑑定で、ロングホーンが父親だとわかるのを待ってるところ」

「だとしても、その男が彼女を殺したとはかぎらないだろ」

「でも動機になる。妻にぶちまけるって、メルが言ったんだとしたら」

ハナはカウンタートップから自分の携帯を取りあげ、またトマスにかけてみた。今度も留守電にメッセージを残すつもりでいたら、三回目のコールでトマスが出た。

「もしもし、ハナです」

「悪かったね、いろいろと手が離せなくて」

「それで、どうなってます？」

クレイグとインディが心配そうにこちらをうかがっている。ハナは宙ぶらりんにされている気がした。何が起きたのかがはっきりするまで息がつけない。

「三十分前にDNA鑑定の結果が出た」

「で？」

「一致しなかった。ピーター・ロングホーンはメラニーの子どもの父親ではなかった」


〈ドラウシー・ニーボーズ〉という小汚いスポーツパブは、ウェスト・プレストン・ストリートとサマーホール・プレイスの角にあった。表のケルト系バンドのロゴや古いフォントのレタリングには、スコットランドの伝統的パブの趣が感じられた。とはいえ中はごく普通のサッカーパブで、安いラガービールの広告がべたべた貼られ、トイレのきつい臭いが漂っていた。学生街の中心に位置し、フラットからも歩いて十分の距離なのに、ハナはこれまで一度もここに足を踏み入れたことがなかった。

クレイグが帰ったあと、ハナはマラソンでかいた汗をシャワーで流しながら、電話でトマスから聞いたことを考えた。ロングホーンは父親ではなかった。となると、ほかの手がかりを追わなくてはならない。体をふきながらジェニーに電話をかけ、それぞれが、ザンダーとブラッドリーに再度当たってみることにした。ところがザンダーは居場所がわからなかった。まさかどこかに身を隠したのだろうか。そのときふと、以前訊き出した、彼のフラットメイトの名前を思い出した。携帯にメモしていたのをすっかり忘れ、スケルフ邸のホワイトボードにも書き込んでいなかった。ダレン・グラントとファイザル・マクニッシュ。これらの名前はSNSで簡単に見つかった。どうやらふたりは人生の半分を、パブでサッカーを見ながらすごしているらしい。ファイザルが一時間前に、つがれたばかりのステラビールの写真をインスタに投稿していて、そのタグに〝ドラウシー・ニーボーズ〟とあった。それでハナは、ここに来てみたのだった。

ふたりはカウンターに座り、ドアの真上にあるスクリーンに見入っていた。マンチェスター・シティ対バルセロナの試合をやっている。ハナは気づかれないうちに、ふたりをすばやく観察した。ダレンは背も横幅もあるラグビー選手のような体格で、頭をそりあげ、むさくるしいひげを生やしている。ネットの情報によると、専攻は農業。ファイザルは、背はダレンと同じくらいだが、もっとほっそりしていた。彫りの深い顔立ち、ウェーブのかかった黒髪、ぱりっとしたシャツ。シャツの裾は黒いジーンズにたくし込んである。エディンバラ大学法学部に在籍。エリートへの近道があるとしたら、それを歩んでいるわけだ。ハナはぐっと息を飲み、このなんとも不似合いな二人組に近づいていった。

「ちょっといいかな」

ふたりはスクリーンからハナへ、ふらーっと目を移した。明らかにハナの、前をあけたジャケットの胸元をチェックしている。

「やあ」ダレンが言った。「カウンターに座りたいのか？」

ファイザルがビールを置いて身を乗り出す。「面倒はまかせて、ぼくがおごるよ」

ハナは首を振った。「メラニー・チェンのことで、あなたたちと話がしたいんだ」

ふたりは顔をこわばらせた。

ダレンが顎を突き出す。「おまえ、誰だ？」

ファイザルがにやりとする。「そうか、きっと例のフラットメイトだね。ザンダーが言ってたよ、きみが探偵ごっこをしてるって」

「ザンダーがどこにいるか教えてくれる？」

ダレンが目を細めた。「まだサツんとこだろ、おまえのせいで」

ファイザルがダレンに向かって顔をしかめる。「ぼくたちには、彼女に答える義務はないよ、ダズ」

「義務はない。でも、あなたたちのためになるかもしれない」

ファイザルは声を立てて笑った。「きみと話すのが、いったいどうして、ぼくたちのためになるんだ？」

ハナの後ろのスクリーンで何かが起きたらしく、パブにいた十数人の男が失望の声を上げた。ダレンとファイザルはさっとスクリーンを見あげた。

「ちぇっ、見逃しちまったぜ」ダレンが言う。

「女性がひとり死んだんだよ。なのに、まるで気にかけてないわけ？」

「ぼくたちにはまったく関係がない」

「警察はあなたたちのところに調べに来た？」

「なんで警察が、おれたちんとこに来なきゃならないんだ？」

「メルを知ってたから」

ファイザルがビールをすする。「メルを知ってたやつは大勢いたようだよ」

「どういう意味？」

ダレンが両眉を上げる。「身持ちの悪いばか女だったたってことさ」

「何を根拠にそんなことを」

「だいたいが、ザンダーの目を盗んで、あの講師と寝てたんだろ。ほかに誰とやってたか、わかったもんじゃないね」

ハナはふたりをかわるがわる見た。「あんたたちも、彼女と寝てたわけ?」

ファイザルが首を振る。「女よりダチを大事にするのが、男仲間のおきてだ。ぼくたちがザンダーの女に手を出すはずがない」

「でもメルは美人だった、よね? あんたたちも、メルにちょっかい出そうとしてたんじゃないの? ちょっとつまんでみようと思ったとか。それでたぶんメルに拒絶されて、怒ったわけだ。ひょっとしたら、ずっとザンダーをねたんでいたとも考えられる」

ファイザルは大笑いしてダレンをつついた。「ダズ、彼女は自分のことを、お巡りだと勘違いしてるぞ。かわいいねえ。ザンダーが言ったとおりだな、きみは悲しい女だ」

ダレンがあらためてハナをしげしげと眺めた。「いやあ、これほど色っぽい女だったとは。あいつはそんなこと、ひとっ言も言わなかったぜ。やっぱワインを一杯、おごっちゃだめか?」

ファイザルが首を振った。「かまうなって。彼女、あの手合いだよ。忘れたのか?」

ダレンは再びハナをじろじろと見た。「そういやそうだったな。あきれるぜ」

ふたりの目はハナの背後のスクリーンへ、ふらーっと戻っていった。ハナはしばらく、ふたりを見すえていた。彼らには何かがあるような気がしたが、それがごくありきたりの女性蔑視や同性愛者蔑視なのか、それともまた別のものなのか、判断はつかなかった。

「ふたりとも最低だよ、わかってる？」

ファイザルが視線を落として肩をすくめた。

「あんたたちをちゃんと取り調べるよう、警察に言っとくから」

ダレンがパイントグラスをカウンターに置いた。「好きにすりゃいいさ、くそ女め。さあ、いい子だからとっとと消えろ。おれたちはサッカーが見たいんだ」

ハナはパイントグラスを床に叩きつけ、割れたかけらをダレンの顔に、ついでファイザルの顔に、ぐりぐり押しつける自分を思い描いた。この男たちはハナと同い歳だというのに、考え方が五十年も古い。どうしてそんなことがあり得るのだろう？

ふたりに背を向け、ハナはパブを出た。折しもスクリーンの試合では、反則があったとの主張が却下されていた。

「忌々しい野郎ども」ハナは低くつぶやいた。

47 ジェニー

私道に入ると、バンの車輪の下で砂利がざくざくと、聞き慣れた音を立てた。古い毛布のように、安心感を与えてくれる音だ。ジェニーはガレージでバンを霊柩車の隣に停めた。そういえば十代の頃、夜に男の子が家まで送ってくれたことがあった。ジェイソンだかなんだか、もう名前も思い出せない子だ。ふたりはその日、ブランツフィールドのホテルのバーで飲んだ。そこは、今はベストウェスタンホテルになっているが、当時はチェーン店ではなく、未成年が飲むには手頃な場所だった。一九八〇年代には、未成年の飲酒をとやかく言う者はいなかったのだ。それはともかく、ジェニーは家の門のところで彼にキスを許し、やがてブラウスの胸へ彼の手を導いた。そしてしまいには、目を丸くする彼を引っぱってガレージに連れ込み、当時使われていた霊柩車の後部で彼にまたがった。彼の胸の上に両手を広げ、驚きの浮かぶ彼の目を見つめ、前へ後ろへと体を揺すった。霊柩車の金属の冷たさを両膝に感じながら。

男の裸の胸には、もうずいぶん長いこと触れてないなあ。オーラのことが頭をよぎった。

彼女は若いリトアニア人のツバメ、カールと寝ている。そのあいだにリアムは、カンバスの隅をモーブ色で塗っている。人間の欲求というのはわからないものだ。数日前のクレイグとのキスを思い起こした。シャツの下に隠れた彼の胸は、今はどんなだろう。リアムの胸は？　彼のはにかんだような笑い顔が浮かんできた。彼はオーラにだまされている。そしてジェニーはその証拠を握っている。それをいったいどうしたものか。

答えのつかめないまま、玄関を入った。インディもアーチーも家に帰り、一階は静まり返っていた。ステンドグラスから射し込む光で、まだら模様のできた階段をのぼる。外の木でモリバトが鳴いている。こうした静けさが、十代の頃には嫌でたまらなかった。なのに今は、それをむしょうに求めている。人は変わるのだ。体が変わり、頭の中身が変わり、自分が変わる。ハナに聞いた話では、人間の体の原子は七年たつと、新しい原子にすっかり置き換わるのだという。船に張られた板が少しずつ少しずつ、ぜんぶ取り替えられたとしたら、それでも同じ船だと言えるのだろうか？　リアムは絵を描くことについて、大事なのは、描いた結果の産物ではなく、作品を創り出す過程なのだと言っていた。人は一連の行為で成り立っている。やったことの積もり積もったものがすなわち自分。まったくそうだ。

キッチンでは、テーブルに置かれた一枚の紙を前に、ドロシーがシュレディンガーを膝にのせて座っていた。ずっと泣いていたように見える。

「母さん？」

ドロシーは首を振り、シュレディンガーをなでた。猫が首をのばす。

ジェニーはそばに行ってしゃがみ、ドロシーの膝に手を置いた。

「どうかしたの？」

ドロシーが窓の外へ顔を向ける。空は真っ赤に染まり、端だけが漂白されたように、濃いオレンジ色になっていた。「あなたの助けがいるの」

ジェニーはドロシーの膝をぎゅっと握った。

ドロシーは深く息を吸い、ジェニーを振り向いた。「墓を掘り返すのを手伝って」

ジェニーははっと手を引っ込めた。しばらく物が言えなかった。

「どういう意味？」ようやくのことで口を開いた。

ドロシーはテーブルの上の紙を指さした。「父さんはサイモンの死体をきっと、誰かの棺に入れて処分したのよ」そして紙をそっと叩いた。紙に襲いかかられはしないかと、びくびくしているかのようだ。「これよ」

「どうしてわかるわけ？」

ドロシーが指先を額にやる。「父さんの考えることとぐらい、見当がつくわよ。サイモンの失踪のあと、一週間は火葬の予定がなかった。そんなに長く冷蔵庫に入れておきたくはないから、土に埋めたのよ」

「母さん、何を頼んでるかわかってる？」

ドロシーの目元がうるむ。「わかってる」

「思うに母さんは――」

ぷいとドロシーが横を向いた。シュレディンガーはドロシーの膝からするりとおり、部屋の奥へこそこそ逃げていった。「狂ってるって？」

「そうは言ってない」

「言わなくてもわかる」ドロシーは再び紙を叩いた。「ねえ、手伝うと言って」

ジェニーは手をドロシーの手に重ねた。「その紙はトマスに渡しなよ」

「彼こそ、わたしが狂ったと思うわ」

ジェニーは顔をしかめてみせた。

ドロシーはジェニーの手を握った。「わたしは知る必要があるの。ジムが何をしたのか、探り出す必要があるの。ジムはずっと、わたしに嘘をついていた。わたしが信じていたものは、みんな、砂の上に築かれていたのよ」

フィオナと浮気したクレイグのことを、ジェニーは考えた。リアムに隠れてカールと寝ているオーラのことも。ピーター・ロングホーンとメラニー・チェンのことも。嘘、偽り、裏切りの数々。

「それって違法行為だよ」

「わかってる」

「モラルにも反する」

「それもわかってる」

「重労働だし。土を掘るのは大変な作業よ」

「そうよ」

「母さんは七十なのよ」

「礼を言うわ、思い出させてくれて」ドロシーは身を乗り出して、ジェニーの眼前まで顔を近づけ、その手を握りしめた。「わたしは強い女よ。あなたも強いでしょ」

体力的な強さを言っているのではなかった。ジェニーは手首に指が食い込むのを感じた。ドロシーは握る手にさらに力をこめた。

耳元でドロシーが囁く。「娘がいっしょなら勇気が出せる。わたしはどうしても、これをやらなきゃならないのよ」

ジェニーはドロシーの顔をまじまじと見つめ、ぐっと息を飲み込んだ。

もはや選択の余地はなかった。

ジェニーは理工学キャンパスに来ていた。あたりは暗くなりかけていたものの、前回より

楽に目的地にたどり着いた。ジェイムズ・クラーク・マクスウェル・ビルディング。ずかずかと中に入り、階段をのぼる。驚いたことに、まだ残っている者が大勢いる。今や学者や研究者になるのも、ほかの職業に就くのとさして変わらないのかもしれない。仕事にかかる時間は増えるいっぽうで、もらえるお金は減るいっぽう。それでも、落伍（らくご）するのを恐れてひたすら働く。

四・一六号室の前で立ち止まり、クォンタム・クラブのポスターをにらみつける。それが何をするクラブなのか、誰もきちんと説明してくれなかった。ハナはこのクラブにひそむ何かを見すごしているのだろうか。そこにはもっと陰険なものが隠されているのだろうか。

ノックする。応答がない。ブラッドリーがこの部屋にいるかどうか知らないけれど、もう一度話をするには、ここに来る以外に方法がなかった。再びノックしかけたとき、ドアの向こうで何か音がした。おそらく椅子がきしむ音だ。

ドアを押しあけると、部屋にはブラッドリーがひとりきりでいた。女といっしょにいるのを半ば予想していた。あるいは、ズボンを足首までおろしてコックを丸出しにし、パソコンに映るポルノを見ながらオナっているのではないかと。ところが彼はただ座っているだけで、ドアロに立つジェニーを見るなり、顔を曇らせた。

「帰れよ」疲れた声を出している。

「ノックしたのに、どうして応えなかったの？」

「あんたと話したくなかったからだ」

「なぜあたしだとわかったの？」

「わかったわけじゃない。誰とも話したくないんだ」

ジェニーは部屋の中を見回した。前に来たときと同じく、狭い中に物があふれかえっている。場違いな物や毛色の違う物は特になさそうだ。脂汗のにおいがする。

「どうか帰ってくれ」

「警察の取り調べは受けた？」

「帰れったら」

「つまり受けたってことね」ジェニーが一歩入ると、ブラッドリーが立ちあがった。窓の外が暗いせいで、部屋の中がより密で狭苦しく見える。背の高い彼がぬっと立ったことで、勢力が入れ替わった気がした。彼もそれを感じ取ったようだ。

「メルが死んでたとわかっても、あまり動揺してないみたいね」

ブラッドリーが首を振る。「あんたにぼくの何がわかる。ぼくの気持ちなんか、知りもしないくせに」

「と、ペニスの写真を送った男が言う」

「あれは間違いだった」

「そのせいでトラブルに巻き込まれたから、そう言うだけでしょ」

彼は一歩踏み出した。「いや、あんたがぼくをトラブルに巻き込んだんだ」

「自業自得」

彼がごくりと唾を飲み込む。「ぼくにはやましいところは一つもない」

「警察にそう言ったの？」

「警察には、屋上であんたに暴行されたと言った」ブラッドリーはジェニーに迫ってきた。近くで見る彼の目には、疲労の色が浮かんでいた。

「きっと大笑いされて、署から放り出されたに違いないわ」

「警察は真剣に受けとめてくれたよ」

「今は〝ＭｅＴｏｏ〟の時代よ、あんたは被害者にはなれない」

「それでも暴行は暴行だ」

ジェニーの位置からパソコンの画面が見えた。少なくとも仕事は実際にしていたようで、等式や図形や、何やら宇宙の根本真理でも表したようなグラフが表示されている。

画面を覗いたのに彼が気づいた。「何かい、ぼくがポルノでも見てると思った？」

ジェニーは両眉を上げてみせた。「どうも後ろめたさが感じられるわね、その言い方」

「後ろめたいことなんかない」

「ＤＮＡの照合結果が心配なのね」

「ＤＮＡの照合？」

「あんたとメルの子どものよ」危険な賭けだった。でももしかしたらということもある。

ブラッドリーが立ち止まった。今やジェニーの目の前だ。彼は腕を伸ばし、ジェニーの横の、あいたままのドアに手を置いた。にやにや笑っている。

「悲しいおばさんだね、そう思わない？　ネットであんたのことを調べたよ。四十代半ばの離婚女。その空しさを、こうやって埋めてるわけ？　あちこち嗅ぎ回って、罪もない人間に言いがかりをつけてさ。哀れでならないよ」

ジェニーは顔が熱くなるのを感じ、両手に視線を落とした。

「図星だろ、ええ？　本当のことを言われると、ぐさりと来るもんだよね」

ブラッドリーはジェニーの目を覗き込みながら、その上腕をつかんできつく握った。

「放しなさいよ」ジェニーは彼の手を振りほどいた。

「さっきまでの勇ましさはどこへ行ったんだい？　あんたがぼくにやったことを、ぼくがあんたにやったら、あんたどうする？　あんたのあそこを、今ここでつかんだら？」

ブラッドリーをじっとにらみ、その目から、何かしらの真実を読み取ろうとした。けれども、そこにあるのは憎悪と嫌悪だけだった。これまでに何百万回も見てきたのと同じ目。

ジェニーは彼の股を膝で蹴りあげようと身構えた。するとその瞬間、ドアの外へ突き飛ばされ、向こうの壁に頭を打ちつけた。息が詰まり、脚が震えた。

「ここにはもう二度と来るな、自分がかわいかったらね」そう言ってブラッドリーはドアをしめた。

48　ドロシー

墓地の正門には鍵がかかっていたが、それは予想していた。高い塀に隣接する家に明かりはともっていない。夜もこんな時間だ、みんな眠っている。ドロシーはミルトン・ロードをさらに進み、右折してブランスティン・ミル・ロードに入り、行き止まりでバンを停めた。その先の細道は一本は野原へ、一本はニューヘイルズ・ハウスという有名な大邸宅へ通じ、右手には小川がある。その小川、ブランスティン・バーンこそが侵入路だった。

助手席を振り返ると、ジェニーが顔を引きつらせていた。

「用意はいい？」

ジェニーが首を振る。「ううん」

「しっかりしてよ」

ドロシーはバンをおりて後部に回り、ショベルとつるはしと懐中電灯の入った、大きなボストンバッグを取り出した。ジェニーがドアをあけてしめる音がした。バンに鍵をかけ、ふたりで小川へ向かう。小川は公園の闇の中へとつづいていた。ドロシーはジェニーの先に立ち、川辺の道を歩きはじめた。億万長者が住む家々の裏にある私設のゴルフホールを通りすぎると、早くもポートベロ墓地の裏手に出た。ここでは川が狭く浅くなっており、倒木を橋代わりにして難なく向こうへ渡れた。そこから這いのぼってやぶを通り抜けると、金網フェンスに突き当たった。古くて穴だらけで、支柱のいくつかは斜めに傾いている。くぐり抜けるのは造作もなかった。

懐中電灯を取り出し、一つをジェニーに渡す。

「あっちへ行って」と小高くなっているほうを指さした。「わたしは左へ行くから。忘れないで、探すのはバーバラ・ワースよ」

見ると、ジェニーは恐怖に身をすくませているようだった。無理もない。ドロシーにしても、ここにいるのが半分信じられないでいる。でもこれは定めのような気がした。レベッカへの送金を知ったときから、自分はずっとここへ向かって進んでいたのだ。

ドロシーはボストンバッグを肩にかけた。重みで筋肉が引きつり、ベルトが皮膚に食い込む。ジェニーの肩を叩いて「しっ」と追いやり、墓を探しにかかった。そのあたりは墓地のいちばん奥で、ごく最近か、せいぜい十年以内に建てられた墓しかない。なのであまり時間はかけずに、ざっと見ていくことにした。最初の列を調べ、次の列へ。十列ほど見て、次の区画へ移動した。死亡日がバーバラのに近づいてきた。墓が古いほど、供えられた花が少ない。人はなんとすばやく忘れてしまうことか。誰かの記憶にあるうちは死なない、と決まり文句のように言われるが、それは長くはないというわけだ。

バーバラの墓ではないとわかるたび、小さな舌打ちが出る。頭上を何かが通りすぎる気配がした。見あげると、コウモリが何匹も、木のあいだを飛び回っていた。道路側のほの明るい空を背景に、さかんに羽を動かす姿が見える。フクロウがホォーと鳴き、もう一羽がホォーと応えた。ふと自分とジムのことを思った。死がふたりを分かつまで、か。

また一列、また一列と見ながら、ジェニーと分かれた場所へ円を描くように戻ってきた。遠くにジェニーの懐中電灯の光が見える。下に向けて、注意を引かないよう気を遣っているようだ。といっても、見つかる心配があるわけではなかった。目線を遮るようにあちこちに低木が植えられているし、小川のほとりにはさらにたくさんの木が生えている。しかも墓地の正面には高い塀があり、左手は鉄道の線路、右手は上流階級の家々だ。庭のデッキでプロセッコをすすりながら墓地を眺めたいなんて、誰も思いはしない。

ドロシーは気力が抜けていくのを感じた。ボストンバッグを肩にかけているせいで、背中が痛む。アドレナリンに取って代わって、疑念と羞恥心が生まれてきた。ふたりでやろうとしているのは恥ずべき行為だったからだ。でもいっぽうで、ジムが嘘をついていたことや、年に数千ポンドを支払いつづけていたこと、それがずっとつづくとレベッカが思い込んでいたことが思い出された。サイモンはどんなふうに姿を消したのか。その謎を解かないことには、精神の健全を保てない。

ポケットで携帯電話が鳴り、ドロシーは飛びあがった。音が暗闇を切り裂いていく。通話ボタンを押した。

「見つけた」ジェニーが言った。

前もって打ち合わせておいたように、ドロシーは懐中電灯をパッパッパッと三回光らせた。するとジェニーが同じことをした。その方向へ向かってドロシーは歩きはじめた。ボストンバッグのベルトをぎゅっと引き寄せて。

ジェニーはその場に背中を丸めて突っ立っていた。後ろめたそうな顔をしている。

「ほら」

確かにバーバラ・ワースの墓だ。一九四〇〜二〇一〇年。ずいぶんと切りがいい。七十年の生涯は近頃ではたいして長くないが、バーバラはそれをまっとうした。妻として、そして母や祖母として愛され、黒い花崗岩(かこうがん)の墓石には翼を持つ人の輪郭が彫り込まれていた。花や供え物はなく、ひとつかみほどのタンポポが芝生から顔を覗かせているだけだ。

「こんなこと、やる必要ないよ」ジェニーが言う。「今ならまだ引き返せる」

ドロシーはしばらく墓石を見つめると、しゃがんでそれに手を触れ、彫られた文字や数字を指でなぞった。没年の下の隅にうっすら生えたコケを、指でこすり取る。それから足元の芝生にさわり、その湿り気や、下の土の感触を確かめた。大地が脈打っている。街の音が、一メートル下のバーバラを通り越して地球の中心部まで伝わり、そこではね返されてくるのか。

「帰りたいなら、帰ってもいいのよ」ドロシーは言った。

ジェニーがドロシーをにらむ。

ドロシーはボストンバッグをおろし、ファスナーをあけた。「でもわたしは、どうしてもやらなきゃならないの」

ショベルを一本取り出し、尖った先端に指を走らせ、ジェニーに目をやる。懐中電灯の向きが悪くて、ジェニーの顔はほとんど陰に入っていた。まつ毛だけが照らされ、幻想的な夜の生き物のようだ。しばらくして、ジェニーは唇を結んだまま片手を差し出した。

その手にショベルを渡し、ドロシーは自分のショベルの刃を地面に突き立てた。ショベルの肩に踵(かかと)を乗せ、ぐい、ぐいと押す。やがて下の土が割れたのを感じた。

「ごめんなさい、バーバラ」

自分の汗のにおいに混じって、腐葉土やローム土のにおいが鼻腔にまとわりついていた。湿った土がショベルの刃にくっついて離れない。ドロシーとジェニーが作業をはじめてから、もう二時間がたっていた。芝土は片方によけておき、もう片方に掘った土を積みあげた。ドロシーは腰が痛み、背が丸まっていたが、ウォーターボトルの水をたまにひと飲みする以外、休むことなく掘りつづけた。

ふと手を止めてジェニーを見る。一定のリズムでずんずん掘っている。頰に土が飛び散り、手には乾いた泥がこびりつき、まるで脱走のためのトンネルを掘る囚人のようだ。

ドロシーは穴を眺めた。もうこんなに深くなったとは驚きだ。ここの土は掘りやすい。イモムシが地上の空気にさらされて縮こまった。どこかの木でさっきのフクロウがまだ鳴いている。キツネがふらりと現れ、ふたりを見て静かに去っていった。夜明けは遠く、空は真っ黒で、墓石に立てかけた懐中電灯だけが頼りだった。

だんだんとまさしく穴の中にいる感じになってきた。地上から一メートルは下に立っている。ドロシーはまたせっせと掘った。土をショベルですくっては、肩越しに後ろへ放る。大事なのはリズムだ。奴隷が綿摘みや線路工事をしながら労働歌を生み出したのがよくわかる。ジェニーは取りつかれたように掘っていた。何か別の理由でやけくそになっているのかもしれない。ジムを失った怒りと悲しみのせいか、例の不倫の案件のせいか、それともメラニーにまつわるあれこれのせいか。

ふたりはさらに掘りつづけた。ドロシーは上半身がガチガチになっていた。時速千七百キロメートルで自転する地球を頭に浮かべ、その地球にとっては、こんな穴などなんでもないと考えようとした。でもドロシーにとっては、実はこの穴こそが何より重大だった。バーバラ・ワースの家族にとっても重大だろうが、それはいたしかたない。

ジェニーのショベルが地面の下でにぶい音を立て、その響きがドロシーの足に伝わってきた。土が硬いのとは違うようだ。木材だ。

ジェニーがあえぎながらまわりを見回す。ドロシーはショベルによりかかって息をつくと、穴の外に手を伸ばして懐中電灯をつかみ、ジェニーのショベルの先を照らした。ジェニーがショベルで地面をこすり、土をすくいあげる。その下から、泥まみれのオーク材の棺が顔を覗かせた。

ふたりともそれまでの倍の勢いで掘りはじめた。とはいえ、ドロシーはこの作業を終わらせたくなかった。穴を掘りつづけているかぎり、事実を突きつけられなくてすむ。地球の裏側まで掘ったとしても、自分たちが何をしているのか、ジムが何をしたのか、さっぱり知らないまま、おめでたい顔をしていられるのだ。

棺がどんどん見えてきた。ザクッザクッ、ガリガリッと音を立てながら、急ピッチで土をすくい出す。まもなく棺の蓋全体が姿を現した。それがリンディスファーン型の棺であるのがドロシーにはわかった。ベニヤではなく頑丈なオーク材を使用した、千ポンド以上もするタイプ。スケルフ社が売る中で最も高級な棺だった。つまり、バーバラの家族は金に余裕があるということだ。なんとなれば訴訟を起こせるほど。

ジェニーが掘るのをやめた。蓋の縁に取りつけられた六つのねじ鍵がすべて露わになり、懐中電灯の光を受けて鈍く輝いていた。ドロシーがショベルを墓穴の外に置くと、ジェニーもそれにならった。ふたりは棺の上に立っていた。ドロシーは一瞬考えた。

ジェニーが首を振る。「あけなくていい」

「ここまでやったのに」

「本気?」

ドロシーはうなずき、その場にひざまずいた。蓋の上に残る土の湿り気が、ズボンを通して伝わってくる。まずは、棺の頭側の左のねじ鍵をゆるめようとした。固い。ねじについた土をこすり落とし、親指と人さし指でしっかりつまんでぐいと回す。ようやくほんの少し、反時計回りに動いた。最初は力がいったが、はさまっていた土が取れるにしたがい、楽に回るようになった。

振り返ると、ジェニーが足側で同じことをしていた。一つめは楽にはずれた。次のは、身を乗り出して肘を張らなくては動かなかった。

ドロシーは頭側に向き直り、二つめのねじ鍵に取りかかった。土をこすり落とす。むけた皮膚が痛い。微風が吹き、頭上で木の葉がカサカサ鳴った。あの忌々しいフクロウのつがいがまた互いを呼び合っている。なぜおとなしくいっしょにいられないのだろう?

二つめをはずしてポケットに入れ、真ん中部分の片方のねじ鍵を回しはじめる。足側にいたジェニーも真ん中に移動し、もう片方に手をかけた。ふたりして同じタイミングで回す。ギシギシいいながら、ねじが徐々に上がり、ついにどちらもはずれた。

ジェニーは立ちあがり、ドロシーが立つのに手を貸した。そして穴の縁にひょいとお尻をのせ、ドロシーが同じようにするのを手伝った。ドロシーはボストンバッグからつるはしを取り出すと、穴に身を乗り出し、先端を棺の蓋と本体のあいだにねじ込んだ。一瞬手を止める。

ジェニーと目を合わせる。でも彼女が何を考えているのかはわからなかった。ポケットにあるジムの骨を思い浮かべる。今やどこへ行くにも持ち歩いていた。いっそ、つるはしなんか放り出してしまおうか。そして後ろに反り返り、骨を取り出して、それで心臓を突き刺す。でなければ、せめて手首を切るとか。でもそれは、バーバラを掘り返すよりはるかに無茶な考えだった。

唇を結んで息を飲み込むと、つるはしをてこ代わりにして蓋をこじあけた。バキッと音がして、蓋はあっさり本体からはずれた。十年の安息ののち、封印が破られたのだ。ドロシーはショベルを取って穴に向け、刃で蓋をはずした。

ジェニーが懐中電灯で穴を照らす。

バーバラがいた。というより、バーバラだったものがあった。たわんだ骨が積み重なり、棺の底には朽ちた肉や布地が、腐葉土のようになって薄くたまっていた。頭蓋骨は丸のまま残っており、ところどころから肉片や皮膚の断片が垂れ下がっていた。イモムシやダンゴムシが光から逃げようと、鎖骨や肩甲骨を這い回っている。

「げっ」ジェニーがうめいた。

ドロシーはしばらくその光景を凝視したあと、プールの縁から水にすべり込むように、するりと棺の中に入った。足の下で何かがつぶれ、思わず吐きそうになった。

「母さん」

ジェニーを見あげ、その目に映る自分の姿を想像してみた。あばいた墓の中で目をかっと見開き、遺体の残骸に囲まれて突っ立っている泥まみれの自分。

「調べなきゃ」穴の側面の湿った土に手をついてしゃがみ、バーバラの頭蓋骨を指先でつまみあげる。大きなミミズが這い出してきて、またどこかへもぐり込んでいった。足元で棺の底が一部、崩れたらしく、その下の硬い土が靴に触れているのが感じられた。

頭蓋骨の下には、腐乱した頭皮があるほか、何もなかった。泥の中でイヤリングの片割れがきらりと光る。肩骨と肋骨を取り除いて持ちあげ、下を覗いた。そこもやはり、土に還り（かえ）きっていない皮膚や、服の断片があるだけだった。棺の残りの部分に目を走らせた。骨盤を持ちあげる。明らかに女性の骨盤だ。ここにはなかったか。

ドロシーは穴を見回した。腐敗臭が鼻にこもっている。眉に垂れた汗が冷えていく。指が震え、爪には土や、何か正体のわからないものが入り込んでいた。ついに棺の中を探るのをやめ、ジェニーを見あげると、懐中電灯でこのホラーシーンをさした。

「ここにはバーバラしかいない」ドロシーは両手を腰に当てた。「わたしの思い違いだった」

49　ジェニー

「ママ、顔色が悪いよ」

ジェニーが振り返ると、キッチンのドア口にハナがいた。ハナは中に入ってケトルのスイッチを入れると、テーブルでジェニーの向かいに座った。

もう午後だ。ジェニーは昨夜のことがあって、今朝は遅くまで眠っていた。あれは熱に浮かされて見た夢だったのだろうか。現実には起きなかった、あるいはパラレルワールドにいる、別の自分に起きたことのように思える。とはいえ、爪にまだ土がはさまっている感じがするし、鼻には湿った土のにおいが今も残っていた。驚いたことに、ドロシーは一階で仕事をしていた。昨夜亡くなった高齢の女性の夫と、葬儀の打ち合わせをしている。いつもどおり動いていられるなんて、どういう体と神経の持ち主か。あたしなんか、ベッドで丸まって世間から遠ざかっていたいのに。

ま さか、ジェニーとドロシーが徹夜で墓をあばいたのを、何かで知ったなんて言いだすのでは。墓穴を元どおり埋めるのは、掘るほど時間はかからなかった。それでも重労働には違いなかったし、第二の死体がなかったことでドロシーががっくりきて、重苦しい雰囲気が漂っていた。あの常軌を逸した行動は、すべて無意味だったのだ。

ジェニーはまだ答えていなかったことに気づいた。

「何が？」

ケトルのスイッチが切れ、湯が沸騰する音が静まっていった。

「ブラッドリーと話したんだよね？」

あわてて頭を切り替え、すばやく記憶を呼び起こす。「何もつかめなかったよ。ただ、警察の調べは受けたみたい。おそらくDNAを採取されたんだと思う」

ハナがお茶をいれる。「ピーター・ロングホーンはメルの子の父親じゃなかったけど、だからといって、彼が殺したんじゃないとは言いきれない」

「でも、その可能性は低くなった」

「さあね」マグ二つを持ってテーブルに戻ってきた。「メルがほかの男の子どもを宿したと知って、それで殺したのかもしれない」

「だけど、メルに恋人がいたのは知ってたんでしょ」

ハナは肩をすくめた。「メルがロングホーンにどこまで話してたのか、あるいは彼がどこまで察知していたのか、もはや謎」

ジェニーはホワイトボードを見やった。「これからどうする？」

「わたしはザンダーに話しに行く」

「昨日は会えなかったの？」

「うん、まだ警察にいた。でも、彼のフラットメイトの二人組は探し出した」

「それで？」

「殺ってはいないかもしれないけど、メルのことは知ってた。あと、女性をものすごく蔑視してる。その点はトマスに強調しておいた」

ジェニーはお茶をすすった。「こんなことしてて、ほんとにいいのかなあ。警察にまかせるべきなんじゃない？」

ハナが首を振る。「警察は頼りになんない。わたしが捜査をつづけなきゃ」

ジェニーはあらためてホワイトボードを見た。ハナがファイザル・マクニッシュとダレン・グラントの名前を書き加えていた。「こいつらがみんな、メルを取り巻いてたわけね。男って、どうも理解できない」

「わたしも」

ジェニーは悲しげに微笑んでみせた。「あたしの結婚の失敗がいい例よね」

そういえばシュレディンガーを見かけない。メス猫を引っかけに行ったのか、鳥をつかまえているのか。いずれにしても、オスっぽいことをやっているのだろう。

「パパはママにうんとひどいことをした。それがわからないほど、わたしはばかじゃない。パパをあがめたりはしてないよ」

ジェニーは窓の外に目を向けた。クォーターマイルの新しいビルが陽に輝いている。

「女と父親の関係ってのは、妙なもんね」手を伸ばしてハナの手を握る。「ハナのおばあちゃんは、あたしの父さんが何年も嘘をついていたと確信してる」

「でも送金以外に証拠はない。でしょ？」

懐中電灯の光の中でドロシーが墓穴に立ち、真実を求めて骨を確かめていた姿が思い出された。けれどもそこに真実はなかった。少なくとも、ドロシーが探していた真実は。「そうなの、ないの」

「だったらもう」

ジェニーはお茶をすすった。「女ってのは、父親のことを完璧な人間だと思ってる。いっぽうで、現実の世界の男がどんなものかも知っている。そして結局のところ、父親も男なのよね」とそこでハナに目をやった。「インディを選んだのは正しかったわ」

ハナが顔をしかめる。「何も違いやしないよ。男も女も、ストレートもゲイも、みんな相手とうまくやろうとしてる。誰も傷つけないようにしてる。でも、そうはいかないこともある」

ジェニーは笑った。「なんて賢い娘を持ったんだろ、あたしって」

ハナは立ちあがってホワイトボードを眺めた。内容が前と変わっていた。線が何本か加わり、名前がいくつか消されている。葬儀がすみ、容疑者が増えたのだ。

「不倫の案件はどうなった？」ハナが訊く。

昨夜のあとにも世の中が回っているのが、ジェニーには信じられなかった。きっと逮捕されると思っていた。墓地に忍び込んで墓を掘り返して、誰にも感づかれないということがあるだろうか？　あの墓がおかしいのは、近くで見ればすぐに目につくはずだ。芝生は、最初に切り取って脇へどけ、穴を埋めたあとで地面にかぶせ、足で踏んでならしておいた。それでも、切った跡が容易にわかった。墓の管理人か墓参者が見て事を知るのは、おそらく時間の問題だ。そして地元新聞に情報を求める記事が出る。嫌悪に満ちた顔で墓のそばに立つ、夫か兄弟の写真とともに。もしかしたら、遺族がまた掘り返して、中に遺体があるかどうか確かめるかもしれない。墓地には、気づかなかっただけで、監視カメラがあったのかもしれない。あの忌々しいフクロウが、見たことをそこらじゅうに告げて回るかもしれない。

またしてもハナの質問に答え忘れていた。

「彼は潔白だよ」

「ほんとに？」

「わたしはそう思う」

「中にはきちんとした男もいるんだね、だったら」

ジェニーは肩をすくめ、リアムの目や彼が描いた絵のことを思った。「かもね」

「じゃあ、その案件はもう終了？」

「それがね、妻が彼を罠にはめようとしたんだ。娼婦を雇って、あたしが尾行してる最中に誘惑させた」

ハナが目を大きく見開いた。「えーっ。でも彼は食いつかなかったの？」

「興味を示さなかった」ジェニーは首の後ろをかいた。「それだけじゃない。妻のほうこそ、浮気してたのよ。庭師といっしょにいるところを目撃した」

「彼には伝えた？」

「まだ」

「伝えるつもり？」

「さあ。あの案件からはもうおりたから、仕事の上では知ったこっちゃないんだけど」

ハナが目を覗き込んでくる。「だけど？」

「伝えるべきよね」

「何をためらってるわけ？」

ジェニーは立ちあがり、二枚のホワイトボードを見つめた。さまざまな死と裏切り、さまざまな秘密と嘘。「正しいことをするのが、簡単じゃない場合もあるんだよ」

いろんなことが頭をよぎる。バーバラの頭蓋骨を手で持ちあげたドロシー。メルを絞め殺した顔もわからない男。庭師とオーガズムを分かち合うオーラ。自分を死者だと思い込む病気のアーチー。そのときふと、この前の夜に、何か気になることがあったのを思い出した。今までずっと忘れていた何か。そうだ、紙だ。あたしが母さんをなぐさめていたとき、アーチーが書類を一枚、キッチンの床の、まさにこの場所にそっと置いた。それが、次に見たときにはなくなっていた。ジェニーはあのときには意味がわからなかった。でも昨夜のことがあった今、急に飲み込めてきた。十年前に、土葬がもう一件あったのだ。

椅子を後ろへ押しやり、ドアへ向かった。

「ママ？」ハナの声を背中で聞きながら階段をおり、レセプション室へ行った。そこではインディがデスクについていた。

「アーチーはいる？」

インディが首を振る。「ウェスタン・ジェネラルに遺体を引き取りに行ってます」

ジェニーはエンバーミング室に入った。誰もいない。作業室へ抜ける。アーチーが棺を作る場所だ。ここにも誰もいなかった。アーチーのデスクに近づく。道具類、木片、棺の内張りに使う生地。散らかった室内を見わたし、書類棚を眺める。アーチーの上着がかかっているのが見えた。ポケットを探る。あったのは、煙草とライターと口臭予防のミントキャンディだけだった。デスクのいちばん上の引き出しをあけ、中のがらくたをかき回す。紙はない。つづいてその下の引き出しも見た。書類棚にもう一度目をやる。数十年間の請求書や領収書が、いくつものファイルに保管してある。そのどれにあの紙を入れたとしても、おかしくなかった。

振り返って作業室を見回し、じっと考えた。作業台には作りかけの棺が三つあり、それぞれ仕上がりぐあいが異なっていた。いちばん手前の棺は作りはじめたばかりで、側板が四つ立つだけで底がない。二つめは、形は出来あがっているが内張りがまだだ。三つめは、内側に白いつるつるした生地が張られていた。その棺を覗き込み、頭側から足側へ向かって、内張りを手でさわってみた。違和感はない。つづいて足側から頭側へ向かって、側面にそって手を走らせた。頭板のあたりに手触りの違う場所があった。内張りの下に、ざらざらした木材ではなく、もっとなめらかなものがあるような感触。紙だ。

内張りを引っぱってステープルを木材から引っこ抜き、その薄い生地を裂いた。下にあったものが出てきた。折りたたまれた、罫線入りの黄ばんだ紙。取り上げて開いた。

アリサ・モンゴメリー、ピアーズヒル墓地にて土葬。

日付はバーバラ・ワースの葬儀の翌日だった。

50　ハナ

　ザンダーのフラットはクラーク・ストリートにあった。下は〈ザ・グレープス〉というおやじパブで、外で煙草を吸う常連の顔つきから、〝すっぱいブドウ〟とあだ名されている。この通りは街の中心部から南方面へ向かう主要経路なので、停留所に栗色のバスが何台も並び、歩道には学生や住民に混じって、道に迷った観光客がうろうろしていた。

　ハナはパブにいる男たちの視線を浴びながら、パネルにある四つの姓のうち、〝ジョー〟のブザーを押した。

　インターフォンから声が聞こえてきた。「はい」

「ハナだよ」

　カチッと扉が開き、ハナは暗い吹き抜けの階段室に入った。らせん階段の下には郵便物についてくる輪ゴムがたまり、汚れた自転車が二台、手すりに鎖で留めてあった。

　階段をのぼり、ドアをノックして待った。もう一度ノックしかけたとき、ドアが開き、ザンダーがぼんやりした顔を覗かせた。さっき電話したときにも、二日酔いかと思える声を出していた。とろんとした目や酒臭さからして、やはりそのようだ。

「入ってもいい？」

「だめだ」

ハナがザンダー越しに部屋を覗こうとすると、彼はドアの隙間を体でふさいだ。

「もう別の恋人ができたってわけ？」

「おれをどんな人間だと思ってんのか？」

「さあ。それがわからないから来たんだ」

ザンダーは嫌悪を浮かべてハナをにらんだ。「悲しんでるのは、何もおまえだけじゃないんだぞ。怒ってるのも」

「そんなこと言ってない」

「ふうん、そんなふうにふるまってるけどな」

「わたしは何があったのかを明らかにしたいだけ」

「おれだって」

ハナはなだめるように両手を差し出した。「ねえ入らせて。ちゃんと話ができるように」

「言いたいことがあるなら、ここで言えよ」

「真相を知りたがってる者に対して、ずいぶんと非協力的な態度を取るんだね」

それを聞いてザンダーは背をぴんと立てた。「帰れよ、ハナ。おれは警察で尋問され、D

NAのサンプルを採られた。事務弁護士を雇わなきゃならなかった。おまけに、メルがロングホーンと寝てたのを知らされた。しかも彼女は妊娠していて、それはロングホーンの子でもおれの子でもないとわかった」

「違ったの？」

「へえ、おまえが知らないこともあるわけだ」

「赤ちゃんはザンダーの子じゃなかったの？」

ザンダーはがっくりと肩を落とし、風船から空気が抜けるように息を洩らした。「つまり、別の誰かと寝てたってことさ」

「三人めの男がいた」

「三人めの男がいた」ザンダーの声はまったく生気を失っていた。「おそらく彼女を殺した、三人めの男がね。それになあ、彼女はおれの恋人だったんだぞ。だから、真相を求める復讐の天使を気取るのはよしてくれ、おまえだけが特別なような顔をしないでくれ。おれたちだって、みんな、知りたいんだよ。こんな卑劣なことをしたやつを、みんな、つかまえたいんだよ」

ハナはドアの枠に手をつき、三人めの男について考えた。ブラッドリー・バーカー、ダレン・グラント、ファイザル・マクニッシュ。ともかく、やましい気持ちを抱えながらも、普通に生活をつづけているやつがいるわけだ。それとも、罪悪感などつゆほども持っていないのだろうか。自分のやったことを思い出しては、興奮したり、得意になったり、快感を覚えたりしているのかもしれない。

「心当たりは?」

「ない」

そのときザンダーの顔に何かがよぎった。ハナはなんだか引っかかった。「何か?」

ザンダーは首を振った。「ほかに男がいるなんて、考えたこともなかった。ただ……」

「ただ、何?」

彼は言いにくそうにした。「彼女には、ある種の嗜好があったんだ」

ハナは彼を横目で見た。「どういう意味?」

「セックスの好み。彼女はなんていうか、熱情的だった。ちょっときわどいことをやりたがる、みたいな。おれは絶対にやろうとしなかったけど」

メルのイメージがまたしても、ぼろぼろと崩れていくのを感じた。これほど異なる面をたくさん持っていて、そう簡単に隠しておけるものなのか?

ザンダー同様、ハナもへなへなと力が抜けていった。この事件にどんどん精力を吸い取られている。自分には、探偵をやるだけの胆が備わっていなかったのかもしれない。目下、探偵をやっているとしての話だけれど。試験が近づいている。課題もある。今はただ、インディと陽だまりの中に座り、服やダイエットの記事ばかりの気楽な雑誌をめくっていたい。といっても、それが本心でもなかった。何もしないのは退屈だろうし、罪を犯した者が罰を受けないで野放しにされているのかと思うと、いらいらしてくるに決まっている。メルもメルの家族も、答えを与えられてしかるべきだ。警察は力を尽くすだろうけれど、自分と違って個人的な思い入れはない。それに、法に従い、正当な手順を踏まなくてはならない。その点、自分はやりたいようにできる。何をやればいいのかさえわかれば。

「おまえが善意でやってるのはわかってる。でも、おれを敵扱いするなよ。おれたちは同じ側に立ってるんだぞ」

それが本当であるようハナは願った。

「ほら」ザンダーが一瞬、ドアの向こうへ姿を消した。そして再び現れたときには、中身の詰まった大きなごみ袋を手にしていた。ハナのほうへ楽々と差し出しているところからみて、重いものではなさそうだ。「これを持ってけ。ここに残ってたメルの服だ」

「警察がほしがったんじゃない？」

ザンダーは肩をすくめた。「たずねもしなかった。どっちにしろ、真相の究明ってことじゃ、警察よりおまえを当てにしてるし」

ハナは袋を受け取って中身を覗いた。Tシャツ二枚と、ナイトウェアらしきもの、スウェットシャツ、古いジャケット。服のあいだからメルの使っていた香水のにおいが立ちのぼり、胸が悪くなった。

「ありがと」ハナは袋を肩にかついだ。

ザンダーがぐっと息を飲み込んだ。もしかしたら、彼のことを誤解していたのかもしれない。二日酔いじゃなくて、ただ悲しみに沈んでいただけなのかもしれない。それとも両方か。

「こんなことをしたやつを見つけ出してくれ」

「うん、見つけ出す」そう答えたものの、ハナは自分の言葉を確信していなかった。

階段をおりてクラーク・ストリートを歩き、ホープ・パーク・テラスへ曲がった。そのとき電話が鳴った。トマスからだ。

「ハナ」

「何かつかんだんですか？」

「きみのくれた電話番号のことだけど、お手上げだ。彼女からかけた番号は一つしかなかったんだが、相手もプリペイドで、利用者は登録されていなかった。誰にせよ、用心深く動いている。もちろんその番号にかけてもみたが、つながらなかった。物理的な追跡も試みた。でも何もつかめなかったよ。すまない」

メドウズへ向かって車が渋滞しはじめた。信号が変わり、歩行者が道を渡りはじめる。愛する人の待つ家へ帰るのだろう。不可解な謎などまったくない生活へ。ハナもそのひとりになりたいとむしょうに思った。

ハナは立ちあがると、キッチンを歩き回りながら、背中を反らしたり、肩をもんだりした。グラスマンの家のビデオを二時間半も見ていたが、これといった動きはなかった。首が引きつり、額が痛む。それでも、ハナには気をまぎらわせるものが必要だった。メルの件では何も進展がなかった。しかも、メルが死んだ当時に周囲にいたと思われる野郎が、気が遠くなるほどぞろぞろいた。しかも、戸口まで迫って何かを引き出せそうだった数少ないチャンスに、得られたのは接近禁止命令だけだった。

というわけで、ハナはこの作業に自分を没頭させていたのだ。ドロシーから、今日は葬儀があるので、隠しカメラのビデオのチェックがたまらないよう、手を貸してくれと頼まれていた。ビデオのファイルは、ハナのフラットでも調べられるよう、ドロップボックスの使い方を教えて転送してもらった。

ただ、今のところ収穫はなしだ。介護人や掃除人についてドロシーから聞いていた話も、特に役立ってはいない。あとはごく日常の光景ばかりだった。震える手でお茶をいれようとするジェイコブ、クイズ番組を見ながらテレビに向かって答えを言うジェイコブ。カメラには録音機能がないため、ジェイコブの答えが正解かどうかはわからなかった。

パソコンに戻ってため息をつき、再び腰をおろした。新しいファイルを開く。昨日の夜のビデオで、寝室のワードローブに置いたカメラが撮ったものだ。ジェイコブは、そこにカメラがあるのを間違いなく意識しているようで、近づいてきて位置がずれていないか確かめ、無表情でカメラを眺めたあと、パジャマを持って部屋を出ていった。たぶんバスルームへ着替えに行ったのだろう。動きをすべて見守られているというのは、奇妙な感覚に違いない。いや、すべてではなかった。ありがたいことに、ジェイコブがお尻をむき出しにするところは見なくてすんだ。

ビデオの映像は、ジェイコブが部屋に戻り、のろのろとベッドに這いあがる場面に飛んだ。彼は読書用眼鏡を探してペーパーバックを数分読むと、それを開いたままベッドカバーの上にのせ、ベッド脇のランプのスイッチを切った。明かりが消えると同時に、カメラは暗闇モードに切り替わった。といっても特に動きはなく、ただ老人がベッドで寝ているだけだった。ハナは、ジェイコブが起きあがって、眠ったまま歩くのではないかと思った。あるいはホラー映画のように、悪魔が恐ろしい顔でレンズを覗き込むとか。ベッドの足元に幽霊がぼうっと立って彼を指さすとか。

でもそんなことはなく、映像はまた数時間後へ飛んだ。ジェイコブが起きてトイレへ行き、戻ってベッドに入った。それからまたしても数時間飛び、ジェイコブがトイレに行って戻ってきた。するともう朝になり、ジェイコブは目を覚ました。

なんだ、つまんないの。

つづいて、同じ夜間に別のカメラが撮ったビデオに取りかかった。ドロシーはおそらくまだ見ていないのだろう、チェックずみのビデオの記録に入っていなかった。

キッチンのカメラのファイルを開く。映像は真夜中からはじまっていた。

ハナは椅子からすべり落ちそうになった。

若い女性がそーっと入ってきて冷蔵庫へ行き、サンドイッチを作りはじめた。ワインラックから赤のボトルを抜き取って栓をあけ、棚からグラスを取り出す。ずいぶん慣れている様子だ。

今まで見たどの映画より面白い気がして、ハナは食い入るように画面を見つめた。

女性はスウェットパンツにゆるめのTシャツを着ていた。カメラにお尻を向けたまま、パンにバターを塗り、チーズとハムをはさんでぎゅっと押す。髪は長くてブロンドで、前髪だけ短くしていた。

ハナは、ドロシーのためにまとめた、スーザン・レイモンドについてのファイルを確認した。スーザンではなかった。体格も髪の色もまるで異なる。次にブラウザを開き、〝モニカ・ベレンコ〟と〝ホーム・エンジェルズ〟で検索した。フェイスブックのプロフィールが見つかった。色っぽい若い女性だ。髪の色は同じだが、ヘアスタイルが違った。前髪は最近切ったのかもしれない。

女性はサンドイッチの材料を冷蔵庫に戻し、キッチンを出ていった。

ハナは別のカメラのファイルをクリックして開いた。リビングにさっきの女性がいた。テレビにはコメディ番組が映っている。彼女はソファに腰かけ、サンドイッチを食べながらワインを飲み、iPadで遊んでいた。iPadの光に照らされて、顔が少しはっきり見えた。フェイスブックの写真とはあまり似ていないように思えたけれど、自信はなかった。それに、仮にこれが掃除人だとしても、真夜中にこの家でいったい何をやっているというのだ？

そのファイルは閉じないまま、ほかのファイルを次々と開いた。パソコンの画面がウィンドウだらけになった。書斎のビデオには何も映っていなかった。キッチンのビデオでは、女性がまたやって来てワイングラスを満たし、窓辺でひと口飲んでから出ていった。リビングのビデオでは、彼女が今度は自分の携帯電話を親指でスクロールしていた。

最後に二階の廊下のビデオを見て、ハナはぎょっとした。

冒頭で天井のハッチがゆっくりとあき、そこから伸縮式のはしごが現れた。はしごが完全に伸びて床に届くと、それを伝って、あの若い女性がおりてきた。誰もいないのを確かめるかのように、まわりをきょろきょろ見回している。はしごの段を踏む足は裸足で、着ているのは明らかにナイトウェアだった。

「えーっ」ハナは声を上げた。「屋根裏に住んでたんだ」

51　ドロシー

アーサー・フォードが火葬で助かった。墓穴が口をあけているさまなんか、今日はとてもじゃないけど見ていられない。ドロシーはモートンホール火葬場の外に立ち、弔問客がぽつぽつ中に入っていくのを眺めていた。式の間ぎわまで、外で煙草を吸っていようという客も数人いる。

この火葬場はモダニズム様式のコンクリート建築で、巨大な敷石を何枚も、勝手な方向へ向けて立てたような外観だが、それが焼却炉の煙突を隠す役目を果たしている。三年前の火災でほぼ全焼したあと、最近修復されてきれいになった。この火災のおかげで、世間の関心は、その前に起きた乳児遺灰事件からともかくも遠のいた。乳児の遺灰が遺族に断りもなく処分されていたというその事件は、エディンバラを揺るがす大スキャンダルとなった。ドロシーはいまだに、葬儀の依頼者から事件について問われ、受け答えをするはめになることがよくある。あれは市がやったことで、スケルフ社にはなんの関係もないのにだ。昨夜墓の中に立っていた自分が思い出された。あれがスキャンダルになったとしたら？

霊柩車の後ろには遺族用の車が三台停まっていた。すり切れたスーツを着たよぼよぼの老人六人が霊柩車から棺を担ぎ出す。それを見つめながら、ドロシーは睡眠不足で神経がピリピリするのを感じていた。腐った土の中から頭蓋骨が自分をにらみつける光景が、脳裏に焼きついて離れない。

ドロシーが先頭に立ち、そのあとに現世の重みを肩で支える六人がつづき、アーチーが最後尾を歩いた。建物に入ると、ざわめきが静まり、弔問客百人ががたがたと音を立てて起立した。ドロシーは肩の力がすっと抜けていった。今は慣れ親しんだ世界にいる、しっかりとつかんでいられるものがある。そんな安心感があった。

棺が台座に置かれると、ドロシーは後ろへ退き、あとは牧師にまかせた。アーサー・フォードの死に何らかの意味を持たせようと、彼なりに努めることだろう。ドロシーが扉にもたれていると、アーチーがやって来て、隣で同じように扉にもたれた。ドロシーは気が張ってどうしようもなかった。ぶるっと身震いがしたと思うと、急に疲労感に襲われ、吐きそうになった。

親族がひとりずつ立ちあがり、生前のアーサーを美しく語った。このうえなく優しかったこと、ユーモアに富んでいたこと、慈善活動を行っていたこと、ロータリークラブの会員だったこと、ボウリング好きだったこと、三人の子と四人の孫に恵まれたこと。ドロシーは自分の葬儀を思い浮かべた。誰があんなふうに立ちあがり、どんなことを語って、わたしを美化するのだろう。ジムみたいに何もかもすっ飛ばし、ジェニーとハナに、街はずれにある廃棄物の大型容器にでも捨ててもらおうかしら。誰も嘘を並べたり、わたしがいい人間だったなんて、言ったりしなくてもすむように。無垢(むく)な者の最後の安息の場を、破壊するような人間ではなかったなんて。

ついにアーサーは、自動装置によって台座の下へ沈められていった。奈落の底では地獄の火が待ち受けている。つまり、下が焼却炉になっているわけだ。パイン材の棺が火花を散らして燃え、裂け、中の体が焼かれ、水分が蒸発し、皮膚が古革のように縮み、カリカリになって炎をあげ、体脂が溶け、無数の化学反応が彼を別の何かに変える。

弔問客は列になって外へ出ると、三々五々帰っていった。アーサーの妻は無表情だったが、一連の騒ぎに疲れはてた様子で、そのそばで三人の娘たちがハンカチを手に泣いていた。やがて妻と娘たちは遺族用の車に乗り、ボウリング・クラブで催されるささやかな会へ向かっていった。そこでアーサーを悼んで杯を捧げる。

霊柩車の助手席に座ると、ドロシーは深くため息をついた。

「大丈夫ですか？」横のアーチーがたずねる。

ドロシーはやっとのことで答えた。「いや、あんまり」

アーチーはエンジンをかけなかった。残る数人の弔問客が自家用車へ歩いていくのや、バスをつかまえようと門を出ていくのを、ただ眺めている。

「今朝のニュースで言ってましたよ」

　ドロシーは自分の両手を見つめた。あんなにごしごしとこすり、やすりまで使ったのに、爪の中の土がまだ取れていない気がする。

「どうやらポートベロ墓地で、誰かが墓を荒らしたみたいですね」

　ふいに涙が滲み、アーチーの視線を避けて窓の外へ目をやった。

「管理人が警察に通報したそうです。でも警察は、ただのいたずらとみなしてます。たちの悪いジョークだと。墓を掘り返したのではなく、表面をつついただけではないかと、考えているようです」

「そぉ」喉がからからに渇いている。

「ドロシー」

　アーチーの声の調子に驚き、ドロシーは振り向いた。彼は涙ぐんでおり、それがまたドロシーの涙を誘った。ドロシーは両手で頬をぬぐった。

「言わないで」ぐっと息を飲み込む。

　ふたりは長いあいだじっと座っていた。聞こえるのは互いの息遣いだけで、窓がしだいに曇っていった。

　とうとうドロシーはポケットに手をやり、紙を取り出した。そして慎重に開き、アーチーに差し出した。彼はそれを凝視しながらも、受け取らなかった。

「なんです、それは？」

「ジェニーが見つけたの。同じ時期にあった、もう一件の土葬」

「どこで見つけたんです？」

ドロシーは一瞬口ごもり、唇をきつく結んだ。「作業室にあった棺の、内張りの中」

「いったいどうして、そんなところにあったんでしょうねえ」

「あなた、本当に知らないの？」

アーチーが首を振る。

「ねえ、アーチー」

「本当ですよ、ドロシー」

アーチーは紙を受け取って横目で見た。紙が小刻みに震えている。

ドロシーは紙を取り返し、じっと見つめた。アリサ・モンゴメリー。「今夜、彼女の墓を掘り返すわ」

「頑張ってください」

「あなたも来るのよ」

「いいえ、行きません」

「わたしに借りがあるんだったわよね、アーチー。自分でそう言ってたじゃない」

「そんな、むちゃくちゃな」

「人生はむちゃくちゃなものよ」

「ぜったいにやりません」

「なら仕事を失うと思って、たった今から」

アーチーはドロシーを正面から見つめた。「こんなのよくないですよ」

ドロシーはアーチーをにらみ返すと、紙をたたんでポケットに収めた。

そのときドロシーの携帯電話が鳴った。ハナからだ。

「おばあちゃん、ビデオに何か映ってた。例のグラスマンの。もうびっくりするから」

52 ジェニー

〈ザ・キングス・ワーク〉はひっそりしていて、ジェニーはよけい気後れがしてきた。陽はすでに沈んだあとで、店内の薄暗さがより親密な雰囲気をかもしだしている。リアムはカウンターのいつもの席で、三分の二ほど残ったラガービールと、クロスワードパズルを前にしていた。さて何をどう言おうか。

少し前まで、スタジオに近い例のカフェで二時間待っていた。するとリアムが袋小路から出てきたので、また二十分待ったあと、席を立った。〈ザ・キングス・ワーク〉にはいませんように。飲まないでまっすぐ家へ帰ってますように、優しい妻のもとへ。はん、笑える。そんなことを思いながらパブのドアをあけ、スツールに座る彼の姿が目に入った瞬間、心が沈んでいった。運命は決まった、あとはやり抜くしかない。

カウンターに近づき、リアムの隣に立つ。リアムは新聞に夢中で気づかなかった。ジェニーが待っていると、バーテンダーが応対しにやって来た。初めて見る顔だ。二十代前半で、鼻の下と顎にひげを生やし、先をワックスで尖らせている。前髪は高く持ちあげてジェルで固め、袖口からは鳥と船のタトゥーが覗いていた。

「ジントニック、ダブルでお願い」ジェニーは言った。

その声でリアムが目を上げた。にっこり微笑んでいる。ジェニーの心はまた沈んだ。

「芸術家、兼、葬儀屋さんだね」

「どうも」

片手を差し出してから、ジェニーは後悔した。ずいぶんと堅苦しく、格好の悪い動作だ。でもリアムは笑って握手してくれた。

「もう一杯どう？　おごるよ」ジェニーは彼のパイントグラスを顎でさした。

「いやけっこう」

「ほんとに？」

一瞬考えてから、リアムはにこっとした。「じゃあ、アムステルを一パイント」

ジェニーはグラスを受け取ると彼に渡した。「乾杯」

ふたりはグラスを合わせ、口に運んだ。ジェニーはぐいっとひと飲みした。喉が焼ける。

「スタジオを借りたの？」リアムが訊く。

「え？」

「ここにいるってことは、あそこのスタジオを借りたんじゃないかと思ったんだけど」

「ううん、結局、借りなかった」

「それは残念」リアムは本気で言っているように見えた。「芸術家仲間になれたのに」

ジェニーは力なく微笑んだ。まったく別の世界を想像してみる。そこでは自分が、絵や彫刻のような創造的な仕事をしている。そして仕事が終わると、このカウンターに座り、リアムと社会問題について論じ合う。冬の夜に暖炉の火が輝く。

「どうして借りなかったの？　興味がなくなった？」

ジントニックをジュースのようにがぶがぶ飲んだ。

「あたし、芸術家ってわけじゃないから」

リアムは首を振り、ほんのわずかに舌打ちを洩らした。「言いたいことはわかる、でもその姿勢はいただけないな。芸術家というのは、役所に申請して、許可証をもらうようなものじゃない。誰にだって、何かしら創造する力は備わっている。自分は芸術家だと自分が認めれば、それでいいんだ。自分を表現する方法を探すのが、すなわち芸術家だよ」

「そういう意味じゃなくって」ジェニーは耳を引っぱり、息を飲み込んだ。

リアムは手を振って取り合わなかった。「ぼくが思うに、きみはスタジオを借りるべきだよ。落ち着いて考えられる空間が誰にも必要だ。ぼくにとっても、スタジオはそういう空間なんだ。世間のざわめきから離れて、自分自身になれる場所。自分にチャンスを与えてみないと、自分がどんなことのできる人間かわからないよ」

自分がどんなことのできる人間かわからない、ね。昨夜に墓を掘り返したことがジェニーの頭をよぎった。ジントニックをまたごくごく飲む。グラスがほとんど空になった。リアムがさらに話をつづけないよう、ジェニーは手を上げて制した。これ以上彼の言葉を聞くのは、もう耐えられない。

「言わなきゃいけないことがあるんだ」

彼はビールをひと口飲んでグラスを置いた。カウンターの向こうで店員が幽霊のようにふわふわ動いている。背後で交わされる会話が死者の唱える呪文のように聞こえる。みんながおしゃべりをやめて自分に注目するのを、ジェニーは想像した。そしてスポットライトに照らされたジェニーが口を開く。

「あたし、嘘ついてた」ジェニーは頬を引っかいた。「スタジオに行ったのは、借りる場所を探してたからじゃない」

「だったら何をしに？」

ジェニーは目をふいとそらし、それから再びリアムを見た。「あなたと話す必要があったから。仕事だったの」

「葬儀社の？」

「いや、うちは葬儀社だけじゃなく、探偵社もやってるんだ。あたしはあなたを調査してた」

「ぼくを？」リアムはからかわれていると思ったようだ。

ジェニーは深く呼吸し、身を乗り出した。「あなたの妻に雇われたの。彼女は、あなたが浮気してると思ってた」

リアムが声を立てて笑う。「ジョークだろ、誰かに入れ知恵されたんだね」

「彼女の妹の葬儀で、調査を依頼された。で、あなたのあとをつけた」

「まさか」

「家の外で待ち構えておいて、あなたが仕事に行って、それからスタジオに行くのを、ずっと尾行した。このパブにも、これまで二回ほど来てる。あなたがいるときに」

「オーラがそんな依頼をするはずない」

「それだけじゃない」

リアムはパイントグラスをきつく握りしめた。指の関節に血管が浮き出ている。「どういう意味だ？」

「この前の夜、ミニスカートの女があなたに話しかけたよね」

しばし記憶をまさぐっていたが、思い出したようだ。「彼女がどうかした？」

「あれは娼婦だったの。オーラが雇って、あなたと寝ろって指示した」

「もうあっちへ行ってくれ。話が妙な方向へ向かいだした」

「あなたが帰ったあと、あの女と話した」ジントニックを早くに飲み干してしまったのを、ジェニーは後悔した。「女は認めたよ。オーラはあなたを罠にはめて、不倫させようとしてたんだ。離婚に持ち込むために」

「きみの勘違いだ」

ジェニーは首を振った。「ほかにもある」

「聞きたくない」

リアムの握るグラスが今にも割れて、ビールと血が四方八方へ飛び散るのではないかと、ジェニーは心配した。「オーラが誰かといっしょにいるのを見た」

リアムは何も言わなかった。

「カール・ズカスという男よ」

それなら知っている、という顔をした。「彼には庭の手入れをやってもらってる」

「オーラは彼と寝てる」

「でたらめを言うな。きみは頭のいかれたストーカーだ。お父さんを亡くして、その悲しみをまぎらわすために、こんなことをしてるのか?」

ジェニーはバッグに手を入れて封筒を取り出した。オーラに言われたときには笑ったものの、ほかにどうすればいいか思いつかず、結局は茶封筒を使った。それをカウンターに置き、リアムのほうへすべらせた。

リアムは封筒をにらみつけた。「たちの悪い冗談だ」

ジェニーは頰に血がのぼるのを感じながら彼を見た。「そうだったら、どんなにいいか」

彼は立ちあがり、グラスを手から離した。

「さよなら」

ジェニーは封筒を差し出した。「ごめんなさい、リアム。でも、どうしても言わずにはいられなかったんだ」

去ろうとするリアムの胸に封筒を押しつけた。リアムは棒立ちになった。そしてしばらくジェニーの目を見つめていたが、しまいに封筒をひったくって、大股でパブを出ていった。封筒を死刑の判決文であるかのようにわしづかみにして。

53　ドロシー

「本気?」トマスが訊いた。

ドロシーは彼を振り向いた。そこはハーミテージ・ドライヴの一一番地で、ふたりは邸の外に停めた彼の車の中に座っていた。ドロシーは首を回して邸の屋根を見あげた。外見からして、かなりの空間がありそうだ。コートを着てテリア犬を連れた老婦人が、通りがかりにトマスをじっと見る。まあ、この裕福な地域に黒人がいるなんて、目の錯覚かしら? ドロシーはトマスに向き直ってうなずいた。

「ビデオで見たもの」

「いやつまり、本気でいっしょに来るつもりなのかって意味だけど?」

「もちろんよ、ジェイコブはあなたを知らないでしょ」

ふたりは車をおりると、小道を通って玄関へ行き、ベルを鳴らして待った。かなりたってから、ジェイコブが扉口に現れた。

「お話ししなきゃいけないことがあります」ドロシーは言った。

「どなたを連れてきたのかな?」

「トマス・オルソン、警察官です」

「では、何か見つかったのだね?」

「中に入ってもいいですか?」

キッチンへ向かう途中で、ドロシーは階段を見あげた。今も上にいるのだろうか。あわてて逃げるだろうか。でも、気づかれたのを知らないなら、逃げるわけないか。

キッチンのテーブルの前でジェイコブが振り返った。「それで?」

トマスがジェイコブに笑いかける。「お座りになったほうがいいと思いますよ」

ジェイコブは顔をしかめながらも座った。

「屋根裏に最後にのぼったのはいつですか?」トマスが訊く。

ジェイコブは声を立てて笑い、杖を指さした。「ご覧のとおりだ。いつだと思う?」

ドロシーもテーブルの席に座った。「最近、誰かがのぼったことは?」

「ない」とまどい気味の声だ。「なんなのかね、これは?」

ドロシーはトマスに目線を送った。

「屋根裏に誰かが住んでいると思われます」トマスが言った。

「はあ?」

ドロシーはうなずいた。「ビデオに映ってました。彼女が夜、あなたの寝ているすきに、おりてくるのが」

「スーザンが？」

「スーザン・レイモンドではありません。モニカではないかと、わたしたちは思っています」

ジェイコブは咳き込み、ぐっと息を飲み込んだ。「わけがわからんよ。屋根裏に、どうやって人が住めるというのだ？」

トマスが天井を見あげる。「ちょっと覗いてきてもいいですか？」

「今も上におるのか？」

ドロシーは肩をすくめた。

ジェイコブは許可の意味だろう、手でオーケーサインらしきものを作って天井へ向けた。

「ここで待ってるように」トマスがドロシーに言った。

「いいえ、わたしも見ておかなきゃ」

言い争ってもむだなことは、トマスもよく承知していた。

「すぐに戻ってきますからね」ドロシーが声をかけると、ジェイコブは座ったまま、ただ首を振った。

トマスを先にして、ふたりは階段をのぼり、天井のハッチの下に立った。トマスが爪先立ちでなんとか手を届かせ、ハッチをそっと引っぱる。すると自動的に、伸縮式のはしごが下へ伸びてきた。

ふたりは耳をすました。何も聞こえない。

「ここで待ってろなんて、いちいち言わないでよ」ドロシーはひそひそ声で言った。

「わかった。でもわたしが先に行く」

慎重な足取りでのぼるトマスにつづいて、ドロシーもはしごに足をかけた。トマスはふと止まってハッチの上を覗くと、振り返って肩をすくめ、さらにのぼって屋根裏へ消えていった。ドロシーもハッチから上に頭を突き出し、まわりを見回した。誰かがバットを持って走ってくるかもしれない、髪をつかまれて下へ押し戻されるかもしれない、と考えて身構えたが、それは想像に終わった。

はしごをのぼりきり、屋根裏に入った。そこはかなりの広さを持つ部屋になっていて、天井の傾斜もさして急ではなかった。床には安手の合板が張ってあり、そのあちこちに段ボール箱が積まれ、隅にはゴルフクラブのセットや古いダンベルが置かれていた。薄板の打ちつけられた、二つの小さな天窓から洩れ入る光で、全体がほの明るい。ずっと奥に目をやると、壁ぎわにマットレスが敷かれ、その上に寝袋や掛け布団、毛布といった寝具がのっていた。マットレスの横にはスポーツバッグがあり、あいた口から女性の衣類や洗面用具、スニーカー、ウォーターボトル、懐中電灯が顔を覗かせている。そこには小さな洗面器もあり、近づくと尿のにおいがした。ドロシーの少し先で、トマスもそっとベッドに近づいていた。ふたりがベッドの間近まで来たとき、ベッドカバーが動いた。そして鼻をすする音がし、寝袋から女性の頭のてっぺんが突き出した。

女性の目がトマスの目と合った。トマスはそばにしゃがんで女性を優しく揺すった。

「ほら、起きなさい」

トマスに触れられた瞬間、女性はびくっとして身を縮め、寝袋ごと壁のほうへ逃げた。

「わたしは警察官だ」

女性はトマスからドロシー、ドロシーからまたトマス、と目を移しながら、眠気を払おうとした。

「あなた誰なの？」ドロシーは訊いた。どう見てもモニカ・ベレンコではない。

女性は首を振り、ドロシーやトマスを通り越して、ハッチへ目をやった。

「その考えは勧めないね」トマスが言う。

「ねえ、みんなで下におりて、話をしない？」

「ううん、遠慮しとく」女性が答えた。スコットランド訛りだ。

トマスが立ちあがった。「そうするか、署に行くかだ」

女性は観念したらしく、肩をすくめた。

「お茶をいれてあげるわよ」ドロシーは言った。

女性はしばらくためらっていたが、やがて立ちあがった。

トマス、女性、ドロシーという順ではしごをおりた。女性は導かれるままに階段をくだり、一階の廊下を通ってキッチンまでついてきた。キッチンでは、ジェイコブがさっきと同じ場所に座っていた。彼は女性を見るなり眉をひそめ、それから目を大きく見開いた。

「エイミーかい？」

「こんにちは、ジェイコブ」

「知り合いだったんですか？」トマスが訊く。

「うちに郵便物を届けていた子だ。数か月前まで、配達員をやっておったのだよ。それがいったい？」

エイミーが深くうつむく。まわりがきちんとした服装をしているなかで、ひとりだけTシャツとパジャマズボンでいるエイミーは、見た目からして立場が弱かった。ドロシーはテーブルの椅子を引き出してエイミーに示し、お茶をいれはじめた。エイミーは額をこすり、ジェイコブの向かいに座った。トマスは、万一エイミーが逃亡をはかったときのために、ドア口に立った。

「ごめんなさい」ついにエイミーが頭を垂れたまま言った。

ドロシーはエイミーとジェイコブの前にお茶を置くと、一歩下がった。

「きみは、ずっとわたしの家に住んでいたのかね？　わけがわからんよ」

エイミーはようやく顔を上げ、自分にもわけがわからないと言いたげに、両手を前に差し出した。テーブルを引っかいたり、髪をなでつけたりしながら、何か助けになるものはないかと見回している。

「話してみなさい」トマスが決して冷たくはない口調で言った。

エイミーは首を振った。「郵便局をクビになったんだ。よくある人員削減ってやつ。すぐに家賃が払えなくなった。フラットメイトはいたけど、友だちじゃなかった。わたしには、衣類の入った袋以外、何もなかった。家族もいなかったし。驚くほどあっさりと社会の裂け目に落ちた」

エイミーはマグカップに手をやりながらも、飲まなかった。再びまわりを見回し、悲しげに微笑む。「ここは、明るいと違ったふうに見えるんだね」

「それでどうしてこの家に？」ドロシーは訊いた。

エイミーはドロシーを振り向き、顔をしかめた。「あんたは誰？」

「探偵。ジェイコブに雇われたの。どうも物がよく消えるみたいだからって」

エイミーはジェイコブに向き直った。「ほんとにごめんなさい」

ジェイコブは目を細めた。「訊かれた質問にまだ答えていないよ。どういうなりゆきで、ここに来たのかね？」

エイミーは肩をすくめた。「みんなのうち、路上に寝たことのある人っている？　もう、そのひどさったらないよ。どんなに不快なもんか、みんなには想像できないだろうね。わたしは数日やっただけで、死んじゃいたくなった。そんなとき、ふとひらめいたんだ。わたしが受け持ってた地域には、上流階級の大きなお屋敷が多かった。そのなかには、誰も住んでない家もあるんじゃないかなって。そこで、配達ルートを回って一軒一軒調べてみた。でも、たいていはセキュリティがしっかりしていて、家族大勢で住んでた。そうこうするうちに、ジェイコブのことを思い出したわけ」

エイミーはぐっと息を飲み込み、耳たぶを引っぱった。

「ジェイコブがひとり暮らしなのは知ってた、自分でそう話してたから。小包が郵便受けに入らないときなんかに、よくドアロで、いっしょにおしゃべりしてたよね。それに、ジェイコブはあんまり動けないから、家の半分はきっと使われてない。しかもとってもいい人で、こっちが害を受けるようなことはあり得ない。もう、ここっきゃないと思った」

「だが、どうやって中に入ったのだ?」

「日中は、玄関に鍵をかけてないよね。テレビの前でよくうたた寝するって話も覚えてた。だから、ここに何回かやってきて、窓を覗いたんだ。そしてジェイコブが寝てるすきに、玄関から入って、上にのぼっていった」

トマスが腕を組んだ。「それはいつのことだ?」

エイミーは片頬を舌でふくらませた。頭を巡らせている。「三か月前かな」

ジェイコブは目を丸くした。「うちの屋根裏に、三か月も住んでいたというのかね?」

エイミーが肩をすくめる。「ごめんなさい」

「ちょっと訊きたいんだけど」ドロシーはエイミーに近寄った。「いつかは終わりが来ることを考えてた？」

エイミーは首を振った。「そんな先のことまで考えてなかった。ただ、路上生活から逃れたい一心で」彼女はようやくお茶に口をつけ、まわりの三人を見回した。

「で、終わりが来たわけ？」

54　ハナ

ハナは散らかり放題のメルの部屋を眺めた。どうせメルはここに帰ってこないのだ、わざわざ片づける必要がどこにある？　床で引き出しが山を作り、中身があちこちに散乱していた。科学捜査員が何点かをビニール袋に入れて持ち帰ったけれど、何をどうして持っていくのかは教えてくれなかった。

ベッドを元に戻し、その上にマットレスを放ると、大きくため息をついてへなへなと座り込んだ。そのままメルの服の入ったごみ袋にもたれかかる。ザンダーにもらったのを、ジェイコブ宅の仰天ビデオに取りかかる前に、ここに投げ込んでおいたのだ。天井を見あげながら想像してみる。このベッドに最後に横たわったとき、メルはいったい何を考えていたんだろう。ザンダーとのセックスの余韻にふけってた？　ピーター・ロングホーンを思い浮かべてた？　それとも第三の男を？　ひょっとして、第三の男に危険を感じて不安になっていたとか？　メルは妊娠を誰にも打ち明けていなかったから、それが頭に引っかかっていたのかもしれない。お腹の子の父親に告げたくても、その先のことが心配だったのかもしれない。産んで育てるつもりだったのか。堕ろすつもりだったのか。養子に出すつもりだったのか。メルが死んでしまった今、もうどの答えも得られない。

　テレビドラマでは最終話ですべてが丸く収まるけれど、あんなのは嘘っぱちだ。もちろん、そうした結末をみんな求めている。実際はそうならないから。実際には、何もかもが錯綜（さくそう）していて、話が関係のない方向へそれたり、意味のない時間が流れたりする。徐々にテンションが高まり、満足のゆくクライマックスを迎える、というふうには決していかない。コマーシャルの前にあれっと思わせることも、次回を見たくなるようなシーンをラストに置くことも、現実にとっては必要ないのだ。現実の世界では、ただわびしくあとに残され、二度と戻らぬ人を思って嘆き、別の生き方をすればよかったと悔やむだけ。現実の生なんて、まったくろくでもない。そして最後は死にいたる。

　床から枕を拾いあげる。黒い髪の毛が一本ついていた。メルのだ。指先でつまんでよじり、くるくる回るのを見つめる。前に何かで読んだけれど、何百年も昔には、殺害者の顔が被害者の目に焼きつくと思われていたらしい。マッスルメモリーというのもある。楽器の演奏や車の運転などは、筋肉が記憶しているので、頭は働かなくなっても、体が自然に動くのだという。そういえば、低俗なテレビ番組が心臓移植を受けた人を取材していた。その人は以前と違う着こなしをし、別の食べ物や音楽を好むようになった。そして新しい好みは、ドナーの好みにぴったり一致していた。とすると、この髪の毛はひょっとしたら、問題を解く鍵になるのではないか。髪の毛のたんぱく質内に閉じ込められた情報をすくいあげれば、誰がメルを殺したのか、わかるのかもしれない。ハナの原子内のクォークやレプトンが、メルのそれと量子レベルで混じり合い、それらをつなぐエネルギー場が形成される。そしてハナはメルとなり、メルの生を生き、メルに何が起きたのかを知る。

ハナはメルの髪の毛を枕に戻すと、枕に顔をうずめ、自分の呼吸音を聞いていた。やがて起き直り、部屋の中をあらためて眺め回した。メルの持ち物はどうなるのだろう。本人が死んだあとは、誰が片づけるのか。学士取得のための研究ノートを残しておいても、いったいなんになる？　取得を目指す当人がいなくなったのに。銀行口座、大学の学籍、賃貸契約、有権者登録、国民保険番号、といった生活上の事柄はどうするのか。人ひとりの生活というのは、無数のこまごまとした事柄で形作られていて、死んだあとは、それらをすべて終結させなければならない。いったい誰がそんなことに向き合える？

ふと、ヴィックに電話してみようかと思った。彼はどうしているのだろう、両親はちゃんと適応できているだろうか。でもうまく話せそうになかった。臆病者め。探偵だなんだといって動き回っているのは、友だちを亡くした悲しみから気をそらすための、方便なのかもしれない。喪失への適応メカニズムについては、葬儀社で働くインディから聞いて、よく知っていたし、ジムやドロシーからも聞いたことがあった。ああそうだ、これも避けていた。一週間余り前にジムを火葬して以来、ハナはジムの死についてほとんど考えずにいた。二つめの携帯だの、謎の恋人だの、DNAの照合だの、死んだ胎児だので、頭を埋めつくしていた。

そして今いちばん避けているのは、おそらくピーター・ロングホーンのことだった。あれは自分の責任だ。そうじゃないと、何回繰り返し自分に言い聞かせようとも。彼はメルと寝ていたかもしれないけれど、赤ん坊の父親ではなかった。なのに自分は、彼の秘密を妻に暴露した。もちろん、罪は彼にある。でも、彼を出口の見えない状況へ追い込んだのは自分だ。それが申しわけない気がしてたまらなかった。

罪、悲しみ、喪失。忌々しいことばかり。

そうしたものに日々接しているドロシーは、いったいどう対処しているのだろう。確かに他人の悲しみには違いない。でもそれを背負い込まないでいるには、よほど冷淡に構えていないと無理なのではないか。

ハナはごみ袋をあけ、中の衣類をベッドの上にばらまいた。細身のTシャツを持ちあげる。

ホンコン・フーイのイラストの入ったビンテージ物。この一九八〇年代のアニメキャラクターは、おそまつな文化流用の典型だった。メルがそのTシャツを〈アームストロングス〉で買ったとき、ハナもそばにいた。メルは中国っぽさゆえに飛びつき、メルの両親はそれゆえにむっとした顔を見せた。してみると、メルにはもともと、いたずらっぽい面があったのかもしれない。〝いい子〟としてのメルを思い出すのはわけもない。でも一人の人間をそう簡単には決めつけることはできないし、誰だってまわりが異なれば、異なる自分を演じるものだ。それが人間関係を円滑にする。

Tシャツを引き寄せて残り香を嗅いだ。香水の香りと、たぶんメルの汗のにおいと、古着独特のかび臭さが入り混じっている。ほかの衣類も一枚ずつ手にしては、においを嗅いだ。むかつきを覚えながら。最後に、スポーティな防水生地のジャケットを手に取った。やはりレトロな服だ。ヒップホップが生まれた頃のハーレムで、ブレイクダンサーが着ていたような感じ。ポケットを探る。からっぽだ。ベッドに投げ戻した。そのとき、内側にファスナーつきのポケットがあるのに気づいた。ファスナーを引っぱってみた。少し固い。周囲の生地をしっかりつかんでこじあけ、隙間から指を二本すべり込ませた。紙がさわった。取り出すと、ダーティ・マティーニとビッラ・モレッティのボトルのレシートだった。店はリースのウォーターフロントにある高級ホテル、〈マルメゾン〉のバー。

レシートを手の中で裏に表に返した。日付は二週間前。その頃にはきっと、メルはもう妊娠に気づいていただろうけれど、ダーティ・マティーニを一杯飲もうが飲むまいが、結局、違いはなかったか。

ハナは携帯を取りあげ、電話をかけた。

長いあいだ待って、ようやくザンダーが出た。「何？」

ハナは立ちあがった。「メルと〈マルメゾン〉に行ったことある？」

「なんだって？」

「訊きたいことは一つ、そこでメルと飲んだ？」

「あんな高いとこで？　そんなことするわけないだろ」

「それ、確かだよね」

「何かわかったのか？」

「もう切らなきゃ」

ザンダーへの電話を切って、また別の番号にかけた。

「やあ、ハナ」とトマスの声。あいかわらず穏やかだ。

「メルが二週間前に〈マルメゾン〉で誰かと飲んでます。ザンダーではありませんでした」

「どうしてそのことを？」

「レシートがあったんです。ザンダーのフラットに残ってた、メルのジャケットから見つかりました」

「相手はピーター・ロングホーンだったかもしれないよ」

「でもそうでない可能性もある」ハナは部屋の中を行ったり来たりしていた。

「レシートを持ってきてくれれば、誰かを事情聴取に行かせよう」

はたと迷った。警察はザンダーの家にあったメルの衣類について、たずねもしなかったではないか。自分のほうがすばやく動けるし、なんといっても、自分は探偵なのだ。

「ハナ？　聞いてる？」

「はい」ハナはレシートを自分のポケットに入れた。「署に持っていきます」

電話を切ると、メルのジャケットを放り投げてドアに向かった。リースへ行くために。

55　ジェニー

ジェニーは〈ザ・ペア・トゥリー〉のビアガーデンを見回し、むかつきを抑えようとした。ジンの酔いと、リアムに対する申しわけなさとで、気分が悪かった。あんなにいい人そうだったリアムの結婚生活を、自分は壊してしまったのだ。ジムの死も影響していた。父を失ったと同時に、その意外な秘密を知らされた。ドロシーといっしょに、墓をあばくという恥知らずなまねもした。メルの件もあった。複数の男と関係を持ち、妊娠までしていた彼女。そんなこんなが、ジェニーの頭や心の中で渦を巻いていた。

そこへさらに、クレイグのことが加わった。彼は今、ジェニーの向かいに座り、よく知る微笑みを浮かべていた。とはいえ、彼はかつてジェニーを裏切った。そして今は、現在の妻を裏切っている。そのことに、ジェニーは罪悪感を覚えていた。〈ザ・キングス・ワーク〉を出たあと、泣きながらクレイグに電話をかけた。ばつが悪かったし、なんてばかなのかと思ったけれど、かまっちゃいなかった。彼はなんなら会おうかと言った。ジェニーはどこかで屈辱を感じながらも、昔なじみとの気安い雰囲気にひたりたくて、うんと答えてしまった。それがうしろめたかった。

「おまえは自分に厳しすぎるんだよ」クレイグが手をジェニーの手に重ねた。ジェニーにはその感触がいまだに恋しく思えた。

ビアガーデンは薄暗く、塀を飾る豆電球の光のせいで、何もかも輪郭がぼやけていた。いや、ジンのせいか。隣のテーブルにいるイタリア人の一団は、スカーフや冬用のジャケットをまとっていても、まだ寒そうだった。こんなに暖かい晩なのに。ジェニーたちのテーブルはグラスの汗で濡れていた。テーブルに学生のクラブパーティのビラがあるのが目に入った。ジェニーも昔はクラブでよく遊んだものだ。〈スニーキーズ〉、キング・ステーブルズ・ロードにあった小汚い〈ザ・ヴニュー〉、そのすぐ先の〈スタジオ24〉。ああした店は、まだ残っているのだろうか。スネークバイトを飲んだり、スピードを吸引したり、夜通しマリファナでハイになっては醒め、なんでもかんでもグチりまくったり。そんなことを、今の学生もやっているのだろうか。母親を手伝って墓を掘り返すとか、他人の結婚生活を破滅に追いやるなんてことはしないで。

「あたしをしっかり責めてくれる人が必要なのかも」

変な意味で言ったのではなかったのに、クレイグは顔をしかめた。ふたりして大声で笑う。まだ性的存在として見られているのが情けないほどうれしくて、いっぽうでそう感じた自分を嫌悪した。彼と、彼を盗んだ頭に来る今の妻とのあいだを、つい想像する自分を嫌悪した。二度と後戻りはできないのを、納得している自分を嫌悪した。でもそんなのクソくらえだ。あたしは酔って頭が混乱していて、彼の手はあたしの手の上にある。

「聞いてるかぎりでは、おまえはそいつに、親切をしてやったように思えるけどな」クレイグが指で、ジェニーの手の甲をなでる。ふたりが初めて出会った頃には、ジェニーの手も弾力があって、肌が引きしまっていた。ふたりが若くて単純でエネルギーに満ちていた頃には。それが今では、ほかの部分と同様、たるんでしまった。重力と年齢の作用で、何もかもが下へ向かっていく。そのうち誰にも気づかれないまま、体ごと地面の下へ埋没するのではないか。いや、クレイグは気づいてくれるかもしれない。

「さあどうだか」ジェニーはジンをすすった。口の中が燃えそうだ。

「元気出せよ、どうせ浮気なんてのはたいした——」

ジェニーが眉を上げたので、クレイグは防御するように両手を前に突き出した。「わかってる、わかってる」と言って、うやうやしげに頭を下げる。「ぼくがやったことは永久に償えない。それはよく承知してるよ」

ジェニーは唇を噛んだ。半ば考えるために、半ば考えているのを見せるために。

「でもこの女は、ただ浮気してるだけじゃなくて、彼を罠にはめようとした。非道行為のレベルが違う」

「そして非道行為については、おまえはよくご存じだ」

「ただ言っただけだよ」

ふたりでグラスをすすった。ジェニーはまわりを見回した。そのジェニーを、クレイグがじっと見つめている。

「彼に惹かれたわけ?」ついに彼が訊いた。

「これは仕事なんだからね」

「ちょっと訊いただけだよ」

ジェニーはにやりとしてみせた。「彼、かわいいの」

クレイグが両眉を上げる。

「それに、そうとう体を鍛えてるみたい」

するとクレイグが両肘を曲げ、見せびらかすように上腕二頭筋を盛り上げた。ジェニーは思わず吹き出した。

「ぼくだって、男のボディはしっかりキープしてるぞ」

実際そうだったし、そこがジェニーの好ましく思う部分の一つでもあった。ほかの男の存在に脅かされるようなクレイグではないのだ。

一瞬、心地よい沈黙が流れた。

「ほかはどうなってる？　ハナは大丈夫かい？」

ジェニーは首を振った。「メルの件をものすごく深刻に受けとめてる」

「そりゃそうだろう」

「警察のやることは不十分だと言って、狂ったように影を追いかけ回してる」

隣のテーブルのイタリア人グループが、冷気はもうたくさんとばかりに店内へ移動した。ビアガーデンにいるのはジェニーとクレイグだけになった。閉店時間が迫っていたけれど、ジェニーはいつまでもこうしていたかった。ジンの残りをすすり、グラスをテーブルに置くと、ごとんと派手な音が響いた。思いのほか酔っているのかもしれない。

「まったく、どっちを向いても死ばっかり」ジェニーは手をひらひらさせた。

クレイグがパイントグラスを覗き込む。「そりゃ、葬儀屋に住んでればね」

「いいとこ突くわね」ジェニーは片目をつぶり、刑事コロンボのように指を立てた。

クレイグはビールを飲み干し、ジェニーのグラスに目をやった。「最後にもう一杯どう?」

「そろそろ帰ったほうがいいと思う」

「送っていくよ」

ジェニーはにんまりして立ちあがった。前回、塀にもたれてキスしたのを思い出した。あのときも自制心は働いていたし、今も働いている。その気になれば、事を未然に防ぐことはできる。できるが、そうするつもりはなかった。

56 ドロシー

ピアーズヒル墓地に忍び込むのはわけもなかった。ドロシーはアーチーを連れてフィッシュワイヴズ・コーズウェイを歩いた。モイラ・テラスからポートベロへ向かって伸びる、暗い細道だ。人家の裏を通りすぎると、細道は二股に分かれた。狭いほうを選び、落書きだらけの陰気な金属橋で線路を渡る。そこが墓地の裏手で、道はその先、クレイゲンティニーの車庫までつづいていた。墓地の背面には、楽に越えられそうな低い塀しかなかった。むしろ鉄道の待避線のほうが、鉄条網や、監視カメラや、立ち入り禁止の標識があって、侵入がはるかに難しそうだった。死者の世界への侵入は、誰も心配していないとみえる。

よく手入れされた芝生にそっと着地した瞬間、脚と腕に痛みが走った。ドロシーのあとからアーチーが、持っていたボストンバッグをこちらへ放り、塀を乗り越えてきた。ドロシーは携帯を取り出して確認した。着信なし。ジェイコブ宅で元郵便配達員の騒ぎがある前から、ずっとジェニーをつかまえようとしていた。ところが電話に出ないのだ。死人を掘り返すのはもうたくさん、と思っているのかもしれない。気持ちはわかる。屋根裏にいたエイミーのことも、まだ引っかかっていた。どうもすっきり理解できない。驚くほどあっさりと社会の裂け目に落ちた、と彼女は言った。ただ、他人の空間を占有するのも、驚くほどあっさりとできたわけだ。スケルフ邸の屋根裏に誰かがいると知ったら、どんな気持ちになるだろう。エイミーはトマスが署へ連れていった。供述を取って起訴するためだが、なんの罪で起訴すればいいのか、トマスにもよくわからないようだった。夕方に電話が来たときには、彼女は留置場でひと晩すごし、翌朝に当番弁護士と会うという話だった。でもあとになって、ウィメンズ・エイドのシェルターにあきが見つかったらしい。一時的な措置にすぎないけれど、そのあいだに福祉課と相談して、先々の設計が立てられる。

それにしても、夜行性の生活というのはどんなものなのか。鼠のようにこそこそ動き回り、ただ存在するだけの日々を送る。といっても、実は誰しも、それとあまり違わない生活をしているのかもしれない。周囲とうんと深くかかわりながら暮らしている人が、本当にいるのだろうか？

ドロシーはポケットから懐中電灯を出してつけた。街灯の光は届かないので、これが必要だ。左手にはこちらを見おろすように住宅が並ぶが、かなり遠いし、あいだに草地が広がっている。墓地のまだ手つかずの区画には、なんとも言えないものがあった。死者によって満たされるのを待つ空間、それがドロシーをぐいぐい引っぱろうとした。

「準備はいい？」ドロシーが声をかけると、アーチーは腰に手をやって背を起こした。

「いいえ、あんまり」

と言いながら、ボストンバッグを持ちあげる。ドロシーは彼といっしょに、墓の列にそって歩きはじめた。遠くの小高い場所に大きなクリの木が何本かあり、幹線道路からの視線をさえぎっていた。その道路には深夜でもバスが走る。

前夜のように二手に分かれることはしなかった。どんな展開になるかはもうわかっている、誰かにそばにいてほしかった。

墓は年代順に並んでいて、アリサ・モンゴメリーのはほんの数分で見つかった。姉として、母として、祖母として愛されたアリサ。十年たった今でも、三世代にわたる親族が彼女を懐かしみ、日常の雑務をこなしながらも、何かの拍子に悲しみに襲われ、喪失感を覚えて足元をよろめかせる。ドロシーはわが身を考えてみた。やがては、ジムのことなどほとんど考えなくなる日が来るのだろうか。長く生きているうちに、ジムの死に慣れきってしまうのだろうか。慣れきれるものなら、そのほうがいいのかもしれない。

「これ以上はやめてください」アーチーが言う。

彼は病気を抱えている。死への執着、薬物治療、セラピー。墓を掘り返すことが、彼にとってためになるはずがない。

「このまま帰りましょう」

でもアーチーはあの書類を棺に隠したのだ。「ぜんぶ打ち明けてくれるんだったらね」

彼はまわりの墓を見回し、アリサの墓に目を戻した。「打ち明けることなんかありません」

ドロシーは息を飲み、うなずいた。「なら、掘るしかない」

ボストンバッグからショベルを二本取り出し、一本をアーチーに渡した。懐中電灯を墓石に立てかけ、ショベルの刃を芝生に当てる。そこではたと手を止めた。昨夜の墓より芝生の管理が行き届いている。コケもタンポポも生えていないし、きれいに切りそろえてある。乱したらもっと目立つだろう。

アーチーがドロシーをじっと眺めている。ドロシーが顎をしゃくると、彼はしぶしぶ、ショベルの刃を芝生に突き立てた。ドロシーは自分のショベルを地面に押し込んだ。刃が土にのめり込む。アーチーはまたしばらくドロシーを見つめてから、作業に加わった。

ドロシーは心理的には、昨夜より楽に感じていた。どんなことでも、それが普通になれば慣れるというのは本当だ。ひょっとしたら、死ぬまで死体を掘り返しつづけることになるのかもしれない。

芝生をぜんぶ脇へどけると、腕をまくり、土をショベルですくっては墓のそばに盛った。持ちあげたり落としたりを何度も繰り返すうちに、頭の中が真っ白になっていった。懐中電灯の光できらめきながらのたくるミミズ。土の山から覗く太古の卵のような石。

二時間掘ると、穴が必要な深さに近づいてきた。それからまた四十分。そろそろ木材とぶつかる音がするはずだった。そしてついにその音がしたとき、ドロシーは運命を感じた。ここでこんな身の毛のよだつ行為をなすことは、前々から定められていたのだ。

アーチーと目を交わし、それまでの倍の勢いで掘りはじめた。もうすぐだと思うと作業に拍車がかかる。アーチーのほうは、依然として気の進まない顔で掘っていた。ドロシーはひたすら土をすくい、持ちあげ、後ろへ放り投げた。ふたりの口から、魂が抜け出ていくかのように息が洩れた。

ようやく棺にかぶさっていた土がほとんど払いのけられ、汚れが少し残る程度になった。棺は昨夜のより安物で、軽いパイン材を使ってあったが、目は詰んでいた。ドロシーが縁のねじ鍵を回しはじめると、しまいにアーチーもそれにならった。ねじ鍵がすべてはずれた。ドロシーは彼の手を借りて穴から出た。つづいて彼も穴の外にのぼった。ドロシーが棺の蓋と本体のあいだにショベルの刃を差し込む。ギギーッ、とホラー映画で聞くような音がして、蓋と本体がぱかっと離れた。

アーチーを振り返る。「さてと」

彼は頭を低く垂れた。

ドロシーは湿った土と汗のにおいを深く吸い込むと、目を激しくしばたたかせながら蓋をショベルで持ちあげ、穴の側面に立てかけた。

口をあけた棺に、土がぱらぱらと落ちていった。懐中電灯を墓石から取り、中を照らす。

死骸が二つ。

心臓がどくどくし、目の前がチカチカした。深く呼吸して、気をしっかり保とうとした。目をつぶり、再びあける。

衣服の残骸が見えた。布の切れ端、薄っぺらくなった革のベルト。棺の頭側に頭蓋骨が二つ、互い違いに転がっていた。その近くには崩れかけた胸郭が二つあった。まるで引き潮で露出した沈没船のようだ。大きさからみて、男性と女性の死骸らしい。一つはアリサ。

アーチーを振り向くと、彼は棺の中を凝視していた。

ドロシーは棺に目を戻した。ワラジムシが靴の下へもぐり込んだ。靴は女物で、その向こうにある二つの足骨には靴がなかった。アリサの両手は、組んだ状態のまま、陥没した肋骨の上にのっていた。男性は棺の片側に無理やり詰め込まれたらしく、おかげでアリサは、もう片側へ押しやられていた。アリサが小柄なので、ふたり分のスペースがあったわけだ。遺体の重さ、あるいは棺の重さを知る者なら、葬儀のときに気づいただろう。当然ながら、ジムは知っていた。アーチーも。

再びアーチーを振り返った。「サイモン・ローレンスね」

アーチーが首を振る。

「ずっと知ってたんでしょ」

彼はただ首を振るばかりだった。両手で両腕をかかえ、目をうるませている。

ドロシーは自分の顔に手をやり、ついていた土を唾でぬぐった。「話して」

「話せません」

「ふざけんじゃないわよ。アーチー、何があったのか言わないなら、この穴に投げ込んで埋めてやるから」

アーチーは額をこすった。顔がくしゃくしゃになり、涙が足元の地面に落ちた。彼は何度も息を飲み込んだ。やがて目を上げてわずかにうなずくと、墓穴の縁におずおずと腰かけた。ドロシーも同じようにした。ふたりして脚をぶらぶら垂らし、休憩時間に学校の塀にのぼった小学生のようだ。

「ジムの知恵でした」

ドロシーは喉の奥がふさがったのを感じた。切れ切れに息を吐き、心臓発作でも起こしたかのように胸に手を当てた。

アーチーが体を前後に揺すりはじめた。はずみをつけて墓穴に飛び込むつもりか。

「やつを始末しなきゃならなかった。冷蔵庫に入れておけばおくほど、ばれる可能性が高くなる。しかも火葬の予定はない。で、ジムはこうすることに決めたんです」

「アーチー、何があったわけ？」ドロシーは声を荒げないように努めた。「サイモンは何で死んだの？」

催眠状態に陥ったかのように、ぼうっとしているアーチー。

ドロシーは彼に平手打ちを食わせたい気に駆られた。「ジムが殺したの？」

彼は再び泣きはじめた。涙が土で汚れた頬をつたって棺の中へ落ちていく。

「いいえ」ようやく答えが返ってきた。「ジムは殺してません」

「じゃあどうして？」

アーチーが目をぬぐう。「あれは事故だったんです」

彼は大きく息を飲み、自分を落ち着かせようとした。「ある日、わたしは仕事を終えて社を出ましたが、上着を忘れてたんです。ポケットにうちの鍵があったので、社に戻りました。二階の人たちの迷惑にならないよう、ガレージから入って、エンバーミング室へ行きました。するとそこにサイモンがいました。誰かといっしょでした。故人のひとりで、ズー・ウィルソン。自殺した若い女性です。サイモンはズボンを足首までおろして、彼女にまたがっていました」

ドロシーは何か黒々しいものが迫ってきた気がして、体を激しく揺すって、あえぎながら彼女に話しかけていました」

ドロシーは何か黒々しいものが迫ってきた気がして、思わず芝生に片手をついた。

アーチーは首を振った。「わたしはサイモンを引きはがしました。彼はわたしに食ってかかりました。すまないとも恥ずかしいとも思っていなくて、ただ、わたしに口止めしたいだけでした。それで取っ組み合いになって、わたしが彼を突き飛ばすと、彼の頭がエンバーミング台に当たりました。彼はその場に崩れ落ちました。血がどんどん噴き出してきました。彼は床に倒れたままでした。わたしは彼が死ぬまで、はたでじっと見てました。助けようとはしなかった。彼が死ねばいいと思った、心の底から。運がいいのは彼のほうだ、死んだんですから。存在しなくなった、見られなくなった」

ドロシーは墓穴を覗き込んだ。

アーチーがため息をつく。「わたしは結局、二階へ助けを求めに行きました。ジムがキッチンにいて、あなたはありがたいことに、どこかに出かけていた。わたしはジムを一階に連れていき、釈明しようとしました。ジムは、サイモンとズーを長いあいだ見つめていました。それから、ふたりでその場を片づけはじめました。ズーを冷蔵庫に戻し、サイモンも冷蔵庫に入れ、そこの扉には名札をつけませんでした。そうしておいて、どうすればいいか、考えたんです」

ジムとアーチーがサイモンの死体を抱えて台にのせるところを、ドロシーは思い浮かべた。死体を納体袋に入れて冷蔵庫にすべり込ませ、血をきれいに洗い流すふたりを。若い女性のことも考えた。死んでまで、女を餌食にする男から安全でいられなかったとは。レベッカは、愛する夫が戻って娘の父親となるのを、家でずっと待っていた。その夫が実はどんな男だったか、まったく知らないまま。そしてジムは、すべてを覆い隠すことに決めた。でなければ、殺人が問われ、裁判になり、おぞましい死姦の事実が明るみに出る。そうなったらスケルフ社はおしまいだ。アーチーの人生も破滅する。レベッカの人生もめちゃくちゃになる。ズー・ウィルソンの遺族も打ちのめされる。

「申しわけありませんでした。あなたにはちょっと想像できないでしょうね」

一瞬ぞくりとした。そこここに満ちる気が、あらゆるものに浸透する気が、ふたりをここへと導いたのだ。決断を迫るために。ドロシーはショベルを支えにして立ちあがった。アーチーがじっと見ている。

ドロシーは墓の中のサイモンとアリサを指さした。

「埋め直すのを手伝って」

57　ハナ

ハナはザ・ショアの石畳を大股で歩き、シーフード・レストランやパブをずんずん通り越していった。どこももう店をしめている時間だ。左手に流れるリース川の黒い水面はすべらかで、わずかに上下する船の横腹をさざ波がひたひた叩いている。

その通りのどん詰まりに、ホテル〈マルメゾン〉はあった。時計台のついた頑丈な造りの建物で、昔は船乗りの宿泊施設だった。風変りな植木と縦型ヒーターの脇に並ぶ屋外テーブルに人気はなかった。ハナはフロントには目もくれないで、まっすぐバーへ向かった。ホテルのバーは零時をすぎても閉店しない。隅で注文仕立てのスーツを着た男性客が二人、ネクタイをゆるめてブランデーを飲んでいた。今日は取引がうまくいったのだろう。カウンターの向こうでは、くたびれた様子の若いバーテンダーが、男性客にうらめしげな視線を送っていた。彼ははっと気づくと、その視線をハナに向けた。

「もう閉店したんだ、ホテルの泊まり客しか入れないよ」

このホテルに泊まれるほど金に余裕はない、と見抜いたらしい。バーの内装は黒が基調で、ところどころに巡らせた赤いパイプが倉庫を思わせた。バーテンダーの頭上で大きなネオンサインが光っている。いわく〝ご心配なく、今すぐ手助けにまいります〟。

「飲みに来たんじゃないんだ。ちょっと、手助けしてもらえるかな」

彼はおやという顔をした。ハナと同い歳ぐらいで、体がひょろ長く、黒い髪はくしゃくしゃで、ひげは数日間剃ってなさそうだ。ハナをしげしげと観察するにつれ、その目が優しくなった。名札には〝ラキム〟とある。

「どんな手助け？」

「二週間前にもここで働いてた？」

「いつだってここで働いてるよ」

ハナはポケットからレシートを出して日付を見た。「七日の水曜日のことだけど？」

勤務表を確認するのかと思ったら、ラキムはすぐにうなずいた。「週に六日、夜に入ってるんだ。授業と重ならないように」

ハナは携帯の画面にメルの写真を出して彼に向けた。「彼女をここで見かけた？」

彼は携帯を取ると、上のネオンが映り込まないように傾け、じっと眺めた。

「このジャケットを着てたかもしれない」ハナは画面を繰ってジャケットの写真を見せた。

ラキムはハナを見つめ、それからまた画面に目を戻した。そのまま顔をしかめている。ほら、あのきれいな女の子だよ、覚えてるよね、とハナは心の中で叫んだ。当然ながら、彼がストレートだと仮定してだけれど。

「見かけたかも」

「ほんとに？」

「と、思う」

「連れがいたはずなんだ、たぶん男の。彼女はダーティ・マティーニとビールを買った」

「ふうん」

「いっしょにいた男を覚えてる？」

「さあ」

「かなり年上だったかもしれないけど、どう？」

ラキムはけらけら笑った。「年上の男ときれいな若い女？　そんなのいっぱい来るよ」

ハナは携帯を指さした。「お願い、思い出してみて」

「これってなんの話？」

「彼女、殺されたんだ」

そのひと言が彼の関心をかき立てた。「待って。彼女、ニュースになってた女の子？」

「わたしの友だちだった」

「こういうことは警察がやるんじゃないの？」

「警察に協力しようと思ってさ」ハナはウェブから、ピーター・ロングホーンの写真をすばやく引っぱってきた。「いっしょにいたのはこの男？」

ラキムは携帯を受け取ってじっと見つめた。「いいや」

「この男じゃない、とわかるってことは、なんとなくは覚えてるわけだよね」ハナは携帯の写真フォルダに戻り、ザンダーとメルが写っている写真を呼び出した。「これは？」

「もっと老けてたなあ。スーツを着てた」

「どんな感じだった？」

隅にいた男性客二人がよろけながら立ちあがり、部屋へ向かいはじめた。ラキムがそれを見送っている。

「スーツを着た中年の白人男性が、いったいどれだけここに来ると思う?」

「それって、男は中年だったってこと?」

ラキムはうなずいた。「四十代、だと思う。髪は暗褐色。ブ男でも肥満体でもなかった。彼女を連れてるのがまあ納得できる、みたいな。金で雇ったんじゃなくてもね」

「思い出せるのはそれだけ?」

彼はバーのタオルをいじくった。「ごめん」

ハナは空になった店内を見回した。「監視カメラはある?」

「ハードディスクが七日ごとに消去されてる」

思わずこめかみをさする。カウンターに両手を置くと、あまたの飲み物のしずくでねばねばしているのが指先に感じられた。

「何かあるはずだよ。ほかに覚えてない?」

彼は首を振り、天井を仰いだ。暗い中でネオンサインがチカチカ光って、ふたりをあざ笑っている。

「手助けしたいとは思うんだけど、ただ、ほんとに知らなくて」

ハナはレシートを再びポケットから出して眺めた。

「彼女は飲み物を買ってるけど、ほかも買ったのかな。ふたりは食事してた？　ワンドリンクなんて、いかにも少ないよね。そのあとはずっと、男が飲み物を買ったとか」ハナはカウンターのレジを指さした。「その夜に売れたものを調べてくれない？」

「そういうのは記録されてないんだ」

また店内を見回すうちに、ふとひらめいた。「でもここはホテルなんだから、食べ物や飲み物を部屋付けにした可能性もあるよね？」

ラキムは舌で歯をぐるっと舐め、身を乗り出した。「ふたりが部屋を取ってたならね、うん」

ハナはフロントのほうを見やった。「それ、調べてくれない？」

「クビになっちゃうよ、そんなことしたら」

思いっきり目を見開いて彼を見つめる。「誰にも言わないから」

ラキムはしばらくハナをにらむようにしていたが、ふいにレジの画面をタップした。「ここからアクセスできるんだ、システムがつながってるから」

彼は画面に何やら打ち込んで待ち、何回かタップして顔をしかめ、さらに何回かタップした。そしてようやくにっこりすると、画面をハナのほうへ向けた。ハナの肩越しに、まわりに誰もいないのを確かめている。

ハナはそこに表示された名前をざっと眺めた。部屋の予約者のリストだ。ぜんぶで三十人ぐらいいたけれど、ピンと来る名前はなかった。もう一度見てみた。チェンとか、ロングホーンとか、ザンダーの苗字のショーとか、なんでもいいから、ふっと目に飛び込んでくる名前がないかと探した。

「これ、印刷できる？」

ラキムは再びまわりを確かめた。「できることはできるけど、事務室に出力されるんだ。そこまで取りに行かなきゃならない」

「お願い」

彼は画面を元に戻し、また何回かタップした。「自分がこんなことをしてるなんて、信じられない」

「ものすごく手助けになってるよ」

「ここを動かないで」そう言い残して、ラキムは奥へ姿を消した。

ハナは画面をくるっと回し、さっきのリストをあらためて眺めた。予約者名の横には、部屋のタイプや朝食のオプション、支払い詳細の欄があった。その内容をすべて表示させると、行がずれないように画面に指を走らせながら、一つ一つ調べていった。そして部屋がダブルの場合にだけ、予約者名と支払い詳細を照らし合わせた。最初の十名が終わり、また次の五名がすんだとき、指が止まった。ハナは突如、溺れているような感覚に捉われた。

予約者名はマクラレンなのに、クレジットカードの名義はそれとは別で、マクナマラになっている。ファーストネームのイニシャルはC。

単なる偶然だよ、そうに違いない。まさかそんなことがあるわけない。

ラキムが奥から戻ってきた。ハナは画面からすっと手を離した。指が震えている。リストのプリントアウトが差し出されたのにもかまわず、再び携帯の写真フォルダを探り、自分とクレイグが写っているのを呼び出した。一年前にいっしょに食事したときに撮ったセルフィーで、ふたりとも間抜けな顔してにやにや笑っている。それをラキムに見せた。

「これがメルといっしょにいた男?」

ラキムはすかさず答えた。

「うん、この男だ。なんだ、知り合いだったわけ?」

58　ジェニー

「軽く飲んでく?」まるで若い頃に戻ったようで、そんな気分をジェニーは楽しんでいた。クレイグが相手だと気兼ねもいらない。酔いでぼうっとした頭で、自分が彼の下になり、彼を内で感じている姿を思い浮かべる。肌を触れ合わせ、昔とそっくりに結びつくふたり。互いの気持ちを読み取れる、最高の友人同士。

クレイグが家を見あげる。窓は暗い。「いいの？　ぼくが入ると、ドロシーが嫌がるんじゃないかな」

昨夜ドロシーが墓穴の中に立っていたときの様子を、ジェニーは思い出した。

「母さんはもうぐっすり眠ってるよ」

クレイグは大仰な仕草で腕時計を見た。酔っているので動きがこっけいだ。「なら、ぜひとも一杯、引っかけていきたいね」

ジェニーはクレイグを家に導き入れた。ふたりしてよろけながら、ばかなまねしてるよね、と目で言い合う。でも今が幸せなら、ばかな過ちを犯したっていいじゃない。そうでなくてなんの人生よ。それに、どうせどっちもへべれけなのだ、気にすることなんかない。

大きな家は暗くひっそりしていて、ジェニーは心臓がぶるっと震えるのを感じた。奥の冷蔵庫には死体がいくつか入っているし、お別れの間でも死人が棺に横たわっている。ジムのことが頭に浮かんだ。この家の一部だった父、ジェニーが生まれたときから、その人生の一部だった父。それが今では燃えかすの山となり、どう処理すればいいのか、ドロシーもわからないでいる。

クレイグを二階のキッチンへ連れていくと、戸棚からウィスキーを取り出し、タンブラーグラスを二つ見つけてそそいだ。クレイグはふらりとホワイトボードのほうへ行き、しげしげ眺めている。ジェニーは上着をぬいで椅子の背にかけ、ウィスキーを運んでいった。漂う香りが、長い一日の仕事を終えた父の姿を思い出させる。

クレイグがホワイトボードを顎でしゃくった。「つまり何かい、スケルフ家の女性三人は、この探偵ってやつをまじでやってるわけ？」

ジェニーはリアムの件を思い起こし、肩をすくめた。「気がついたら、やってたって感じ。ハナはメルのことが相当ショックだったみたいで、血眼（ちまなこ）になって答えを探してる。母さんは母さんで、解かなきゃいけない謎があるらしい」

ホワイトボードの走り書きに彼が目を細める。「何かジムに関係あること？」

「もしかしたらね。あたしたちにもよくわかんないんだ」

クレイグがウィスキーをすすり、ジェニーもそれにならった。喉を熱いものが通り、生きている実感がした。

「おまえの不倫調査はどうしたっけ？」

「妻のたくらみを夫にばらしたら」そのときのことがよみがえり、ジェニーは身が縮まる思いがした。「いい顔をされなかった」

「夫婦ってのはいろいろだな。うん？」

シュレディンガーがそろりと入ってきて、テーブルのまわりをこそこそ歩き回った。背中を高く丸め、毛を逆立てている。猫はクレイグに近づいて低くうなると、ドアからするりと出ていった。

「やつはぼくが好きじゃないらしい」

「ライバルだと思ってんのよ」

「ぼくが猫のライバルぅ？」

「ここじゃ今では、彼がいちばんえらいオスだからね。以前は……」

ジェニーはその先をつづけたくなかった。父とか母とか娘とか、そんなことは口にしたくなかった。泡と消えていくこの瞬間、ただ、ここでこうしていたかった。リアムはどう言ってたっけ？　人生で重要なのは過程であって結果ではない？　これはひとつの過程なのだ、あたしは過程を生きているのだ。人の人生は結果じゃ判断できない。あたしは離婚した、失業した、住む場所を失った、父を亡くした。けれども、それはぜんぶ結果であって、過程じゃない。

ジェニーは身を乗り出してクレイグにキスした。彼は最初は驚いていたものの、やがてはそれに応じ、グラスを横にそらして体を押しつけてきた。あいたほうの手をジェニーのウェストにやり、くびれにそって動かす。ジェニーは身をよじった。

ふと体を離し、彼と見つめあったまま彼のグラスを取り、自分のといっしょにテーブルに置いた。彼の頬に手で触れる。あいかわらず、ひげがつるつるに剃ってある。昔っから、ヒップスターひげなんか生やそうともしなかった。何年もたったのに、あたしの知ってた彼とまるで変わっていない。違うのは、もういっしょに暮らしていないことだけ。でも今はこうしていっしょにいる。大事なのはそこよ、結果じゃなくて過程。また彼にキスしてしまったのも、ひとつの過程。あたしは今、この過程を生きていたいの。

「ジェニー」クレイグの声には迷いが混じっていた。

ジェニーは彼の胸に手を添え、再びキスした。舌を彼の唇に、最初はそっと、それから強引に押し入れる。彼の手がジェニーのウェストから胸へと這いあがってきた。先端がすでに反応している。

クレイグが身を引く。「こんなの間違ってるよ」

「間違いなら、あたしたち、嫌というほど繰り返してきたじゃない」

「だからって、また繰り返すことはないだろ」

「それが人生でしょ。過ちを犯しては、あとで何とかする」

彼の目がうるんで見える。「過ちが、あまりに大きなものだったら？」

「修復できないほどひどい過ちなんかないわよ」

「それはどうかな」

ジェニーは彼の額を優しくなでた。「クレイグがここであたしといっしょにいる。大事なのはそれだけ」

一階で電話が鳴りはじめた。ジェニーは時計を見た。午前三時すぎ。スケルフ社では二十四時間応対することになっているけれど、ほかを優先すべき場合も、ときにはあるものだ。間違い電話かもしれないし、ご不幸だったとしても、朝になってから対処すればすむ。どっちにしろ、死んだのは変わらないのだから。

九回コールして、電話は鳴りやんだ。

ジェニーはクレイグの頰に柔らかくキスして、またムードを盛り上げようとした。しかし彼は窓の外へ目をそらした。

「いったいどうしたの？」

クレイグは額をこすり、腰を伸ばした。「ちょっとしたことがあってね」

「ちょっとしたことって？　フィオナと何か？」

「いや」

「ソフィアは元気？」

娘の名前を聞くなり、彼はひるんだ様子を見せた。「あの子は大丈夫だ」

「じゃあなんなの？」

ただ首を振り、唇を嚙んでいる。

椅子にかけた上着の薄い生地を通して、ポケットで携帯が光っているのが見えた。ジェニーは再び時計に目をやった。そういえば、さっき、下の電話も鳴っていた。

もう一瞬クレイグを見つめてから、しぶしぶ身を離した。

「確認したほうがよさそう。重要なことかもしれないから」

上着のところへ行って携帯を取り出す。リアムと会ったとき以来、着信音がオフのままだったらしい。電話を七本も逃していた。二本はドロシーからで、だいぶ前に着信している。あとの五本は直前にかかっていて、ハナからだった。そのうえ今度は、テキストメッセージまで飛び込んできた。振り返ると、クレイグはまだ窓の外を見ていた。メッセージを開く。ウィスキーとジンのせいで目の前がぼやける。しばらくたって、ようやく焦点が合った。

〝パパはメルと関係してた。ふたりはつきあってたんだよ。もう頭がどうにかなりそう。電話して〟

ジェニーは文面を凝視した。親指が宙をさまよい、今にもメッセージをスワイプして消そうとしている。ぐっと息を飲み、なんとか頭を働かせようとした。目を上げるのが怖かったが、それでも上げた。クレイグがこっちを向いてジェニーを見つめていた。目に涙を浮かべている。

「なんだった?」彼が訊く。

でもわかっているのだ。ジェニーが知ったのを、彼はもう知ったのだ。ふたりのあいだにはたくさんのものがありすぎた。過去のつながり、ふたりをずっと結びつけてきた糸。ジェニーは彼を見た瞬間、すべてを顔に表してしまったのだ。
「何か変わったことでも？」彼は一歩、ジェニーに近づいた。
ジェニーは思わず身をすくませ、シンクの引き出しのほうへあとずさった。引き出しには
ナイフが入っている。
「そうかい、わかったよ」
クレイグが両手を広げて迫ってくる。
ジェニーは携帯を握りしめたまま、じりじりと後ろへ下がった。ハナのメッセージが光っ
ている。ジェニーの心を打ち砕いた、そしてジェニーとクレイグの関係を打ち砕いたメッセ
ージ。いや、クレイグとの関係は、それでも崩れ去りはしないだろう。最悪なのはそこだ。
この騒ぎが終わったあとでも、あたしはきっと、彼とつながったままでいる。
「そんなんじゃないんだ」ウェイトレスといちゃついていたのを、とがめられたときのよう
な言い方。「おまえは知らないんだ、何がどうなってたか」
ジェニーは引き出しに手をかけたが、そのとたん、彼につかまえられて腹を拳で殴られた。
あまりの苦しさに身を二つに折った。息ができない。クレイグは携帯を取りあげ、ジェニー
の髪をつかんで下に引っぱった。ジェニーはバランスを失い、よろけた拍子にテーブルの角
に頭を打ちつけた。強烈な痛みが走った。まばたきを繰り返し、なんとか立ちあがろうとす
る。引き出しをあける音が聞こえた。つづいてスプーンやフォークをかき混ぜる音。と突然、

椅子に引っぱっていかれ、そこに座らされてナイフを喉に当てられた。刃先が肌にのめり込んでいる。顔をそむけると皮膚が引きつった。

クレイグはどこまでも悲しそうな顔でジェニーを見つめた。この出来事に心底当惑しているかのように、目に涙をためている。彼は携帯の画面を覗き、首を振った。

「こんなことになるなんて」彼が静かな声で言う。「そんな気はぜんぜんなかったんだ。それはわかってくれないと」

「クレイグ」刃先の触れたところがどくどくする。血が出口を求めている。

彼はナイフを押し当てたまま、別の椅子を引き寄せ、ジェニーのそばに座って身を乗り出した。「何を言うつもりか知らないが、口に出すんじゃないよ」

まるでごみをちゃんと出さなかったとか、パーティで飲みすぎたとかで、つまらない夫婦げんかをしているみたいだ。

彼は首を回してホワイトボードを見た。そこではメルの写真が男たちに囲まれていた。

「ぼくのことはよく知ってるだろ、ぼくが弱い人間だってことは」

ジェニーは息を飲んだ。「弱いじゃなくて、凶悪な、でしょ」

「凶悪なんかじゃない」

「だって人を殺したんだよ。彼女は妊娠してたんだよ」

涙が彼の頬をつたい、テーブルに落ちた。

「魔法をかけられたみたいだった。あの子のことばかり考えてた。あの子に病みつき、そう、病気にかかってた。あまりにも生き生きとして見えたから」

ジェニーは喉元のナイフをはたき落としてやろうかと思った。

「情けない中年男が若い娘と寝ただけの話でしょ。そんなの世間には、大昔からごろごろ転がってるわよ」

クレイグは聞いていないようだった。「あるとき、ふとハナに会いに行ったら、あの子がいたんだ。ハナはいなかったんだけど、ふたりでしゃべりはじめた。彼女はぼくをひとりの男として見てくれた。そう、父親でもなく、夫でもなく、歳のいった哀れな負け犬でもなく。彼女に会うまで、ぼくは誰の目にも映っていない気がしてた。それがどういうものか、おまえにわかるか？」

「それがどういうものか、地球上の中年女性はみーんな知ってるよ」

クレイグが首を振る。「ぼくは悪い男じゃないんだ」

この期に及んで、そんなたわごとをほざくとは。「あんたはあの子を殺した」ジェニーはナイフもかまわずに身を乗り出した。皮膚がひきつれる。「あの子はあんたの娘の親友だったのに、あんたの子どもを身ごもってたのに」

「遊びのはずだった」彼はぼそぼそと言った。「真剣なつきあいじゃなかった。なのに、彼女がべたべたしはじめて、ふたりの関係をハナに話そうとした。なんとか思いとどまらせたけどね。フィオナと別れるよう、ぼくに迫った」

クレイグの手が震え、それといっしょにナイフも震えた。刃先がうっすら皮膚を破り、ジェニーはちくりと痛みを感じた。血が首筋を流れていく。

クレイグはそれに目を留めてもいなかった。「そして妊娠だ。堕ろすように勧めたら、彼女、逆上して、ぼくがどんな男か、みんなに言いふらすとわめいた。電話を取り出して、フィオナに洗いざらい、ぶちまけようとした。あの子がすべてを破壊するのを、ぼくは放っておけなかったんだよ」

「言い訳しようってのね、信じられない」

彼はあきらめたような顔をしてみせた。ぼくには自分の行動を抑える力がないんだよ、とでも言いたげに。「もっと勇気があったら、自殺するんだけどね。考えたことは考えたんだ。ウィスキーをボトル一本飲んで、風呂につかって睡眠薬を飲む。でもそれだけの勇気がなかった。ぼくはそこまで強くない」

ドアロで音がして、ふたりははっと振り返った。シュレディンガーだ。猫は中に入ると、ふたりには目もくれずに、窓辺の椅子のほうへ行った。クレイグがそれを見ているすきに、ジェニーは手を振りあげてナイフを払った。カーン。ナイフが窓辺の床に落下し、その音で猫が跳びあがった。ジェニーは椅子から立ち、振り返ったクレイグの横顔を拳で思いきり殴った。拳はこめかみにはまった。指の関節がじいんとする。クレイグはのけぞり、椅子から転げ落ちそうになっていた。ジェニーの座っていた椅子が床とこすれてギギッと鳴った。ジェニーは足を忍ばせ、彼の前を通り抜けてドアへ向かった。シュレディンガーがこっちを見ている。背後で彼がののしり声を上げ、手で顔を押さえた。ジェニーはさらに数歩進んでドアロにたどり着いた、と思ったらそこで髪をつかまれ、ぐいっと後ろへ引っぱられた。髪が何本か毛根から抜けた。音を立てて尻もちをつくと、そのまま後ろ向きに引きずられた。ラグがめくれ、むき出しになった腰の肌に床板のささくれが刺さった。

両手を頭上で振り回し、髪をつかむクレイグの手を引っかく。彼の荒い息が聞こえ、シュレディンガーのうなり声がした。見ると、猫は背を高々と丸めて尾を突っ立てていた。次の瞬間、ジェニーは腰に衝撃を感じた。腎臓が悲鳴を上げた。蹴りはまた一回、また一回と襲ってきた。手をおろして腰を守ろうとすると、今度は後ろに引き倒され、床に頭を強打した。眼前で火花が散り、痛みが体を切り裂いた。髪から手が離れたのに気づき、なんとか体を起こそうとする。ようやく片肘をついて起きかけたとき、前に回ってきたクレイグに、今度は顔を蹴られた。耳の中がかーっと熱くなった。頬が裂けている。ジェニーは再び床に倒れた。テーブルの下の埃やトーストのくずが見え、窓辺に落ちたナイフを拾う音が聞こえた。

フゥーッ、とシュレディンガーのうなる声がした。首を回すと、クレイグの足が猫の胴を蹴りあげていた。シュレディンガーは宙に飛ばされ、爪を出したまま窓ガラスにぶつかり、はね返って床に落ちた。

クレイグがナイフを突き出してジェニーに近づいてきた。それが何をするものなのか思いもつかない、といった顔でナイフを眺めている。異星の物体でも手にしたかのように。

「待って」ジェニーは手を上げて制した。体も顔もうずいていた。全身が痛みに覆われるなかで、ふと考えがよぎった。これでは、何よりもハナが破滅してしまう。

「無理だよ」クレイグはしゃがんでジェニーの目を覗き込んだ。

そして愛とも呼べるものを込めてジェニーを見つめると、その腹にそっとナイフを当て、深く刺した。

59 ドロシー

アーチーの運転するバンがダディングストン・ロウ・ロードへ折れたとき、ドロシーの携帯電話が鳴った。ふたりは墓穴を元どおりに埋めたあと、ずっと黙りこくっていた。

ドロシーは画面を見た。ハナからだ。ダッシュボードの時計に目をやる。三時十五分。西へ向かうバンの背後で、夜明けの光が空を紫色に染めていた。

電話に出た。

「パパだった」ハナが息を切らし、声を震わせている。ドロシーは耳に当てた電話を通して、孫娘とのつながりを感じた。ふたりを結びつける糸。

「何が？」

「パパはメルと寝てたんだよ」

電話を耳から離して画面をにらむ。タイマーが通話時間をカウントし、ハナの名前が表示されていた。アーチーを振り向くと、彼は一瞬こっちを見やり、すぐに道路に目を戻した。

「確かなの？」ドロシーは訊いた。

「もう、どうしたらいいかわかんない」

「ママには話した？」

電話の向こうでハナが鼻をすすった。その後ろで何かうるさい音がしている。「もう何回となく電話したけど、出ないんだ」

バンはアーサーズ・シートのふもとを回り、市民プールを通りすぎ、ニューウィントンに入った。こんな時間なので、ほかに車は走っていないし、信号にもずっと引っかからずに来た。はるか遠い宇宙を漂っている気分だ。

「今どこにいるの？」

「タクシーでおばあちゃんちへ向かってる」

「こっちも家に向かってるところ」

「どこへ行ってたの？」

ドロシーはアーチーを見て、窓の外を見た。バンはグレインジ・ロードを走っていた。

「それはいいから。警察には伝えた？」

「トマスを起こした。巡査をふたり向かわせるって、パパの家へ……」

ハナは声を詰まらせた。泣いている。

「ねえ、ハナ」

「何かの間違いだって、ずっと自分に言い聞かせてる。こんなのあり得ないって」

「どうやって知ったの？」

「レシートから。ホテルのバーの店員が、ふたりがいっしょのところを見てたんだ。ふたりはホテルに部屋を取ってた。おばあちゃん、わたし胸がむかむかする」

ドロシーが深く息を吸ったので、アーチーが振り向いて眉をひそめた。バンはホワイトハウス・ローンを横切った。またしても信号は緑。ついているようだ。

「ハナ、落ち着いて」

「息ができないよ」

「今はどのあたり？」

少し間があき、電話の向こうからタクシーの走行音が聞こえてきた。「メドウズのそば。もうすぐ着く」

「わかった。こっちも家の近くまで来てる。ふたりでじっくり話しましょう」

「おばあちゃん、わたし怖くてしょうがない。もしもパパが……」

グリーンヒル・ガーデンズの突端まで来ると、アーチーはバンを私道に乗り入れ、エンジンを切った。

「なんとかなるわよ」ドロシーは言った。

なんとかなるものじゃないだろうけど。

家を見あげると、キッチンに明かりがついていた。

ハナが電話を切ったので、ドロシーはバンのドアをあけた。焼けつくような痛みが肩を襲った。きつい肉体労働をつづけた報いだ。回復するまで時間がかかるだろう。アーチーの話をちゃんと飲み込んで、どうすべきかを考えるのにも時間がいる。なのにまた一つ、とんでもない問題が降りかかってきた。

ショベルと懐中電灯の入ったボストンバッグを後部からおろそうと、アーチーが運転席のドアをあけた。ドロシーは彼の腕に手をかけた。

「あれは明日片づければいいわ」

アーチーはずっと、ひと言もしゃべらないでいた。墓を埋め直す最中も、バンに駆け戻るあいだも、墓地の裏の塀を乗り越えるときも、ここまでの道中も。

「家に帰りなさい。ふたりとも休まなきゃ」

「申しわけないと思ってます」アーチーは頭を垂れ、ドアをしめた。

「わかってるわよ」

長い沈黙。「明日はここに仕事に来るべきですか？」

ドロシーは彼の腕に手を置いたままだった。彼の肌のぬくもりが伝わってくる。「当然でしょ。ほかにどこへ行こうっていうの？」

ほんのわずか、アーチーは肩をすくめた。「警察へ行くよう、お望みじゃないかと。でなくても、ともかくここには、いてもらいたくないんじゃないかと」

ドロシーは手を引っ込めた。「明日話しましょう」

彼がためらいがちに言う。「ハナは大丈夫ですか？　気が動転しているようでしたけど」

ドロシーは首を振った。

「もうしばらく残っていましょうか？」

「いいのよ」

「どれもこれも、あなたが抱え込まなくてもいいことばかりだ。ドロシー、あなたはいい人だから、他人の問題を背負ってしまう。今に自分がまいってしまいますよ」

「わたしは平気。じゃなくても、ひと晩ぐっすり眠れば平気になる」

「じゃあ、お気をつけて」

体じゅうの筋肉が悲鳴を上げるのを感じながら、バンからそろそろとおりた。ドアをしめ、バンが発進して私道を曲がるのを見送る。ハナのタクシーはまだ到着する気配がなかった。これが二週間前なら、クレイグにそんなことはできない、と弁護していただろう。でも今はどうだ。アーチーは遺体をレイプした男を殺していたし、ジムは死体の始末や事件の隠蔽に手を貸していた。しかも、女を餌食にする男はいたるところにいると、思い知らされたばかりだった。

クレイグのことをジェニーに話さなきゃならないのか。ドロシーは重い気持ちで玄関をくぐり、足を引きずりながら階段をのぼりはじめた。ふくらはぎがぱんぱんだ。手すりを握ると、指に土がついているのが見えた。死骸がつぎつぎと頭に浮かび、胸が悲しみでいっぱいになった。

階段の中ほどまで来たとき、足音が聞こえた。そういえばキッチンに明かりがついていた。ジェニーがつけっぱなしで寝たのだと思っていたけれど、夜中に目を覚ましたのかもしれない。ドロシーは耳をすましてみたが、もうコトリとも音はしなかった。

階段をのぼりきり、キッチンのドアロで足を止めた。

床の真ん中にジェニーが倒れ、お腹のあたりに血だまりができていた。そこから床板の溝をつたって流れた血が、ラグをどす黒く染めている。ジェニーの目は閉じられ、腹部からナイフの柄が突き出していた。パイナップルをスライスするときに使うナイフだ。

そばにはクレイグが、ジェニーを見おろしながら立っていた。息が荒い。両手は血に覆われ、ジーンズやシャツも血だらけだ。彼は鼻をぬぐい、ドロシーを振り返った。目は涙で濡れ、頬は走ったあとのように上気している。彼は一瞬、ドロシーを凝視した。それからジェニーに目を戻すと、いきなりドロシーに走り寄り、その腕をつかんで押しのけようとした。ドロシーはよろめいて彼にぶつかりながらも、膝で彼の股を蹴りあげた。クレイグは身を折り曲げたものの、すぐに起き直ってドロシーを横の壁へ投げ飛ばした。ドロシーはホワイトボードに頭を打ちつけた。くらくらしていると、クレイグの両手が伸びてきて喉を絞めた。

息が詰まった。逃れようともがいたが、彼の握力のほうが数段まさっていた。もう一度膝を蹴りあげる。しかし彼はたくみに体をずらしていて、太腿の外側をかすっただけに終わった。ドロシーは後ろの壁をかきむしりながら頭を巡らせた。何か彼の気をそらせるものはないか、投げつけられるものはないか、壁からもぎ取って、身を守るのに使えるものはないか。何もなかった。彼の指が喉に食い込む。胸が焼けるようで、彼の手を爪でかきむしった。意識がだんだん遠のいていく。そのとき、はっと何かを思い出した。急いでカーディガンのポケットを探り、骨をつかむ。ジムの火葬以来ずっと持ち歩いていた、彼の骨。それを取り出すと、尖ったほうの先端が指のあいだから覗くように握りしめ、拳でクレイグの顎を力いっぱい突きあげた。骨が口底から舌までを貫くのが手に伝わってきた。彼はうなり声を上げ、ドロシーの喉から手を離した。

ドロシーは骨をいったん引き抜き、もう一度同じ場所に突きさした。クレイグはドロシーの腕をつかんで振りほどこうとした。でもドロシーは骨を放さず、今度は彼の肋骨の隙間にぐいぐい押し込んだ。骨は胸の皮膚を破り、筋肉に刺さった。

クレイグはあえぎながら拳を振りあげ、ドロシーの顔を殴った。その衝撃でドロシーは床に倒れた。それでも骨はまだ手の中にあった。クレイグの顎や胸から出た血で、手がべっとり濡れている。クレイグは胸の傷を見つめ、そこを手で覆った。気を失いかけているのか、よろよろしている。やがて体を起こして宙を見すえると、ドロシーを上からねめつけた。

「パパ？」

ドロシーは大きく息をついて振り返った。ドアロにハナが立っている。ドロシーは骨を握った手を高く上げ、もう片方の手でクレイグを指さした。いくら目を凝らしても、涙と痛みで視界がぼやける。クレイグは顎と胸を押さえたまま、ハナをじっと見つめていた。

クレイグもハナも微動だにしなかった。永遠の中に囚（とら）われたかのごとく立ちつくす父と娘。そのそばに横たわる傷を負ったふたりの女。絵に描いたような悲劇の情景だ。

ふいにクレイグが我に返った。そしてドアロへ走ってハナを突き飛ばし、よたよたとキッチンを出ていった。階段をおりる重い足音や、手すりにぶつかる音が聞こえてくる。

ハナは体勢を立て直すと、ドアロをにらみ、それからキッチンに目を戻した。

「行かせてやりなさい」ドロシーは切れ切れに言い、震える手を赤むけた首に当てた。

ハナは再びドアロをにらんだ。

「そうはいかないよ」

60 ハナ

クレイグを追ってハナは階段を駆けおりた。彼が騒々しい音を立てて玄関を出ていくのが聞こえた。つづいて砂利を踏む音。よろついているのか、足音が不規則だ。ハナが玄関に着くと、彼は公道へ姿を消した。ブランツフィールド・リンクスへ向かったに違いない。街灯の照らす小道からはずれると、あの公園の草地はかなり暗い。たぶん闇にまぎれるつもりだろう。

ハナはクレイグを探しに走った。木の梢ではもう鳥がさえずっている。角を曲がり、公園の手前で足を止めた。東を向くと、アーサーズ・シートの上の空が輝きはじめていた。正面ではライトアップされたエディンバラ城が雲がちな空に映えている。公園のあちこちの小道から橙色の光がこぼれていたが、そのあいだに広がる起伏のある草地は真っ暗だった。

何か動くものはないかと目を凝らす。クレイグは傷を負っているし、彼の犯行も明らかになった。ほっておいても警察が捕まえるだろう。逃げられるはずがない。でもそんなのでは、ハナは気が収まらなかった。

右手のジェイムズ・ギルスピーズ小学校のそばで影が動いた。クレイグだ。よたよたしながら柵を越えようとしている。死に物狂いで逃げる獣。ハナは彼に向かって走りはじめた。最初はゆるく、徐々に速く。クレイグが気づいたらしい。ハナの足音が聞こえたのか、彼はスピードを上げた。左に折れて坂をくだり、右の道路へ近づき、また道路から離れる。ハナはどんどん彼に近づいていった。着実な足取り、ゆるぎない目線。まるで平原でガゼルを視野に捉えたメスライオンだ。クレイグは胸と顎を押さえていた。それがどんな傷か、ハナは思い出そうとしてみたが、何もかもがあっという間だった。そこらじゅうにおびただしい血が流れていた。スケルフ邸に戻って、ママやおばあちゃんを助けるべきだろうか。けど、おばあちゃんは意識があった。救急車を呼べる。

クレイグがさらにスピードを上げた。ふらふらと走る姿が街灯の光の中に浮かびあがった。ホワイトハウス・ローンを渡っている。彼は振り返ってハナをちらりと見ると、また駆け出して、ピッチ・アンド・パットのコースのあるほうへ向かった。方向からすると、ハナのフラットを目指しているようにも見える。いや違う、パパはただ逃げているだけだ。自分のしでかしたあらゆる過ちから、自分のついたあらゆる嘘から、自分の愛する者を傷つけたあらゆる行為から。パパが誰かを愛したことがあるとすればだけど。

ハナも速度を上げ、ホワイトハウス・ローンを渡った。空がいちだんと明るくなった。ソールズベリー・クラッグスが茜色に染まり、街がきらめている。旧市街の乱雑な街並みが近づいてきた。パパは逃げられない。それはパパにもわかってるはずだ。ゴルフコースを離れて幹線道路へのぼろうとした彼が、傾斜でつまずいて転んだ。

ハナはあと五十メートルにまで迫っていた。もう少しで追いつく。彼はよろけながら立ちあがり、数歩前に進んだ。ハナは以前、シュレディンガーがスズメを後ろから襲うのを見た。猫は庭の隅からいきなり現れ、スズメに突進した。次の瞬間、スズメはその場で片方の翼をばたつかせるだけになっていた。もう片方はちぎれていた。猫はしばしためらった。あまりにも容易に殺せる相手をどうしたものかと、考えているふうだった。そして結局は、スズメの喉を切り裂いた。

「パパ」ハナは苦しい息の中で叫んだ。

クレイグは振り返り振り返り、なおも前に進みつづけたが、その足取りは哀れなほどよろよろだった。顎に当てた手は血で黒ずみ、指のあいだから血が草に垂れ落ちている。

あと二十メートル。

クレイグがハナを振り向いた。まるで地震で揺れる高層ビルのように、体がふらふらしている。もはや走るのを、いや歩くのさえあきらめたらしい。胸と顎をつかんで立ちつくし、じっとハナを見つめていた。

「来るな」彼は言った。

あと数メートルのところでハナは止まった。

「ぼくが悪かった」彼はかすれ声であえぎながら言った。

ハナは首を振った。手は震え、目に涙がたまっているのがわかる。

クレイグは身をかがめ、両手を傷から離して膝についた。首から血が油のようにしたたり落ちた。シャツの前面は血でぐっしょり濡れ、胸からさらに血が滲みだしている。

「悪かったなんて、思ってもいないくせに」

「じゃあなんて言えばいいんだ」

ハナは手首をかきむしった。涙が頬につたい落ちた。「あんたはわたしの父親なんだよ」

クレイグが首を振る。「ぼくはただの男さ」

「彼女はわたしの友だちだったんだよ」

「おまえには関係ないことだ」

怒りが喉元まで込みあげ、ハナは思わず絶叫した。

「あんたはわたしの父親なんだよ」

クレイグがハナに目を向けた。焦点が合わないようで、平衡を保てずにふらついている。やがて頭がゆっくりと垂れていき、両脚ががくんとなり、彼は祈りを捧げるかのように地面に両膝をついた。

「最悪なのはね、まだすべてが終わったわけじゃないってこと」

「すべて終わったよ」長い間のあと、クレイグは言った。

「ううん。メルは死んだ。メルの両親はこれからずっと、娘のいないまま生きていく」

「あんなことをする気は毛頭なかった」

ハナはクレイグのほうへ歩きはじめた。

「そしてわたしはこれからずっと、殺人犯を父に持ちながら生きていく」

背後の幹線道路で光が点滅している。

クレイグは膝をついてうなだれたまま、せわしく呼吸していた。

ハナはクレイグの横にひざまずき、彼の髪をつかんだ。そして彼の頭をぐいと起こし、その顔をまじまじと眺めた。皮膚はロウのように白く、目はただの黒い穴と化していた。

「死ねばよかったのに」ハナは言った。

ハナを見るクレイグの目が一瞬、焦点を結んだ。彼はにやりと笑って手を上げようとしたが、手は力なく落ちていった。

「ぼくもそう思う」

61　ジェニー

ジェニーはチャペルの中を見回した。メルの親族や友人がみんなそこに集まっていた。カントンの音楽が流れ、長テーブルにはたくさんの手作り料理が好きに取れるよう並べてある。メルの横たわる棺は蓋をあけたまま前方に置かれ、まわりにメルの写真や花が飾られていた。親族の大半はつやつや光る生地の服をまとっていて、その多くは赤だった。ドロシーによると幸運の色らしい。小さな子どもがふたりで、ナプキンに包んだ蒸し団子を互いに食べさせている。ジェニーは思わず頬をゆるませた。

包帯のあたりに触れてみる。息をするとひたすら痛む。刺されて手術を受けたあとの七日間は、一年かと思うぐらい長かった。痛みで苦しかったせいもある。少し動くたびに、縫ったお腹の筋肉に激痛が走った。ただ、さまざまな出来事をつらつら考えていたせいで、時間がたたないように感じたとも言える。どれもこれも、宇宙の中ではさざ波にすぎないけれど、みんなのこれからの人生において、ずっと反響しつづけるだろう。

今朝着替えるときには手伝いが必要だった。何せ、退院してまだ四日だ。手術はうまくいった。クレイグが刺したナイフは主な臓器には達していなくて、傷口をただ縫合するだけですんだ。筋肉の修復を助けるためにワイヤーメッシュが埋め込まれ、感染症や合併症の予防として二日間入院した。

ブラウスはどうにか自分で着られたものの、タイツや靴をはくのはドロシーにまかせなければならなかった。四十年前のように母親に着せてもらうのは、なんともみじめな経験だった。ドロシーには顔を出さなくてもいいと言われたが、チェン一家のために、どうしても来たかった。ヴィックが葬儀を依頼してきたときには、まさかと思った。なんといっても、スケルフ家はメルを殺した犯人と関係があるのだから。とはいえ、スケルフ家が事件を解明したからこそ、クレイグが逮捕されたわけだ。ジェニーはメルのために、メルの両親と兄のために、そして、年上の男に翻弄され欺かれたすべての若き女性のために、この場にいたいと思った。たとえ、ほとんど動けなくとも。薄手のブラウスから包帯が透けて見えるのが気になろうとも。

クレイグはまだ入院していた。ドロシーに相当やられたようで、彼の傷はジェニーのよりかなり深刻だった。口腔内の手術は複雑で時間がかかり、そのあともしゃべれないでいる。胸の傷は肺に及んでおり、感染症を防ぐため、膿を排出する管が傷口に差し込まれた。病室には警察官がひとりついて、クレイグが自殺しないよう見張っている。病院に担ぎ込まれたとき、窓から飛びおりようとしたらしい。

口がきけないにもかかわらず、クレイグは自白を終えていた。トマスの面前で、しぶしぶ供述をタイプ入力したのだ。その内容はジェニーが聞いたのとほとんど同じだった。メルとゴルフ場の小道を歩いていて口論になった。メルはふたりの関係や子どものことを、電話でフィオナにばらそうとした。クレイグはパニックに陥り、かっとなってメルの首を絞めた。そしてメルの死体をブッシュの奥に引きずっていき、逃げた。

ジェニーはクレイグが自殺を試みたのが気になった。彼は人殺しだし、嘘つきだし、何度となく女性を裏切ってきた。でも同時に、ハナやソフィアの父親なのだ。そしてもちろん、メルの子どもの。DNA鑑定でそれは立証された。

まったく、とほうもなく込み入った話だ。フィオナはクレイグを見舞ったのだろうか？

ジェニーは自分が退院するとき、ふと、彼の病棟へ行ってみようかと考えた。直接会って答えを引き出すために、彼を正面から見すえてやるために。でも答えなどないのだ。

家に戻って以来、ジェニーは不眠に悩まされていた。悪夢ばかり見た。ナイフで刺される夢。首を絞められる夢。暴力、そして報復。自分がクレイグを殺す夢を見て、胸が悪くなったこともある。目を覚ますと汗まみれだった。暗い中でお腹の傷が叫び声を上げた。

「大丈夫ですか？」

声をかけてきたのはヴィックだった。目をうるませながら、彼はぐっと息を飲み込んだ。

「ご両親はよく持ちこたえてらっしゃるわね」ジェニーは言った。

「持ちこたえてるわけじゃないんです、誰ひとりとして」

「つらいでしょうね」

ヴィックは部屋にいる親族を見回した。「でもぼくたちは、真実を知ることができて喜んでいます。正義が行われてよかった」

正義は行われたのだろうか？　若い女性がひとり死んだのに、それを何で償うことができるというのか？　いったい自分はクレイグに自殺してほしいのか？　けれどもジェニーには、最後の疑問に答えることすらできなかった。

「ハナを見かけました？」ヴィックが訊く。

ジェニーはざっと部屋を見回したが、ハナの姿はなかった。「探してくる」

この場から距離を取る必要がある、と急に思われて、そそくさと立ち去ろうとしたとたん、腹部が激痛に襲われた。ヴィックの肩をそっと叩き、沈んだ顔の彼を残してチャペルを出た。

受付ではインディが、同じぐらい沈んだ顔をして座っていた。今回のことではインディもつらい思いをしているはずなのに、ジェニーはときにそれを忘れてしまう。

「ハナはいる？」

インディは口をすぼめ、目で二階を示した。「ちょっと時間が必要みたいですよ」

そのとき玄関があき、ジェニーは振り返った。扉口にリアムが立っていた。おどおどした様子だったけれど、ジェニーに気づくなり、彼は笑みを浮かべた。

「こんにちは」彼は言った。

「こんにちは」

「きみのこと、ニュースで見たよ」

「今や有名人」

リアムはチャペルを覗き見た。中で弔問客がうろうろ歩き回っている。「悪いときに来てしまったかな」

「ううん。あっちなら話せるよ」

誰もいないお別れの間へ彼を案内してから、ジェニーはふと気づいた。そういえば、オーラと話したのもこの部屋だった。あれはいつのことだろう。まだ三週間もたっていないはずだ。さざ波と反響、エコーとハウリング。

「どう？」リアムが訊く。

「大丈夫よ」

いったい、いつまでそう訊かれつづけるのやら。でもいざ訊かれなくなると、きっと訊いてほしくなるに違いない。たぶんそのときにこそ、自分がどうなのか、話さずにはいられなくなるだろうから。

ジェニーはブラウスの上から包帯にそって指をすべらせた。

「ただ、笑わせないでね。縫い目が破れるから」

「それは大変」リアムは前に見たときより顔が青白かった。目の下に隈もできている。もっとも、ジェニーだって晴れやかな顔をしているわけではないけれど。

「ぼくはきみにあやまらなきゃいけない」

「あやまることなんか何もないわよ」

「いや、あやまるだけじゃ足りないぐらいだ」彼は一瞬ジェニーを見つめてから、カーテンに目をそらした。「きみの言ったことはぜんぶ正しかった」

「わあ、その言葉、書きとめといていい？　今度誰かと口論になったときに役に立ちそう」

リアムが微笑む。スタジオで絵について話したときの顔を思い起こさせる笑みだ。わたしたちは過程を生きているのであって、結果を生きているのではない。

「きみはぼくの目を開かせてくれた。感謝してもしきれないよ」

ジェニーは肩をすくめた。

「もう家は出たし、離婚の申し立てもすませた。庭師のことをたずねたら、彼女は否定したけど、顔に事実だと書いてあった。真っ向から迫られると、実は嘘のつけないやつなんだ」

「たいていはそうだよね」そうじゃないのもいるけど。「ほかに撮った写真もみなあげるよ、離婚の助けになるなら」

思ってもみなかったという顔で、リアムがジェニーを見た。「それはきっと助けになるね。うん、ください。手間をかけさせた分、お金は払うから」

ジェニーは指を横に振ってみせた、そっと小さく。「そんな必要ないって」

「仕事はつづけるつもりなんだろ、ね？」

「たぶん」

「だったら払うよ」

最後の対面のときに棺が置かれる台座を、ジェニーはじっと見つめた。何千人もの死者が、地中に埋められる前に、あるいは火葬炉で焼かれる前に、ここを通りすぎていった。どの死者にも物語があった、人生があった。でもそれはすべて、芯を切られたろうそくの火のように、ふっと消えた。

「いずれにしても、きみはきみで、向き合うべきことがたくさんあるみたいだね」

「うん」

「彼は本当に、きみの元夫だったの？」何かで読んだらしく、リアムがそれを恥じている様子がうかがえた。

ジェニーは喉に固い物があるような気がして、唾を飲み込もうとした。腹部が引きつった。

「ごめん」

「いいのよ」ほかに言うことを思いつかなかった。

リアムが大きく息を吸い、それを聞いたジェニーは自分の筋肉が疼くように感じた。

「どんな感じだった？」彼はようやく言った。「ぼくを尾行してたとき」

予想もしなかった質問に、ジェニーはしばらく考え込まされた。「そうねえ」台座に指を走らせる。肌にささくれが刺さればいい、と願いながら。「落ち着かなかったかな、何か悪いことをしてるみたいで。でも同時に、いろんな意味でぞくぞくした。ずっと見守って、生き方を発見して」

「ぼくはけっこう退屈な男だよ」

「そんなことない。それに、仮にそうだとしても、退屈っていうのは過小評価されてるね。今のあたしは、自分の日常に多少は退屈があってもいいと思う」

ジェニーのこの言葉で、リアムはほんのわずかに声を立てて笑った。

「変に聞こえるかもしれないけど、いろんなことが落ち着いたら、いつかふたりで一杯やれないかな。コーヒーでも、お酒でも」

そう言ってリアムは目を上に向け、それからあらぬ方向へやった。見るからに緊張した様子の彼を、ジェニーはじっと眺めていた。さまざまなことが脳裏に浮かんだ。自分を見おろすクレイグの姿。腹に刺さったナイフ。あの彼の両手がメルの首を絞めた。ドロシーの首を絞めた。ドロシーと掘り返した墓の中に立つ自分、爪に入り込んだ土、重苦しい気持ち。そして今行われている葬儀、娘を失う悲痛さ。人生は腹が立つほど短い。だからしっかり生きなくてはならないのだ、たとえ途中でへとへとになっても。

「それ、いいね」ジェニーは答えた。

リアムは足をもぞもぞさせていたが、やがてにっこりと笑い、ジェニーの目をまっすぐに見た。「よし、決まりだ」

せりふを忘れてプロンプターを探す俳優のように、彼はまわりを見回した。

「そろそろ帰ったほうがいいよね。でもそのうち連絡する」

「ぜひ」

リアムは急に元気を得たようになり、ドアを出て廊下を進み、やがて見えなくなった。

ジェニーは台座にもたれかかった。これまでの自分はもう死んだ、この部屋のこの板の上に置いてしまおう。さてこの先はどんな人生が開けるのだろう。ジェニーはそれを思い描いてみた。

62　ハナ

ハナは窓からブランツフィールド・リンクスを見わたした。雲がぐんぐん流れ、草地に落ちた光と影が魚の群れのように動いていく。集合意識について考えてみる。魚や鳥は集団になると、まるで互いの心が読めるかのように行動する。昆虫もだ。ひょっとしたら人間も同じで、互いの意思を認め合うような形で動いている、つまり他人の思考を意識しているのかもしれない。量子生物学、量子心理学、量子生化学といった、学問分野を越えた新しい試みが示すことによると、宇宙では万物が、これまで考えられていたよりもっと緊密につながっているらしい。人はやっぱり、孤島ではないわけだ。

シュレディンガーがハナの脚に身をすり寄せてきた。ハナはひざまずいて猫をなで、顎をくすぐってやった。耳には聞こえなくても、猫が喉を鳴らしているのが手に感じられた。合図や伝達はいたるところにある。

ハナは立ちあがって、ホワイトボードの前に行った。メルの名前は探偵のボードから消され、葬儀のボードのいちばん上に書かれていた。メルと線でつながれていた名前を思い起こす――ザンダー、ブラッドリー、ロングホーン。確かにつながりはあったけれど、ハナが想像したようなものではなかった。ボードには書かれていなかった名前のことを考える。病院で横たわるハナの父。彼の体は回復しつつあった。点滴や食事からエネルギーを取り込み、裂けた皮膚や肉を修復し、血液を体じゅうに巡らせるよう、彼のニューロンは絶え間なく信号を発している。一週間前のことだ。血がだらだら流れていた。クレイグが草地にひざまずく姿が浮かんできた。赦しを求めて祈る、迷い子のように見えた。それとも、命が終わりを迎えるよう祈っていただけか。ピーター・ロングホーンは、別の葬儀業者によって火葬または土葬に付された。

「ねえ、ハナ」

インディがキッチンに入ってきた。ハナと同じように、悲しい微笑みを浮かべている。でもそこには、ハナの数百倍もの強さが秘められていた。苦痛に満ちた世界で、誰かを愛することの責任をになう者の顔。

「インディ」

インディが両手を広げる。ハナはインディに駆け寄り、その腕の中に幼子のように身をまかせた。涙があふれてきた。

ふたりは黙ったまま、互いの呼吸を感じながら涙を流した。しばらくして、ハナはようやくインディから身を離すと、目と頬を袖でぬぐい、鼻をすすりあげた。

「ヴィックがハナに会いたがってるよ」インディはハナのほつれ毛を耳にかけ、つかのま、頬に左手を置いた。

ハナはテーブルへ行った。ラグにはまだ血の染みがある。専門の業者でなければ落とせず、業者は来週まで予約が埋まっていた。血はハナの母と父のものだ。ふたりのDNAがそこで混じり合っている。ハナが創られたときのように。ふたりがキスし合い、セックスしたときのように。ハナにはふたりの命が入り混じっている。ラグの染みとまったく同じ。

「下には行かれない」

インディはハナを見守りながらも、その場を動かなかった。「何か引っかかってることがあるなら、スケルフ社には依頼してこなかったよ」

ハナはテーブルに指をかけた。「あの人たちにはないとしても、わたしにはある」

「もっと自分に寛容にならなきゃ」インディの声が苦しげだ。

「なれると思う？　だってわたしのパパが、わたしたちの友だちを殺したんだよ。そしてパパの子どもを」

「そのとおり。殺したのはハナのパパで、ハナじゃない」

ハナは窓の外へ目をやった。雲がいちだんと増え、どこかへ逃げたくて仕方がないかのように空を駆けている。「どうにも気持ちの整理がつかないんだ」

「そんなにすぐにはね。でもそのうちよくなっていくから」

「そうとは思えない」

「わたしは経験ずみなんだぞ」

インディは自分が両親を亡くしたときのことを言っているのだった。ハナはまたしても、自分が恥ずかしくてたまらなくなった。どこまでわが身のことしか考えていないのだろう、ほかのみんなだって大変な思いをしているのに。下にいるチェン一家も、両親を亡くしたインディも、夫を亡くした妻も、父親を亡くした子どもも、娘を亡くした両親も。

ハナは深呼吸を繰り返した。吸って吐いて、吸って吐いて。一階からざわめきが流れてくる。ドアを開閉する音、飛びかう会話。

「ロングホーンのことはどうなの？」ハナはやっとのことで言った。

「ハナのせいじゃない」インディは口ごもり、手を差し出しかけておろした。

ハナはインディをにらんだ。「それが嘘だってことは、インディもわかってるよね」

インディが両腕を組む。「ロングホーンは自分で決断した」

テーブルのありもしない染みをハナはつついた。「わたしが追い詰めたから」

「彼は学生と浮気していて、その学生が死んだんだよ」インディが声を張りあげる。「どうもしなくたって、ばれてたよ」

「じゃあ、ロングホーンの娘のことは？」ハナはまた泣きだしていた。テーブルに涙がぽとんと落ちたのを、指でぬぐった。「あの子は父親なしで育っていく」

沈黙が長くつづいた。口から出る言葉なんかどうでもいい。あれは空気の振動にすぎない。意味内容が分子の動きによって脳から口へ伝わり、空気中に放たれて耳に入り、もう一つの脳へ届くだけ。

「下に来てよ」ついにインディが言った。「メルのために」

ハナは目を上げた。インディの瞳から悲しみといたわりが、かまどの熱のようにじりじりと伝わってくる。

頬をぬぐってうなずくと、ハナはインディの腕に軽く手をやってその前を通りすぎ、階段をおりはじめた。足がふらつく。

階段の下に着いたとき、チャペルから出てきたザンダーとぶつかりそうになった。

「わあ、おまえか」彼はぎこちなく足を何度か踏み替えた。

「うん」

「会えるといいなと思ってたんだ」ザンダーは白いシャツを着て、裾をジーンズにたくし込んでいる。「あやまりたくてさ。おまえは役に立とうと頑張ってただけなのに、おれは陰険な態度を取った」

ハナは彼の肩越しに満員のチャペルを覗いた。棺の端が見える。あの中の柔らかな内張りの上にメルの足がのってるのか。

「わたしも陰険だった。ふたりとも、メルがいなくなって寂しかったんだよね」

ザンダーがうなずく。彼は恋人として悲しんでいたのに、それを自分はなんと簡単に忘れていたことか。人はみなそれぞれの物語の主人公で、それぞれの人生を抱えている。悲しみや喜び、退屈や興奮、生や死に満ち満ちた人生を。

「じゃな」ザンダーはトイレへ向かっていった。

スカートを引っぱって整えながら、ハナはチャペルに入った。ユとボリンが最前列で頭を垂れている。それを後ろから眺めるうちに、ハナは喉が詰まり、胃のあたりがずんと重くなった。ヴィックがハナに気づき、近づいてきた。彼はハナを両腕で抱きしめた。力強い抱擁、きついコロンのにおい、ぴったりと合わさったふたりの体。

「ありがとう」ヴィックは言った。「何から何まで」

ハナは身を引いて首を振った。そして再びチャペルの中を見回した。もうここから逃げるわけにはいかない、わたしはこの一部なのだ。わたしはここのみんなとつながっている、地球上のみんなとつながっている。傷心を抱え、悲しみに沈みながらも、なおも前に進む理由を探しつづける人たちと。

63　ドロシー

ドロシーは玄関のベルを鳴らして待った。道路工事中のクレイゲンティニー・アヴェニューに目をやる。蛍光色のベストとヘルメットを着けた男たちが、アスファルトを掘り返すパワーショベルの動きを見守っている。粉塵(ふんじん)が散り、轟音(ごうおん)が響き、振動が足元に伝わってくる。仮設信号の前で車が数台停まっていた。日常生活の一時的な妨害。そうした些細(ささい)なことがあるだけでも、人は不安定になる。

扉をあけるなり、レベッカは身を硬くした。髪は乱れ、着ているTシャツもジョギングパンツも布地がだらんとしている。

「入ってもいいかしら？」道路工事の音が大きいので、ドロシーは声を張りあげなければならなかった。砂埃が喉に入り、唾を飲み込んだ。

レベッカは胸の前で腕を組んだ。「だめよ」

「お願い、大事なことなの」

ドロシーを上へ下へとじろじろ眺めながら考えている。やがて腕をほどくと、家の内側を向いた。

「二分だけね」

レベッカのあとにつづいて、ドロシーはリビングに入った。ソファにノートパソコンがあり、求人サイトが表示されていた。レベッカはそれを閉じて腰をおろした。ドロシーは別のソファに行って座り、両手を膝に置いた。

「ナタリーは学校？」

「用は何？」

サイモンの死体を発見したときから、この瞬間を思い描かない日はなかった。サイモンを掘り返し、また埋め直したときから。ドロシーはアーチーの話を、そして彼が真実を語ったとするなら、それが露見した場合にどんな影響が出るかを、その影響がどこまで広がるかを、じっくりと考えてみた。ジム、アーチー、サイモン、サイモンの家族、サイモンの餌食にされたアリサ・モンゴメリーの家族。ドロシーが本当のことを話せば、それらすべての人たちに影響が及ぶ。それはなんとも心苦しかった。レベッカは今もサイモンが、少なくとも彼の遺体が戻ってくるのを願っている。それに、アーチーが言ったことが本当ではなかったとしたら？　彼はジムが死んだときから嘘をついていたのだ。そしてジムはもっと長いあいだ。いったい誰を信じればいいのだろう？

ドロシーは自分の内面を見つめ、決心できるだけの強さを探し出そうとした。傷がまだ癒えないにもかかわらず、ヨガを再開し、瞑想も試した。けれども、混沌とした思いを頭から追い出すことはできなかった。長時間ドラムを叩きつづけ、リズムに浸りきろうとした。むだだった。考えはいつも、ピアーズヒル墓地へ戻っていった。手を泥だらけにして地中に立ち、鼻腔に土のにおいを充満させ、ふたつの頭骸骨を見つめていた自分。

「弁護士からは何も言ってこないわね」ドロシーは言った。「弁護士をやとうお金なんてないわよ」

レベッカはため息をついて膝に目を落とした。

ドロシーはうなずいた。「ある事実が浮かびあがってきたの」

「どんな事実？」

暖炉の上に置かれたナタリーの写真を、ドロシーは一枚一枚眺めた。父親がいなくても幸せに暮らしている娘。もう少し育てば、父親のことを探りたい気持ちになるだろう。そのとき真実を知ったとしたら？　アーチーがサイモンを非難したら？　証拠は今もないし、これから先も永久に出てこないだろう。それでも非難はできる。

「ある書類を見つけたの、ジムの遺品を整理していて」

「で？」

ドロシーは大きく息を吸い込んだ。胃が締めつけられる。「どうやら、わたしが間違っていたみたい。あなたの夫の生命保険のこと」

レベッカがソファから身を起こし、肘掛けをつかんだ。「ほんとに？」

「通常の保険ではないけれど、サイモンとジムのあいだで契約が成立していた。あなたの言うとおりだったわ」

「そう」レベッカは明らかに言葉に慎重になっていた。この話が、かつての夫と同じように霧と消えるのをおそれているのか。

ドロシーは両手を広げた。「というわけで、あなたの口座への送金を再開するつもり」

レベッカは息を飲んだ。体がこわばっている。「それはご親切に」

「ただ、その契約はかなり特殊でね」ドロシーは再び暖炉に目をやった。額入りのナタリーの写真、手作りの母の日のカード。カードの表でユニコーンがきらきら輝いている。「給付はナタリーが十八歳を迎えるまで、となってるの」

レベッカが唇を固くとじた。

サイモンはどんな男だったのだろう。ナタリーにとってどんな父親だったのだろう。そしてアーチーが言っていた彼の行為。

「それで了承してもらえるかしら？」

レベッカは息を吸い、そしてふうっと吐いた。「ええ」

ドロシーは両手を組み合わせて立ちあがった。「さてと、これで用はおしまい」

リビングのドアロで振り返ると、レベッカはソファのそばで立ちつくしていた。両腕が震え、頬が赤く染まっている。

「ありがとう」レベッカは言った。

「あなたとナタリーがうまくやっていけるよう祈ってるわ」ドロシーは心からそう思った。

ポンプがゴボゴボ音を立てながら、遺体にエンバーミング液を注入している。アーチーがメーターを軽く叩き、頸動脈への液の流れを確認する。エンバーミング台の奥の穴からは、頸静脈から出た血液が排出されている。

ドロシーは冷蔵庫の扉の名前に目をやった。みんなこれからエンバーミングを施され、服を着せられて最後の対面に向かい、次なる世界へ運ばれていく。死に休みはない。いつだって誰かが死ぬ。そしていつだって残された者は悲しみ、心に痛みを覚える。そのなかでできるのは、とにかく前に進みつづけることだけだ。だってほかにどうすればいい？

遺体のそばに立つと、アーチーが気づいた。彼は何も言わずに、ただ眉を上げた。あの夜以来、ドロシーはアーチーとあまりしゃべっていなかった。考えを曇らせたくなかったからだ。アーチーは終始うつむいたまま、棺を組み立て、エンバーミングを行い、葬儀を手伝い、霊柩車を運転し、とこれまでどおり仕事をしていた。

「レベッカに会いに行ったの」

アーチーが顎ひげをなでる。ポンプの管が揺れた。台の上の男性は生気を取り戻しつつあった。古革のようにくすんでいた皮膚が健康な肌の色に近づき、乾ききっていたのが潤って皺が伸び、見た目には命がよみがえったかのようだ。ぺてんだった、何もかも。自分たちがジムの遺体に行ったことのほうが、ドロシーには好ましく思えた。あのほうが誠実だ。

「彼女には言わないでおいた」

「そうですか」

「なんのためにもならないと思ってね。あなたの言ったことが真実だとしたら」

「真実です」アーチーは青い手袋をはめた指で死者の手をトントン叩いた。こうして血管をマッサージし、死者に息吹を与える。「誓って」

それを確信できればいいのだけど。でも本当のところは、誰も確信などしていないのだ、何から何までは。

「わかったわ」ドロシーはアーチーに背を向けてドアへ向かった。「仕事をつづけて」

ハーミテージ・ドライヴ一一番地の家の外に立って待ちながら、ドロシーは近くのブラックフォード・ヒルを眺めた。あの丘の上からエディンバラ周辺を見わたすと、さまざまな生活が絡み合い、あたかも一つの有機体のように広がっている様子がよくわかる。どの生活も、より大きな全体の一部であってこそ維持していられる。街とかかわる墓地や火葬場、遺体安置所も、あの丘から望める。いわば死せる者のネットワーク。これも生きる者のそれと同じぐらい重要だ。

エイミーが玄関をあけた。

「ようこそ」彼女はドロシーを家の中へ手招きした。

ジェイコブがエイミーに対する告訴を取り下げた、とトマスから数日前に聞かされたときには、ドロシーは信じられない気がした。でもよくよく考えるうちに、それはそれで、奇妙ながらも意味をなすように思われてきた。そして昨日、ジェイコブが電話で理由を話してくれた。ドロシーの推測はほぼ当たっていた。ジェイコブはひとり暮らしのため、家事やら何やらに手助けがいる。エイミーのほうは住む家がなく、失業保険の受給や公営住宅の入居申請には現住所がいる。ジェイコブの家にしばらく住むことは大歓迎、というわけだった。

キッチンのテーブルでチーズサンドを前にしたジェイコブは、この取り決めに明らかに満足している様子だった。テーブルの彼の向かいにはチーズサンドがもうひと皿あり、そのほかに、ワインのなみなみとつがれたグラスが二つ置かれていた。

「お食事中にごめんなさい」ドロシーは言った。

「とんでもない。さあ、かけなさい」

「何か食べます?」エイミーはドロシーを通り越して、テーブルの奥へ行った。

ドロシーは首を振り、ジェイコブとエイミーを眺めた。

「こんなことが現実にあるんですね?」

ジェイコブは肩をすくめ、サンドイッチのパンとチーズをほんの少しちぎり取った。「あるようだな」

エイミーはサンドイッチをひと口かじり、ワインをがぶりと飲んだ。

「ふたりとも、妙な感じはしません?」

ジェイコブが顔をしかめる。「世の中にはもっと妙な家族がいっぱいおる」

確かに。

「信用できるんですか?」ドロシーはジェイコブに訊いた。「彼女はあなたの物を盗んだのに」

そう言われてしゅんとしてみせるぐらいのたしなみは、エイミーも持ち合わせていた。

「必要に迫られてのことだ」

「それに、ちゃんと返します」エイミーが食べ物をほおばったまま言った。「自分の足で立てるようになったら」

ドロシーはひとりうなずき、ふたりが食べるのを見守った。

「で、義理の娘さんの反応は？」

ジェイコブはにやりと笑った。「嫌がっておる。予期しないおまけがついた」

エイミーが立って、テーブルの後ろのトートバッグを持ちあげた。

「おたくのカメラです」とドロシーに差し出す。

「それからこれもな」ジェイコブがテーブルの上で小切手をドロシーのほうへすべらせた。

「いろいろと世話になった。感謝しておるよ」

エイミーがうなずく。「ほんとに。ありがとうございました」

ドロシーは小切手を取り、バッグを肩にかけると、一瞬天井を仰いでから玄関へ向かった。

「見送りはどうかおかまいなく」

ミドル・メドウ・ウォークは人通りが多かった。学生や、子どもを抱えた母親、会社員た

ちが日々の生活にいそしんでいる。若い女性とその両親がドロシーのそばを通りすぎた。女性はだぶだぶの服に大きな縁の眼鏡、両親はバーグハウスのフリースにラフな靴。ドロシーはわが娘と孫娘のことを考えた。ふたりがこの世界で背負っていくものを。

トマスの姿が見えた。ぴったりしたグレーのスーツを着て、ネクタイはしめていない。ドロシーは席から立ちあがり、彼のキスを頬で受けた。彼はキスしながらドロシーの手を取ると、握ったまま腰をおろした。

「元気？」ただのあいさつというより、もっと意味を込めて訊いていた。

「大丈夫よ」

トマスの考えているのはクレイグの件だ、サイモンのではなくて。ドロシーはすばやく頭を切り替えた。喉にはまだクレイグの指の跡があり、投げ飛ばされたときのあざも残っていた。この年齢ゆえ、そうしたものがなかなか消えてくれない。歳を取ると、いつとはなしに傷の亡霊を抱えている。店員が注文を取りに来たので、ドロシーは首を手で覆った。

トマスが微笑む。「ほら、これを」彼は上着のポケットから何かを取り出してテーブルに置いた。ジムの骨が証拠品の袋に入っていた。

ドロシーは両眉を上げた。

「きみの行為が正当防衛だったのは明らかだ。彼も自白したしね。だから裁判は行われない」

骨には黒い染みがあった。クレイグの血。

「それにしてもすごい勇気だ」

「ジェニーやハナのほうがもっと気丈だった」

「彼女たちは持ちこたえてる？」

頭上で木々の葉のあいだを風が通り抜け、コーヒーとペストリーが運ばれてきた。

「どうにかこうにか。今日はメルの葬儀だったの」

「きみたちスケルフ家の女性は強いな」

思わずドロシーは首をかしげた。「そう思う？」

「思うとも。わたしがこれまで出会った中で、最強の女性たちだよ」

ドロシーはコーヒーをすすり、通りを行きかう人の流れを眺めた。梢でカササギがクシュクシュ鳴いている。溝に落ちたパンくずをハトがついばんでいる。

トマスが椅子の上で体重を移した。「サイモン・ローレンスの件はどうなった？」

彼はどこまで知っていたっけ。失踪したことと、DNAの鑑定結果がシロだったこと。墓があばかれたのは耳にしただろうけど、わたしが調べに行ったことは明かしてない。そして、サイモンとあばかれた墓を結びつけるものは何もない。

「あの嘘は、もう放っておくことにしたの」

トマスはゆっくりとうなずいた。「たぶんそれがいちばんだ」

汚泥の中にあった二つの頭蓋骨をドロシーは思い浮かべた。

トマスがラテをごくりと飲む。「こんなことを言っても助けにならないかもしれないけど、わたしが思うに、ジムはいい人間だったんだよ」

ドロシーはテーブルの上でトマスの手に軽く触れ、その目を覗き込んだ。

「あなたがいてくれてよかった。ＤＮＡ鑑定が超迅速にできるからじゃないのよ」と言って、まだテーブルに置かれたままの証拠品の袋に手をやる。「署から証拠品をくすねてこられるからでもない」

トマスは声を立てて笑った。「実はそうなんだろ」

ドロシーが憤慨した顔をしてみせると、彼は手を握ってきた。ふたりの目が一瞬合った。

ドロシーはジムの骨を取りあげてバッグにしまった。沈黙が流れる。なんだか幸せな気分だ。今このひととき、太陽の下で友とこうしていよう。地球はまだ回っている。

64　ジェニー

ジェニーは納骨箱からひと握りをすくい、手の上でその重みをはかった。指先がざらざらする。父に触れられるのはこれが最後だ。

つづいてハナが、ドロシーの差し出す納骨箱から片手分をすくった。上唇を嚙みしめている。何か決心したときの顔だ、と娘を二十年間見てきたジェニーにはわかった。

最後にドロシーが、その小さな木製の箱に手を入れた。そっと、優しく。こんなときにも、ドロシーは平静さを失わない。夫の残骸を手に握っているというのに。

ジェニーはブランツフィールド・リンクスを見回した。ふだんのとおり、そばの幹線道路にはバスが行きかい、公園内は大学や美術学校へ向かう学生や、昼休みに出てきたギルスピー高校の生徒であふれている。ホワイトハウス・ローンをゆっくりと歩く老夫婦。〈ザ・ゴルフ・タバン〉のそばでドッグウォーカーの投げたテニスボールを追いかける二匹のコリー犬。そのはるか上では、ごつごつした雲のかたまりがアーサーズ・シートへ、そしてさらに、その先の海へと流れていた。背後の通りでバリバリと音がした。ごみ収集車が、持ちあげた容器のごみを後部の口に落とし、顎で嚙み砕いている。

目をドロシーに戻した。「何か言いたいことは?」

ドロシーは手の中の遺灰を見つめた。「そうねえ」

こんなときには何を言っても、陳腐でわざとらしく聞こえるのかもしれない。どうしても、愛する人を失った気持ちの表現になってしまう。悲しみとか、恋しさとか。

「気楽にやってよね、ジム」ドロシーは手を開き、遺灰がこぼれ落ちていくのにまかせた。

ジェニーは自分の握った手を見つめ、後ろのスケルフ邸を振り返った。五十メートルしか離れていない。これからは、キッチンから外を覗くたびに父を見ることになる。キッチンでの出来事や、草地でのハナの追跡劇が浮かんできた。あたしたちはあれと散骨とを、いつもごっちゃにして思い出すのかもしれない。でもそれは仕方ない。ともかく、何もかもみんなつながっているのだから。

指のあいだから父をさらさらと落とし、手をはたいた。遺灰は微風に乗って、どこかへ消えていった。親指と人さし指をこすり合わせる。それから親指をぱくっと口に入れ、ついていたものを舌で舐め取った。苦い味がした。

サイモンの件については、ジェニーもハナも、ドロシーから一部始終を聞かされていた。アーチーがエンバーミング室で何を目撃したのかも、ジムとふたりで死体をどう始末したのかも、なぜドロシーに打ち明けることになったのかも。その告白が真実であると願いたいけど、とドロシーは言っていた。ハナは耳を傾けてはいたけれど、自分の父親のことがまだショックなようだった。

ハナは自分のすくい取った祖父を、手を揺すりながらあたり一面に振りまいた。おかしなものだ。人はこうしたとき、まるで未来の種をまくかのように、死者の魂を遠くへ、広く、まき散らそうとする。

ドロシーが納骨箱を傾け、残りのジムを草地にこぼしはじめた。遺灰の山ができないよう、均一にばらまいている。この草地のずっと下には、数世紀前の疫病による死者が何百となく埋められている。ブランツフィールドは当時、市壁の外にあったため、ここなら安全とみなされたのだ。ジェニーは、父の遺灰が砂や土やローム層を通ってどんどん沈み、昔の死者の遺骨と、そしてさらに沈んで、恐竜のような古代の生物の遺骸と混じり合うのを想像した。泥に埋もれて、あるいは寒さのせいで、命を落とした生物たち。あらゆることに死の危険がひそんでいた。生きつづけることは、ときに難しいものなのだ。

遺灰をまき終えたドロシーが、逆さまにした納骨箱を両手で抱え、スカートの裾を風になびかせている。公園の小道をものめずらしそうな顔で、あるいはまったく気づかないで、人々が通りすぎていく。ドロシーがハナとジェニーを振り返った。

生きつづけることは難しい。でも、それしか選べない場合もある。

ジェニーたちがキッチンに入ると、窓辺の椅子にうずくまっていたシュレディンガーが顔を起こした。猫はこっちをじっと見て、足の裏を舐め、またうずくまった。傷を負ってからの数日間は、どことなくおどおどしていたシュレディンガーだったが、昨朝ジェニーがベッドにいると、咬み裂いたスズメをくわえて運んできた。いつもに戻ったわけだ。

「お湯をわかすわ」ドロシーがお茶の支度をはじめた。

ハナは窓から公園の、さっきまで三人がいた場所を眺めている。ジェニーはハナの腕にそっと触れた。ハナはうつむき、それからホワイトボードのほうを見やった。まったくもって、父と娘というのは。

葬儀の予定は三件あった。アーチーはオリヴィア・バーローの最後の対面の準備に入っていたし、インディは受付で電話の応対をしている。何もかもふだんに戻っていた。

ドロシーがお茶をそそぎ、三人は黙ったままテーブルについた。ジェニーは床の血染めのラグを見ないようにした。包帯の巻かれた腹部をさわり、ぐっと押す。軽い痛みを感じた。さらに押す。

「大丈夫?」ジェニーが腹部に手を当てているのを見て、ハナが訊いた。

「あ、うん」

「わたし、なんだかもうやっていけない感じ」ハナが言う。

ドロシーがハナの手を握る。「三人で助け合えばいいじゃない、その力は決して小さくないはずよ」

ハナは首を振った。ジェニーはハナを抱きしめてやりたくなった。世の中の悪という悪がみんな消えていくまで、ぎゅうっと。

一階で玄関のあく音がし、誰かが受付のインディに話しかけた。ジェニーはお茶をすすった。雲間から陽が覗き、暖かな光がシュレディンガーを包んだ。マグから蒸気が立ちのぼっては消え、宇宙と一体化している。

階段をのぼる足音が聞こえ、インディがドアロに現れた。

「下にみえた女性が探偵をご要望です。隣の住人に悩まされているとかで」

「どうして警察に相談しないのかしら」ドロシーが言う。

「隣の住人が警察官なんです」

ハナがはっと顔を起こし、インディを見た。

「どうです？　お客さまにはなんと言いましょう？」

ジェニーはドロシーやハナと目を交わし、インディに言った。

「今すぐ、わたしたちがおりていくと」

謝辞

カレン・サリヴァンをはじめとするオレンダ・ブックス社のみなさんの絶え間ない愛と献身に大いなる感謝を捧げます。フィル・パターソンほかマージャック社の方々の尽力および支援にも厚くお礼を申しあげます。またクリエイティヴ・スコットランドがこの本の可能性を信じ、執筆中に経済支援を与えてくれたことに深く感謝しております。この小説は、ウィリアム・パーヴス葬儀社のライター・イン・レジデンスをしていた際に得た着想に、ある程度まで基づいています。同社のみなさんのご親切とご助力に感謝を述べたいと思います。言うまでもなく、この本に登場する人物や事件はすべてフィクションであり、葬儀業の細部に関してなんらかの誤りがあったとすれば、その責任はすべてわたしにあります。最後に、今回もトリシャとエイダン、アンバーに最大級の感謝を送ります。何から何までありがとう。

解説

三浦天紗子

創業百年の〈スケルフ葬儀社〉。信頼と実績は厚く、長く地域社会に貢献してきたことは確かでも、それが弔う仕事となれば、華々しく人々の口の端に上ることはない。それでも遺体を扱う以上、骨惜しみはできない献身が求められる。やりがいと気苦労がせめぎ合う仕事だ。当主のジムが死に、スケルフ葬儀社（以下、スケルフ社）を切り盛りすることになった妻のドロシー、不本意な離婚の後に仕事まで失って出戻り、家業を手伝うことになった夫妻の娘ジェニー、恋人がスケルフ社で働いている孫娘・ハナ。ダグ・ジョンストンの『ダークマター　スケルフ葬儀社の探偵たち』は、そんな三世代の女性たちが、葬儀の仕事を担いながら、思い思いの動機で問題解決に奔走する、笑いと涙と事件に彩られたミステリーだ。

物語の舞台はスコットランド。ジムが茶毘に付される場面から幕を開ける。火葬にはもちろん許可が必要で一般的には火葬炉に運ぶが、スケルフ家はそれなしに、家の裏庭で焚き火をし、火葬台で〈人間バーベキュー〉のように焼いてしまう。なんと大胆な。〈ジムが望んだんだもの。形式的なことに飽き飽きしてたのね。式とか礼拝とかに〉というドロシーの説明に、ハナは顔をしかめて〈でも、おじいちゃんは（略）人を見送るときには、きちんとしたやり方が必要だって〉と言い、ジェニーもすかさずこうツッコむ。〈けど、不法行為だよね〉。母、娘、孫娘間で交わされる、歯に衣着せぬもの言いのテンポとユーモアが、始終、葬式や墓地や遺体が出てくる暗めな空気に、適度な抜けを作ってくれる。

ご存じのように、キリスト教的死生観では、復活後に天国へ行くための「肉体」が必要で、燃やしてしまうことはタブーとされていた。そうした習慣を守ってきた西欧でも最近は火葬を選ぶケースは増えているようで、本書でも、故人を見送るときに土葬にこだわる遺族だけでなく火葬を選ぶ遺族も出てくる。遺体がていねいにエンバーミング（遺体処置）される様子も描かれる。昨今のスコットランドの葬儀事情が垣間見られるのは興味深い。

スケルフ社はファミリービジネスで、ごく親しい人たちのみで運営されている。ドロシーとジェニー以外のスタッフは、母親を亡くしたアーチーと、両親が事故死して身寄りのないインディ。ふたりは、スケルフ社で家族を弔ったことが縁で、居つくことになった。

アーチーはコタール症候群を患っている。「自分は死んでいる」などの妄想を抱く精神障がいだ。死者とのつながりを感じたくて、あちこちの墓地や火葬場をうろうろしていた彼を案じたドロシーに拾われた。インディは、褐色の肌をしたレズビアンで、目下、ハナと大恋愛中の複合マイノリティである。ジェニーは彼らを〈はぐれ者〉と呼んでいるが、敬遠しているというより、自分の報われぬ境遇を重ねて親近感を覚えているように思える。複雑な属性を持つ人たちが、社会と調和して暮らしているさまは、現代社会の理想形でもあり、それを自然に物語に溶け込ませて描いていく筆致は本書の美点だろう。

さて、スケルフ家の女性たちが関わる大きな謎はふたつある。

ひとつは、ドロシーが見つけた不審な会計処理だ。会社のお金が毎月五百ポンド、見知らぬ口座へと十年にわたり振り込まれているのだ。ドロシーは齢七十にして会計事務までやる羽目になった状況に辟易していたが、ジムが自分に内緒で謎の送金をしていたとなれば理由を探らないわけにはいかない。知り合いのスウェーデン人警察官トマスの力を借りて調べてもらうと、口座の所有者は〈レベッカ・ローレンス〉という女性。彼女の夫は十年前に失踪しており、振り込みが始まった時期はそれとほぼ重なる。さらにドロシーは、レベッカの夫の名前に驚く。サイモン・ローレンスはかつてスケルフ社で働いていた男性だったからだ。調べを進め、ジムとレベッカの間には何らかの関係があったことをつかんだ。レベッカには娘がひとりいて、ジムと娘との関わりも気になる。夫の突然死を受け止めきれていないドロシーの胸に、ジムへの不信感が広がり、真相を突き止めたい気持ちが湧き上がる。

もうひとつの謎は、ドロシーの孫娘で二十歳の大学生ハナのフラットメイト、メルことメラニー・チェンが消えたことだ。メルの母親や恋人から、メルと突然連絡が取れなくなったと聞かされたハナは、共通の友達全員に電話をしたが、誰もメルを見かけていない。一日中授業がある日に、どれにも出席しておらず、ＳＮＳも動きがないままだ。あまりにメルらしくない行動で、警察にもそう訴えたのに取り合ってもらえない。友人の危機を察したハナは、母のジェニーをけしかけて、独自に捜査を開始する。

ドロシー曰く、ハナの理系思考はジム譲り。さまざまな話題で討論する哲学クラブにも入っていて、文理両方いけるクチ。事実、三代の中でいちばん筋道を立てて推理をめぐらせることができるハナは、メルをめぐる真相へと着実に迫っていく。

実はスケルフ社はジムが問答無用で始めた探偵業も営んでおり、彼女たちは大きな事件の合間に、小さな事件の解決にもあれこれ乗り出す。たとえば、すでにジムが請け負っていた案件がある。裕福な独居老人ジェイコブからの依頼は、窃盗事件の証拠探し。自邸でしばしばお金やｉＰａｄ、本、食べものがなくなるので、介護人のスーザンが犯人だとジェイコブは決めつけている。保存されたスパイカメラの動画は空振り続きだが、ある日、ついに糸口を摑む。また、生前のジムが引き受けていた葬儀の関係から、ジェニーが請け負った浮気調査もある。オーラという女性が、夫のリアムの浮気を確信していると相談してきたのだ。ジェニーはリアムの尾行を始めるが、予想外の展開に。

ドリフトしながら進むリーダビリティの高さは一級品。さまざまな死と疑惑が生まれ、それをめぐる秘密と嘘が畳みかけるように浮上してくる。複数の謎が交錯し合い、やがておぞましい片方の真実が明らかになる。だが、さらに残酷な結果がもうひとつ彼女たちを待ち構えていて、手に汗握る犯人との攻防に大興奮。救われない気持ちになる一方、こんなのは絵空事だと笑えない現実味で迫ってくる。

だがミステリーとしての楽しさだけでなく、近年のフェミニズム運動でもあらためて注目されるようになったシスターフッドを色濃く感じる作品でもある。

ドロシーは、謎を調べるうちに知らなかったジムの一面を初めて知り、亡夫と過ごした歳月が水泡に帰すかもしれないのを怖れている。違う男と結婚し、葬儀の仕事をしなかった別の人生もあったのだと思うと、気分は沈む。だが、ドロシー自身も過去の異性問題ですねに傷持つ身だ。四十五歳のジェニーは、いわゆるミッドライフクライシスの真っ只中。最後の連載コラムも打ち切りになって、ジャーナリストとしては後がない。元夫クレイグとの離婚はいまもジェニーの気持ちを苛み、女性としての価値が損なわれたような虚しさを感じている。その一方で、クレイグとはハナの父親として変わらず親密であり、それが男女の関係へ傾きそうでハラハラする。若くエネルギッシュなハナは、メルの身が心配でたまらず果敢に聞き込みを続ける。のめり込みやすい性質が拍車をかけ、ひやひやさせられることもあるが、世間にいまだ根強いミソジニー（女性嫌悪）的な価値観には毅然と立ち向かう。ジェニーは、娘への評価を介してこう思う。〈ハナの世代は、ジェンダー、女性蔑視、男性支配といった問題に対して、昔よりはるかにしっかりと取り組んでいる。ジェニーは自分のことをフェミニストだと思ってきた。でもそれはたぶん嘘だったのだ。（略）ハナの世代なら、そんな迷惑行為には警告の旗をあげるだろうし、今は社会全体にそうした意識が染みとおっているようだ〉。ハナはまさに現代フェミニズムを生きる、活き活きとした女性である。

三人は、青春を過ごした時代も違えば、生きる上での価値観も違う。だが、時代の波を受けて変化してきたフェミニストとしてのあり方に、ハナはもちろん、ドロシーやジェニーもできる限りついてきている。それでも生まれる三者三様の混乱と、後悔と、痛み。だが彼女たちは義憤に燃えながら、決して独善的ではない。自分が起こした行動を俯瞰して、他に方法はなかったのか、やりすぎてしまったのではないかと、常に一歩引いて悩む姿に共感する読者は多いだろう。

この物語の中では被害者も、可哀想な顔だけではなく、別の一面があったことがきちんと描かれる。完全な善人もいないし、悪人に善性がないわけではない。人間という存在の複雑さが細やかに転写されている。葬儀社という設定は、人生や命の尊さを反射させて浮かび上がらせる哲学的な考察のためには実に有効な装置だと読みながらたびたび感じた。

ちなみに、事件の合間には、ドロシーは長身の魅力的な黒人で男やもめのトマスとの、ジェニーは浮気調査で接近することになった芸術家肌のエリート、リアムとの、ロマンスを予感させる場面も挟まれる。心憎いほどバランスのいいエンタテインメントである。

著者のダグ・ジョンストンは、スコットランド、エディンバラ在住の作家、ジャーナリスト。なんとミュージシャンとしての顔も持つ。ノーザンアライアンスというバンド（といくつかのバンド）のシンガーでソングライター。ドラムを叩いている写真がインターネットに上がっている。そう言えば、作中で、ドロシーが（！）、少女にドラムを教えている場面が出てきた。さらに、ハナの博学ぶりをうかがわせる描写があるが、ジョンストン自身が物理学の学位や核物理学の博士号を持っているという情報もある。舌を巻くほどの才人の男性が、女性たちが向き合っている不条理な現実を描いてくれるのは、頼もしい。

そんな彼のバイオグラフィーによれば、小説家デビューは二〇〇六年。現在までに十冊以上の著作がある。そのうち「スケルフシリーズ」が二〇二二年までに四冊刊行されている。その最初の長編がこの『ダークマター（A Dark Matter）』であり、ジョンストン作品の初邦訳になる。第二弾が『The Big Chill』、第三弾が『The Great Silence』、第四弾が『Black Hearts』（いずれも未邦訳）で、どうやら彼女らは過去に苦しみながらも、乗り越えていく物語になっているようだ。

読者は、破天荒で勇敢で正義感にあふれた三人の素人探偵たちにたちまち好感を持ったに違いない。できるだけ早く続編が翻訳され、その活躍と成長を見守っていけるよう願わずにはいられない。

（みうら・あさこ／ライター、ブックカウンセラー）

小学館文庫
好評既刊

囁き男

アレックス・ノース　菅原美保／訳

愛する妻を喪い、７歳の息子ジェイクと取り残されたトム。新天地で二人の生活をやり直そうと引っ越した村には、20年前に起きた連続児童誘拐殺人事件の犯人の影が……。数世代にわたる父子の宿命と葛藤を描く傑作サスペンス。

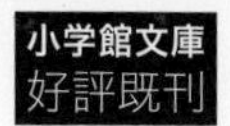

ボンベイ、マラバー・ヒルの未亡人たち

スジャータ・マッシー　林 香織／訳

1921年のインド。ボンベイで唯一の女性弁護士パーヴィーンは、実業家の遺産管理のため三人の未亡人たちが暮らす屋敷へ赴くが、直後に密室殺人が……。アガサ賞、メアリー・H・クラーク賞受賞、#MeToo時代の傑作歴史ミステリ。

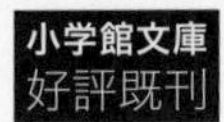

その手を離すのは、私

クレア・マッキントッシュ　高橋尚子／訳

母親の目の前で幼い少年の命を奪ったひき逃げ事故。追う警察と逃げる女、その想いが重なる時、驚愕の事実が明らかに。NYタイムズ、サンデータイムズのベストセラーリスト入り、元警察官の女性作家が贈る超話題のサスペンス！